傳記文學

遥想大学当年

我的大学

邹树文 李 济等著

传记文学书系

主 编 崔 灿 彭明哲 曾德明
编 委 刘书乔 冯文丹 田 丹

岳麓書社 · 长沙

傳記文學

·传记文学书系·

“传记文学书系”是我社根据台湾《传记文学》的内容，采其精华、分类汇编的一套大型丛书。《传记文学》自 1962 年 6 月创刊至今，发表传记文字与民国史料字数逾亿。本着“为史家找材料，为文学开生路”的宗旨，以轻松隽永的文学笔法书写严肃的近代真人真事，为国家存信史，为名人留伟绩，为平民录亲历。主要内容包括自传、评传、年谱、回忆录、口述史、名人日记、重要手迹、珍贵史料、史事研究等，是中国近现代史最丰富的资料宝库，深受海内外史学界与历史爱好者青睐。

已出书目

从北大到台大：元气淋漓傅斯年	傅斯年 毛子水 等著
激荡百年的回响：蔡元培传稿	蔡元培 王云五 等著
逝者如斯：罗家伦的世界	罗家伦 毛子水 等著
王映霞自传：一个知识女性的独立史	王映霞 著
中国留美幼童书信集	高宗鲁 译注
遥想大学当年：我的大学	邹树文 李济 等著

总　序

岳麓书社依据台湾的《传记文学》，分类编纂，陆续出版“传记文学”书系，这是两岸文化交流史上的大事，是中国近代史和中华民国史研究的大事、喜事。

1962年2月5日，时值春节，曾在北大读书的刘绍唐向当年的校长胡适拜年，谈起胡适长期提倡传记文学，而始终未见实行，他向老师透露，自己正准备创办《传记文学》月刊。胡适虽肯定其志，却以为其事甚难，办月刊，哪里去找这么多“信而有征”的文字，因此不大赞成。不料当年6月1日，绍唐先生主编的《传记文学》竟在台北出刊了。自此，直到2000年2月10日，绍唐先生因病在台北去世，历时38年，共出版453期。每期约30万字，453期就是约13590万字。此外，传记文学出版社还出版了“传记文学丛书”和“传记文学丛刊”，其中包括《民国人物小传》《民国大事日志》等许多民国历史方面的著作。

尽人皆知，绍唐先生没有任何背景，不接受任何政治集团、经济集团的支持，只身奋斗，孤军一人，却做出了台湾官方做不出的成绩，创造了中国出版史上不曾有过的奇迹。因此，绍唐先生被尊为“以一人而敌一国”，戴上了“野史馆馆长”的桂冠。

我在大学学习中国文学，毕业后业余研究中国哲学，1978 年 4 月，调入中国社科院近代史研究所，参加《中华民国史》的编写，自此，即与绍唐先生的《传记文学》结下不解之缘。在众多历史刊物中，《传记文学》最为我所关注。但是，我和绍唐先生相识则较晚，记得是在 1995 年 9 月，纪念抗战胜利 50 周年之际。当时，台湾史学界在台北召开学术讨论会，我和其他大陆学者 31 人组团越海参加。这是海峡两岸学者之间交流的起始阶段，有如此众多的大陆学者同时赴会，堪称前所未有的盛事。我向会议提交的论文《九一八事变后的蒋介石》，根据毛思诚所藏《蒋介石日记类抄》未刊稿本写成。当时，蒋介石日记存世一事，还不为世人所知，绍唐先生很快通知我，《传记文学》将发表该文。9 月 3 日，闭幕式晚宴，由绍唐先生的传记文学出版社招待。各方学者，各界嘉宾，济济一堂。我因事略为晚到，不料竟被引到主桌，和绍唐先生同席。那次席上，绍唐先生给我的印象是热情、好客、豪饮。次年，我应“中研院”近史所所长陈三井教授之邀访问该所，在台北有较多停留时间。其间，我曾应绍唐先生之邀，到传记文学出版社参观。上得楼来，只见层层叠叠，满室皆书，却不见编辑一人。绍唐先生与我长谈，详细介绍《传记文学》创刊的过程及个人办刊的种种艰辛。绍唐先生特别谈到，办刊者必须具备的“眼力”“耐力”“定力”等条件，可惜，我没有记日记的习惯，未能将绍唐先生所谈追记下来，至今引为憾事。绍唐先生交游广阔，文友众多，因此宴集也多。每有宴集，绍唐先生必招我参加，我也欣然从远在郊区的南港住所赴会。许多朋友，例如旅美华人史学家唐德刚等都是在这样的场合下认识的。在台期间，台北史学界为纪念北伐战争70周年，召开北伐及北伐史料讨论会，我根据原藏俄罗斯等处的档案，撰写《1923年蒋介石的苏联之行及其军事计划》一文参加，绍唐先生不仅到会，而且当场确定《传记文学》将发表拙文。我离开台北前，绍唐先生再次将我引到他的藏书室，告诉我，凡传记文学出版社出版的图书，喜欢什么就拿什么。我因为“近史所”已赠我大量出版物，又不好意思，只挑选了《陈济棠自传稿》《傅孟真先生年谱》《朱家骅年谱》和李济的《感旧录》等有限几种，回想起来，至今仍觉遗憾。

绍唐先生自述，他有感于两岸的文士因为历史原因等种种关系，“许多史实难免歪曲”，因此，创办此刊，以便“为史家找材料，为文学开生路”。我觉得，绍唐先生的这两个目的，比较成功地达到了。政治对学术，特别是对历史学的干预，古已有之，但是，学术特别是以真实为最高追求目标的历史学，又最忌政治和权力的干预。绍唐先生在台湾的白色恐怖余波犹在的年代，能够不怕“因稿贾祸”，创办刊物，发行丛书，保存大量中国近代史特别是民国史资料，供千秋万代的史家和史学爱好者采用，这是功德无量的盛事、盛业。刊物虽标明“文学”，但是，取文、选文却始终恪守历史学的原则，排斥任何虚构和想象，这也是值得今之史家和文家们借鉴和注重的。

绍唐先生去世后，《传记文学》由中国新闻界的前辈成舍我先生的后裔续办，至今仍是华人世界中的著名历史刊物，衷心希望绍唐先生的事业和精神能长期传承，永放光彩，衷心希望“传记文学”书系的出版，能得到读者的喜欢，助益历史学的繁荣和发展。

杨天石

2015 年 5 月于北京东城之书满为患斋

凡　例

一、原文的繁体竖排改成简体横排。

二、原文中脱、衍、讹、倒之处，均径改，不另加注说明。

三、原文中专名（人名、地名、书名等）及其译名皆一仍其旧，其中或有跟现今通行者有较大区别，而可能导致阅读障碍的，由编者加注进行说明。

四、原文中词语与标准用法有不同者，为尊重作者用语习惯及时代与地域差异等，不做修改，一仍其旧。

五、原文中标点符号的使用有不统一及不符合标准用法的，一仍其旧，其中或有可能导致阅读障碍的，由编者重新标点。

六、原文中的汉字数字不予变为阿拉伯数字，个别阿拉伯数字也不再统一为汉字。但注释部分为统一体例，版本年代及页码均采用阿拉伯数字，以便明晰。

七、所引文章中的纪年，1949 年 10 月 1 日前的民国纪年一仍其旧，1949 年 10 月 1 日后均采用公历纪年。

八、原文中 1949 年 10 月 1 日前对于中国共产党和国民党政治机构及职务的称呼均予保留，只对个别明显不符合历史事实的文字做了必要的删改。

九、原文中 1949 年 10 月 1 日中华人民共和国成立后，台湾地区自称“中国”“政府”及其政治机构、职务名称、“涉外”用语等，本书均加引号，以示区分。

十、原文中由于作者政治立场等原因，本书做了极个别的删节，不另加说明。但为保留资料的完整性，尊重原文及作者观点，文中难免偶有不妥之处，相信读者自能甄别分辨。

目录

北京大学最早期的回忆

邹树文

北京大学将于本年十二月十七日，举行六十五周年纪念。我是本校第一班得有学位的毕业生之一；而况十二月十七日，大概就是壬寅年我入学开学的一天。所以我觉得这是我的义务，也同时是我的权利，应该将我所记得及经过的事实，写些出来，以供读者参考。

北京大学校庆十二月十七日，决不是戊戌北大的任何纪念日，而是壬寅京师大学堂的开学纪念日。何以说不是戊戌年呢？那年到了十二月十七日，早已经过了政变风潮，康有为、梁启超已逃走了，戊戌六君子已经杀身成仁了。那还在反动潮流初发展的时候，由此反动潮流而形成最高潮的庚子之变，何以能那样的开这个“二毛子”的洋学堂呢？何以说是壬寅呢？一、北平师范大学导源于京师大学堂师范馆，这个师范馆是壬寅才创始的，这个校庆日期，据说是我的同馆同班同学王桐龄先生所考订出来的，师范大学即用此同一个日期为校庆而纪年，则推始于壬寅而不溯及戊戌。二、我在壬寅年入学开学的时候，还记得每日天还未亮，每桌点了蜡烛吃早饭，学生与教职员同桌进餐，如此开学不久，约有一个月光景，亦就放学了。那时用的是阴历，放学总在封印将近的日期。前清以十二月下旬封印，那时候各衙门将官印封起，以便过年后再择日开印，所以封印与开印的时间以内，便成规定的假期了。胡适之校长对于我这推断，亦颇为首肯。但是全凭记忆与推想，还不足成为定论。我愿胡校长本他的考订《水经注》精神，将这个校庆日期的来源确实考订一下。抗战期间我在美国一次闲谈中还问过他，后来他因在大使任内事务太多，想也把此事忘记了。①

壬寅京师大学堂开办的时候，只有仕学、师范两馆，其地在马神庙，是从前的四公主府，亦即是戊戌京师大学堂旧地址，即是现在北京大学的校本部，仕学、师范两馆的创办，乃取古语“作之君作之师”的意思，创办的人当然有他一种伟大的抱负。仕学馆当时的学生取的是在京官吏，我还记得同学中有一个达寿，他在入学时已是翰林。初开学时学生少，学生请假亦挂牌（用现在名词说是布告），达寿因“迎銮”请假，让我脑海中留下一个印象，达寿在我毕业时

---

① 编者按：关于京师大学堂开办的日期，胡适之先生已有一考订的文章，发表于十一卷第一期《民主潮》。他认为有三个日子似乎有资格可以作为京师大学堂的成立纪念日，那就是戊戌五月十五日（大学堂章程成立）、六月初二日（批准校址）及十月二十日（大学堂开学）。他并考证十二月十七日确是壬寅复校的日子，并不是大学堂创立的日子。但他并不主张沿用几十年的北大校庆日，再有所改变了。

做学部侍郎，所以在入学时他是我的同学，毕业时名义上为师了，亦让我记得他这个名字。仕学馆当时在马神庙住的是十二帘，师范馆宿舍是南北楼，这两个地名，都成了历史，不知还有旧迹可寻否？仕学馆后来迁出，又添了一个进士馆与仕学馆合并，进士馆是为新进士读书之所，仿佛叶恭绰是当时的第一名。仕学馆只招过两班学生，迁出马神庙以后，我还记得，有一天他们曾来马神庙，与师范馆学生作友谊的拔河运动，以表示好感。

师范馆在仕学馆迁出以后，曾有一个短时期独做了马神庙的主人翁，那时教职员学生，甚至仆役，绝对没有一个女性，所以可当此“翁”字而无愧。师范馆在马神庙到底毕业了几班，我没有考究过。我是第一班的最早一批，亦比较是最倒霉的一批，因为四年的学制，硬教我们最早一批入学后，又把各省陆续考试的并入我们这批同班受课。所以最早者读了将近五年，最迟者也有四年。因为学制屡改，我们第一批入学时，属望最高，入学后逐年降低了。这大概是张之洞及其他人等，与吾师长沙张百熙先生政见不同，让我们学生吃了苦。我还记得总教习张小浦（鹤龄）先生，屠敬山（寄）先生，对我们暗示若有不能尽言之隐，依稀尚在目前呢。

有一次有人问我那时候读的是什么课程，即有人插嘴说，大概都是经典吧。其实我们所读的书，并不如此，现代科学是占最大成份的。全部课程，在所谓《奏定学堂章程》及《钦定学堂章程》两书内均有记载。我们最早一批开学时，章程还没有颁布，我们课程随不同时期章程之颁布，而有所更改，这亦是我们最早一批吃亏之一。我记得上心理学课的一个故事，有一天服部宇之吉教习讲心理学，恰巧张之洞来查学，服部正在讲人的记忆力，说是中年的时候记不起少年或幼年的事情，因中年事多，把少年所经过的事遮盖了，等到老年的时候，往往把中年的事忘了，于是少年及幼年的事反而浮现出来，所以人到老年往往可以想到幼年的事了。这一小段对于记忆力的讨论，触怒了张之洞，他以为是讥笑他老了。后来商定学堂章程时，曾有一度要想取消心理学这门课程。可是服部是外国人，张之洞无法施威，想要在师范课程里取消心理学，这个迁怒的办法，当然是不能实行的。

京师大学壬寅开办的初期，教职员对待学生是很客气的。吃饭时候，教职员与学生同桌，学生居上，教员坐在客位。总教习张小浦（鹤龄）先生初到接吴挚甫（汝纶）先生的职务的时候，着了那时的大礼服，朝珠补挂，拿了大红片子，到学生斋舍，见了面行交拜礼（那时我们每人住一间）。这些礼貌，把那时的学生拘束住了，学生因此亦自动的人人自爱了。后来制度渐渐改变，饭厅上教职员与学生分桌，教员的地位才高了起来。但那时候的学校管理人已不是“管学大臣”，而降级为“京师大学监督”了。我还记得第一任监督张亨嘉先生就职的时候，监督与学生均朝衣朝冠，先向至圣先师孔子的神位三跪九叩首礼，然后，学生向监督作三个大揖，行谒见礼。礼毕，张监督说“诸生听训”，接着是“诸生为国求学，努力自爱”。全部仪式就算完了。这总共十四个字，可以说是一篇最短的演讲词，读者诸君，你听过再短于它的校长演讲没有？

新监督上任不久，有几个同学因为着了学校所颁的军操制服与他校学生集体拍了一次照，各人就挨了记大过二次，小过一次，并出布告说："军服振振履声橐……所谓大愚不灵大惑不解者也。"这都是最早一班学生所身历的沧桑。

在管学大臣制度将要废止的时候，曾就师范馆第一班学生选派了二十位分赴英、美、法、德、俄、日各国留学，我那时是派赴日本而因事未去，及制度改变为大学堂监督以后，想去又无法去矣。

创办壬寅京师大学堂的管学大臣张百熙先生，确尽了礼贤下士的责任。我听说张先生为聘请吴挚甫（汝纶）先生任大学堂总教习，吴先生最初不肯担任，张先生屡次敦聘，最后竟至长跪不起，方始得了吴先生的首肯。吴先生应了聘之后，立刻说要到日本去，仔细考察一番，然后再到学校。吴先生于是就往日本去了，吴先生是文章经济（现在说是政治）极负时誉的一位老先生，以高龄前往考察，接见日本朝野，参观各地学校，自己与日本人作笔谈，无所谓翻译官之类。因为那时候的大学堂，等于一个初开办的教育部，所以吴先生考察的范围，亦就非常广泛。高龄作事，一丝不苟，亦就辛苦备至。考察回国后即病了，一病就不幸长逝。我们学生只有在追悼会上瞻拜遗容，徒存景仰而已。

吴先生未允来校之前，曾任冀州知府，为水利关系主张开了一条河，老百姓为了"风水"竟以跳井觅死相威胁，吴先生不为所动，后来河开成了，大家才感到先生的德政。吴先生的英明果断而中道逝世，不但是我们早期学生的不幸，亦是中国早期新教育的大损失。

张管学大臣于吴先生故后，改聘张小浦先生担任总教习。吴先生是桐城派古文家，张先生是阳湖派古文家，同是学者而各为一派的代表，亦是一种巧合。当时的京师大学堂，网罗了一时知名之士，如于式枚（晦若）先生、李希圣（亦园）先生、屠敬山（寄）先生及王丹瑶先生等，或是高级职员，或是教习，我们现在如能得到当时教职员的名单，一定还能发现很多为后人景仰的人物呢。

张管学大臣与张总教习对于青年爱护备至。我记得有一位教英文的助教，不很称职，我们几个学生反对他，那位助教是有大来头的，有恃无恐，可是张小浦先生明辨是非以后，去见管学大臣，把那位助教辞去了。虽然张总教习为了这件事，在管学大臣未到之前候在办公室，以免那位助教先入为主，但于此可见两位张先生对于青年之爱护了。这件事幸发生在早期，倘迟至大学堂监督时代，这些学生早就被开除了。

张管学大臣百熙（冶秋）先生处于西太后时代，欲谋急进的办学，固不容易，而况张先生所网罗的知名而不得志之士甚多，例如参庆亲王贪污的蒋式惺，亦是我们学堂高级职员之一。张管学大臣为这些用人方面，亦颇遭时忌，所以冶秋先生不能行其志而时遭掣肘是可以想像的。我们现在人只知道景仰蔡孑民（元培）先生，而忘记了张冶秋先生任管学大臣时代创办之艰苦，实在比蔡先生的处境艰苦得多多呢。

关于戊戌京师大学堂的事，我不是身历其境，不能知道。我只记得我有一个长亲，他是戊戌京师大学堂学生，那时候他是一个候补京官，可见那时学生或者亦是有类于壬寅京师大学堂的仕学馆了。还有一位会元刘可毅在庚子年遇难的，听说亦是戊戌京师大学堂有关的人，但我不知道刘可毅是学生还是教职员，到现在已不能考了。李家驹（柳溪）先生，后来继张亨嘉先生做过大学堂监督的，亦是戊戌京师大学堂教职员之一，据传说庚子年拳匪到大学堂去找他，李先生急得扮作了自己的赶车夫而才脱险的。我们知道戊戌年的京师大学堂没有毕业学生，并且自庚子年至壬寅年阳历十二月十七日开学止，中断了两年有余的时间。所以不论北京大学纪年以戊戌开始与否，壬寅入学的第一班，总是最早的毕业班次。

那时候我们第一班处在学制时常改变的期间，对于自身的出路不能不向当局有所要求，我还记得请求时的呈文中，有“勋贵之苗，卿贰之胄，研经讲肆，注籍精卢”这几句话。至于所要求是怎样的条件，这篇呈文是何人所拟稿，呈给何人，我都记不清了。我还记得有一位同学挽一位早死的同学说：“未博得五年义务，七品虚衔。”满纸牢骚，可见我们第一个毕业班入学后的一般情绪了。

我们第一班里的第一批学生，自从壬寅年阳历的十二月十七日入学，读了四年半，至丙午年的旧历年底才结束读书的课程。我们同班外省保送陆续来的，当然比我们的修学期间短一些，但却与我们第一批在京考取的，同班上课同时结束。寒假休息的时候，正是我们准备毕业的时候，次年开印以后，开始毕业考试。次年即是丁未年旧历正月，把将近五个年头的功课，几乎门门都要考，且都是开宗明义从第一章考起，到那门功课的结束为止。这比较现在学校所谓毕业考就是学期考试，其苦乐难易不可以道里计了。考的第一堂是国文，其中有一篇作文题，我还记得是“淡泊以明志论”。那天学部尚书荣庆到场监试，看了题目无话可说，但是他听到我们上午除本场外，还有一场，下午还有两场，即为之称奇，在他的意思，还以为每天只有一场呢！考了一共七天，每天如此，等到考完，我们每个人都瘦了不少。

考毕以后，学生聚餐，我记得是在什刹海某处。服部先生说，你们毕业了，这个学堂就是你们的母校，还把“母校”这两个字，讲了半天，因为这两个字在当时是从前没有听到的新名词，不像现在已家喻户晓，当时如不加解释，也许还要有“公校”的名词与“母校”二字相对待呢。

第一班师范馆应届毕业学生总共有一百零八人，恰合《水浒传》上的一百零八之数，但可惜其中有少数未能及格，我记不清确数，大约不过四五名落第的而已。毕业分数，都写在毕业文凭之上，这也是现在学校文凭所没有的事。毕业成绩分最优等及优等两种，最优等共十八人，第一名廖道传，我是第十七名，其余除未毕业的几位以外都是优等的。

凡列入最优等及优等的学生，由大学堂奉请清廷，给予师范科举人学位，并各分等授以官职，最优等者五品衔以内阁中书尽先即补，优等者只给以内阁中书科中书即补，统名曰奖励。这种奖励，如果拿现在办法作一比喻，则举人是学位，官职则是高考后的分发，是毕业考试与文官考试同时举行，比较现行制度简捷得多了。我们得了这种奖励之后，并不许去做候补官员，因为我们师范毕业生，每人都应尽满五年的教书义务，以后才能去候补。候补要轮班次，是何时可以补着，那就像李慈铭大门对子下联所说，“户部主事补缺一千年”，真是天晓得呢。那时候没有学士、硕士、博士学位，只有举人、进士等学位，外国留学归来的学生，也都要考试，及格后分别给予举人或进士。本国学校毕业生获得举人学位的，大约也是我们师范馆第一班为最早吧！

如上拉杂写来，全凭记忆所及，一切有关事迹，有可考证的，有不易考证的，恕我无从去整理，“白头宫女在，闲话说玄宗”，这些记忆中的往事，也许还不致毫无价值吧！

载《传记文学》第三卷第六期（一九六三年十二月号）

五年大学生活

杨亮功

民国四年夏我在合肥省立第二中学毕业，束装北上，作升学准备。这是我初次出远门，父亲由乡间伴送我到县城。父亲于宣统年间曾以孝廉方正晋京殿试，对于途中一切情形指示甚详。由巢县搭小轮，经芜湖，乘大轮，到南京，转津浦铁路北上。同行一共四人，皆系本届毕业同学，路上相互照料，减少很多旅途上的困难。到北京时已八月中旬，我所希望投考的北京大学试期已过。遂投考国立工业专门学校，幸获录取，尚未注册入校。听说北京大学旁听生尚有余额，于是又转入北京大学。我之所以宁愿牺牲工专正式生资格而做北大无学籍的旁听生，一由于要达成家庭要我进大学之愿望；二因为我在中小学读书，一向是偏重文史，而且那时一般学生心理，不大重视理工科——恰与现在相反。我在一学年完毕后，由旁听生改为正科生。

北大预科功课甚为严紧，其教育目的在作升入大学本科之准备，所以学科方面注重语文训练及基本知识之培养。预科学长徐崇清先生特别偏重英语，他本人就很少说中国话，因此外籍教授颇占势力。有些科目是全用英语讲授，教西洋史及演说学的便是两位英国人。西洋史是用迈尔斯《世界通史》（Myers：*General History*）做教本，演说学是选读短篇英文演说。这位教演说学的英国人不仅要我们背诵演说词，而且要于背诵时能表现出优良的演说姿式，很像古代希腊文字老师（Grammatist）教文学的方法。另外一位教英文的郭先生上课时也是用英语教学，他用的教本是 *Tales from Shakespeare*。我是刚从内地中学毕业，英文程度很浅，因此感觉有些吃力。

那时预科国文是由沈尹默先生担任。沈兼士先生是教文字学，我们最怕兼士先生的考试，他常考冷僻篆字，稍不留意就有零分的危险。其外有陈百年先生讲授哲学概论。桂邦杰先生教授地理，这位老者善诙谐，加上一口扬州土音，说起话来，常常教人发噱。到了第二年，马幼渔（裕藻）先生教我们的国文，一年中只讲《庄子·天下篇》一篇，旁征博引，大有欧洲中世纪大学教学的作风——专重评解“注释”，可是得益不多。

大学预科的设置，是民国元年蔡孑民先生做教育总长时所主张，到了民国十一年后始废除。我现在感觉到这个制度实有其优点。学生在大学预科有了语文及普通学科之充分准备后，升入本科时学习专门学科可以减少许多困难。中世纪欧洲大学初创立时，设有文、法、医和神学四科，而文科实系其他三科之预备科——准备拉丁文（当时大学教学系用拉丁文）。目前我国大学成绩低落，语文程度不够是其主要原因。

民国五年底，蔡孑民先生继胡仁源先生主持北京大学，次年夏季招生，对于投考文科中国文学系的资格特放宽尺度，大学预科未毕业者，亦可投考。我见猎心喜，结果居然考取。我记得我的考试成绩是国文七十五分，文字学八十分，历史成绩最坏，平均总算及格。因此我在预科只读了两年，加上本科三年，共在北京大学住了五年。

我在北京大学本科读书的时候，正是北大学术风气转变的时期，这个转变的结果竟导致了全国学术思想之转变。尼克尔（John Nichal）在其所著《拜伦传》中曾说过：

> 从历史上看，每值我国（英国）遭逢危急存亡的大难时，这些从大学冒出来的智慧之火，便将整个国家燃烧出一个新的生命。从威克立夫（Wycliffe）、拉替麦（Latimer）、洛克（Locke）、吉本（Gibbon）、马考莱（Macaulay）诸大家一直到目前的物理学时代止（按指十九世纪末叶），每一时代的推动者很少是大学圈外的人。

由此可知一个大学学术思想之转变，因而推动了全国学术思想之转变，这并非是意外之事。所谓“大风起于萍末”。但是北大学术思想转变的中心是在文科，而文科的中国文学系又是新旧文学冲突之聚点。当时文言文学与白话文学之争论以及“以科学方法整理国故”之提倡，皆系有关文科中国文学系所发生的问题。我那时正在北大攻读中国文学，是从这个转变中经历过来，虽然我未参加新旧文学论战。当时在校师生对这个新生运动的反应，以及中文系教授派系之消长和几位重要教授的教学的逸事，颇值得一述。

最初北京大学文科国学教授以桐城派文学家最占势力，到了我进北京大学的时候，马通伯（其昶）及姚仲实（永朴）、叔节（永概）兄弟这一班人皆已离去。代之而起者为余杭派，如黄季刚（侃）、朱希祖、马幼渔（裕藻）和沈尹默、兼士兄弟诸先生皆系章太炎先生门弟子。蔡先生继任北大校长后，由陈独秀先生担任文科学长。陈先生本主办《新青年》杂志，他响应胡适之先生提倡文学革命，不久胡先生亦来北大任教授。当时北大内部师生对此项新运动，反应不一，这是一种自然的现象。在学生方面有罗家伦、康白情等所主办的《新潮》杂志是拥护新文学的。薛祥绥等所主办的《国故》，则拥护旧文学。教授方面，如章太炎先生的门弟子，亦显然分为两派。钱玄同、沈尹默、沈兼士和马幼渔是站在新的方面，黄季刚则反对新文学最力。蔡先生虽主张新旧并存，但是倾向于新的方面。他说：

> 我素信学术上的派别是相对的，不是绝对的。所以每一种学科的教员，即使主张不同，若是“言之成理持之有故”的，就让他们并存。

他又说：

> 我相信为应用起见，白话文必盛行。我也替白话文鼓吹，然而我也声明，作美术文用白话文也好，用文言文也好。

当北大新旧文学论战最高潮时期，也是国文学系在教授方面人才最盛时期。这当然由于蔡先生在学术上采取兼容并包的态度，尽量为大学延揽人才之结果。当时中文系教授有刘申叔（师培）先生讲授中古文学史，黄季刚先生教文学概论，黄晦闻（节）先生教诗，吴瞿安（梅）先生教词曲，皆是一时之选。其次如钱玄同先生教文字学亦颇负盛名。在教学上较差的要算朱希祖和周作人两先生了，兹将这几位教授教学的情形及其逸事，分述如下：

刘申叔先生教中古文学史，他所讲的是汉魏六朝文学源流与变迁。他编有《中国中古文学史讲义》，但上课时总是两手空空，不携带片纸只字，源源本本地一直讲下去。声音不大而清晰，句句皆至理和经验之言。他最怕在黑板上写字，不得已时偶而写一两个字，多是残缺不全。如“劉”字写作“刘”字，“曰”字则画一圈加一横。这位国学大师书法确是相当拙劣。据说他还想卖字，他有一次把这个意思告诉黄季刚先生，黄说：“你只要写刘师培三个字去卖就够了。”他在课堂上绝少批评新文学，他主张不妨用旧有的文章体裁来表达新思想，这是用旧瓶装新酒的办法。刘先生教我们于汉魏六朝文学中每人任选择一两家作专题研究。他认为研究任何一家文学必须了解其师承所自、时代背景及其个人身世。我所研究的是徐（孝穆）、庾（子山）两家。有一时期我专致力于魏晋六朝文学，这也是受了刘先生的影响。刘先生在北大授课时肺病已到第三期，身体虚弱，走起路来摇摇欲倒，真是弱不禁风。他在括风下雨的时候，照例是请假。他在北大教学总计不到两年，于民国八年十一月十日夜间去世，年仅三十六岁，除其夫人何震已疯外（于刘先生死后即神经失常）别无亲属同居，丧事由陈独秀先生主持，我们十几位同学帮助料理。一棺在室，空庭悲风，真是极身后凄凉之惨。

我旧藏有刘先生手稿，包括上袁世凯奏稿两篇及赠马君武、谢无量先生诗各一首。正楷红格子稿纸。诗稿于民国十七年在上海被马君武先生要去，他写了一付对联给我作为报酬。奏稿则为刘成禺所借阅，竟久假不归。

赠谢无量

六朝撷艳文派古，吟书哦诗百不堪。
纷纷衙官谁屈宋，天留词笔大江南。

赠马君武

蹈海归来一握手，〇〇杰出无其俦。
西土光明照震旦，期君才笔横九州。

上袁世凯奏稿

窃师培备员参政一载于兹，冀宏通经致用之功，蔚成尊主庇民之绩。天降丧乱，事与愿违，徒陈宣室之书，无救晋阳之甲。鸱鸮之志，既非四国所知，鸡骛之争，亦为三闾所耻。远惟圣达行藏之节，近览国家刑赏之章，伏乞俯鉴微忱，准予罢免。虽叔孙制礼，无补于当今。庶家令孤忠，见知于后世。

以上奏稿及诗皆为《刘申叔先生文集》及《左盦诗录》所未载。另一奏稿系就参政时所上，我仅记忆两句“我皇上乾德覃敷，谦光下济”，余皆忘却。刘先生著作等身，死后遗稿多有散失，就我所知黄季刚、刘文典、陈钟凡几位先生皆藏有刘先生手稿。现印行于世者有《刘申叔先生遗书》七十四种。当时我们一班同学对于这位国学大师很尊敬，正如福禄特尔（Voltaire）所指出英国人之尊敬大文学家培根（Francis Bacon）所引用的两句话一样：“他是如此伟大，致使我忘却了他的短处。”

黄季刚先生教文学概论以《文心雕龙》为教本，著有《文心雕龙札记》。他抨击白话文不遗余力，每次上课必须对白话文痛骂一番，然后才开始讲课。五十分钟上课时间，大约有三十分钟要用在骂白话文上面。他骂的对象为胡适之、沈尹默、钱玄同几位先生。他嘲笑新诗，他讥评沈忘恩负义，他骂钱尤为刻毒。他说，他一夜之发现，为钱赚得一辈子之生活。他说，他在上海时穷一夜之力，发现古音二十八部，而钱在北大所讲授之文字学就是他一夜所发现的东西。但是黄先生除了骂人外，讲起课来却深具吸引力。我最爱读其诗文，不似刘申叔先生“古典”文学如周诰、殷盘之深奥难学。我以为黄先生的诗文及其恃才傲物之性格，颇似清代李越缦。黄先生走起路来不是仰首窥天就是俯首察地，绝少平视，实足以表现其傲慢态度。但是有一次袁世凯为笼络文人起见，赠他嘉禾勋章，他却拒绝接受。曾有诗纪其事云：“二十饼金真可惜，且招双妓醉春风。”（勋章证书费需二十银元）这种傲慢态度，正是读书人的长处。后来他终以与学校意见不合，离开北大。

钱玄同（又名疑古玄同）先生是“绝对主张用白话体做文章”的。“文选妖孽，桐城谬种”，是他抨击旧文学的口号。他并且主张“废除汉文”，代以拼音文字（蔡先生认为“不易实现”），但他讲授文字学亦自有其独到之处。

黄晦闻先生教诗大部分讲的是杜诗。吴瞿安先生不仅是词曲作家，并且能制谱，能吹又能唱。北京唱昆曲戏子韩世昌就曾跟他学唱。他常说他所制的国歌乐谱未能入选，是他平生憾事（现在国歌乐谱是程天放先生的侄子程懋筠所制）。其外朱希祖先生，教的是上古文学史，与刘申叔先生所教的中古文学史比较起来，自然相形见绌，因为有了同门黄季刚先生之斡旋，未被赶走。周作人先生教的是欧洲文学史。周所编的讲义既枯燥无味，讲起课来又不善言词。正如拜伦所描写的波桑（Porson）教授：“他讲起希腊文来，活像个斯巴达的醉鬼，吞吞吐吐，且说且噎。”因为我们并不重视此学科，所以不打算赶他。

自从刘申叔、黄季刚两先生一死一走，北大文科旧势力大减，同时“五四”风潮发生，实大有助于新文学运动之发展。起初新旧文学论战，只限于校内几位教授，后来新文学运动与五四运动合流，而成为一种社会新生运动。此种新运动，由一校而影响到北平各学校，由北平一地而影响到全国。新文化运动随着五四运动而发展，正如希腊文化随着马其顿军队传播到地中海沿岸一样。当时旧派文人如林琴南等也正像罗马老卡陀（Cato，the elder）一样抗议希腊文化的浪潮，但不能阻其发展，虽然这种反对是继续不断的存在着。

我自私塾开蒙起，经过中小学校，所读的书皆是文言文。进了北京大学中国文学系，更进一步专研究文言文学。我当时虽不用白话文写作，但我赞成“以科学的方法来整理国故”，这是一种进步，与十六世纪英国培根（Francis Bacon）所指出运用新的思想与研究方法，有同样的重要。非循此途径，不足以发扬中国学术。

我在北大文科读到第三年，我的求学兴趣渐渐由中国文学转移到教育学科方面，这可能受了杜威博士来华讲学影响，引起了一班人提倡教育改革，重视教育事业。那时北大尚无教育学系，我仅选修几种教育课程。后来我在学校毕业做了一年中学校长，即赴美专习教育。

载《传记文学》第三卷第六期（一九六三年十二月号）

北京大学预科

陶希圣

一、风寒中投考

民国四年初春，我随父亲由湖北黄冈乡间到汉口，搭京汉车晋北京。父亲带着我住宣武门外，草厂二条胡同黄冈会馆。北京初春气候严寒。我在乡间不穿皮袄[①]，此刻只穿棉袍，出门时加上一件斗篷。这身装束是抵不住风雪的。我很少走出会馆的大门，就是出门也找不着方向。

黄梅汤贯予先生是国会议员。他住东城的一条胡同里，同住者是他的亲戚舒先生，湖南人。舒先生是北京大学总务主任。由他的介绍，我参加了北京大学预科旁听生考试。考试那日清晨，我从草厂二条走进前门，转东城，到北河沿译学馆。那就是北大预科的校舍。我与同考生约十二三人，在一个小教室里，考国文和英文。我带着墨盒，墨水与毛笔都

① 家乡的父老认为小孩子不可穿皮袄。小孩子穿皮衣是要烧坏骨头的。

冻住了。钢笔插进墨水瓶，那瓶里只有冰没有水。我与同考生都到煤炉边烤墨盒和墨水，然后各就座位，写考卷。

我考上了北大预科旁听生，便从黄冈会馆搬进北河沿八旗先贤祠宿舍。

北大本科与预科的宿舍有一种特色。在一间大房间里，每一同学都是利用床帐与书架自己隔成一个小局面。我也是这样，在大房间的一个窗子边，利用床帐和书架隔成一个小房间。

我每夜很仔细的点燃煤油台灯。那灯罩是白色的上截与透明的下截，很觉漂亮。夜半熄灯时，将台灯谨慎的从书桌挪到窗台上，然后就寝。次日清晨起床，看那灯时，灯罩之上破了一个小洞，只得再花六毛钱买一灯罩，如是者三四次，才知道热灯罩靠窗口受了冷气之逼，便立刻炸开小洞。自此以后，每夜熄灯，仍将台灯留在书桌上，不再移动了。

二、预科的骄傲

北京大学预科学长是徐崇清先生。他办理预科，一切从严。教授们督促学生的功课与考试，都是逼紧不放松的。

预科同学看见本科同学是那样的轻松和散漫，不知不觉的看不起本科，而以预科的严格自傲。

民国四年秋季，我编入预科一年级。我们班上的英文教授是一位郭先生。他的太太是英国人。他们住在译学馆的背后，骑河楼的一个小胡同里。郭先生离家到校，下课回家，他的太太总是在宅门口送迎如仪。郭先生上课，从来没有一丝的笑容。我们有时下课之后，跟随他走到骑河楼。他望见太太和孩子时，他脸上才闪出一线笑色，便立刻收敛起来。

郭先生的小考和大考，其严无比。我们班上同学对于英文课程之有进步，都是他的督促与鞭策之功。

世界通史是英文本，讲授者是英国公使馆秘书嘉特莱先生。他是一个高大的人。他讲到罗马的凯撒，将两手向前胸的上衣领口里一插，俨然有凯撒大帝之风。他的讲授以写黑板为主。他在黑板上写的注解，我不仅用心抄录下来，并且刻意模仿他的字迹。他的粉笔用得那样圆转如意，每一行是整齐的。每一字是一笔不苟的。每一笔是亮白的。我从抄录中，得益不少。

有一次，郭先生的英文课小考。我仿嘉特莱的通史注解，写成一短篇论文，作为答案。郭先生给我零分，并在发还考卷时，当场申斥，说我抄书。我吃了一次亏，却又说不出。

法文是第二外国语。教授是湖北同乡贺之才先生。他的太太是法国人。他的法语自然是好的，但是他更好的技术是打台球。他教我们的法文课却是稀松的。

三、中国文学与史学

中国历史的讲授者是一位福建人杨先生。他发出大量的铅印讲义，但是他在讲台上开讲是很少人听懂的。我只听见他说“夜——过——咧”。除此以外，听不出一字一句。当然，福建同学是懂得的。

国学的讲授者沈尹默先生，和文字学的沈兼士先生，都是章太炎先生的门下士。民国初年北京的文史学界的泰斗都出于太炎先生之门。他们两位是其中铮铮者。我们同学深为敬佩，但是他们的上面还有黄季刚先生在本科的国学门讲学。我们预科学生断乎不敢望其项背。那黄先生是傲慢无比的。

兼士先生多病[①]，上课时少。他发给我们的讲义也不多。尹默先生为人谦和，从不缺课。他叫我们买太炎先生的《国故论衡》读习，我对这部书的内容殊不了了。那书面之上的“或古仑鱼”四个字已经够我一认！

尹默先生给我的教益很多。他指点我们读这样的几部书，就是《吕氏春秋》和《淮南子》、太史谈《论六家要旨》、刘勰《文心雕龙》、刘知幾《史通》、顾亭林《日知录》、钱大昕《十驾斋养新录》、章实斋《文史通义》与章太炎《国故论衡》。这几部书确能将中国文史之学的源流及其演变，摆在读者的面前。

我读这几部书的同时，又到北大图书馆借阅诸子书。这一年级读书所得的进益可以说是不少。

---

① 民国二十年至二十六年之间，兼士先生任辅仁大学文学院长。他的健康比之于民五至民七，好得太多了。

四、二三年级的一斑

预科二年级及三年级可以记述之事寥寥无几。二年级的英文课是一位英国人斯哇罗（燕子）先生讲授。他的轻松与郭先生的严厉恰相对照。三年级的英文修词学由一位美国人威尔士先生讲授。我得到的益处是演说术，较其他方面为多。

逻辑与数学都没有进益。为了怕难，未选拉丁文，后来吃了大亏。

沈尹默先生继续讲授国学。他先讲陆机《文赋》，然后选择文史著作的一些文章，作为《文赋》每一段甚至每一句的注脚。这种讲授方法，给我的益处很大。

我自修的课程，以《宋儒学案》和《明儒学案》为最得力。从这里得知中国的学问不以知识为主，而以修养为经。

五、习气与悔悟

我在预科三年级，先读梁任公《明儒学案》节本，再读《明儒学案》原书，然后读《宋儒学案》。这时候读这两部书，并不是单纯的求知，而是深切的悔悟。一个乡村青年，进了首都北京，渐染一种“大爷”的习气。由习气转入悔悟的过程中，宋明两代学案给予我以莫大的启示。

我的父亲于民国六年至八年之间，任河南省汝阳道道尹。我是一个少爷，同时又是一个大爷。我在预科只是勤学而非苦学。所谓勤学亦不过不废学，考前列而已。到了宋明两代学案读过之后，才渐进于苦学。然而真实的苦学还是在家庭环境及个人生活大大的改变之后。①

六、说棋

东安市场是北京大学学生闲暇消磨的胜地。我在预科二年级，住北河沿的一家出租的房子里，同住者有同乡瞿复璋（文琳）先生。他喜欢围棋，我下象棋，很容易与对方吃我的老将之友人打架，但下围棋就算是输到三十目或四十目也打不起来。

有一天复璋劝我，可以到东安市场一座茶馆的棋社去下棋了。我公然到那里去，泡一杯茶坐下来，由复璋介绍一位棋友下起来。我们下到半路上，另一位棋友走过来，看了一下，摇了几下头，叹了一口气，扬长而去。其意若曰："孺子不可教也！"从此以后，我再也不在棋社里坐着下棋了。

然而我也可以摆老资格。我学围棋的时候，吴清源先生还是一个少年。这个少年已经威胁一时高手如汪云峰，使其不敢对弈。

前面提到贺之才的弹子打得好。其实，打弹子的高手是

---

① 民国十二年，我带着家眷离开故乡的老家，到上海居住，在商务印书馆做编辑，那是苦学的初期。北伐之后，在中央大学和北京大学教书，是苦学的中期。

杨芳[①]。宣武门外，新世界初开，有一天的夜间，杨先生在弹子房里表演，全场观众不下二百人。他打三个球，一杆可打到五百至八百分，若不是手酸，就没有打完的时候。

我练习弹子，也能打三个球，一杆可打至十几分至二十分，后来也就作废，不再打了。

七、论戏

民国初年，北京皮簧与梆子盛极一时。我听戏不少，并不懂戏，虽不懂戏，却也有些见闻。[②]此时最高地位属于谭鑫培与侯俊山。如杨小楼尚在其次。梅兰芳初露头角。

民国四五年，湖北同学举行三天赈灾戏。那是我最早打开眼界的一次观赏。我听了李万春的《铁公鸡》、梅兰芳的《游园惊梦》、孙菊仙的《逍遥津》、侯俊山与余叔岩的《八大锤》（带说书）。

余叔岩的出头是在老谭退休乃至去世之后，一般戏迷及大众怀念不已之时，此公出台，其风度之高，风韵之清，直可追踪老谭，有些地方还似胜一筹。

侯俊山（老十三旦）业已退居张家口，此次应湖北同乡之请，剃了胡须登台，除与叔岩合演《八大锤》，去陆文龙

① 杨芳是留法学生，后来在国民政府外交部还做过工作。

② 抗战胜利之后，我在南京和台北，很少听平戏，就是民初的见闻在心目中形成甚高的眼界，因此不大欣赏近年来的戏剧。

之外，还演了一出花旦戏《辛安驿》。

我也赶上了老谭最后的一出戏《击鼓骂曹》。那天是在煤市街中和园。我买了池座之后的廊子上的坐位。先听了郝寿臣的《法门寺》、杨小朵的《白奶记》等等，到了老谭出场，那池座与包厢的客人还未曾来。老谭指着曹操开骂之后，又骂张辽。有人走到他的身旁，咬耳朵说了几句话，那弥衡把道白增加了一百多句。把张辽骂得瞪眼睛，不知如何是好。黄昏时候散戏。我随大众走出园门，才知道袁世凯死讯一传，北京已经宣布戒严了。[①]

八、评戏家

北京大学的同学，在戏评之中，占很高地位的，有张聊子[②]。我们同年级的捧角家有所谓四霸天，都是小一号的评戏者。其中有一位陈先生，邀我到大栅栏庆乐园听尚小云与崔灵芝。他们都是未出科的学生。尚小云是皮簧青衣，崔灵芝是梆子青衣。

捧角家请客听戏，是奉送戏票和座位的，只有一个条件，就是跟随他喊好。我不会也不愿喊好，到了大家都喊时，只是张嘴示意以为报销而已。

荀慧生戏名叫白牡丹。白牡丹善演花旦的小戏，如《小

① 老谭骂张辽的一百多句，都是骂袁世凯的话语。

② 也许是张寮子，现已忘记其字，只记其音。

放牛》《胭脂虎》之类。因为捧他的观众太多，分为两派，互相竞争，白牡丹一出台，台下立刻演出大混乱，甚至飞茶壶。

程砚秋原是艳秋。同仁堂的乐十三爷和罗瘿公捧出，老青年陈德霖提拔，才露头角。有一次在东安市场吉祥园，配老乡亲的《朱砂痣》，也是老乡亲提拔他之意。

程、尚、荀三人到后来与梅兰芳同称“四大名旦”，可以说是不伦不类。梅与余叔岩齐名，其执梨园之牛耳，是在谭、陈之后，程、尚、荀等之先。但是叔岩始终不愿与梅为伍。民国五年之后，北京有堂会，余往往不肯与梅同台出演。

九、最严格的科班

梅兰芳不是科班出身，可以说是他毕生遗恨。程、尚、荀等都是科班出身，情况又自不同。

最严格的科班是前门大街广和楼的富连成社。广和楼不卖票给妇女，只有男子才能入座听戏。

我在此楼听过于连泉的《杀山》。于连泉戏名小翠花。他在十四五岁上倒了嗓子。但是他确是花旦的上乘。

规矩之败坏由于坤角。民初的坤班有两班作激烈的竞争。一班是以刘喜奎为主角，在中和园上演，一班是以鲜灵芝为主角，在庆乐园上演。她们都是实实在在演戏，但捧角者走入邪门。自此以降，做工与唱工都居次要，只须脸蛋漂亮一点，在台上走几步便是名角，甚至明星[①]。我听过鲜灵芝，也听过刘喜奎。其实，刘喜奎的青衣还是在规矩中的。鲜灵芝就稍有迎合观众之倾向。

十、说武术

一般学问与艺术大抵有京朝派与海派的分别。北京是元、明、清三代首都，为学问与艺术的精华汇聚之所。上海十里洋场，从商业上崛起，居然有与京朝抗衡之势。由此各方面都有“海派”者登场。

京朝派重师承，守师法，是保守的。海派多流变，富花样，是进取的。前者笃实，后者浮华。这就是两派的分别。

我未曾继续中学时期做练武的工夫。但是我看过京朝的武术。最高者是太极拳。除一般的柔软的太极工夫之外，还亲近过杨少侯。少侯是班侯之子，已经六十岁了。他的拳法不轻于示人。他更无传人。他那种短促的动作，决不是一般太极拳师所能会意的。

其次为八卦拳与八卦剑。我看见孙禄堂之子的表演。他走八卦，脚步之轻快，好像旋风一样，与人对手，八面藏身，直使对方不知道他究在何方。

其次为形意。北京大学的武师李先生是形意拳的高手。陈泮岭先生从他练习，亦成高手，前篇已经提到了。

---

① 现在还有从不演戏之明星。

自此以下，不足观。我也可以说一句，眼高手低的毛病，阻止我继续练武，也阻止了我的文艺写作。我常对文学家友人说：“文学就是废话。一句可以说完的，说一百句。十句可以说完的，说一万字。”他们的答覆是愤慨，只是未曾打架。

载《传记文学》第三卷第四期（一九六三年十月号）

北大法律系的学生
——从民九到民十一

陶希圣

一、乃兹府自修课程

民国九年春季开课，我在北京大学法科（后改称法学院）法律门（后改称法律系）二年级，年二十二岁。我选修德日法。民初的民刑法典都是以德日法典为蓝本的。我急于学日文，读日本法学书籍。

买日本法学书籍是很方便的。只须写信给日本东京丸善书店，指定书名，那书店便照寄到北京东交民巷日本邮局，由邮局将书名及价钱通知订购人，订购人到邮局付钱取书。

我买到了富井政章、梅谦次郎诸人的民法著作，也买到石坂音四郎、松本蒸治诸人的民商法著作。我的书架上，法学书籍是一批一批的加上去了。我住在乃兹府的一家公寓，上课之外，经常在公寓里自修。

除法学书籍之外，每日仍写小楷二百字。在大白折上，用紫毫笔写小楷，要花很大的工夫。我在预科三年级时，曾读《明儒学案》，此时再读《宋儒学案》。同时也到松公府一个出版社，叫做“共学社”，买新书来读。如克鲁泡特金的《互助论》，考茨基的《阶级斗争》，又如拉马克的生物学之类。我最感有细读的必要的一本书是王星拱的《科学方法论》，可惜读不懂。

二、父病归侍医药

五月，忽一日接家中电，“父病急归”。我随家兄立即搭京汉路的火车，到黄陂县横店站下车，雇了一辆“二把手”（一人用手推的独轮车），边坐边走了四十五里，到达黄冈县仓埠镇的老家。

我的父亲的病是中医所谓“温症”，发高热，并转为黄疸病。乡间没有好医生。有时请周山埠的金先生，有时请汉口的张先生。他们开方下药，都不见效。我找到了家中旧藏的几部医书，治黄疸病的药方总是茵陈草、天生术之类。请医开方，仍不过如此。[①]

经过了一个夏季，父病未见好转。我随侍父亲到汉口去求西医。我父子借住山货公所之禹王殿。山货行会祭禹王，

① 我的父亲名炯照，字月波。丁酉拔贡。经济特科一等第四名。清末历任河南夏邑、新野、安阳、叶县、洛阳诸县知县事。民初任湖北黄陂县县长，及河南汝阳道道尹。

是因为《尚书·禹贡篇》有“厥贡羽毛齿革”的话。那是一座大院落，金碧辉煌的大殿之两侧及后进，还有整齐清洁的房间可以借住，山货行会的主要会员以黄陂人为多。我的父亲在民国元年与二年间，曾任黄陂县县长，执法以严，维护了那一县的安全与秩序。此刻为了求医，借住禹王殿的一间厢房，黄陂县的绅商们慨然出借，并且时常来问病。

秋天到了，父亲的病况继续恶化。他再三再四以我的学业为念。每次问到我，我的答覆是“再过些时，不要紧”。一直到了十月，我还是不肯离开。父亲用手槌床，催促我走。我等候旧仆周钦到了，才搭火车往北京。我到校之后，补了上学年的考，升入三年级。

三、修订法律馆征文

修订法律馆是在修订民法债篇的新草案，为了征求法学界的意见，在报纸上刊登广告，提出了十七个题目，悬赏征文。

我决定应征，立刻着手起草。初稿写成，计在十万字以上。法律门前一班湖北同学黄寿鼎先生也在起草应征。他到乃兹府公寓来谈论这件事。他看见我的初稿，对我说：“法学文章不可太长，要有条理，要简洁扼要。别人要说十句的，你只说一句。你一句说不清，十句也说不清。”我当晚即开始改写，第二次稿约三万字，每段加小注，注明引用文句的来源。

我将第二次稿，用楷书誊清，订为一册，自己送到修订法律馆。那时已经是阴历的腊月二十九日，寒假回家过年的计划也就耽误了。

四、除夕与元旦

民国十年，我是二十三岁。

同公寓的陕西同学杨懋昌先生，是一位淳谨俭朴的人，岁除之夜，他在煤球炉子上，炖了一大锅的牛肉汤。他是用汉中家乡的法子，将两三斤整块牛肉，搁在砂锅里，加清水，不用盐，从上午到夜间，经炉火煎熬。他约我到他的房间里，二人围炉而坐，各用筷子和汤匙，从砂锅里取肉取汤。直至半夜之后，天将亮之前，各自归寝。

我身边只剩下银元一元和两吊票一张（两吊票值铜元二十枚）。夜间公寓的伙计来请了一安，将银元作为年赏，拿去了。

元旦的清晨，同公寓的同学三四人相约出东便门，逛东岳庙。我们是步行去，也步行回，未曾花掉一文钱。

那东岳庙，中间是大殿，祀“东岳大帝”。四周的厢房，每一厢祀一神。游人的香火集中于东厢的送子殿与西厢的财神殿。然而特别叫我伤感的，是南厢的一小殿，祀黄疸神。我知道父亲的病是不会好的。何时有噩耗，未可预料。我低着头，走过这一殿，没精打彩的随同诸位同学进城回到乃兹府公寓。

五、到中央公园去

阴历正月初二日，同乡某君来约我，一同到中央公园（北伐后改中山公园）去，参加同乡的大会。那会是为了声援“鄂人治鄂”的。

湖北督军是王占元。在京的湖北同乡推黄冈夏寿康（仲膺）先生为湖北省长。此时已由周树模先生向徐世昌推荐，并且已见公府的任命。夏先生奉命之后，即往汉口。同时，王占元保举政务厅长何佩镕为省长，拒绝夏先生过江到武昌就职。

法政专门学校的湖北同学对于“鄂人治鄂”颇为热心。当时参加这一运动的学生，不限于法政，其他大专学校亦有同乡学生参加。同乡主持其事者有孔庚（文轩）及其他数人。我偕同某君前往，相约我出门票，他出车钱。门票两张恰好是铜元二十枚，我还出得起。

我们一进公园，即向左转，到水榭去。那时法政的黄冈同乡王仲友，已跳在茶桌上，正在高声演说。一时之间，群情激昂。王仲友讲到最后，手指着某君，喊了几声“打”。于是群众围攻那几个人。那几个人是谁呢？他们在开会之后，发言反对夏先生为省长。他们是何佩镕的同乡。

我刚到水榭，即遭遇一场混乱。公园的警察来了。同乡们纷纷四散。我自以为旁观的人不至被拘，未曾开溜。殊不料警察拘捕了三个人。我亦为其中之一。

六、由警察厅到地方检察厅

警察把严季宗和我及另一同乡，带到警察厅。我们要求警察不用白绳子套手腕。他答应了。我们一路走到警察厅司法科。那被打受了轻伤的三位同乡亦在候讯。

司法科科长把我们叫到一间大厅里去问话，把我们申斥了一顿，随即指挥警察把我们移到地方检察厅。

我们进入地检厅候审室，候了很久。检察官首先传讯我。我只是答覆："到了场，没有打人。"其次传讯严季宗。他争了几句。那检察官高声说道："我认为你有逃亡之虞。"我在庭外听到这句话，知道严先生要被羁押。

这时已经是下午六点以后。警察带着我去找保。我随同走了两三小时的路，才找到一个"公馆保"。我走了一整天，当然感觉十分疲劳。但是那警察和我闲谈，问我是什么地方的人士，我说是湖北人。他说："听不出您是南方人。您的北京话说得好。"我听了他这句话，我的疲劳至少减去了一大半。

我取了保，回乃兹府。次日清晨，我与同乡某君到旗守卫去拜望王常甫先生。王先生是黄冈的世交。我常到他家去问候和谈话。[①] 这次的事情却是不同了。他是地方检察厅的首席检察官，我是交保之中的被告。他的传达看见了我

---

① 黄冈王氏为有名的世家。常甫先生为今"司法院"秘书长王采生先生之叔。

们，不应门，更不开门，我非常钦佩司法官是那样的谨慎和严正。

我们转往报子胡同一位同乡的家（程宅），见了孔文轩先生。孔先生勉励了我们，并决定立刻去设法保释严季宗。

七、家中电报催归

这事还没有了结。我接到家中来电。电报还未拆开，我已经知道不好。电报的文字很简单，就是“父病笃，盼即归”。

父亲去冬已由汉口搬回仓埠镇。他自知病不会好。他唯一的希望就是等到寒假，候我回乡再见一面。不料我为了应征作文，直到腊底，未作回乡之计。他的胆囊、肝脏，乃至肺膜，都发炎充血，不许他的生命延长到我回乡之后。

我接到电报之后，借了银元二十元，立即搭车到汉口。我到汉口之日，遭逢大风，江上的小轮停航。我即往拜见夏仲膺先生。他指定万武樵兄陪伴我，叫我不必着急，明晨派专轮送我去阳逻。①

次日，我由汉口乘轮船到阳逻，雇了二把手，急行回仓埠镇。一路之上，真是“近乡情更怯，不敢问来人”。比及到家，我的父亲已是前一日弃世入棺。家中候我抚棺一见之后，方才大殓。

① 夏仲膺先生为吾妻冰如之母舅，亦为万武樵先生之母舅。

八、居丧期间及其后

“人生至此，天道宁论？”我侍病的期间，已读过佛教的《楞严经》与《大乘起信论》。太虚法师在武昌受了一些绅士的崇拜。那些绅士们的中间，黄冈的李隐尘先生和张锡畴先生，皆与我家为世交。他们介绍一些佛教的经论，劝我读。

我居丧期间，更迫切的读了每一宗的经论。如《法华经》《华严经》和《圆觉经》《阿弥陀经》《楞伽经》《成唯识论》《中论》《百论》《十二门论》《大智度论》（此一部未读完）等，又手抄《金刚经》。

陶族有自幼出家，老年回乡之法师，名璜定者，在仓埠镇，我家的后门之外，约半里许，建报恩寺，我常往谈论。我的母亲发现了我不大吃肉，非常发急。每当吃饭时，总是检大块的肉，送到我的碗里，叫我吃下。

当七七满后，我回校上课，才知道上次应征的论文，获得第一名奖金一百元。第二名是许藻镕先生，奖金亦是一百元。第三名是王凤瀛先生，奖金五十元。我用这笔钱，向东京丸善书店订购了国际公法及德国民法及瑞士民法，以及罗马法与日耳曼法的英文著作。美金一元只值中国银元九角，日金一元只值银元二角五分。买书是便宜的。即如王亮畴博士的德国民法典英文译本，只要银元一块八毛。

我十九岁与同县万信民先生长女冰如结婚。至此三年，她连生两女，家中的人把她看贱了，并且量估着她不再生男儿。这年暑假，我回到家乡，就是她生第二女琴薰的时候，又适值我患疟疾，每次发高热，便神经错乱。家中的人冷视产妇，并虐待她的长女骊珠。我心里的创伤，更觉深重。

暑期中，我的疟疾难医，也未曾求医。由六月至十月仍然是隔两天发热一次。不得已，乃抱病往汉口，搭京汉车北上，先由郑州转开封，在水利学校老同学处小住两三日，再返郑州，往北京。北方的天气高朗，我的疟疾也就不药而愈。我升入了法律系四年级，每天到法律系图书室选读法律哲学的书。我读了新黑格尔派，新康德派以及社会法学派与历史法学派的一些英文书籍，并在沙滩的公寓里另读一些日本的法理学著作。

我虽然到大佛寺佛经流通处买了一些经论，但是法学的兴趣又高起来。修订法律馆将我的论文，刊登《法学会杂志》，对于大学尚未毕业的学生更是有力的鼓励。

九、到安庆去

民国十一年，我是二十四岁。

从我那一期起，法科改为四年毕业。法科四年级的学生，对于毕业之后的职务是极为关切的。我有一个观念，不靠家产，不求高薪，要从辛苦劳作中求出路。我也有两项希望：一是如做法官就希望到杭州，二是如做教授就希望回母校。

司法官不应与律师往来，更不可与诉讼当事人接触。所以要做法官，最好是在杭州。审理诉讼之余，还可到西湖走走。若是教书，那就要到学术文化荟萃的北京，从此上进。

然而我必须面对现实。湖北同乡世交曾任高等检察厅长之吴炳权先生有一次问我："你毕业后如教书，想教什么课？"我答道："教亲属法。因为那是冷门，很少人竞争。"他说："你这一辈子完了。教书不是好出路，教亲属法更要坐冷板凳。"

这年暑假，我毕业了。吴先生替我在天津法政专门学校谋教席，未见成功。我却接受了安徽法政专门学校之聘。暑期之后，我到安庆去教亲属法去了。

载《传记文学》第一卷第一期（一九六二年六月号）

北大六年琐忆

田炯锦

约两年半以前，刘绍唐先生嘱为《传记文学》写一篇我在北京大学受学时的回忆。因彼时正忙于办理“行政院”法规整理委员会的结束事项，未能报命。原打算在去年北大校庆以前，抽暇草拟，不意有许多笔债和事务待办，以致迟迟未能着手。现在又快到今年校庆了，只得将过去在北大六年而今仍能记忆的琐事拉杂追叙，如有错误或欠正确之处，尚希阅者指教。

民国六年夏，看见北大招生的广告，应考资格有同等学力一项。彼时我在天津南开中学刚修完二年级的课程，乃报名投考预科，因物理化学尚未修习，乃请高班同学指导，补习了一月。考试结果，幸被录取，编入文预科一年级甲班。次年章程修改，非中学毕业不能应试，故我跳越了两年转学北大，实属幸运。

南开中学一切很认真严格，教员按时上下课，每学期的功课均按时教完。学生则闻上课铃即入教室，请假须合规定，不得无故缺课。有月考、期考、年考，月考成绩差者，教员予以责备警告，期考有不及格的课者补考，年考不及格者降级。故教与学均兢兢业业的进行。初入北大，甚感不惯，上课铃响时，好些教员常迟延十分钟左右，方到教室，但下课铃响后，仍继续讲之不休，下一课的教员如守时，学生简直无法休息。有些教员上课两三星期，尚未讲入正题，有些教员编发讲义，但过数星期后，又作废另发。月考甚少，且不认真。故当时很奇怪北大系驰名全国的好学校，何以如此随便？但一学期未满，我即体认北大的长处。教员们多系学识丰富之学人，他们开始讲的很多题外话，对该课以后的深入了解，大有功用。有些教员的功课虽未能按时讲完，但确有许多心得，转授给学生。只要学生肯用功，则其所得到的益处，当远超过按课本逐章逐节的讲解。所以我常想倘能以南开的谨严，与北大的启发，合并用于教学，当可使大多数学子都能有成。

北大的前身，为清代已成立的京师大学堂，监督及以后的校长，均系大官充任或兼任，学生们亦多僚气与暮气甚深。我初入学时，尚闻人论说：北大老旧，高师穷苦，清华洋气。但事实是，自六年一月蔡孑民先生接任校长后，揭示大学为研究高深学问之机关，并勉学生以三事：一、研究学问，二、砥砺德行，三、敬爱师友。同月规定教员担任教课钟点办法六条。四月停聘学术标准不合在大学任教之外国教师。是年冬组织学术讲演会，并创刊《北京大学日刊》《月刊》。故自蔡先生长北大后，学校已逐步改进。加以他豁达的气度，远大的眼光，以及和蔼可亲的态度，已经使师生们均受其感召，而追求进步及革新。是年秋季开学上课未久，就觉得我们班上的教员，大多数都是学识丰富而有见解，如马渔藻讲中国学术文，朱宗莱讲模范文，钱玄同讲中国文字学，杨敏曾讲中国史，何炳松讲世界文明史（后改称西洋文化史），田北湖讲中国地理。虽然他们的口才有巧有拙，表达的有条理或乏系统，但令人觉得他们所讲均系内容充实，并有独到的见解。其所编讲义之文字亦很优美。

这时候北大有很多著名的教授；在文科者如黄侃（季刚）、黄节、陈汉章、梁漱溟、辜鸿铭、刘师培、陈大齐、陈独秀（文科学长）、胡适、沈尹默、沈兼士等，法理两科亦有许多驰名教授。他们的著作及其在报章杂志所发表的文章，均受人们的称许、推崇，或引起辩驳。但著名的学人中，亦有些行为不检，生活浪漫，使人骇异。蔡先生乃于民国七年提倡组织进德会，会员分三类：一类是不嫖不赌，不纳妾；一类是除上述三者外，并且不吸烟，不饮酒；一类是除上述五者外，尚须不食肉类。这一个会以后事实证明，没有发生多大效力。但蔡先生婉请素行不检的教职人员入会，一年以后将学术声誉甚高、而其私生活仍旧糜烂的几个教授不予续聘。故蔡先生虽认为"人才至为难得，若求全责备，则学校殆难成立"，故"对于教员以学诣为主，……其在校外之言动悉听自由"，但不许"诱学生而与之堕落"。所以他虽注重邀请饱学之士任教，使学生的智识增进；但亦注意学生品德的修养。故教员的行为苟有影响学生堕落的危险，则无论其学识如何渊博，亦不能不割爱使其去职。

这一时期，我国学术界有新旧之争，北大的教员们，如胡适之、钱玄同、沈尹默等，常发表白话文、白话诗，提倡“国语的文学，文学的国语”，主张以科学的方法，整理我固有的各家遗著，返还古哲人们学说的本来面目。校内外的反对者们，乃以为他们“离经叛道”“覆孔孟，铲伦常”“尽废古书，行用土语为文字”。校外抱残守缺之士如林琴南先生者，竟信以为实，于八年三月在《公言报》，公开发表致蔡校长书，有云：“且天下唯有真学术真道德始足独树一帜，使人景从。若尽废古书，行用土语为文字，则都下引车卖浆之徒，所操之语，按之皆有文法，……此则凡京津之稗贩，均可用为教授矣。”“乃近来尤有所谓新道德者，斥父母为自感情欲，于己无恩。此语曾一见之随园文中，仆方以为拟于不伦，斥袁枚为狂谬，不图竟有用为讲学者。人头畜鸣，辩不胜辩，置之可也。彼又云武曌为圣王，卓文君为名媛，此亦拾李卓吾之余唾；卓吾有禽兽行，故发斯言。”

蔡校长阅报后，乃即写“为说明办学方针，答林琴南君函”，送《公言报》发表，兹择要节录数段如下：

> 公书语长心重，深以外间谣诼纷集为北京大学惜，甚感。惟谣诼必非实录，公爱大学，为之辨正可也。今据此纷集之谣诼，而加责备，将使耳食之徒，益信谣诼为实录，岂公爱大学之本意乎？原公之所以责备者不外两点：一曰“覆孔孟，铲伦常”；二曰“尽废古书，行

用土语为文字”。请分别论之。

对于第一点，当先为两种考察：（甲）北京大学教员曾有以“覆孔孟，铲伦常”，教授学生者乎？（乙）北京大学教授曾有于学校以外发表其“覆孔孟，铲伦常”之言论者乎？

请先察“覆孔孟”之说。大学讲义涉及孔孟者，惟哲学门中之中国哲学史。已出版者为胡适之君之《中国上古哲学史大纲》，请详阅一过，果有覆孔孟之说乎？特别讲演之出版者，有崔怀瑾君之《论语足征记》《春秋复始》。哲学研究会中有梁漱溟君提出“孔子与孟子异同”问题，与胡默青君提出“孔子伦理学之研究”问题，尊孔者多矣，宁曰覆孔？

次察“铲伦常”之说。常有五，仁、义、礼、智、信，公既言之矣。伦亦有五，君臣、父子、兄弟、夫妇、朋友。……在中学以下修身教科书中，详哉言之。大学之伦理学涉此者不多。然从未有以父子相夷，朋友不信，教授学生者。大学尚无女学生，则所注意者，自偏于男子之节操。近年于教科书以外，组织一进德会，其中基本戒约，有不嫖，不娶妾两条。不嫖之戒，决不背于古代之伦理。不娶妾一条，则且视孔孟之说尤严矣。至于五常，则伦理学中之言仁爱，言自由，言秩序，戒欺诈，而一切科学皆为增进智识之需，宁有铲之之理欤？

……公所举“斥父母为自感情欲，于己无恩”，谓随园文中有之。……公能指出谁何教员曾于何书，何杂志，述路粹或随园之语，而表其极端赞成之意者？……所谓“武曌为圣王，卓文君为贤媛”（李贽所说），何人曾述斯语，以号于众，公能证明之欤？

对于第二点当先为三种考察，（甲）北京大学是否已尽废古文而专用白话？（乙）白话果是否能达古书之义？（丙）大学少数教员所提倡之白话的文字，是否与引车卖浆者所操之语相等？

请先察“北京大学是否已尽废古文而专用白话？”大学预科中有国文一科，所据为课本者，曰模范文，曰学术文，皆古文也。……其编成讲义而付印者皆文言也。于《北京大学月刊》中，亦多文言之作。所可指为白话体者，惟胡适君之《中国古代哲学史大纲》，而其中所引古书多属原文，非皆白话也。

次考察“白话是否能达古书之意？”大学教员所编讲义，固皆文言矣。而上讲坛后，绝不能以背诵讲义塞责，必有赖于白话之讲演；岂讲演之语，必皆编为文言而后可欤？吾辈少时读《四书集注》《十三经注疏》，使塾师不以白话讲演之，而编为类似集注，类似注疏之文言以相授，吾辈岂能解乎？……

又次察“大学少数教员所提倡之白话的文字，是否与引车卖浆者所操之语相等？”白话与文言形式不同而已，内容一也。《天演论》《法意》《原富》等，原文皆白话也，而严幼陵君译为文言。小仲马、迭更司、哈德等所著小说，皆白话也，而公译为文言。公能谓公及严君之所译，高出于原本乎？若内容浅薄，则学校报考时之试卷，普通日刊论说，尽有不值一读者，能胜于白话乎？且不特引车卖浆之徒而已，清代目不识丁之宗室，其能说漂亮之京话，与《红楼梦》中宝玉、黛玉相埒，其言果有价值欤？……公谓《水浒》《红楼》作者，均博极群书之人，总之非读破万卷，不能为古文，亦并不能为白话。诚然，诚然。北京大学教员中，善作白话文者，为胡适之、钱玄同、周作人诸君，公何以证知为非博极群书，非能作古文，而仅以白话文藏拙者？胡君家世汉学，其旧作古文，虽不多见，然即其所作《中国哲学史大纲》言，其了解古书之眼光，不让清代乾嘉学者。钱君所作之文字学讲义，学术文通论，皆古雅之古文。周君所译之域外小说，则文笔之古奥，非浅学者所能解。然则公何宽于《水浒》《红楼》之作者，而苛于同时之胡、钱、周诸君耶？至于弟在大学，则有两种主张如左：

（一）对于学说，仿世界各大学通例，循“思想自由”原则，取兼容并包主义，与公所提出之“圆通广大”四字，颇不相背也。……

（二）对于教员以学诣为主，在校讲授以无背于第一种之主张为界限。其在校外之言动，悉听自由。本校从不过问，亦不能代负责任。

……

夫人才至为难得，若求全责备，则学校殆难成立。

且公私之间，自有天然界限。譬如公曾译有《茶花女》《迦茵小传》《红礁画桨录》等小说，而亦曾在各学校讲授古文及伦理学。使人有诋公为以此等小说体裁讲文学，以狎妓通奸争有夫之妇讲伦理者，宁值一笑欤？然则革新一派，即偶有过激之论，苟于校课无涉，亦何必强以其责任，归之于学校耶？

蔡先生这篇答林琴南书，实吾国新旧争论时期之一件重要文献。把他办学的宗旨与苦心，说的极为清楚。处吾国一切落后的情况下，人才至为难得，若求全责备，则大学将延聘不到良好教员，学校一定无法办好。故他只得取人之长，而不重视其短。他说“复辟主义，民国所排斥也。本校教员中，有拖长辫而持复辟论者；以其所授为英国文学，与政治无涉，则听之。筹安会之发起人，清议所指为罪人者也，本校教员中有其人；以其所授为古代文学，与政治无涉，则听之。……革新一派即偶有过激之论，苟于校课无涉，亦何必强以其责任归于学校耶？”因为他对延聘教员系取人之长，期使学生得受良好教育。他们之中，如有在校外发表不法言论者，苟触犯国法，自应由政府依法取缔。学校既不能庇护，亦不能代负其责任。

蔡先生《为说明办学方针答林琴南君函》发表于民国八年三月十八日。此后不到两月，即发生五四运动。五四运动对吾国政治教育文化及社会各方面，都发生很大影响。因人们对之看法与了解不同，故其为功为罪，尚无定论。笔者于一九六九年九月《传记文学》曾有平议，不再重述。《答林琴南君函》对于容许以白话文编讲义及讲授课的道理，说的清楚合理。对于以后白话文之通行，有很大的影响。因五四以后人们对于一切革新，无论批评或赞扬，都认为系五四造因；对蔡先生替白话文的辩护，反少注意。故本文对蔡先生此函原文括引特多，期使阅者了解白话文发展经过之真象。

在大学预科受学时期，有几件琐事，常留在我的记忆中：在民六的冬季，学校规定凡学年考试国文、英文或数学，有一课不及格的学生，不得升级，当时大家都兢兢业业，惟恐以此留级。而学年考试终结，确有好些人未能升级。可惜此项规定以后未克继续实行。因为五四前后，有些学生自己的学业很有成就，却主张学校应该废弃考试。犹忆蒋梦麟先生答覆一个学识很好的学生朱谦之的信，被其公开发表。蒋说：要文聘就要考试，不要文聘就可以不要考试。朱答覆说：读书为求学问，本来他就没有想要文聘。朱君既未参加五四运动工作，思想亦不左倾，是一个研究国学的人，著有《周秦诸子通论》，但他极力主张学校废弃考试，这种废止考试的呼声，很影响考试的严格认真。可见一个国家到了穷则变的时代，自难免众说纷纭。将民初以来诸多变化，都认为由于五四运动，未免只见一斑，未窥全豹。

当时有一个驰名的经史学教授黄季刚先生，为学人们所崇仰。但其行动常令人感觉奇怪骇俗。有一天在北大理科大门口，与一个拉人力车者对骂，他旋骂旋向校内行走，惹得许多人围观。有一天下午，我们正上课时，听得隔壁教室门窗响动，人声鼎沸。下课时看见该教室窗上许多玻璃破碎，寂静无人。旋闻该班一熟识的同学说：黄先生讲课时，作比喻说：好像房子塌了，言毕，拿起书包，向外奔跑。同学们莫明究竟，遂跟着向外跑。拥挤的不能出门，乃向各窗口冲出，致将许多玻璃挤碎。我那时虽知有胡适之先生，主张文学革命，但尚未见过胡先生本人。只听同学们常说：胡先生教中国哲学史，方法新颖，内容丰富，大受听讲的学生欢迎。民七的一晚，同宿舍的狄君武学长约我同往理科餐厅听音乐演奏。离我们不远，坐着一位身着黑布长袍马褂，面容憔悴，头发甚长，胡须未剃的人。觉得甚奇特，询狄为何人？他说是胡适之先生，因胡遭母丧未久，乃穿孝服，不剃须发。我时常想：黄深研我国经史，应是衣冠整齐，态度严肃的人，胡被讥为反对旧文学旧礼教的人，应是不守传统规范不拘泥于小节的人。但在看见过他们以后，觉得与我的想像完全相反。

民八秋我入北大哲学系，当时北大除本系少数学课外，可以选修旁系许多功课，且可随意去到别班听讲。所以没有固定的课堂与座位。以此北大学生养成一种奇特习惯，在讲堂连桌并坐的人，很少彼此交谈，甚至同一宿舍同一排房间住的人，终年少有往来，且相遇时亦少彼此招呼。所以无论在政治或学术方面，人们说北大派如何，如何，与真相实在太不符合。北大在五四前后，有少数学术性或政治性团体，如国民杂志社、新潮社、国故社、共进社、民治主义同志会等。但每一团体多则一百余人，少则数十人或数人，绝没有一个能代表全体的北大派。因为北大主张学术自由，团体与团体，以及教员、学生，个人与个人之间，见解诸多不同，而且有时互相公开批评。如胡适之先生指出梁漱溟先生《中西文化及其哲学》一些可疑之点。梁先生在学校大礼堂公开讲演，为他的见解辩护，并指出胡先生的批评欠当。同学易家钺君与苏梅女士因见解不同，在报刊上激烈争辩，乃至发有秽语，引起不少同学对之攻击。故北大在学术上有许多小派别，但绝无一个北大派。同学对于教师，亦多不以其学术派别不同，有所好恶。只要其学识确实优良，对之同样敬重。例如留英回国的傅佩青先生，在北大教学一年，与几位留美而受同学欢迎的老教授，见解不合，辞职他就。有不少同学，对之依依惜别。傅甚感动，愿无酬为之教西洋哲学史，我亦曾往听过。梁漱溟先生教学时，对留欧美学者之见解，常有批评，甚至对全校拥护之蔡校长的论“仁”，曾有严刻的评议。蔡先生给“仁”的定义是：“统摄诸德完成人格。”梁谓这种定义叫人无可批评，但其价值亦仅止于无可批评。胡适之先生的《红楼梦考证》，认为是曹雪芹描写其家室与身世的一部小说。并批评蔡先生的考证，说：宝玉影射清廷某人，黛玉影射的某人等等，是笨的猜谜，犹如有人猜“无边落木萧萧下”为日字一般。蔡先生虽不同意梁、胡两位的意见，但对他们的学问，非常赞许。故北大对学术研究，确是思想自由，但没有统一的思想以成立一个派系。

北大在民九春季，允准女生入学旁听，在吾国教育史上，实应属一件大事。因为在民国初年，男女的界限甚严。不但没有男女同校的学校，一般娱乐场所亦男女分座，不能相混。记得有一对新婚夫妇欲同往城南游艺园听戏，但限于规定，不能并座。其夫异想天开，乃妆扮成女人，与妻同坐妇女席。不幸被发觉，警方以其伤风败俗，竟将其夫游街示众！不但未受舆论指摘，卫道的人对警方之处罚，且加称赞。故北大容纳女生旁听，现在看起来，何足惊奇，但在当时确系骇俗。以后曹锟、张作霖打倒安福系时，他们曾在宴会席上面告卫戍司令王怀庆说：听说有个蔡校长让男女同校，败坏风俗，可拘押究办。教育总长范源廉解劝说："蔡是书生办学，并无其他作用，请不必追究。"以此就可知当时允女生在男校旁听，实是一件责任严重的大事。兹略述起初容纳女生入学经过，及其在校情形如左：

民八夏，有一个甘肃籍女生邓春兰向北平报纸投稿多次，主张各学校应准许女生入学，引起报界注意，多有同情之评论。彼时北大招新生的考期已过。民九春有一江苏籍女生王蓝，请求入校旁听，旋获允准。遂有好些女生，援例请求。共收多少女旁听生，我不清楚。因在哲学系一年级受学，我们的班上，当时有三个女生，其座位纵排在一般学生座位的右前方。他们态度很庄重，少言笑，更少见其与男生谈过话。他们之一，名赵懋华者，在抗战前，曾任立法委员。同年秋北大正式招收女生，与男生不复分座听课。北平其他各大专学校亦准女生受学。

民八秋蔡校长被挽留返校后，鉴于学生为校长去留，迭次发生学潮，乃宣布其教授治校的构想，并邀蒋梦麟先生来校协助。北大原分文、理、法三科，每科设一学长负责。不久改组，废学长制。北大原分三院办理校务，文科在沙滩，理科在马神庙，法科在译学馆。改组后原来文科办事的地方名第一院，理科的名第二院，法科的名第三院，好像与原称文科、理科、法科，没有实质上的区别，其实则大不相同。改组后各科学长废除，各学系的事宜，均直归教务长指导管理，院只成为学校一部分地方的名称，而非管理校务的机构。文科学长陈独秀遂于此时离校。学校各学系均设一主任，由各系主任选其中一人为教务长，直接管理教学事宜。各事务单位之上，设一总务长，负责指导一切事务之进行。各教授合组评议会，学校重要事项，提由该会决议。校长室设一秘书，负责与各单位连系。北大第一任总务长由蔡校长聘蒋梦麟先生充任，教务长则马寅初先生当选。前者我离校时仍为蒋先生，后者则马任职未久即辞去，由何育杰、胡适之、顾孟余诸先生相继担任，顾先生最久，我毕业以后，他尚继续任职。民十二我毕业后，不悉在何时北大及其他各大学均于教务长之外，又设各院院长，分理各院事宜，且系聘任，与蔡先生当时教授治校之用意，大不相同。

蔡先生于民九冬奉派赴欧美考察教育，于考察期间，其校长职务，由蒋梦麟先生代理。他于十二月底抵法，其后赴比、德、奥、意、瑞士、瑞典、荷兰、英、美各国考察，于八月中旬代表出席夏威夷太平洋教育会议后返国。在其出国期间，因北政府久欠教育经费，各校教职员领不到薪水，向政府请愿，反被警卫殴打，因而宣布罢教；各校学生亦起而声援。迁延数月，北政府知悉事态严重，乃为补发欠薪，并向之表示歉意，各校始复课。蔡先生回国后，大不为然，曾召集北大教职员痛切的说：学校教育青年，教职员应为学生模范，岂可因索薪罢教，贻误后生？他坚决要求把罢教期间未为学生上课，而领得的薪水，交出归公。并说如认为政府太坏，不能合作，尽可自动辞职，另谋他就。如大家都求去，亦可使政府惊觉反省。岂可既不离职，又不尽教学责任，贻误青年？教职员接受蔡先生的提示，决议将罢课期间内所领之薪水归公，但请分期扣除。以后北政府又常欠发学校经费，致扣除之决议，无法实行。但以此可见蔡先生作人处事之严正，从此再未发生教职员罢教情事。

蔡先生海外归来不久，召集学生讲话，勉其为国努力。他说：世界大战结束，人们多谓德、奥、义侵略集团失败后，当实现长期和平。此次他到欧美考察，方觉完全不是那样。列强们勾心斗角，均为自己国家利益打算，并未对世界和平着想。我们处此情势下，非发奋图强，则无以自全。他归来后，觉得国人仍将我国的安全，寄望于列强之维持世界和平，而不自求如何巩固国防。我们的学校对练习军操，已不注意。他从前买了几匹马，教学生学骑术，归后方知骑术未复学习，连马都已经卖了。这种误信世界业经和平的心理，实在太可怕了！望大家务要自行振作，不要将自己国家的安全寄托希望于别国的维护。要国人努力以求自立自强，而后国家方有前途。他本着这种看法，并认为想要国家社会好，自己先应该廉洁持身。乃要求教职员们不要领罢课时期应有的教课薪酬。且屡次呼吁学生们应努力学业，充实自己，以准备为国家效力。民十一五月，北大成立妇孺保卫团。旋聘蒋百里、黄郛两先生，讲授军事学。

民十一春，学校发生一次不幸骚乱。学校负责人员以为教员讲课有指定课本者，有印发讲义者；课本系由学生自购，则讲义印刷费理应由学生负担。故决定每学期每一门功课收讲义费一元。平均一学期每人负担不过六七元，本系无关重要。乃有少数当时所谓“过激派”学生，鼓动拒绝缴纳，并包围蒋总务长，要求收回成命。蔡先生闻悉，非常震怒，亲入重围，告诫学生不可无理取闹。学生们多数闻而散去，但仍有一些人鼓噪叫嚣。蔡先生乃立即表示辞职。一般学生知悉后，乃决定于翌日上午在大礼堂集会，共商挽留办法。届时到会学生踊跃，座无虚席。登台发言者均主张挽留校长，而坐席的各方面，有人狂喊“下来！下来！嘘嘘！”不久见发言者不予理会，乃竟欲冲上台去殴打；致一般学生不平，亦冲上去对打。方看清叫闹者不过十数人，不敌逃出。下午在原地重行集会，事前声明系挽留校长会议，不赞同的人毋许参加。到场的人数更为众多，一致决议挽留校长，并对滋事的学生请学校予以处分。旋学校布告教授们集会决议，将为首滋事之学生冯某（忘其名）开除学籍。这次校内风潮，由于学生们自动予过激分子以制裁，乃不到两天，即行平息。学生们警觉这些不良分子与校外阴谋暴乱的党徒有勾结，乃自动组织许多小团体，从事抵制。我当时加人的一个团体，叫民治主义同志会。其目的在促进民主，并防阻过激分子捣乱学校与社会。因绝大多数纯洁分子已有警觉，故此后直至我毕业时，本校学生在校内再没有闹过风波，而为遏制过激分子捣乱，成立的一些小组织，遂亦无形星散。

在北大本科四年，听过许多教师的课，而印象最深者为胡适之、陈百年、梁漱溟诸先生；其次为朱经农、唐擘黄、燕树棠、何海秋诸先生。亦听过傅佩青、徐炳昶两先生短时期的讲授。他们都是学识丰富，各有自己的见解与心得。但在教学方面，则多不相同。陈先生对于教课，准备极为充分，每教一课不但内容充实，而且条理井然，好像一篇完整的论文；惟其讲话很快，声音又低，使人不易听懂。梁、傅、徐诸先生对于中西哲学，均有创见，但他们不长于表达。学生听不懂时向之询问，其答言亦不为人了解。梁先生的印度哲学概论、大成唯识论、东西文化及其哲学各课，有甚多的创见。尤其讲儒家的所谓“仁”，我最钦佩其见解正确。但他甚不长于言辞表达，文字亦欠流畅，每于讲解道理时，不能即行说明，常以手触壁或敲头深思。讲东西文化及其哲学时，邀本班一个国文很好的陈君（忘其名）坐在前排笔记，经他加以核正后付印。唐先生教的高级心理学，真是与高级的意义名实相符。他讲的道理很深，好些地方与佛学里讲心理的内容相似。当时我常感印度人能于数千年前懂得高深的心理学，真是奇迹。但唐先生用英语讲授，我们班上很多人英文欠佳，故该课进行的很慢，学生获益不大。朱、燕、何诸先生讲解都甚清楚，但所讲的义理都很浅近，与课本的内容无多大的差别。在上述诸师长中，我最喜欢听胡先生的课，他不但有许多新颖的见解，而且擅长表达。他每授一课，我们都能了解，而且发挥道理之用语繁简，恰到好处。我以后到美国上学，先后进过五个大学，听过十几位教授的讲，只有意利诺大学政治系主任嘉莱尔先生，其讲课内容之丰富，表达之高明，可与胡先生相伯仲。

光阴过的真快，我离开北京大学，已近五十年了，许多往事已记不清。上述诸事尚能忆其梗概，但拉杂陈述，不成体系，故题之为琐忆。如有不符事实之处，尚祈阅者指正。

载《传记文学》第二十二卷第一期（一九七三年元月号）

七年北大

李书华

一

我是民国十一年暑假后开学前到北大，直到民国十八年暑假前离开北大，专任国立北平研究院的职务，在北大恰满七年。本文是回忆此七年的经过情形，故名曰“七年北大”。

北大的前身，原为清末的京师大学堂，民国元年始改名国立北京大学。京师大学堂成立于清光绪二十四年戊戌（西元一八九八）。经庚子拳匪之乱停办两年后，光绪二十八年壬寅（一九〇二）重行开学，设预备科与速成科；速成科分为仕学馆与师范馆。光绪二十九年设译学馆、医学馆及实业馆。光绪三十年增设进士馆，并将仕学馆并入。清宣统元年（一九〇九）筹设分科大学，设经（民元归并文科）、文、法政、医、格致（民元改称理科）、农、工、商等八科。我初到北大时，北京有国立八校，即：北大、高师（后改为师大）、女高师（后改为女师大）、法专（后改为法政大学）、农专（后改为农大）、工专（后改为工大）、医专（后改为医大）、艺专（艺术专科学校）。后又增设女子大学（女大），于是国立八校变为国立九校。这九校有由京师大学堂分出独立者，有另行增设者。如高师导源于师范馆，法专导源于进士馆，医专的前身为医学馆，农专的前身为农科，全是由京师大学堂分出而独立者。我到北大时，北大的范围，则只有文、理、法三部分，分设第一院、第二院与第三院。

民国十一年十二月十七日，我参加北大成立二十四周年纪念会，是我第一次参加北大校庆，北大校庆纪年开始，是用戊戌年京师大学堂成立的那一年。但那一年京师大学堂开学，则是阴历十月二十日，即阳历十二月三日，并非阳历十二月十七日。京师大学堂由庚子年起停办两年后，壬寅年阳历十二月十七日重行开学。北大向来采用为校庆的日期，乃是壬寅年京师大学堂重行开学的日期。北平师范大学的校庆日，也采用十二月十七日，其纪年则推始于壬寅。这个问题最近才由邹树文、胡适（字适之，一八九一～一九六二）两先生考订清楚（见一九六〇年胡适《京师大学堂开办的日期》小册子，原文载《民主潮》十一卷一期；又《传记文学》三卷六期所载邹树文《北京大学最早期的回忆》）。但适之并不主张改变北大沿用多年的校庆日。

因为参加北大成立二十四周年纪念会，我便连想到京师大学堂应该是导源于汉代的太学。汉武帝建元五年（西元前一三六年）置五经博士，元朔五年（西元前一二四年）置博士弟子五十人，西汉末增弟子员至三千人。东汉光武帝建武五年（西元二九年）秋在洛阳［初］建太学，顺帝以后太学生达三万余人，匈奴也遣子弟入学。按“太学”即国立大学，“博士”即大学教授，“博士弟子”或“太学生”即大学学生。汉代大学学生既有三万余人之多，且有外国学生在内，亦可想见当时盛况。中国的大学设立，已有两千年的历史。我很希望治汉史的专家考订出汉太学成立的年月日。我也不主张改变北大校庆的年月日，我却认为似乎可以把汉太学成立的纪念日作为全国各大学的“大学节”。

二

民国十一年九月中旬我到了北京，寓后门内东吉祥胡同。同住的有周览（鲠生）、李麟玉（圣章）、李四光（仲揆）、丁燮林（巽甫）四人，全是在欧洲时期的老朋友，前一两年回国的。鲠生任北大政治系教授，圣章任北大化学系教授，仲揆任北大地质系教授，巽甫任北大物理系教授兼理预科主任。王世杰（雪艇）亦系前两年回国，任北大法律系教授，原来也住在东吉祥胡同，结婚后便另觅住所，移居西城惜薪司。

此外前一两年到北大的新教授，还有谭熙鸿（仲逵）、徐炳昶（旭生）、颜任光等。仲逵任生物教授兼校长室秘书，旭生任哲学系教授，任光任物理系教授兼主任。任光原是在美国支加哥（Chicago）大学习物理，由美经欧回国时，在巴黎与我相识，当时曾将他已发表的论文抽印本一本赠给我，内容好像是几种气体粘滞系数（Coefficient of Viscosity）的测定，但已记忆不清。

我到北京那一天下午便去背阴胡同蔡校长（名元培字孑民，一八六六～一九四○）寓所看蔡先生，适当时教育总长汤尔和亦在座。蔡先生从饭馆叫了一桌酒席，留我同吃晚饭。

三天以后，我回昌黎县新房子庄老家省亲，在老家仅住几天，便匆匆赶回北京开始授课。

我到北大不久，北大新教授李宗侗（玄伯）、皮宗石（皓白）、陈源（通伯）、石瑛（衡青）陆续到校。玄伯在法文系，皓白在经济系，通伯在英文系任教；衡青则在化学系担任冶金功课。皓白、通伯、衡青三人亦全住在东吉祥胡同。

民国十二年暑假前，二弟书田（耕砚）在天津北洋大学土木工程系毕业后，考取清华留美专科生，派赴美国留学，入康南尔大学（Cornell University）深造。

我在东吉祥胡同住了一年多。民国十二年冬妻万贞元携长女继贞到了北京，我们便在北河沿井儿胡同另租房屋居住。后来民国十四年迁居马神庙大学夹道，恰在北京大学第二院隔壁，一直住到民国十七年秋复迁至东城演乐胡同四十四号。民国十八年又移至八面槽椿树胡同二十三号居住，一直住到民国二十六年日军占据北平为止。

民国十三年一月，小儿润生于北平。

我到北大物理系的第一年，讲授本科一年级的“普通物理”，包括物性、热学、热力学及音学，每周四小时；同时担任实验室实验功课两班，每班每周三小时。第二年除继续讲授一年级的“普通物理”外，并讲授本科二年级的“普通物理”，包括光学及电磁学，每周亦四小时；实验室功课仍担任两班。此外我令学生作不少的“普通物理”习题：我按时以习题发给学生，令其自修时作解答，按时交卷，我改正后再予发还。第三年仍讲授一年级“普通物理”并加授本科三、四年级的“近代物理”，包括游子、电子、阳电射、X光与放射学（Radio activity）。这一门功课的内容，我大部份选取居礼夫人（Madame Curie）在巴黎大学所讲授的材料，也是彼时最新的材料。那年我又被巽甫拉去兼授预科一年级的物理功课一年。所以我在北大预科及本科一、二、三、四年级的功课，我都讲授过。

民国九年暑假北大招考新生时，开始收女生。我初到北大时，本科已经有正式女生。在我授课的班上最初的两个正式女生，一个是物理系的何肇华（后来成为童冠贤夫人），一个是数学系的蒋圭贞（后来成为江泽涵夫人）。

那几年我全部的精力，都给予北大物理系。同系的几位教授也都很合作。除授课外我终日在办公室或实验室工作。一方面充实功课内容，一方面为学生准备实验室的各种实验，同时准备在讲室讲授时的指示实验。目标在提高学生程度，使学生毕业时有充分的基本知识。然后我们希望进一步能进行科学研究。

三

北大物理系的实验室，原有许多旧仪器，颜任光又购买了不少的新设备：他设置机器房，安装直流电等等。他创设物理系物理阅览室，把北大图书馆中关于物理的书籍全搬到物理阅览室中，又订购若干物理杂志以供阅览。他改造讲室与实验室内部，将旧窗换成新式玻璃窗。就在此时李仲揆负责改造第二院大讲堂，并在大讲堂前修建一个小花园。从此第二院便焕然一新了。

彼时北大物理系教授，有：颜任光（兼主任）、何育杰（吟侣）、丁燮林、李书华、温毓庆、杨肇廉（季璠）。颜、丁系在我以前到北大，温、杨是在我以后到校。我们五个人可以说都是新教授。只有何育杰一人是老教授，他是与夏元瑮、张大椿同时的教授，夏、张则早已离开北大。丁燮林兼北大理预科主任，他只教预科的物理，不担任本科功课。其余五人则分担本科各种课程。何育杰讲授理论物理，温毓庆和杨季璠则偏重电学与无线电。其余本科课程，则由我与颜任光担任。温毓庆是留美毕业较早的，他是哈佛大学（Harvard University）一九二〇年的博士。又彼时物理系助教龙际云、张佩瑚等均系本校毕业者，对于帮忙实验功课，极为得力。

我们不但对于讲室授课认真，对于学生在实验室作实验认真，而且对于考试亦认真。学生考试不及格的不少，不能毕业的亦颇多。所以结果学生的程度确已提高。物理系有不少的学生受到上述的训练，在北大毕业后复有机会到国外深造，大部份得到欧美各大学博士学位。后来有作研究员的，有任教授的，成绩均极优良。就记忆所及，我想起下列各人作为举例：钟盛标曾任北平研究院物理研究所专任研究员，中山大学物理系教授兼主任，台湾大学物理系教授兼理学院院长，东海大学物理系教授，南洋大学理学院院长；现任南洋大学物理系教授。王普曾任北平辅仁大学物理系教授。岳劼恒曾任北平中法大学物理系教授，西北大学物理系教授。赵广增曾任北京大学物理系教授。王成椿现任台湾师范大学物理系教授兼主任。林树棠现任职美国 Brook-haven National Laboratory for Nuclear Research。又薛北旺与郭贻诚系加州理工大学一九四四年博士，但不知其曾作何事及现作何事？

北大理科其他各系学生选习我所授的物理功课，也有不少的好学生。现在我还可想起几个名字。例如化学系的冯式权（后留学巴黎，一九三八年博士，回国后任中法大学教授），生物系的郝景盛（后留学柏林，一九三八年博士，回国后任北平研究院植物研究所专任研究员），地质系的裴文中（后留学巴黎，一九三六年博士）等，都是当时的好学生。

彼时北大理预科的物理课程约与美国大学本科一年级（以物理为主科）的课程相当。北大本科物理系毕业水准，比美国大学本科毕业（得 B. Sc. 学位，以物理为主科）水准为高，比美国得硕士（M. Sc.）学位的水准为低。北大物理系学生在本科一、二年级须选习若干数学及化学功课。

一个大学对于科学方面的任务有三：一为科学教育，二为科学研究，三为科学应用。我们在北大对于物理学的教育，总算是尽力了。当时国内其他各大学的物理教授，如胡刚复之于东南（原为南高师，后改为东南大学，最后改为中央大学），饶育泰（树人）之于南开，叶企孙之于清华，似乎也同我们一样，尽力作了"科学教育"的工作。胡刚复是美国哈佛大学一九一九年博士，回国比我早两三年。饶树人是美国普林斯顿（Princeton）大学一九二二年博士，回国约与我前后同时。叶企孙是哈佛大学一九二三年博士，回国在我以后。他们均教出若干很好的学生。

中国人在国外研究物理，据我们所知道，以李赋基（Li Fo-ki）最早；西元一九〇七年他在柏林大学获得博士学位[①]。次早的是李耀邦（John Yiu-Bong Lee 或 John Y. Lee），他是一九一五年在支加哥（Chicago）大学获得博士学位，他是名物理家米利根（R. A. Millikan，1868—1953）的学生。米氏得到一九二三年诺伯尔奖金。米氏一九一七年所著《电子学》（*The Electron*）一书中，曾提到李耀邦的工作。李耀邦回国后在上海青年会作事。饶树人离开南开以后（后来树人到北平研究院物理研究所任专任研究员），张伯苓先生拟约

① 据 Tung-li Yuan（袁同礼）*A Guide to Doctoral Dissertations by Chinese Students in Continental Europe，1907—1962*（Ⅱ），Part Ⅳ：Germany.

李耀邦到南开任物理教授未果（据何淬廉先生面告）。李耀邦以后在国外习物理的，便是我们这一群人了。

四

蔡先生长北大（民五年十二月二十六日蔡先生就任北大校长），主张学术自由，引导学生求学问，用人则兼容并包。教授中曾有旧文化保存的顽固派，如复辟派的辜鸿铭（一八五七～一九二八）任英文教授，新帝制派的刘师培（一八八四～一九一九）任经学教授。同时有提倡白话、主张新文化运动的急先锋如胡适、陈独秀等。李煜瀛（石曾）则是最早介绍互助论者，他与吴稚晖是中国最早介绍无政府主义的。蔡先生本人也是提倡克鲁泡特金（Kropotkin）互助论的。又如李大钊（守常，一八八八～一九二七）则是最早介绍共产主义者，后来他成了中国共产党第一个创始人。

蔡先生随时延揽人才，增聘许多新教授。蔡先生又提出教授治校。大学评议会为全校最高审议机关，审议大学重大问题，由教授互选评议员组织之。评议员数目，以教授五人应有评议员一人。我曾被选作过评议员，目睹开会时对于各种议案的争辩有时极为激烈。

民八年以前，北大分为文、理、法三科：文科学长陈独秀，理科学长夏元瑮，法科学长王建祖。民八年三月废除各科学长。设教务处，置教务长一人。各学系直接属学校，各设主任一人，由各该系教授互选之。各系课程采用选科制。设置教务会议，以教务长及各学系主任组织之。民八年九月设总务处，置总务长一人。总务处之下分设各部，各置主任一人，分由教授兼任。当时蒋梦麟（孟邻，一八八六～一九六四）任总务长，顾孟余（原名兆熊字孟余，后以字行）任教务长。

北大教员当时仅分为教授、讲师、助教三种。教授与讲师均授课。助教不授课，只在系中任指定之助理工作。教授与助教按月给薪，系专任性质。讲师按授课钟点给薪，系兼任性质。讲师并非比教授低一级，不过非专任而已。有些讲师其资格地位本甚高，但因在其他机关有专任职务，仅请其每周来校担任几点钟的功课，亦称讲师，如法科方面各系有若干政界或司法界高级官吏充任讲师者是也。教授如至其他机关改任专职，则改为讲师。例如秦汾（景阳）原为数学系教授，后到教育部任参事，便改为讲师。教授出门全是乘人力车，独马寅初则乘中国银行的马车到校上课。因马寅初约于民十至十二兼任该行总司券，至民十四年仍继续任职（此系根据卞白眉先生日记，由姚崧龄先生于一九六四年十二月间函询白眉后见告。白眉原籍江苏仪征，清光绪间闽浙总督卞宝第之孙，任天津中国银行经理多年，现年八十余岁，旅居美国。崧龄贵州人，曾任中国银行总稽核，现亦旅居美国），故得乘该行马车。

北大教授待遇最高薪每月大洋二百八十元，也有每月二百六十元或二百四十元者。讲师待遇按每小时五元计算。助教薪水大约每月五六十元至一百多元之间。我初到北大时，即领教授最高薪。彼时一年可领到八九个月的薪水。北京生活便宜，一个小家庭的用费，每月大洋几十元即可维持。如每月用一百元，便是很好的生活，可以租一所四合院的房子，约有房屋二十余间，租金每月不过二三十元，每间房平均每月租金约大洋一元，可以雇用一个厨子，一个男仆或女仆，一个人力车的车夫；每日饭菜钱在一元以内，便可吃得很好。有的教授省吃俭用，节省出钱来购置几千元一所的房屋居住；甚至有能自购几所房子以备出租者。

我初到北京时已经有国立八校教职员联席会议，主席马叙伦（夷初），副主席谭熙鸿。此时教育经费常有积欠，因而欠薪，该会议的重要任务便是向政府索薪。后来积欠愈来愈多，到了民国十四五年的时候，一年不过领到五个月的经费，因之教授离校改就他事者，日益增多。是时正是我担任北大物理系主任的时期，不但不能进一步进行科学研究，即维持各门功课照常上课及实验室的实验照常进行，已感困难万分。

北大的人才，以文科方面为最多。我到北大以前，他们已经有很多的贡献。他们的贡献是新文化运动，同时是国故整理与考证。我到北大的前一年，即民国十年冬北大研究所国学门成立，以沈兼士为主任，招收研究生作专题研究。研究所国学门中设编辑室、考古研究室、歌谣研究室、风俗调查会、明清档案整理会、方言调查会，分别搜集研究材料，同时创办国学季刊，发表研究所得。这是近代式最早的一个国学研究所。

民国十一年前后，我们一批新教授前后到校，确是北大一支生力军，特别对于理科与法科方面的充实及提高课程水准，贡献颇多。

北大校舍分为第一院、第二院与第三院。此外尚有学生宿舍数处。第一院为沙滩红楼，文科各系及大学图书馆均设于第一院。第二院为马神庙旧公主府，乃理科方面各系所在地。旧公主府最后一进的梳装楼原为大学藏书楼，后来迁到第一院。梳装楼上改为理预科物理实验室，楼下则改为本科物理实验室之一部份。第三院为北河沿旧译学馆地址，法科方面各系及研究所国学门设于该处。

五

民国十二年一月间蔡先生以教长彭允彝干涉司法，主张罗文幹案再议，蹂躏人权，羞与为伍，辞北大校长职出京。旋北京各界进行驱彭留蔡。蔡先生不久请假游欧。校长一职由蒋孟鄰代理。

民国十三年一月中国国民党第一次全国代表大会在广州开会，北大教授谭熙鸿、李守常、石瑛三人均为北京特别区代表，前往出席。第一届中央执行委员二十四人中有石瑛、李守常；中央监察委员五人中有李石曾；候补中央监察委员五人中有蔡元培。

民国十三年十月二十三日，正当二次直奉战争紧急时，冯玉祥（焕章）、胡景翼（笠僧）两军由古北口密秘退回北京，联合京畿警备副司令孙岳（禹行）军，发动北京政变，通电主和。曹锟被幽，旋辞总统职。十月二十五日冯玉祥等改所部为国民军，各将领在北苑举行会议，决定组织摄政内阁，并公推李石曾为教育总长，托黄郛（膺白）转达。嗣因李石曾坚辞不就，黄膺白请石曾先生推荐人选，石曾先生想到顾孟余，孟余也不肯作，孟余乃推荐易培基（寅村）。时易寅村方到北京，作中山先生代表，携汪精卫介绍信，来见北方教育界人士，因此顾孟余想到易寅村。但易与北方教育界素无关系，所以蒋孟鄰提出赞成的交换条件，以马夷初为次长。此即当时易任教长，马任次长之由来（据李宗侗《故宫博物院回忆录（三）》，《中国一周》七三七号，一九六四年六月出版）。

民国十三年十一月四日，冯焕章决定溥仪应迁出皇宫，令警察总监张璧（玉衡）及警备司令鹿钟麟（瑞伯）执行。张玉衡以为此事重大，应由内阁下命令，冯同意。于是当晚黄膺白召集摄阁会议，修正清室优待条件五条。翌日鹿瑞伯、张玉衡并约同李石曾持阁令入神武门，即遇绍英等。绍英约鹿瑞伯等一行至内务府休息。鹿等拿出阁令给他们看，请溥仪废除尊号，迁出宫禁。绍英等前后三次入内与溥仪措商，最后溥仪同意，即携眷与鹿、张同出宫移居醇王府。

民国十三年十一月六日国务院函聘李石曾为清室善后委员会委员长。嗣公布该委员会条例及委员十五人人选。该委员会于十二月二十日举行第一次会议，定二十四日开始点查故宫古物、文献与图书，并定每周开放一次，任人参观。北大文史方面教授马衡（叔平）、沈兼士、李宗侗（玄伯）等与北平图书馆馆长袁同礼（守和），均被约参加工作。民国十四年双十节故宫博物院成立，院中古物馆、文献馆、图书馆与秘书处，即分别由马衡、沈兼士、袁同礼与李宗侗主持。

六

民国十三年十一月十三日中山先生为谋中国和平统一，并应国民军将领及一般国民之请，抱病离粤北上，由上海转道日本经天津于十二月三十一日达到北京。民国十四年一月下旬，中山先生病势加重，终于三月十二日病逝于北京铁狮子胡同行馆（顾维钧宅）。三月二十四日治丧委员会在北京中央公园为之发丧致祭，一周之间，每日民众及青年前往致祭者数万人。四月二日中山先生灵榇由中央公园暂行奉安于西郊碧云寺石塔内；该寺为北京中法大学校舍之一部份；送殡者有十余万人。是日我亦参加送殡。

民国十五年三月十八日北京学生及民众因请拒绝八国要求（关于封锁天津海口事）在天安门开大会后，游行至国务院，并转赴执政段祺瑞（一八六四～一九三六）吉兆胡同官邸请愿。段之卫队与学生民众冲突，向群众开枪，学生民众死伤一百余人，称为“三一八惨案”。惨案发生后，段祺瑞指徐谦（季龙）、李大钊、李煜瀛、易培基、顾兆熊（孟余）五人“假借共产主义，啸聚群众，率暴徒闯袭国务院”下令通缉。徐谦潜往内地。李大钊避居东交民巷苏联大使馆旁院旧兵营内（当时已无兵驻守）。李石曾移居东交民巷法国医院，后来广州方面密秘派人迎接南下。易培基迁居东交局巷瑞金大楼内，后亦潜赴上海。顾孟余亦避居苏联大使馆旧兵营内，后来潜离北京，取道库伦经海参威转赴广州。李大钊则继续居住苏联大使馆未他往。

顾孟余离校后，北大教务长一职，由哲学系教授徐炳昶（旭生）继任。

北京中法大学校长原为蔡孑民。蔡先生离京后，李石曾以董事长代理校长。石曾先生移居法国医院后，我被推为该校代理校长，至民国十七年北伐成功南北统一后为止。

民国十五年四月段祺瑞下野，奉军及直鲁联军张学良、张宗昌、李景林、褚玉璞等入北京。张宗昌枪毙京报社长邵飘萍；嗣后逮捕世界日报社长成舍我，以孙宝琦营救得释放。北京陷入恐怖状态，大学教授多离京。蒋孟鄰与朱家骅（骝先）分别避入东交民巷六国饭店。孟鄰居该饭店三个月始由北京乘火车赴天津搭英国商船到上海。骝先亦同船到沪转往广州。孟鄰离校后，以总务长余文灿代理校务。

民国十五年十月间瑞典考古家斯文·赫丁（Sven Hedin，1865—1952）到北京，拟往中国西北考查，与当时北京学术界多次磋商，于民国十六年四月组成中瑞合组西北科学考查团。中国团长徐旭生，团员黄文弼（仲良，时任职北大研究所国学门，后任北平研究院史学研究所专任研究员），袁复礼（希渊，清华地质教授）等；瑞典团长斯文·赫丁，团员贝格曼（F. Bergman）等。该团成绩甚佳，于民国二十四年春始完全结束。当该团组织时，中瑞人士常在东兴楼晚饭，借以交换意见，我亦常被约参加。

民国十六年四月六日北京警察及奉军宪兵，得使团允许，包围苏联大使馆，搜查共产党文件，拘捕李大钊等六十余人。同月二十八日北京特别法庭认李大钊、路友于等二十人为共产党，判定死罪，执行绞刑。此二十人中有北大物理系二年级学生四川人邓文辉，亦同时被绞死。邓文辉原是一个用功的学生，成绩很好，我们初不知其与政治有关。后来闻其为国民党党员，且为实践社三个发起人之一。

民国十六年六月张作霖在北京就大元帅职，组织军政府，以潘复为国务总理，刘哲为教育总长。刘哲归并北京国立九校为京师大学校，自兼校长；以北大的文理两科改为京师大学校的文科和理科；以北大的法科与法政大学合并成为京师大学校的法科；每科设学长一人。刘哲原有意撤销研究所国学门，经叶恭绰（玉虎）之劝阻，遂将研究所国学门改为研究馆，以叶玉虎为馆长。刘哲用高压手段压迫教职员与学生，约有一年之久，教育界敢怒而不敢言。抗战时期刘哲任监察院副院长，我在重庆一友人宴会席上遇见他，他表示从前很对不起北平教育界，言下颇有悔过之意。

七

民国十七年六月初国民革命军进迫北京，张作霖军政府解体。六月三日张作霖离京返奉，四日回奉专车在皇姑屯被炸，张作霖受重伤旋毙命。二十日中央政治会议决议直隶省改为河北省，北京改为北平。六月下旬大学院蔡院长特派高鲁（曙青）接收北京原有国立学校，我被邀为襄助接收之一人。

十七年七月三日蒋总司令抵北平，吴稚晖、戴季陶等同来。约在七月二十日左右（日期记不清）蒋总司令在北大第三院大礼堂向北平教职员与学生讲话，当时我被推为临时主席，首先致欢迎词。因我为襄助接收国立各校之一人，而各校尚无校长，故临时推我为主席。

十七年九月二十一日国民政府会议通过《北平大学区组织大纲》。先是政府命改京师大学校为中华大学。广州设立中山大学，南京设立中央大学，北平则设立中华大学；各大学名称之前，均冠以“中”字。至是改中华大学为北平大学，实行大学区制，合并前北京国立九校及天津国立北洋大学为国立北平大学，分设各学院；裁撤河北省教育厅，而以河北省教育行政划归北平大学管理。任命李煜瀛为国立北平大学校长，我为副校长。嗣政府又以我兼代校长，并出席河北省政府会议。设大学委员会北平分会为北平大学最高评议机关。先是民国十六年六七月间，国民政府已决定开始试办大学区制，中央大学区与浙江大学区均于彼时设立；国立中央大学与国立浙江大学分别兼管江苏浙江两省教育行政。北洋大学成立于清光绪二十一年乙未（西元一八九五）阳历十月二日，定名为北洋大学堂，英文名称为Tientsin University，内分设头等学堂（大学本科）与二等学堂（大学预科），乃中国最早的大学，其成立比京师大学堂早三年。

国立北平大学以北京大学原有之第一、二、三三院，改为北平大学之文学院、理学院及社会科学院；研究所国学门改为国学研究所。北京大学学生欲保留北大历史上之特性，反对分北大为三个学院，派李辛之（广东人，教育系二年级学生）、赵子懋（河北人，政治系四年级学生）为学生代表，到南京向政府请愿，并向吴稚晖、蔡孑民两先生陈诉。稚晖先生挺身而出，愿作调人，解决此事。他与蔡先生对于北大在历史上之独立精神，特为委曲成就，期于大学区方面与北大方面皆能顾到。议定改北京大学为北大学院，经石曾先生与李、赵两代表首肯，且蔡先生与蒋孟鄰先生对于法律系毕业学生有充任律师之资格一层，均愿担保（民国十七年十月初蔡先生辞去大学院院长；十月中旬大学院改为教育部，蒋孟鄰任教育部长）。稚晖先生于十七年十二月三十一日亲笔写信给我告知一切。我随即依照稚晖先生所开办法，由国立北平大学聘陈大齐（百年）为北大学院院长，于是北大学院得以开学上课。稚晖先生亲笔信七页照片，特附于此。[①]此信在我手中保存了三十六年，此为首次公开，并附此信释文于下：

润章先生执事：

自石曾先生抵宁，弟昨日又与北大学生代表李、赵

① 底本图片欠佳，现未复制收入。——校注

两君在蔡先生处续谈。两君坚言彼等止欲保留北大历史上之特性，决不夹杂政治意味，受何种党派之怂恿。蔡先生与弟皆深领两君之诚恳，故于保留北大历史上特性之点，特为委曲成就，期于学区方面与北大方面，皆能顾到。其谈判结果，与前次由魏先生寄交先生等之办法，大体相同。特现在又经石曾先生及李、赵两君皆已首肯，故再将议定之点，列举及说明如左：

（一）将北大旧有三院，加一“北大学院”名义，及由副校长兼任北大学院院长，以示保留北大独立性质。

（二）于北大三院门外，双悬两牌：其左方曰“北大学院第一院”“北大学院第二院”“北大学院第三院”；

前次止允悬有“北大学院”牌子，今又加第一院等名目者，李、赵两君以为北大自改为第一第二等院名目后，全校不分畛域，颇得和同效果。虽实际自隐有文学、理学、法学之分，而形式上不分，感情较易接近。且宿舍互居，亦彼此不生歧视。蔡先生亦赞同其说。弟请于石曾先生，亦以为可。

其右方曰“文学院”“理学院”“社会科学院”。

此李、赵两君表示同意，以便学区亦有一明显系统。法学院前次拟改为经济学院。现在李、赵两君及孑、石两先生皆赞同社会科学院，包含尤广。（倘法系学生有怀疑毕业后于律师资格有问题者，请告明彼等在社会科学院法系毕业，于律师资格，还是十分满足，此蔡、蒋两先生所担保。)

(三)北大最近所定三院有十四系之办法，应予保留，其组织不必大改动。

李、赵两君以为从前三院共通，每人于十四系中各选数系，甚为自由。蔡先生亦首肯。弟请于石曾先生，石曾先生说，这个自然可以照办。不但十四系可让自由选择，即三院学生于所选定之功课外，有可贾之余勇，欲向北平区内任何医大农大等再习数系，亦何尝不可。

此三条既协，北大方面，在历史上之独立精神，已完全保留。故李、赵已作快函报告其朋友，希望即日移交，以期早日开课，于校于个人学业，皆有相当利益。故石曾先生亦嘱弟报告先生，亦转告校方诸位，皆表赞同，即往接收，使全校皆不至继续辍课，于学业上有莫大之损失。敬请台察，并叩
道安。

弟吴敬恒顿首

十二月三十一日

孑民先生并嘱致意，同此希望。

后来李辛之赴美，前后任职西雅图(Seattle)华侨学校，《民气报》编辑部，与纽约稚晖学院。多年以来，辛之与友人刘先纬在纽约组织华兴公司，为华侨服务。赵子懋在北大毕业后，由中国国民党中央党部派赴美国留学，仍习政治学，回国后在考试院服务。

北平大学区时代，我忙碌异常，然仍每周到北大学院物理系授物理课两小时。一直到民国十八年夏大学区制撤消，筹备成立国立北平研究院时，我始离开北大。

民国十八年夏大学区制撤消后，北平大学区时代的国立北平大学又分为北京大学、北平师范大学（包括从前男女师大）、北平大学（除北大与师大外，北平其他各学院合成）及天津北洋工学院（同时筹备恢复大学，抗战胜利后北洋大学始恢复），均仍分别冠以“国立”二字。同时恢复河北省教育厅，接管河北省教育行政。

八

历年与北大有关的刊物，可分为三种：一、学校刊物；二、教授私人组织的刊物；三、学生私人组织的刊物。

学校刊物有：（1）《北京大学日刊》，以发布学校文告为主。（2）《北京大学月刊》，第一卷第一号民八年一月出版。（3）《国学季刊》，第一卷第一号民十二年一月出版。（4）《社会科学季刊》，第一卷第一号民十一年十一月出版。以上（2）（3）（4）三种都是学术性的刊物。

教授私人组织的刊物，有《新青年》、《每周评论》、《努力周报》、《读书杂志》、《语丝》周刊、《现代评论》、《猛进》周刊等。

《新青年》原名《青年杂志》，乃陈独秀（原名由己字仲甫，一八七九～一九四二）于民国四年（一九一五）十月在上海所创办，提倡社会改革，从第二卷第一号起改名《新青年》(*La Jeunesse*)。蔡孑民长北大，聘陈独秀为文科学长。独秀遂将《新青年》编辑部迁到北京。民国七年一月《新青年》改组，从第六卷起由陈独秀、钱玄同(一八八七～一九三九)、高一涵、胡适、李大钊、沈尹默六位北大教授轮流编辑，每期由一人担任主编。《新青年》偏重学术性，不谈政治，提倡白话文，主张文学革命，拥护民主(德先生)与科学(赛先生)，反对尊孔，反对旧伦理。民国八年三月陈独秀因受攻击辞去文科学长。民国八年六月间陈独秀因散发《北京市民宣言》传单，被警察捕去；九月半由安徽同乡向警厅保出。当保出时警厅约定陈独秀如离北京，须先报告警察。嗣武昌邀陈独秀讲演，《公言报》登载了这个消息，警察于某夜到陈寓调查陈是否在家，并面告陈如外出须先报告警区方可。陈独秀因即避往李守常宅内。是夜警察果到陈独秀寓所搜查。嗣陈化装到乐亭李守常的家乡暂避，复由乐亭到天津转往上海。时为民国九年春。陈独秀到上海以后，才倾向共产主义。《新青年》又由北京移回上海。民国十年一月上海法租界取缔《新青年》，陈独秀遂将《新青年》迁至广州，乃成为共产党的宣传刊物。适之遂与该刊脱离关系(根据胡适之在纽约面告)。

《每周评论》为陈独秀于民国七年底在北京所创办，乃谈政治的刊物。民八年六月间陈独秀被捕后，适之替他主编，至八月底被封闭。

《努力周报》(*Endeaver*)为胡适之和丁文江(在君，一八八七~一九三六)等于民国十一年五月在北京所创办，也是个谈政治的报。每期前边有评论时事一则，名为《这一周》，大都是适之所作。民国十二年丁文江与张君劢《玄学与科学论争》的文章，是在《努力周报》上刊登的。《努力》共出七十五号，民国十二年十月停刊。

《读书杂志》(月刊)是《努力周报》的增刊，每月第一周出版，第一期民国十一年九月初出版。《努力周报》停刊后，《读书杂志》还继续出版，至民国十四年十月停刊，共出十四期。

《语丝》周刊为周作人(岂明)等在北京所创办，以周作人的“小品文”及周树人(豫才，笔名鲁迅)的杂文为其代表。著作除周氏弟兄外，有钱玄同、江绍原、张定璜、刘复、林语堂、柳无忌、俞平伯、徐祖正、章川岛等。《语丝》第一期于民国十三年十一月十七日出版。从第八十一期起，改归北京北新书局发行。民国十五年北新由北京迁往上海，《语丝》自一百五十六期起亦迁沪由北新继续发行，但不久宣告停刊。

《现代评论》周刊，乃是民国十三年十二月北大一部分同事王世杰(雪艇)、周览(鲠生)等在北京所创办，系讨论时事的刊物，态度较为温和。大约民国十六年七月间编辑通信处及发行所迁至上海。丁巽甫以西林笔名写的第一篇独幕剧《一只马蜂》，系在《现代评论》和《太平洋》杂志发表，传诵一时。后来西林又写过其他独幕剧《亲爱的丈夫》

和《酒后》等。《现代评论》大约前后共出版二百多期。

《猛进》周刊，系民国十四年二月北大另一部分同事徐旭生、李玄伯等在北京所创办，也是批评时事的刊物，态度颇为激烈。《猛进》大约共出版六七十期便停刊了。

北大学生私人所组织之刊物，以《新潮》月刊为代表。《新潮》乃是民国七年冬所创办，组织者为北大学生傅斯年（孟真）、罗家伦（志希）、徐彦之、顾颉刚、毛准（子水）、汪敬熙（缉斋）、杨振声（今甫）、康白情等，系响应《新青年》鼓吹新文化运动的刊物。《新潮》第一期出版于民国八年一月，至民九年年底停刊，共出十二期。

上述《新潮》组织人毕业后大都赴欧美留学。穆藕初曾捐款资送北大毕业生六人赴美留学，由蔡孑民、蒋孟鄰、胡适之、陶孟和（原名履恭字孟和，后以字行）四人组成选送委员会。所选送者为罗家伦、汪敬熙、康白情和段锡朋（书诒）、周炳麟（枚荪）、孟寿椿六人。汪、段是民八年毕业，罗、康、周是民九年毕业，孟则是民十年毕业。此外由六人旅费中各均出美金一百元补助江绍原作赴美旅费。以上七人除孟外余均于民九年十月搭乘“China”号船赴美。过横滨时康白情因往看田汉而误船，改乘下一班船到旧金山，即留居其地。康氏在旧金山改名“洪章”。孟寿椿于民十年秋亦到旧金山，康白情便留孟办党和办报。至于傅孟真、杨今甫和徐彦之三人，则是山东省官费留学，傅、徐赴英，杨则赴美。[1] 毛子水后来亦赴德国留学。

我在北大的时期，写过若干篇与科学有关的文字，也写过若干篇批评时事的文字。

民国十一年冬写了一篇《相对论及其产生前后之科学状况》，在《东方杂志》一九卷二四号发表。

民国十二年二月间应武昌湖北教职员联合会寒期讲演会的邀请，前往讲演。讲演的一部分是原子论。适商务印书馆请我为“百科小丛书”作一小册原子论。于是我把讲演的一部分材料写成《原子论浅说》一小册，交该馆出版，时为民国十二年十二月。四十多年以来，“原子物理”与“核子物理”的进步，实属惊人。以现在的眼光，回看四十年以前那本小册的内容，实觉简单得可笑！

我为大学本科一、二年级学生所编的《普通物理实验讲义》第一册，也是民十二年由北大出版部铅印出版（非卖品）。

民国十三年一月《东方杂志》发刊二十周年纪念号，约我作一篇文章，我便写了《二十年来物理学之进步》一文以应之。同年一月底我应中国天文学会之约，讲演“太阳热之起源”。讲演稿发表于《学艺》五卷九号（民一三年二月），及民十三年《中国天文学会年报》。

---

① 根据汪缉斋一九六三年一月十七日来信所述。按缉斋乃约翰霍浦金（Johns Hopkins）大学一九二三年博士，后任中央研究院心理研究所所长，现在美国威斯康辛（Wisconsin）大学从事研究工作。

民国十三四年时，我写过许多短篇批评时事的文字，在《现代评论》发表者不过一二篇，在《猛进》发表者则颇多。

民国十四年冬我写了一篇《各国科学家对于物理学的贡献》，由牛顿的物理学说到电子学的物理学与相对论的物理学；在《东方杂志》二三卷一号（民一五年一月）发表。

九

我初到北大时那几年，北大教授约共有八十多人。我本想在美国找到一份“北大教职员录”看看，但多方设法，未能找到。国会图书馆和几个大学图书馆，均未藏有此书。凭我的记忆力，还能想起六十多位教授的姓名；老同事张凤举先生现亦在美，替我想出约十位教授姓名，汪缉斋写信也想出几位；北大同学林昌恒（政治系毕业，曾任职“外交部”，现旅居纽约）也有所指出，合计起来已有八十人。现在把这八十位北大教授与北大高级职员名单列下：

校长：蔡元培（孑民）

代理校长：蒋梦麟（孟鄰）

总务长：蒋梦麟

教务长：顾孟余

国文系教授：马裕藻（幼渔，兼主任）、沈尹默、沈兼士、钱玄同、林损（公度）、黄节（晦闻）、单丕（不厂）、吴虞（幼陵）、刘文典（叔雅）、吴梅（曜庵）、刘复（半农）、张定璜（凤举）、周作人（岂明）、沈士远。

史学系教授：朱希祖（逷先，兼主任）、马衡（叔平）、陈汉章（伯弢）、崔述、张尔田。

哲学系教授：陈大齐（百年，兼主任）、胡适（适之）、马叙伦（夷初）、徐炳昶（旭生）、樊际昌（逵羽）、张竞生。

英文系教授：胡适（兼主任）、陈源（通伯）、温源宁、林语堂、张欣海、关应麟、徐志摩。

法文系教授：李景忠（兼主任）、宋春舫、贺之才、李宗侗（玄伯）、铎尔孟（d'Hormon）。

德文系教授：杨震文（丙辰，兼主任）、Hundhouse。

俄文系教授：教务长顾孟余兼系主任、伊凤阁（Ivanov）。

东方语文系教授：周作人（兼主任）、张定璜（凤举）、徐祖正。

教育系教授：高仁山（兼主任）、樊际昌、蒋梦麟。

数学系教授：冯祖荀（汉叔，兼主任）、王仁辅、胡濬济、王尚济（海帆）、秦汾（景阳，后因任教育部参事，改为讲师）。

物理系教授：颜任光（兼主任）、何育杰（吟苣）、丁燮林（巽甫）、李书华（润章）、温毓庆、杨肇廉（季璠）。

化学系教授：王星拱（抚五，兼主任）、丁绪贤（庶为）、胡壮猷、李麟玉（圣章）、程瀛章、石瑛（蘅青）。

生物系教授：谭熙鸿（仲逵，兼主任）、李煜瀛（石曾）、钟观光（宪鬯）、经利彬（燧初）。

地质系教授：何杰（兼主任）、王烈（霖之）、李四光（仲揆）、朱家骅（骝先）、葛利普（Amadeus William Grabau）。

法律系教授：黄右昌（兼主任）、何基鸿（海秋）、王世杰（雪艇）、燕树棠（召亭）、徐佩璜。

政治系教授：陈启修（惺农，后改名豹隐，兼主任），陶履恭（孟和，后以字行）、李大钊（守常）、高一涵、周览（鲠生）、张慰慈。

经济系教授：顾兆熊（孟余，后以字行，兼主任）、王建祖、马寅初、罗惠侨、皮宗石（皓白）、余文灿。

文预科主任：关应麟（兼）。

理预科主任：丁燮林（兼）。

以上名单有少数人兼两系教授者。此单当然有遗漏与错误之处，尚希北大旧同事及本文读者予以指正。至于总务处各部主任，均系由教授兼任，亦就记忆所及，姑列名单如下：

庶务部主任：沈士远（兼），注册部主任：罗惠侨（兼），图书部主任：李大钊（兼），仪器部主任：李麟玉（兼），出版部主任：忘记系何人。

民国十二年一月间蔡校长离校，由蒋孟鄰代理校长。后以余文灿兼任总务长；民国十五年夏蒋孟鄰离校，由余文灿代理校务。又图书部主任一职，李守常之后，由皮皓白兼任。

顾孟余于民国十五年三一八惨案后离校，由徐旭生继任教务长。各系主任亦有若干变动，如周鲠生继任政治系主任，王雪艇继任法律系主任，李润章继任物理系主任，然均忘记由何时开始。又高仁山被杀后，教育系由何人主持，亦记忆不清。

当我初到北大时，东方语文系、教育系和生物系还没有。此三系都是后来设立的。其中生物系的设立，与我颇有关系。在生物系设立以前，北大已有三位生物教授，都是蔡先生聘请的。李石曾是蔡先生初长北大时便入北大讲授生物进化论；钟观光是中国一位老植物学家，民七被聘到北大担任采集植物标本；谭仲逵是以生物教授兼校长室秘书。大约民国十三四年之间的一天，李圣章及仲逵和我三个人谈天，偶尔涉及北大第二院。我说："北大应该有生物系，而且早已有三位生物学教授。但是李、钟两先生均不能为此事多所奔走，你应该把校长室秘书的事情减少或辞去，设法促成此系的成立。"仲逵很以我的话为然，他就开始进行，终于民国十五年生物系正式成立。

总务处各部之下，分设各课，课中负责人仅称为事务员。例如庶务部庶务课负责人为事务员段宗林（子均，民十七任河北省政府委员），会计课负责人为事务员黄幼轩（蔡夫人黄仲玉女士之弟，为人刚直负责，民十七年我约其任国立北平大学会计组组长，民十八年三月间在职中风去世）。

一〇

北大教授及高级职员自蔡先生以下都应该介绍其生平与贡献。本文限于篇幅，仅就已故教授选若干位略述于下：

蔡先生的生平及其贡献，已有许多专文，无需重述。蒋孟邻先生逝世不久，《传记文学》第五卷第一、二期载有“纪念专辑”，亦无需重述。朱骝先先生逝世后，大陆杂志社亦编辑《逝世纪念册》（一九六三年六月印行），本文亦不多赘。

关于文史方面，胡适之先生贡献特多，影响也最大。适之逝世后，我写过《胡适之先生生平及其贡献》长文一篇，载《大陆杂志》二十四卷十期（一九六二年五月三十一日出版）。现在把那篇文字的最后一段录下，作为适之贡献的撮要：

> 总之适之一生，除了四年驻美大使外，全是从事教育学术文化方面的工作。他是一个实验主义的哲学家，承认一点一滴不断的改进，是真实可靠的进化。他是一个考据家；他的考证是用科学方法，拿证据作基础。对于中西文化比较，他称赞西洋文化，特别颂扬西洋科学。他倡导文学改良，主张白话文学，不数年白话风行全国，替代了文言；在这一方面，他的影响之大，简直是空前。他是一个自由主义者，主张思想自由与言论自由。对于政治，他一向主张要宪法，并且要遵守宪法，

确定法治基础以保障人权。他的著作丰富，贡献特多，对于青年的思想影响甚大。他的著作有：中文书约二十种，英文书三种，中文论文约四百四十篇，英文论文约八十篇。

北大国学教授沈尹默、沈兼士兄弟（长兄为士远，尹默行二，兼士行三，人称三沈）及马幼渔（与弟叔平及马夷初三人，被称为三马，然夷初并非幼渔之弟兄）、朱逷先、钱玄同，都是章太炎（名炳麟，一八六八～一九三六）在东京时的门弟子，专攻文字、声韵、训诂之学。他们都是浙江人，在民国初年已到北大。蔡先生长北大以后，聘陈独秀为文科学长，胡适之亦到北大任教授。适之、独秀提倡白话文学，尹默、兼士、幼渔、玄同等均赞成之，玄同主张尤力。幼渔和逷先分别主持国文系与史学系有年。

沈尹默为诗人，书法尤佳。北京大学第一院、第二院和第三院大门前所悬挂的长牌，都是尹默所书。他主持中法大学孔德学院和孔德学校（该院内部负责人为张凤举，该校内部负责人为马隅卿，系幼渔之弟）。从民十五年至二十五年他任中法教育基金委员会中国代表团主席。因此我与他接触很多，所以就很熟了。有一次我向他说："你写的字恐怕是中国第一了。"他说："我是世界第一。因为欧美非等洲的人全不会写中国字；如果是中国第一，当然就是世界第一。"民国十七年南北统一后，尹默任河北省政府委员。十八年北平大学区撤消后，他兼任河北省教育厅长，接管河北省教育行政。民国二十年他被任为北平大学校长。抗战时期，他在重庆就任监察院监察委员。胜利后他回到上海居住。

钱玄同（一八八七～一九三九）教授文字学有独到之处。他的书法亦很特别。他主张以拼音字代汉文。他是疑古的，所以自号“疑古玄同”。每日除授课外，大部分时间他在孔德学校马隅卿处渡过。他和刘半农与师大教授黎锦熙（邵西）等曾组织中国大辞典编纂处。

沈兼士也是文字训诂专家，也写一笔好字。他主持北大研究所国学门有年，极有成绩。抗战前期，他留居北平任辅仁大学文学院院长，从事地下工作。嗣以在平不能继续居住，乃密秘离平赴渝。胜利后任教育部北平特派员，接收各学校及文化机关，民国三十六年某月日（记不清）我眼见他突患脑充血病因而逝世。彼时他住在东厂胡同黎元洪的故宅（日本人所办之北京人文科学研究所设于该宅，抗战胜利后为中央研究院所接收，适之与兼士两家各住在该宅中之一部分）。适杭立武（当时任教部次长）到北平，兼士在其寓所堂屋宴立武，并约我及适之与马叔平等多人作陪。入座以前兼士招呼客人甚殷勤，对客人谈话亦甚多。及甫入座吃饭，兼士忽称头痛，即以手置头部，步入堂屋旁卧室中，闻其大呼数声；不意不久即遽归道山。

北大文史方面的已故教授，我还要谈一谈刘半农（一八九一～一九三四）。半农，江苏江阴人，民六以后任北大预科国文教授。他也是赞成文学革命的。民国九年他由北大派往法国进修，他入巴黎大学文学院专研究语音学，民国十四年获得博士学位。是年八月间他回到北大任国文系教授，在北大创设语音实验室。他是北大以科学方法研究语言学的第一个人。他计划用该实验室的设备，研究全国的方言。民国十五年他兼任中法大学中国文学系主任。不意后来民国二十三年七月间，他因在内蒙古调查方言而得回归热病，卒于北京。

一一

关于自然科学方面已故的教授，我举出钟观光与葛利普二人。

钟观光（一八六七～一九四〇），字宪鬯，浙江镇海人。清季游日本，回国后创办科学仪器馆、实学通艺馆；复立理科传习所。壬寅（一九〇二）蔡孑民、蒋观云、叶浩吾、黄中央、王小徐等在上海发起中国教育会。时宪鬯在江阴南菁高等学堂为理化教员，课外密谈革命意义。蔡、蒋等电宪鬯约其赴会。开会时举蔡孑民为会长。教育会拟改编教科书，实一革命集团。嗣教育会募款组织爱国学社以收容南洋公学退学学生百余人。蔡孑民任爱国学社总理，吴稚晖任学监。壬寅冬教育会与学社利用《苏报》为机关报，以对抗当时之顽固派。癸卯（一九〇三）四月南京陆师学堂退学学生四十余人，亦加入爱国学社为社员。是年闰五月《苏报》案发，该报被封，爱国学社亦解散。章太炎、邹容入狱，吴稚晖走英伦，蔡孑民则于《苏报》案发生前已赴青岛。中国教育会在风雨飘摇中，由宪鬯等支持。公议辛丑（一九〇一）年蔡孑民、蒋观云、陈孟坡等所发起之爱国女学校仍继续办理，推宪鬯为义务经理（经理即校长，当时尚无校长名称）。日俄战起，蔡孑民已自青岛回沪。乙巳（一九〇五）中国教育会重行选举，蔡孑民当选为正会长，钟宪鬯当选为副会长。

民国成立，蔡孑民长教育部，钟宪鬯被任为参事。及蔡先生去职，宪鬯遂脱离政界，专心研究植物学。民国五年任湖南高师博物学教授。民国七年被聘为北大教授，担任采集植物标本。因遍游浙、闽、皖、赣、川、鄂、粤、桂、鲁、豫诸省。民八入云南，由昆明而西，步行十三日至大理，登点苍、鸡足诸山，转入漾濞。宪鬯在各省采集四年不辍。全世界高等植物两百八十余科，中国约占两百二十余科。中国植物书中所用科名，百分之九十以上为宪鬯第一次之译名。民国十五年北大生物系正式成立，宪鬯留校整理标本。民国十七年宪鬯被聘为浙江大学教授。民国二十二年宪鬯被聘为北平研究院植物研究所专任研究员，致力于重订《本草纲目》。凡古书中草木之名赖其订正者甚多。西元一九二三年菲律宾大学植物教授麦尔瑞（Elmer Drew Merrill，1876—1956，后为哈佛大学植物系主任）根据宪鬯所采之标本定一新属名为 Tsoongia，为马鞭草科植物，亦即纪念钟先生者。宪鬯于新旧学问，均有研究；其对于植物界的贡献，乃继往开来之人。刘慎谔（士林，北平研究院植物研究所专任研究员兼所长）、郝景盛均称其为“旧时代最后一人，新时代最初一人”，殊非虚语。民国二十六年北平沦陷，北平研究院迁昆明，宪鬯以年老未能赴滇，乃间关返宁波，于民国二十九年九月三十日逝世。国民政府曾明令褒扬。

葛利普（A. W. Grabau，1870—1946）系美国古生物学家。西元一九〇五年至一九一九年任纽约哥伦比亚大学（Columbia University）教授。从一九二〇年起任北大地质系教授，讲授古生物学，居中国二十余年。对于中国古生物学的发展，影响很大。葛氏著有 *Principles of Stratigraphy*（1913），*Text Book of Geology*（2 Vols，1920，1921），*Silurian Fossils of Yunnan*（1920）等书。葛夫人安玛利（Mary Antin，1881—1949）女士，生于俄国，一八九四年到美，在哥伦比亚大学师范学院及巴乃女子学院（Barnard College）求学；一九〇一年与葛氏结婚。葛夫人为一有名的作家，著作颇多。

中国地质调查与研究，从民国初年便已开始，是近代中国科学工作中发达最早的。中国古生物方面有重大发现与研究，尤以周口店中国猿人化石最为著名。周口店洞穴层的发掘，自民国十六年起，由北平地质调查所担任，步达生（Davison Blaek）、杨钟健、裴文中等陆续担任研究及实地发掘。民十六年曾发现极完备的左下臼牙，步达生确定此种猿人为一新属，名之曰“中国猿人”（Sinanthropus Pekinansis 或 Peking Man），生于五十万年以前。民国十八年裴文中在周口店发现中国猿人完美之头骨。裴文中是北大地质系毕业生，当其获得此重大发现时，尚未到国外去过。

中国近代动植物调查研究的开始，比地质稍迟。中国用新方法研究植物分类，钟宪鬯实为中国人中之第一人。至于数学、物理、化学研究在国内开始，则较地质与生物为晚。

一二

关于社会科学方面的已故教授，我也举出两位：一是陶孟和，一是李守常。

陶孟和，天津人，原名履恭，字孟和，后以字行。初在天津严氏家馆（即严范孙先生家馆）受业于张伯苓，嗣游学日本，后转学英伦。回国后入北大任教授，讲授社会学；亦赞成新文化运动之一人。一九一九年巴黎和会时，他到巴黎观察和会动向，彼时我在巴黎首次会见他。民国十三年九月间中华教育文化基金董事会成立后，该会设立社会调查所于北京，以孟和为所长。民国二十三该所合并于中央研究院社会科学研究所；抗战时期此所改称社会研究所，仍由孟和任所长。

李大钊（一八八八～一九二七）字守常，河北乐亭县人。永平中学未毕业即考入天津北洋法政学堂（北平大学区时代改为河北省立法商学院），与其同学白坚武（后为吴佩孚的政务处长）、郁嶷同被称为北洋法政三杰。民国三年李守常到日本留学，入早稻田大学习政治经济。民五夏回国，入北京《晨钟》日报任总编辑：嗣随孙洪伊做事。民五年十一月间孙洪伊因与国务院秘书长徐树铮交恶，被免去其内务总长职。孙去沪，守常亦去沪。民五年十二月下旬蔡孑民就任北大校长后，拟聘章士钊（行严）为北大图书馆主任，行严不就，转荐守常，守常遂被聘为图书馆主任兼政治系教授，每周授课两小时。

一九一七年苏俄十月革命后，李守常由日本文刊物上得知“布尔什维克”（Bolshevik）理论（据成舍我一九六〇年来美时面谈）。由民国七年起，守常便开始介绍“布尔什维克”主义。彼时他对于该主义并未信仰，以其新所以介绍。民八年守常为纪念“五一劳动节”写了一篇《我的马克斯主义观》，登在《新青年》六卷五号与六号。同年当协约国庆祝第一次欧战胜利时，守常说：“不该为一边的武力把那一边的武力打倒而庆祝，应该为民主主义把帝制打倒，社会主义把军国主义打倒而庆祝。”所以民国八年守常已开始倾向共产主义。

民国九年春陈独秀去沪。他到沪后才倾向共产主义，组织马克斯主义研究会，当时只是研究共产理论，并无实际行动。是时（民九年春）第三国际派胡定斯基（Gregori Voitinski）到中国。由于柏烈伟（也叫布鲁威——Sergei A. Polevoy，原为白俄，苏俄十月革命后充当第三国际驻天津文化联络员，曾在北大教过俄文）介绍，在北京先认识李守常，然后到上海与陈独秀取得联系，而马克斯主义研究会遂与第三国际发生关系[①]。民国十年七月中国共产党在上海正

① 据沈云龙《中国产党的来源》（一）与（二）。

式成立，然全国各地党员总共不过五十人而已[①]。

李守常于中山先生蒙难居沪时（民十一年八月至民十二年一月），由张继（溥泉）介绍加入国民党，乃是共产党员最先加入国民党者。民国十三年一月守常被选为中国国民党第一届中央执行委员。民十三年夏，他曾到苏联，回国后仍回北大。

李守常是乐亭县人，我是昌黎县人。还有一位卢龙县人白眉初，原是永平中学地理教员，我到北大时，眉初已在北京高师（后改为师大）任地理教授。乐亭、昌黎、卢龙三县，原来全是属于永平府；三县的人在北京算是大同乡。因此李、白与我三个人有时偶然往来。但是守常还没有向我们宣传过共产主义。他从苏联回国后，只听见他说过苏联“新经济政策很好”而已。他死后的遗体还是眉初收殓的。

本文所记是我在北大七年中所可回忆的经过情形。我初到北大的那几年，若干部分的基本课程水准，已渐提高，为研究工作铺路；且国学与地质等方面，已开始走向研究方向；这确是一种进步。中间稍后几年，因教育经费困难，且军阀政治强暴，致若干教授离京他去；又呈退步现象。北平大学区时代，教育经费已恢复正常，然为时过短，许多计划尚未能全部实现，即已撤消大学区制。清末京师大学堂规

① 据程天放（Tien Fong Cheng）著 *A History of Sino-Russian Relations*, p.120.

模很大，后演成为北京国立八校或九校时，是由合而分。北大仅有文、理、法三部分，为规模最小的时代，然贡献却很大。北平大学区时代的国立北平大学，则合北京国立九校与天津北洋大学为一个大学，是由分而合，为规模最大的时代。大学区制撤消后，国立北平大学又分为北大、师大、平大与北洋四个大学，是又由合而分了。这是三十年间北方国立高等教育机关分合的经过情形。

一九六四年十一月二十三日草完于纽约

载《传记文学》第六卷第二、第三期（一九六五年三月、四月号）

北大教书与办《猛进》杂志

李宗侗

由民国十二年起，到民国十六年夏天为止，我在北京大学担任教授共有四年的时间。那时正好北政府经济困难，公教人员的薪水全发不出来，所以总是在欠薪的状态中。我在这四年中，薪金是每月两百二十银元，但是事实上，我每个月只领到一百一十元，恰好是半薪。幸而我家中尚有祖产少许的田地，在天津乡下，卖了足以维持生活，所以我亦不仗着学校的薪水。

彼时北平的教育界，皆因为欠薪而难维持生活，于是兼课之风大作。常有人兼课到五十几小时一星期，当然这时间是不够的，于是不得不采取特别的方法，就是假设两个学校的钟点相冲突，他就轮流着在两学校告假，这种怪现象，在现在想起来，既可笑又可怜。

我并没有兼过很多课，我只在国立高等师范学校兼任史地系的讲师。当时北平的习惯，兼任的教员，只能称作兼任讲师，而不能称为兼任教授，虽然待遇及地位全都相同。我虽然在法文系任教授，但自从民国十二年起，我就与第三院（在旧译学馆地址）的北大研究所国学门来往的甚为密切。所以与国文系的先生们亦交了不少朋友。

就因为祖母逝世，我有时回天津去，有一天在天津鼓楼东的一家书铺里，看见张文襄[①]家里卖出来的几十箱书，其中有明进呈本写本《武宗实录》，本子甚大，朱丝栏写的甚为工致。又有《崇祯存实疏抄》，共十大本，这是清朝初年抄的崇祯年间奏折。我因为当时没有钱，就介绍给研究所国学门，共价一千余元。在民国二十年以后，《崇祯存实疏抄》由商务印书馆印出流行。按张文襄公素喜欢买书及字画，琉璃厂是他常去的地方，而且在各地方他皆倡议设立图书馆，如在山西巡抚任内，他亦捐了不少书给山西所设的令德堂。据徐森玉（鸿宝）先生说，彼时恰在山西大学读书，张文襄所捐的书籍颇为齐整，并在每本书上写明“张之洞捐赠”字样。按徐森玉先生对于金石书画书籍版本，无一不在行精通，为世人所共知的。他今年已经八十七岁，鲁殿灵光，蔚然存在。但他年青的时候，是在山西大学学化学的，而他曾经翻译过一本化学的名著，这是他亲口对我说的，但现在的人多半对此层全不知道。返回来再说到张文襄公，他在山西外，在广东的广雅堂，四川的尊经书院，湖北的两湖书院，莫不设立图书馆，并且他捐赠了若干图书，而他最后做大学士管理学部的时候，又创立了学部图书馆，这就是北平图书

① 张之洞谥文襄。——校注

馆的前身。张文襄私人藏书亦不少，但他逝世以后，由各房分家，每房大约分到几十箱书。天津书铺这几十箱书恐怕只是某一房所卖出来的。

至于字画一方面，据先君对我说，他专买冷僻的人的画或字，先君在光绪年间，有时陪同他逛琉璃厂，看见过他买年羹尧的字。但是他在书同字画上全没盖过图章，所有字画上盖的“可园”的图章，是文襄公逝世以后，其子君立（权）太姻丈所加盖的，比如我亦曾买到过几件，如王鸿绪、赵执信的字即盖有“可园”的图章，另有“续雅”及“南皮张氏可园考藏辛壬两劫所余之一”皆君立的章。

因为我同研究所主任沈兼士先生，常讲说欧美保存古物的办法，因此他就请我做研究所的委员。同时的委员沈尹默、朱希祖、马幼渔、陈汉章、叶浩吾（瀚）诸位先生。我们常笑称，朱、马、陈、叶四位，为四老。其中以叶浩吾先生年最长，他是同吴稚晖师在上海创办爱国学社的旧人。而陈汉章先生是北大前身京师大学堂第一班毕业的学生。至于朱希祖先生比较最年青，但是因为他早就留着长胡须，颇以老自居。在研究所中，更认识了顾颉刚、容庚、董彦堂诸先生，他们皆是研究所的助教。这里边的委员多半是中文系同史学系的教授，至于外系如法文系等，只有我一个人。沈尹默同沈士远及沈兼士是亲弟兄三人，是浙江吴兴县人，吴兴本来是沈氏的郡望，所以他们是“吴兴沈氏”真是名副其实，在北大有“三沈”之称。尹默的年龄最长，他方于前年去世，年八十六岁。他本来写北魏，所以国学门研究所那一块匾是他写的，尚是北魏体。后来他又写米，又写王。我记得与他有关系的两件事，就是胜利以后，他在上海开过一次书法展览会，他临了一副米芾的条幅，并加以注解说，人家皆说故宫所藏的这副米芾的真迹，为李玄伯所盗换，请观者试看我所临的原本，可能曾经被盗换乎？并且在他这题跋以外，我们又知道，原米字仍旧是南宋的裱工，我又何能盗换后仍找到南宋人来裱呢？另外一件事，我求他写字已经很多年，他总没给我写。胜利后在上海，有一天我碰见他新娶的太太褚大小姐，她问我，你有尹默的字吗？我就告诉她说，由北平求他写起，他至今未能给我写。隔了两天，褚大小姐就给了我一副尹默所写的陈后山诗句，我这件已经带到台湾，同兼士从北京寄给我一副甲骨文的对联一同保存。

这一年，我并且同徐旭生等诸位先生，创办了《猛进》杂志，这件事亦是偶然的。我这时方住在北京东城锡拉胡同东头路北一号。这是原内务府郎中庆宽（他的号似乎叫庆小山）的产业。他家中甚有钱，有房产甚多，北平人称以房产为生的为吃瓦片的，他就是有名的吃瓦片者之一，他并藏有瓷器很多。因为父亲甚为迷信，家中先有四弟的去世，又有祖母的逝世，他就疑心我们在北平丞相胡同旧宅不吉祥，再加以冯公度的主意，所以他叫我在北平另找一所房子去住，我就找到庆宽的这所房子。

锡拉胡同曾住过无数的名人，在锡拉胡同的西头，就住过王莲生丈懿荣，他亦是先祖的门生，后来经庚子之难而自杀，得谥文敏。在中间又住有同光时代的内务府大臣广绍彭

（广寿），他与先祖及翁文恭同龢皆是盟兄弟。离着他那里不远，就是袁项城的旧宅。自从清世祖入关以后，曾有上谕，令内城居住的人民除在衙署及庙宇者以外，皆迁居外城，所以在内城居住的多半是满人。而凡各省的会馆皆设在外城，无一所在内城者。内城的房屋比外城的宽大，比如锡拉胡同中这所房子，前门在锡拉胡同中，而后门通到烧酒胡同，占据两胡同中间的面积。并且乾隆以前，大臣们常以赐居内城为荣幸，就是因为内城根本不许汉人居住的缘故。

我在锡拉胡同的时间，恰好碰见我一个族侄李法杜，号兴秋，他一天在破书摊上，很便宜的买到一部明版百回本《水浒传》，我一看见甚为惊讶，因为一百二十回本《水浒传》已经为商务印书馆所印出，而百回本素未为人所发现，我就送他两百银元转购得。他又介绍了一家印刷局给我，我就用铅字将它排出。不过我这次为印刷局所骗，他印书以后，因为没有资本周转，除将印得的书给了我一百部以外，就将所印者全押给旁人，而我跟他要书时，他一部亦不给我，人亦不见面了。后来他就偷着廉价出卖，我这次大约损失了两千元。我当时以为确是明嘉靖本，但是若干年后，我在上海看见郑振铎先生，买到了一本百回本《水浒》，白纸大字，那方才是真正的嘉靖刻本。但是可惜只有一本不能如我这一部的完备。我并且作了一篇《读〈水浒〉记》说明《水浒》故事的演变。最初只有若干短篇的，时当起于南宋，后更合为长篇的四传。更后合其中的若干而成为百回本、百十五回本、百二十回本、百二十四回本，这当在明代。至于七十回本则为金圣叹所独创，已在清初。胡适之先生颇以为然。

我方才写到《猛进》杂志这件事，因为我那时无事常到前门外观音寺青云阁楼上吃茶，并同徐旭生先生谈天，偶然一天谈到何不办一个刊物，两人全同意了，就办起了《猛进》杂志。我们一共约集了十个人，每人每个月出十块钱，共一百块钱作为印刷费。封面“猛进”这两个大字，尚是请一位甘肃朋友写的。这时北京大学的同事们共办了三种杂志：一种是《现代评论》，是王雪艇、周鲠生等人所办；一种是《语丝》，为周作人、鲁迅弟兄所办；另一种就是《猛进》了。这里边以《猛进》出的时间最晚，徐旭生所写的文章最多，我写的次之，林语堂亦偶然在其中写过文章，共出了一年多。到了十四年（一九二五）年底，我就忙着清室善后委员会的事情了。

我到清室善后委员会是以顾问的名义，大家总以为是家叔的关系，因为他是清室善后委员会委员长，其实是由于沈兼士先生，因为我们以前常谈论到故宫的文物应该公开，以备国人的详细研究。这种议论曾见于报章，因此亦引起王国维先生的抗议，因此亦就引起沈兼士先生拉我到清室善后委员会作顾问的原因，这种原因且在下文慢慢的来谈。

在北京教授四年的工夫，这正是北京闹学潮的时代，我记得有一次，北大的先生同学生混杂着排成队伍，往东四牌楼段祺瑞的住所去请愿。他这个胡同不太宽，所以大家只好分成两排鱼贯而入，到时段的卫兵已经将里边的铁门拉上，用枪对着来的群众。我这时恰好立在沈兼士先生的身后边，而沈先生因卫队拦阻而与他有所争执，卫兵就将枪抵住沈先生，我一看这情形甚为危险，如果卫队一开枪，不只打死沈先生，恐怕连我亦同时受伤，所以自从这次以后，我不再参加示威运动。可是徐旭生先生在另一次示威运动中，就在西长安街被军队打掉了两个门牙，这一次林语堂先生亦受了轻伤。

因为在北大所办的各种杂志中，《猛进》是以批评北政府著名的，虽然因此引起了很多嫉妒者，但是颇得当时北方主持共产主义的青年所欢迎。我尚记得有一次，CY 派了人来作代表，叫做范鸿喆，来找我们接头，意思说我们同是反对北政府的人，何妨合作。经我与徐旭生、陈孟钊、戴毅夫、李润章诸位先生商量后，就回答他们说，我们所走的方向固然相同，但是不妨各走各的路，因此就拒绝与他们合作。我还记得范君暗中透露，他可以做经济上的帮忙，我们因为开销有限，更不愿要他们钱，愿意做一个独立的文人机关杂志，而不愿意依傍共产党。这大约是民国十四年的事情。

到了第二年，民国十五年，北京就发生天安门惨案。这一天我正同陈孟钊先生等人去游北海，在倚澜堂正吃茶中，忽然听到无数的枪声，这就是所谓天安门惨案了。后来范鸿喆同李大钊等皆在俄国使馆被捕，并处死刑。而段祺瑞在此以前就下通缉令，通缉了五个人，里边有共产党的人物如李大钊、徐谦；亦有国民党的人物，如顾孟余、易培基、李石曾，共计五人。其详情当在另文中提到。

载《传记文学》第九卷第四期（一九六六年十月号）

记昆明北大文科研究所

周法高

前　言

谈北京大学校史的，似乎很少提到云南昆明靛花巷的北京大学文科研究所。大概是因为北大文科研究所在昆明创办的时期比较短，并且在台湾现存的该所师生比较少的原故吧！据我所知，该所的所长胡适先生、副所长兼代理所长傅斯年先生和该所的导师姚从吾先生早作古人，该所的研究生在昆明就读的只有我一个人在台北，王叔岷兄和李孝定兄没有到过昆明，只在四川南溪李庄的中央研究院历史语言研究所读完了北大文科研究所。据我所知，陈寅恪先生也是昆明北大文科研究所的导师，可是汪荣祖的《史家陈寅恪传》和蒋天枢的《陈寅恪先生编年事辑》二书中记载陈先生在昆明西南联大教书，而不记载他曾为该所的导师。可见这一段时期的北大文科研究所的情形，是不大为人所熟知的。现在不妨把我在该所两年的情形，就我记忆所及写在下面。

昆明北大文科研究所的成立

北京大学自从民国二十六年七七事变发生以后不久，就和清华大学、南开大学合组西南联合大学，在昆明复校。到了民国二十八年，北大文学院的一些首脑，和中央研究院历史语言研究所的傅斯年所长，在蒋梦麟校长赞同之下，计划恢复北大文科研究所，由文学院院长胡适先生担任所长。当时胡先生任驻美大使，就由傅先生代理所长，而由郑天挺先生任副所长。下面设语言、文字、文学、哲学、史学各组。语言组的导师是罗常培、李方桂、丁声树诸先生（本来还有魏建功先生，因为魏和罗闹别扭，不久就离开北大了），文字组的导师是唐兰先生，文学组的导师是罗庸、杨振声诸先生，哲学组的导师是汤用彤先生，史学组的导师是陈寅恪、姚从吾、向达、郑天挺诸先生。第一届招收了十个研究生：语言组的研究生是马学良、周法高、刘念和，文学组的研究生是阴法鲁、逯钦立，哲学组的研究生是任继愈、王明，史学组的研究生是杨志玖、汪篯、阎文儒。第一届没有文字组的研究生，第二届却有王玉哲。以后又陆续招收了几届，详情如何，就不得而知了。

北大文科研究所的恢复，是经过深思熟虑的结果。因为北大文科是很有名的，而北大文科研究所的历史也很悠久，所以他们在西南联大之外另外恢复了北大文科研究所，其导师的阵容非常壮大，远过于国内任何大学研究所。每一个研究生每月可以拿五十元补助费，在当时是非常宽裕的。当时中学教员也不过拿百元左右的薪水。当时的伙食是十八元一月，每天的菜都很不错，除了十个研究生的伙食外，还有导师另外开一桌。我记得当时研究生住在三楼两间大房里面，另外两小间，一间住的是陈寅恪先生，一间住的是汤用彤先生。罗常培先生是住在二楼。另外还有助教邓广铭先生（字恭三，山东人）和事务员郁泰然先生（郁是刘半农的亲戚，江阴人）。此外还有英文导师叶公超先生，只招集研究生谈了一次话，就没有再见面了。不过我想第一届研究生的英文入学试题大概是叶先生出的。题目是 My Ambition is to Achieve in Scholarship。

靛花巷的房子大概先是由中央研究院历史语言研究所租来作办公用的，后来才让给北京大学来办文科研究所的，所以蒋天枢的《陈寅恪先生编年事辑》一直认为陈先生住在靛花巷历史语言研究所的楼上，而不知道后来已经改成北大文科研究所了。①

① 蒋天枢《陈寅恪先生编年事辑》一〇七页："民国二十八年己卯，一九三九，〔寅恪〕先生五十岁。春，在昆明西南联大，授'两晋南北朝史'课，寓靛花巷青园学舍。"并引劳榦先生《忆陈寅恪先生》云："民国二十八年，寅恪先生来到昆明，住在中研院租到靛花巷的楼房上，才有机会朝夕晤对。"王懋勤编《中央研究院历史语言研究所大事年表》（《中央研究院历史语言研究所四十周年纪念特刊》页一二）："民国二十七年二月至三月，本所赁昆明拓东路六六三号及青云街靛花巷三号为所址。九月，因敌机袭昆明，本所再迁于市郊龙泉镇响应寺及龙头书坞。"

我考进北大文科研究所的经过

在民国二十八年上半年，我在重庆的中央大学中国文学系念四年级。那时我们毕业后的出路大部份是做中学教员。由于中央大学的招牌还不错，我们的出路大部份是没有问题的，不过我觉得教中学对于自己的进修没有太大的帮助，恰巧那时候看到了报纸上北大文科研究所的招生广告，就赶快写信去报名。那时中大中文系四年级通常是要写一篇毕业论文才能够毕业的。我们系里自从黄侃（字季刚）先生在民国二十四年去世以后，一直找不到适合的声韵学教授。直到在四川复校以后才从四川大学请到赵世忠（字少咸）先生。他是声韵学专家。我就在他的指导之下写了一篇《〈经典释文〉反切考》，只利用了一小部分《经典释文》的材料，使用陈澧《切韵考》系联反切上下字的方法，寄到北大文科研究所去。恰巧罗常培先生是研究《经典释文》反切的，曾经花了若干年的工夫加以校勘，并且对反切加以系联，不过到现在一直没有发表罢了。我想他对我的不成熟的研究知道得很清楚，可是我研究的路子却和他不谋而合，也许有吾道不孤之意。另外还有笔试，考英文、国文和声韵学。还有口试，我记得是在傅斯年先生重庆上清寺的寓所里举行的，大概傅先生是来重庆开参政会吧！他对我说："你的研究属于历史音韵学的研究，将来你可以从事汉语历史语言学（Chinese historical linguistics）的研究。"他这两句话就断定了我终生研究的方向，我真不能不佩服他的卓见。由此可见，傅先生是具有知人之明的。过了不久，我就从事我的昆明之行了。

研究所的制度，每一个研究生可能有一个正导师，一个副导师。现在将我记忆中的语言组研究生的研究范围和导师写在下面：

马学良：云南非汉语研究，导师李方桂、罗常培。

周法高：汉语历史音韵，导师罗常培、丁声树。

刘念和：汉语历史音韵，导师罗常培、魏建功。

导师群相

以下对于研究所的导师逐一加以介绍。

罗常培先生，字莘田，又号心恬，北平旗人，北京大学毕业。那时大概四十岁了，非常热心而活跃，也很能干。那时大概是西南联大的中文系系主任。他除了语言组的研究生而外，对别组的研究生也很关心，一视同仁。我们背后都称他为“罗长官”，并且说：这一次罗长官收了十大弟子。他的研究包括汉语历史音韵学和汉语方言。他并且做过刘师培、黄侃的弟子，所以对于古典文学也很有研究。他学过速记学，做过国会的书记。他曾经把刘师培的讲稿速记了下来，参考另一位同学的笔记，写成刘师培讲的中古文学研究，在对日抗战时出版，在台湾还有重印本。虽然是刘师培的讲稿，可是他却模仿刘师培的文笔用文言文写出来，文笔典雅。

李方桂先生，似乎不必做特别的介绍了，不过我要加一个小故事写在下面。当一九七一年左右李先生到香港中文大学做专题讲演的时候，我曾经介绍了一段话，大意如下：

> 当历史语言研究所成立的时候，傅斯年先生介绍赵元任先生讲演，说他是汉语语言学之父。现在我们可以说：李方桂先生是非汉语语言学之父。所谓“非汉语”指中国境内汉语以外的语言。

李先生的讲稿和我的介绍词都登载在香港中文大学《中国文化研究所学报》中。后来夏威夷大学罗锦堂夫人在“《中央日报》”副刊里提起这段话。大概不知道是排字的人或是著者因为这句话不大通顺，就把“是”字后面的“非”字删掉了，这么样一来就成为“李方桂先生是汉语语言学之父”了。过了几个月，余英时兄在香港告诉我说：“你可闯了大祸了，赵元任夫人在康桥哈佛大学她女儿那里看到航空版的“《中央日报》”，大骂周法高因为赵先生退休了，连‘汉语语言学之父’的称号都要加在李先生的头上了。”我当时就诚惶诚恐地把李先生的讲词复印了一份航寄给赵先生夫妇，证明是报纸上排掉了一个“非”字。后来丁邦新先生在台湾告诉我：他曾经写文章更正这个错误。不过施友忠先生对他说应该用单引号把“非汉语语言学”括起来，才不会误解成非“汉语语言学之父”。由此可见，引号是绝对不可省的。

丁声树先生，字梧梓，河南人，那时候是中央研究院历史语言研究所二组的研究员。中英文都很好，读书很多。傅所长身边有两位博学的学者：一位就是丁先生，一位就是张政烺先生，两位对中国的古书都读得很好，时时供傅所长的咨询。丁先生最长于汉语语法学和汉语方言学，有关古代否定词“弗”“不”的区别的文章，最为有名。中年以后，又主持《现代汉语法纲要》的编写工作，销行十余万部。他曾参加湖北、湖南、云南方言的调查工作，又和李容合写了《昌黎方言志》和《古今字音对照手册》，后者在台北有翻印本，销路很广。不过近年来有患病中风的消息。

唐兰先生，字立庵，浙江秀水人。他是古文字学权威，对于词学也很有研究。他读的书很多，非常博雅。他早年做过罗振玉的书记，曾经手写王仁昫《切韵》行世。他在西南联大教书的时候，写成了《古文字学导论》付印，是一部划时代的著作。他对于甲骨文和金文都有很精辟的研究。他在《天壤阁甲骨文存考释》的自序里，说到研究甲骨文的四个“堂”，那便是：罗雪堂、王观堂、董彦堂、郭鼎堂。香港中文大学研究院中国语言文学部招考研究生的文字学试题，曾经问到甲骨学中的“四堂”及其著作，可见唐先生这几句话的权威性了。

罗庸先生，字膺中，北京大学毕业，对于三礼和宋元理学都有研究，学问非常广博，尤长于中国文学史的研究。著作不多，对于儒家的学说颇能身体力行。记得民国二十九年他所居住的地方失火，一时烈焰冲天，蒋梦麟校长曾经当场拍照证明曾经有某机关存贮了大量的汽油而引起火警的。罗先生遇到这种不幸的事，仍能苦撑下去，弦歌之声不绝，可以想到他的修养了。他的《鸭池十讲》这部书，是一部比较通俗的读物，在台湾好像也有翻印本。

据我所知，西南联大中文系里，北大和清华的老师和学生在初期相处的并不太融洽，小的磨擦总是难免的。记得民国二十九年秋季闻一多先生本来是开楚辞的，这一年要开唐诗；而唐诗本来是罗庸先生开的，于是罗庸先生说：那么我就开楚辞好了。由此也可看出罗庸先生的博学。

杨振声先生，字今甫，曾经做过山东大学校长，长于新文学。早年曾写过一本小说《玉君》知名当世。他在研究所似乎没有指导什么研究生，文学组大概就靠罗庸先生挑大梁了。

汤用彤先生，字锡予，早岁清华留美，年龄也比较大一点。他是中国佛教史的权威，他所写的《汉魏晋南北朝佛教史》，是一本经典性的著作，博得全世界学术界的赞誉，他在这方面简直不作第二人想了。他在西南联大时期又写了一部《魏晋玄学》的讲义，冯友兰先生说是等这部书出版了，要拿来修定他的《中国哲学史》。他在逃空袭的时候，拿着一个黄布包袱，简直像一个乡下老头儿，可见他的纯朴了。据钱穆先生的回忆，在昆明时，同汤先生借住在郊区的一个庙里，这样就可以专心读书，也可以免除空袭的危险。只有隔一天上课的时候才难免遇到空袭警报。唐兰先生为了避免空袭，在昆明湖上的一个小岛租屋居住，来去都要乘船，他曾经带我到过他的寓所。由此可见对日抗战时期教授们的艰苦了。

陈寅恪先生，江西义宁人，是大诗人陈三立先生的公子。十二岁已经读了不少的中国古书，十三岁就到日本去留学，他那时候的程度可能比一般人二十几岁的还要好。他的大哥衡恪，字师曾，是大画家、书家、篆刻家和诗人。二哥隆恪，晚年也有诗集。他的弟弟登恪、方恪也是词章名手，可以说是一门风雅。不过他一直身体单薄，中年以后又因为阅读太多而伤目。他是中国中古史的权威，并且通晓十几种语言，我在《汉学论集》一书中《论汉学界的代表人物》一文里，曾经举他做为中国大陆汉学界的代表人物，可以说是当之无愧了。他本来是清华的教授，可是因为他是傅斯年先生的亲戚和好友的关系，又住在靛花巷的楼上，就担任研究所史学组的导师了。不过他的脾气也真不小，可能由于健康不佳的关系吧！我们和他同住在三楼，彼此从不交谈。有一次大概他午睡的时候，有一个客人慕名来看他，他一直打恭作揖把那个人赶下楼去。又有一次，二楼罗常培先生的房里研究生满座，闹烘烘的，那时大概九十点钟吧，听到楼上陈先生用手杖重重地把楼板敲了几下，罗先生吓得赶快掩旗息鼓。陈先生是民国二十八年到昆明的，民国二十九年暑假后至港任香港大学客座教授。民国三十四年到英国治疗视网膜剥离症，因为耽搁太久未能治愈而返国。大陆"沦陷"后先后任岭南大学、中山大学史学系教授。一九六九年十月七日被"四人帮"的红卫兵迫害致死，享年八十岁。

姚从吾先生，本名士鳌，以字行。是辽金元史的权威，北大毕业后留学德国多年，对学生的态度也很诚恳。因为多年在台任教，知道他的人很多，这里也就不必详加介绍了。

向达先生，字觉明，湖南人，东南大学毕业，在北平图书馆服务多年，后来到英、法去阅读敦煌写本。他是中古中西交通史的权威，早年写了一篇《唐代长安与西域文明》，知名于世；后来又再三加以修定。他也是敦煌学专家，曾经在对日抗战时期写过一篇《敦煌学导论》，脍炙人口，曾经在西南联大讲演此题，听众一两百人，把一个大教室都挤满了。可是由于他不善言辞，照本宣读，一直读到十点钟熄灯还没有讲完，把大家都听怕了。到了第二次续讲时，门可罗雀，急得研究所的助教邓广铭先生把工友都请去听讲凑数。傅斯年先生很佩服他的学问，想请他担任历史语言研究所的研究员。他知道傅先生的脾气也很不小，就提议订约五年；哪知道傅先生说干脆是终身聘书好了。后来因为史语所派他和石璋如先生到敦煌去考察，石先生先行，到陕西去考古。向先生在敦煌得不到金钱的接济，生活很是艰苦，以后就不到史语所做研究员了。他在敦煌的时候，正好张爰（字大千）先生在敦煌临摹壁画，有时要把上面一层剥掉，才能看到更古的一层；他就用“方回”的笔名在报纸上发表了一篇文章，说这么样会损害壁画，引起了轩然大波。他在敦煌当地收藏家那里曾经看到一件敦煌写本，反面有《诗经·大雅》的毛传郑笺残卷几十行，就亲自抄写了一份。蒙他曾经借给我传抄了一次。运到台北后，因为我先去香港，不知怎么就遗失了，真是可惜得很。向先生在对日抗战时期著有《蛮书校注》，颇为精审，也是一部名著。

郑天挺先生，是副所长，也是北大的总务长，长于清史研究，早年著有《多尔衮称皇父考》颇为脍炙人口。晚年任南开大学教授、史学会的常务理事，颇为活跃。研究生刘念和曾经作了一副对子。上联是“傅所长是正所长，郑所长是副所长，正副所长”，下联是“贾宝玉乃真宝玉，甄宝玉乃假宝玉，真假宝玉”，可谓天生绝对。最近，我在医院里养病，芮逸夫先生来看我，谈起我在写《记昆明北大文科研究所》这篇文章的事，他马上提到这付对子，大概是多年前听我们提到这个故事，而有了深刻的印象。

助教邓广铭先生，长于宋史研究，著有辛稼轩的词注，颇为有名。由此看来，昆明北大文科研究所的阵容，连助教都有两手，真是所谓“谈笑有鸿儒，往来无白丁”了。我们在这一种学术空气的薰陶之下，怎么不努力研究，力争上游呢？

研究所的访客，也有不少知名之士，例如毛子水（本名准，以字行）先生、吴宓先生等人都是。我记得吴宓先生来拜访陈寅恪先生的时候，颇有英国绅士的派头。他上了三楼以后，敲敲陈先生的门，称“吴宓先生来拜”。吴宓，字雨僧，早岁清华公费留美，五四时代任东南大学教授，主编《学衡》，与柳诒徵、梅光迪、胡先骕等学者同声相应，和北大的《新青年》大打擂台，提倡美国哈佛大学教授白壁德[①]的人文主义，反对白话文。而胡适先生则提倡杜威的实验主

① 现在通常译为“白璧德”。——校注

义，主张白话文。后来在白话文方面，胡适等占了上风；可是在人文主义的精神方面，现任台湾大学文学院院长侯健教授，仍然在服膺白璧德的学说，可谓“德不孤，必有邻”了。吴宓在生前苦追毛彦文女士，后来毛女士嫁给熊希龄（曾任内阁总理），吴就写了几首打油诗，其中一首说：

吴宓苦爱毛彦文，五洲四海共知闻。离婚不畏圣贤讥，金钱掷却何足云！

收在他的《吴宓诗集》里（中华书局出版）。他主张把他的诗不论好坏都收进去，以表示他的心路历程。晚年在四川重庆西南师范学院任教，于一九七七年一月十七日含冤去世（据蒋天枢《陈寅恪先生编年事辑》，一七三页）。

陶孟和先生，是中央研究院社会科学研究所的所长。他和他的夫人也住在研究所的三楼。关于他的学问，我莫测高深，不敢赞一辞，可是有一桩小事也不妨一记。研究生阴法鲁，有一次听到他对他的太太说：“我要下去小便了，你小不小？”认为文法不通，应该说“你小便不小便？”其实照我们研究语法的人来看，既然有人这么说，也未尝不可通[①]。记得赵元任先生在《中国话的文法》一书中，曾经引

① 我在续伯雄译《苦海余生》一八一页找到一个相似的例子：“托儿所园长李健之说：他们坐在上面一直等小出来为止。当他们去小便时，他们一定学着自己去。”可见用“小”代替“小便”是很普通的说法。

用来自台大的洪越碧同学的话，说："军过训没有？"这也是一个相当特殊的例子。

西南联大的学生喜欢出壁报，发挥他们的高见。有一次历史系的学生丁则良，在壁报上写了一首打油诗，说："却忆绩溪胡适之，风流儒雅是吾师。一自当年星使去，更无一个是男儿。"他这首诗只是打油而已，因为第二句是抄的杜甫的诗，第四句是抄的花蕊夫人的诗。不过这个学生也还颇有来头，他是清华历史系主任刘崇鋐教授的两个得意弟子之一（其他一个就是何炳棣），是清华历史系的高材生，研究宋史。这一天在研究所导师的饭桌上，我们在室外就听到罗常培先生气愤愤地说："除了胡先生而外，咱们都成了女的了。真是岂有此理！"这也是当年研究所的花絮之一，不可不记。

研究生群相

甲　第一届研究生

第一届的十个研究生在当年虽然是微不足道，似乎不值一提，不过他们现在都是六十岁以上的人了，按照接棒的原理，可以说是上述诸位导师的接棒人和第二代，那么不妨就我所知加以介绍。他们目前如果健在的话，大概都是各大学和研究机关资深的教授和研究员了。现在就分组介绍于下：

1. 语言组

马学良，北京大学中文系毕业，山东人，在李方桂先生的指导下，写成了《撒尼语法研究》，是研究云南倮倮[①]语法的。这部书利用美国结构语言学派的理论，加上李先生的悉心指导，在当时真可说是面目一新。李先生在西南联大曾经做过一次重要的讲演，讲题是“汉藏系语言研究法”，里面有许多精辟的见解，是一篇深入浅出的讲稿，直到现在仍然有它存在的学术价值。李先生调查美洲的印弟安语和东亚的语言，大都是偏重音韵描写，或是比较音韵方面，很少接触到语法方面。不过这并不表示李先生不注重语法的研究，因为一般的语言调查，都非掌握音韵系统以及若干词汇和语言记录不可。往往调查一个月，就要花上几年的工夫来整理。如果要逐一的详细分析其语法，那真是“头白可期，汗青无日”了。因此写语言调查报告的人，总是要先记录音韵和词汇的。李先生指导马学良写倮倮语法，花了不少的功力，才能够写的这么出色，可以说是牛刀小试了。当大陆“沦陷”后，马学良在这部书的初版序言中曾经提出对李方桂师很深切感谢的话，可是在另一次付印的时候，这几句话就不见了，大概那时因为“三反”“五反”的关系而不得不删去的吧！研究所毕业后，他在历史语言研究所当了几年助理研究员。该所迁台时因为他的家眷太多，傅所长为了来

① 倮倮，对彝族的旧称。——校注

台后生活一定十分艰苦，就没有让他随所迁台，一直留在大陆。三年前我和丁邦新、龚煌城二位追随李先生出席在巴黎举行的汉藏语学会的时候，曾经遇到马学良兄，双方已经分别了四十年了，他好像是在民族学院任教授吧！

刘念和，四川大学中文系毕业，四川成都人，研究中古的反切和声韵，和我一样也是赵世忠先生的学生。罗常培先生是他的导师，他的硕士论文是《文选旧音疏证》，指的是李善和六臣以外的反切。他在华西、金陵、燕京三大学联合学报中发表了一篇《成都儿童间流行的秘密语》，可供研究儿童语和反切语者的参考。他在研究所毕业以后，曾经在历史语言研究所担任了几年助理研究员，后来大概就回到四川大学教书去了。一九四九年以后，就断绝了消息，也没有看到他有论文或书籍发表，更不知道他目前的生死存亡了。他具有四川人摆龙门阵的本事，谈起话来滔滔不绝；不过他似乎缺少恒心和耐心，所以没有什么大著作发表。不过他还是相当富有机智的，前述“傅所长是正所长”的对子，就是他想出来的，颇为脍炙人口。

周法高，关于作者本人，这里就不多作介绍了。

2. 文学组

阴法鲁，山东人，北京大学中文系毕业，在罗庸先生的指导之下，研究中国中古时代的音乐文学，他的硕士论文可能是词和音乐的关系一方面，记的不大清楚了。大陆“沦陷”，后曾经看到杨荫浏和他合作研究的宋词简谱，杨氏是有名的中国音乐史专家，除此以外就没有得到他的什么消息了。

逯钦立，北京大学中文系毕业，山东人，在罗庸先生指导之下，撰写《古诗纪补正》。研究所毕业以后，在历史语言研究所作了几年助理研究员，在该所《集刊》发表了一篇《古诗纪补正叙例》。明代冯惟讷的《古诗纪》，搜罗唐以前的古诗，相当完备；丁福保的《全上古三代秦汉魏晋南北朝诗》这部书，就是根据《古诗纪》加以补充的。逯钦立找出很多丁书的疏漏错误的地方，而把其中比较显著的若干例子放在这篇文章中，所以写得非常精彩。史语所迁台时，他因家眷太多，留在大陆。逯钦立还发表了《陶渊明行年简考》的文章，大陆“沦陷”后曾经出版了一本考证陶渊明诗，和一本讲楚辞的小书。两年前我应纽约大都会博物馆的邀请出席“中国的青铜时代”讨论会，曾经间接听到出席该会的张政烺先生说：逯钦立在不久以前“四人帮”打倒以后，听说他的《古诗纪补正》这部大书可能付印的消息，就高兴的不得了，当夜就发病死了，大概是兴奋过度的缘故吧。[①]由此可知在大陆要出版书，并不是一件很容易的事。

3. 哲学组

任继愈，山东人，北京大学哲学系毕业，是汤用彤先生

① 我在续伯雄译的《苦海余生》三四〇页，也找到类似的例子：“比尔又说，但是奇怪的还得数毛泽东去世及“四人帮”被捕之后，这种压力减除而发生的事，到那个时候，紧张才显露出来。他有几位朋友太高兴了，所以出门开怀畅饮而得了脑充血。还有一位朋友笑得太厉害，变成了歇斯底里，以致于几个礼拜都哈哈大笑而无法停止。”

的得意弟子。人非常聪明，身体并不强壮，可是乒乓球却打得很好，可能是反应较快的原故吧！他的硕士论文是关于宋代理学所受禅宗的影响的。他后来做了冯友兰的侄女婿，主编了一部中国哲学史和佛教史，在“四人帮”批孔扬秦的时候很出了一阵风头。就是在现在也成为中国哲学史和佛教史的重镇，大有取冯友兰、汤用彤的地位而代之的趋势，可算是第一届研究生中目前在大陆学术界最活跃的一位。听说他现在是社会科学研究院的宗教研究所的所长。

王明，浙江温州人，北京大学毕业，在汤用彤先生的指导下，校订《太平经》。《太平经》是道藏里面，东汉的一部道经，在道教史上是非常重要的；可是其中有许多错简和错字，是需要有耐心的人加以订补。王明并不是像任继愈那样智慧型的人物，可是却具有忍耐和持久的精神。他校订的《太平经》一九六〇年左右曾经出版过一次，最近又重印了一次，可见冷门书也还是引人注意的。此外在《中国哲学史参考资料》中，好像曾经看到他是集体编纂者之一。

4. 史学组

杨志玖，山东人，北京大学史学系毕业，研究元史，是姚从吾先生的得意弟子，他有关元史的硕士论文也是在姚先生指导下写成的。他曾经从《站赤》这一本小册子里找到关于马可孛罗来华随行者的资料，可以算是一项小小的发现。那时发表文章非常困难，特别是用外文发表，他们认为这个小发现对于外国研究马可孛罗的人可能有一点帮助，因此就请中央研究院的一位英文秘书在中央研究院出版的一个英文刊物上发表。我看到那篇一两页的英文译文，好像是由那个英文秘书具名的，那就未免有点掠人之美了。他又曾经找到《汉书·西域传》扑桃国的对音。后来波兰的语言学家赫迈列夫斯基也曾对这个国家加以考证，在大陆上的一个学术刊物上发表。一九六四年我在美国西雅图州立大学任客座教授时，曾经遇到过赫氏，谈到这个问题。近年来，南开大学的史学系同仁（包括郑天挺、杨志玖、王玉哲等人）合编了一部中国史课本。

汪篯，江苏仪征人，清华史学系毕业，中学念的是扬州中学，所以理科的成绩也不坏。在对日抗战前，全国的中学以江苏的中学为最好，江苏的中学以扬州中学为最有名，好像台湾的建国中学和一女中似的。汪篯和下一届的研究生王永兴都是在陈寅恪先生指导之下念中国中古史的，汪篯的硕士论文是《新唐书宰相世系表母系的研究》。有一次报纸上介绍，说寅恪先生指导了一个研究生专门研究唐代宰相的母系制度。其实根据陈先生的说法，南北朝隋唐注重门第，决定士大夫升迁的因素的，“婚”与“宦”两件事占很大的重要性。汪篯这篇论文，正是要研究这个课题。汪篯人很聪明，可是读书没什么恒心和耐心，有时好多天不看书，有时好多天挑灯夜读。这种起居无节、作息不时的习惯，不大适宜做沉重的学术研究。《论语》说：“士不可以不弘毅，任重而道远。”顾炎武的诗句说：“道远不须愁日暮。”胡适先生晚年时常提到这句诗，意思是说：不必愁年纪的老大，路程的遥远，只要有智慧有毅力有恒心就可以一直向前完成大业。汪籛是属于智慧型的，而缺少恒心，我在后来也很少看到他的著作发表。不过由于他的聪明、博学和口才，仍然在北方大学里作教授，也许很叫座。在某些中国史大学教科书前面，有时看到他列名于集体编撰者之中。在一九五四年，中共科学院曾经决定请陈寅恪先生由广州岭南大学到北平任历史研究所第二所的所长，就是派汪籛去的，后来陈先生没有就聘。

阎文儒，东北人，东北大学毕业，他的导师是向达先生，他的论文好像是研究唐代长安和洛阳的。他的天份和根底都不算怎么好，可是却具有东北人刻苦耐劳的习惯。后来在大陆实测洛阳城唐代旧址，便是他从事的工作，当时很出了一阵风头。

乙　第二、三届研究生

以上把第一届的研究生的情形，都就我所知道的加以介绍了。关于第二届的研究生，我们还同过一年学，招的人数远不如第一届，以下就记忆所及加以叙述。

语言组的殷焕先，江苏六合人，中央大学中文系毕业，比我低一班，也是我的好友。他也跟赵世忠先生研究声韵学，诗词都写得很好，具有多愁善感的特性。他从中央大学毕业以后，就到云南的曲靖中学教国文，很受学生的欢迎。他因为要准备考试北大文科研究所，在假期里，曾邀我到他那里去住了一段时期。他考进研究所以后，也是由罗常培先生指导的，题目好像是关于唐以前的反切方面。大陆“沦陷”后，他在山东大学中文系教书，和中大的学长殷孟伦、蒋维崧同时。在“鸣放”的时候，他因为多言贾祸，打入右派，很吃了一些苦头。他在《中国语文》上也发表过几篇文章，另外还写了一本讲反切的小册子，是一部深入浅出的著作，在一九六〇年左右出版，现在又重印了，销路很不错。近年来大陆成立中国音韵学会，推严学宭做会长，也是北京大学毕业的罗门弟子。殷焕先也当选理事，可见罗门弟子在中国音韵学界还是相当有地位的。今年八月底九月初，我和丁邦新、李壬癸、龚煌城到东京去开第十三届国际语言学者会议，就曾见到严学宭。根据香港中文大学中国语文研究中心出版的《中国语文研究》的报导，在开音韵学成立大会的时候，会上曾经将李方桂、董同龢、张琨诸先生和我的文章复印，分发给各会员，我想殷焕先也是推荐者之一吧！他的学生姜宝昌曾经在《中国语文》上发表一篇《〈金文诂林〉读后记》，说我编撰的《金文诂林》，“上下一千年，纵横数万里，真是洋洋巨著”。据香港中文大学出版处主任黎明先生告诉我：自从这个书评出现了以后，《金文诂林》多销了一百多部。而每部书的订价都是一百多美金。他又写了几百条的勘误表，寄给出版此书的香港中文大学出版处，该校曾经复印了一份给我。据我看，大概有一半左右可用，其余一半需要加以修改才行，也有不少误解的例子。我因为事情忙，一直没有能整理付印，不过我对姜君还是很感谢的。

高华年，福州人，好像是东北大学毕业。他在罗常培先生的指导之下，撰写福州方言的论文。他近年来又出版了一部关于广州音的研究，篇幅不少，《中国语文研究》里曾经介绍过。他好像是在广州中山大学教书，否则不会研究广州方言的。

文字组的王玉哲，北京大学史学系毕业，本来是研究上古史的，可能因为导师中没有专攻上古史的，由唐兰先生指导，硕士论文是《宋代金文编》，搜罗宋代金文书中的铜器铭文，全部加以摹写，分隶各字之下，并且注出每一个字所属的句子全文。我们可以说，大体上是遵照容庚《金文编》的体例，按照《说文》的次序排列；可是每字下注明全句则是容书所没有的。容书只收集了有拓片的铭文，比较真实可靠；《宋代金文编》只收集宋人的著作，没有拓片只有木刻，宋人摹写也有很多错误的地方，其价值自然大大的减低了，这也许是我以后从没有看到此书出版的缘故吧！王玉哲曾著有《中国上古史》，好像主张西周是封建社会的。后来南开大学史学系又出版中国史的教科书，王玉哲大概曾参加上古方面的写作，可能在西周社会的性质方面也不能维持他原来的意见了吧！

文学组的董澍，山东人，北京大学中文系毕业，在罗庸先生指导下，论文大概是关于唐代文学的吧！后来也很少看到他的名字在出版品上出现过。

史学组的王永兴，清华大学史学系毕业，跟陈寅恪先生研究中国中古史，进研究所后也是由陈先生指导。王永兴体弱多病，曾经害过肺病，考进研究所后还在休养期间，吃饭的时候常要自己加菜，因为我进所第二年的时候物价已经涨了不少，远不如第一年过得舒服了。我还记得在王永兴进所以后不久，他的未婚妻也万里迢迢的从沦陷区的北平到昆明来看他，并且服侍他，这真是非常感人的一件事。后来他在北平清华大学曾任陈寅恪先生助教，此外就看不到王永兴的消息了。

以上关于在昆明的第二届研究生，我所知道的仅此而已，以后的几届，因为我在研究所毕业后就到四川李庄历史语言研究所做助理研究员去了，所以更不清楚。不过其中有一位叫做王大经的，是武汉大学毕业生，在第三届招考的时候，曾经写了一封信给傅所长，称他为学长，好多人看了都觉得奇怪，因为学长的用法和一般通行的用法不同，我想大概是别有根据吧！

大概在民国二十九年秋冬，中央研究院历史语言研究所又从昆明龙头村迁移到四川南溪李庄板栗坳去了，大概因为安全的关系吧[①]！这真是一件浩大的工作，花费的时间、人力和金钱都是很多的。那时昆明城里空袭频仍，时常在上课的时候逃警报。我们这些研究生也就一部份随史语所迁到李庄，一部份搬到龙头村历史语言研究所的旧址去了，省得多逃警报。要到西南联大上课，得走十几里路进城去。以前听说在北平的北京大学宿舍的住宿生，同一房间用布帘隔开，

---

① 王懋勤前引文页十二说："民国二十九年六月，滇边军事吃紧，奉命准备再迁。九月，……并派芮逸夫赴四川寻觅适当所址。旋经洽妥四川南溪县李庄板栗坳张家大院为所址。"

往往彼此不交一言。在昆明的时候，我们因为好几个人同处一室，彼此间的关系反而拉近了不少。

在史语所搬到李庄以后，有一部分北大研究所的研究生就直接到该所去读书。据我所知，就有王叔岷、李孝定、王利器诸位。

李孝定兄，湖南常德人，是中央大学中国文学系毕业生，和我同一届；可是他进研究所却比我迟了两年。他是在董作宾先生指导之下做甲骨文字集释的工作的，因为工作比较繁重，所以读了三年才完成了论文。在台湾出版的《甲骨文字集释》并不是根据当时的论文加以扩充的，而因为该论文卷页繁多而没有副本，已经丢在大陆，必须另起炉灶重新抄写才行。

王叔岷兄，四川简阳人，四川大学中文系毕业，好像是第一届录取的，后来休学了一年。他的硕士论文是《庄子校释》，后来列为历史语言所的专刊出版。

王利器兄，字藏用，四川江津人，四川大学中文系毕业，是校勘学名家向宗鲁先生的得意弟子。他的硕士论文是《吕氏春秋集释》，篇幅很多，近几十年来，好像还没有看到此书出版的消息。不过近年来他却出版了一部《颜氏家训集解》，写得很精彩。我在一九六〇年出版了《颜氏家训汇注》，列为历史语言研究所的专刊。其中曾经引到向宗鲁和王藏用的校语，便是我在李庄时蒙王利器把他所过录的向宗鲁先生的校语以及他自己的校语借给我抄录的。我这部书出版了以后，一般人士认为替《颜氏家训》结了一次总帐。

三年前我得到日本学术振兴会的邀请赴日讲学时，曾经到东京大学东洋文化研究所讲演过一次，该所主持人榎一雄先生就曾经问我怎么样写这部书的，我回答说：因为我研究《颜氏家训》的《音辞篇》的注解，进一步就扩充到全书。我这部书在过去二十年间，是研究《颜氏家训》最完备的注本，现在恐怕要让位给王利器兄这部书了。不过我这部书因为我几百条的注解，为王书所无，又因为我对于《颜氏家训》书中的辞语有一百多页的索引，检查起来比较方便，所以我这部书还是有它的价值的。还有一点不妨一提，写作时引用别人的话，必须注明出处，不可掠美。在台的出版品中，时常发现抄写大陆的著作的，例如二十年前“《中央日报》”的副刊曾经有一位名作家抄袭大陆上冯至的《杜甫传》，后来被人检举出来。我这部书曾经引用向宗鲁、王利器、周一良的未刊稿本，都一一注明出处。假使我当时据为己有，现在王书出版以后，我将无地自容了。去年听说王利器（北京大学教授）曾经到香港讲《水浒传》的考证，王兄除了对《水浒传》有研究而外，前两年曾经写了一篇文章大骂周汝昌的《红楼梦新证》，指出其中不少的错误，文笔犀利，可见其博学了。他在二十年前曾经编过一部《历代笑话集》，在大陆出版，世界书局曾经加以影印，就将编者改为该书局主持人的名字，可谓张冠李戴了。普灵斯顿大学的牟复礼教授多年前跟我说：台湾出的书喜欢把编著者的名字换成自己的名字，例如大陆编印的《永乐大典》残本，在台湾世界书局的影印本就换成该书局主持人编了。两部书同时放在书架上，真叫人有啼笑皆非之感。

以上拉拉杂杂的把北大文科研究所的研究生，就我所认识的介绍了一番。还有一位语言组的研究生李容是我离开昆明后考进研究所的。他也是罗常培先生的指导的，硕士论文是《切韵音系》，后来加以改订出版，颇为有名。在写论文时，故宫藏全本王仁昫《刊谬补缺切韵》的影印本还没有出现，所以只好用《广韵》的反切，后来才改用王仁昫《切韵》的反切。由于他用的材料是唐人王仁昫《切韵》，而经过修订后，于一九五六年由科学出版社出版的《切韵音系》，颇为学者所征引，可以算是一本名著了。这篇论文和马学良的《撒尼语法研究》和我的《玄应反切考》（包括《切韵重纽的研究》），都是以硕士论文而具有博士论文的资格，可见那时候的水准之高了。李书中有一篇《四声三调说》，说明中古虽有四声之名，实际上却只有三个不同的调子，入声与去声调值相同，而韵尾不同。这和董同龢先生的《中国语音史》（后来改名《汉语音韵学》）主张上古音的四声三调说，颇有异曲同工之妙，相辅相成之效的。

我在昆明的生活情形

我在民国二十八年的秋天，由重庆沙坪坝动身经川滇公路到昆明，离开了居留了两年的重庆中央大学的师生，颇有依依不舍之感。我曾经写过七首川滇道中绝句，末首云：

季子疏狂似往年，重寻旧梦已如烟。他时相见形容改，却忆而今更惘然。

从此以后，我就离开了大学时代打国学基础的阶段，而走入了从事专门研究的新生活了。我在另一首摹仿吴梅村的歌行的《南雍曲》中有四句云：

自怜才调却寻常，未许吹竽滥玉堂。欲从扬子传奇字，翻思援笔述三仓。

可以看出我那时候有志于跟小学名家像西汉扬雄那样的学者学习，并且有所述作。这个志愿后来终于实现了。在四十年后的今天，我在语言文字学方面，出版了几百万字的著作，包括五十岁以前所出版的巨著《中国古代语法》百余万言和五十岁以后出版的《金文诂林》及《补编》五百万言。今后有生之年，还当继续努力，“不知老之将至”，以期对学术研究，略效绵薄。

我到了昆明以后，那时的物价很便宜，每月领津贴五十元，在所内包伙食，每人十八元，顿顿有荤菜可吃，非常满意。我的导师罗常培先生很关切研究生的生活。我曾经和他因为讨论切韵音是代表“古今方国之音”的混合，还是代表隋及唐初长安音如高本汉所假定的那样，发生了激烈的辩论。我认为切韵音如果不是代表一时一地之音，根本就不能够拟音，而他认为纵使不如高本汉所说切韵代表六世纪的长安音，我们也可以加以拟音。不过罗先生是很有雅量的，他并不因为我和他辩论而感觉不满。另外一点是，他想要我研究《经典释文》中的旧音，我认为没有什么前途。后来我在民国二十九年冬天搬到龙头村居住的时候，在书架上看到《丛书集成》第一期的书，里面有唐代玄应和尚著的《一切经音义》二十五卷，我发现其反切和切韵相当接近，我就起了系联其反切而得出该书的声韵系统的念头。同时因为我当时对于梵汉对音很有兴趣，就是根据佛经中把印度的梵文音译为汉文的声韵对应关系找了出来。恰巧那时候书架上有一本牛津大学教授 Soothill 著的《中国佛教名词辞典》，我就把玄应书中所举出的音译佛教名词的梵文找了不少出来，其中有玄应的师父玄奘和尚新译的佛经名词，玄应并且指出旧译不正的地方。我曾经利用这些资料写成了《说平仄》和《切韵鱼虞之音读及其流变》二文登在《历史语言研究所集刊》里。我就向罗常培先生询问：能不能把“玄应音研究”做为我的硕士论文题目，蒙他表示同意。所以我的硕士论文除了包括后来在《集刊》发表的《玄应反切考》和《广韵重纽的研究》以及前引二文而外，还包括了我后来在香港中文大学崇基学院出版的《玄应一切经音义反切字表》。在民国三十年夏季，我参加由罗常培、王力、杨振声、唐兰、袁家骅诸先生组成的委员会的口试时，王力先生就说：单凭《广韵重纽之研究》这一篇文章已经够资格获得硕士学位了。

根据玄应反切系联的结果，我发现和切韵的系统非常接近，因此我便改变了我原来的主张而附和高本汉的主张。民国二十七年（一九三八）陈寅恪先生在《岭南学报》发表了《从史实论切韵》一文，说明除了颜之推和萧该是出生在南方而外，其他五人都在河南洛阳附近，因此切韵不可能代表长安方音，而可能代表“洛阳旧音”。我因此又修正了我的说法，认为切韵音代表六世纪初年士大夫阶级间流行的读书音，这在周祖谟的论文中则称为“文学语言”。最近在《语言研究》新第二期看到了王力和邵荣芬合著的论文，认为玄应的反切系统较之陆法言的切韵，要简单得多。关于这一点我还要另作文章来讨论。由此可见：作学术研究需要继续不断的研究和虚心探讨，不可固执成见。

罗先生不但对我们做研究生的颇有容人之量，并且把他过录的《经典释文》诸家校本借给我移录。那时已经是民国二十九年，日机空袭频仍，逃警报的时候都要带着罗先生借给我的木板书走路，而我也每次战战兢兢的当做宝贝似的捧着，断断续续的又过录了好几个月才完成。后来在民国三十二年春间我和董同龢先生到成都去调查四川方音，在我的老师赵世忠先生那里又借到一部赵的女婿殷孟伦先生过录的黄季刚先生所录的诸家校本，又用另一部《经典释文》在成都两三个礼拜当中过录了一遍，后来写成了《记诸家校本经典释文》一文，收在《中国语文论丛》一书中（正中书局出版）。二十年前日本京都大学教授小川环树先生托石璋如先生问我是不是愿意把我的《经典释文》校本借给他过录，他愿意用日本内阁大库所藏宋本《集韵》的照片相赠。我知道日本学者的苦干精神是很惊人的，而小川先生对于中国古书的了解也不在吉川信次郎先生之下。几年前宋本《施注苏诗》在台湾出版影印本以后，其中尚有一小部分残缺，小川先生就利用旧书中引用施注的地方把残缺的部分补出不少来。我想京都大学继承狩野直喜先生对经学研究的传统，曾经出版过一些经书的单疏本，对于《经典释文》的校本一定有一番扎实的工作做出来的。我因为恐怕遗失，所以没有答应。不久以前，我在香港用高价买到一部宋本《经典释文》的影印本，照原本大小用毛边纸精印，古色古香，令人爱不忍释。我又记起今年蒋复璁（字慰堂）先生曾经在文中提到他当年接收沈阳故宫的时候，看到有三函宋本《经典释文》，少了一函，至今耿耿于怀。那知在三十余年后的今天缺少的一函又已从北平找到，合成全璧，而且影印行世呢！此外黄焯先生根据宋本《经典释文》和诸家校本所作的《经典释文》汇校，又已出版了。这真是一个天大的喜讯，对研究《经典释文》和经典的学者又增加了不少新资料了。希望影宋本的《经典释文》能够在台湾早日重印，以飨读者。黄焯，字耀先，是黄侃（字季刚）先生的侄子，是当年中央大学中文系具备教授程度的四大助教之一。其他三位是钱堃新（字子厚）、潘重规（字石禅）、殷孟伦诸先生。后来钱改了讲师，其他三位都到别的大学任教去了。此外，王利器早在三十余年前著有《经典释文考》，发表在《北京大学五十周年纪念集》中，曾影印宋本一页。

我在研究所一年级的时候，除了白天工作而外，在吃过晚饭后，有时到昆明立市图书馆看张恨水的小说，例如《金粉世家》《啼笑姻缘》等若干部，当作生活的调剂。每星期还到西南联大去旁听罗常培先生的课，并且在晚间到云南大学法文名教授邵可侣先生那里学二年级的法文，他是法国人，曾经编过一本《大学法文》在商务印书馆出版。他的教学经验丰富，大部分用法文讲授，同时听课的有云南大学学生十余人，好像是义务性质，也不收学费。照理我应该把法文学好一点，可是因为我学话的本领很差，所以我虽然在中央大学选修过莎士比亚的课程，并且选过日文和法文，在李庄又旁听过同济的德文，跟印度学生学过梵文，后来在哈佛大学也学过梵文，可是始终没有学好一种外国文，到老来已经忘记得差不多了。我真羡慕前辈的陈寅恪先生通晓十几种语言和赵元任先生会讲多种语言和中国方言。在民国二十九年的初夏之间，我曾到曲靖中学和殷焕先学长们玩过个把月，记得听过当时的滇剧坤角名老生小兰芳的滇剧，好像演的是诸葛孔明。另外在那里遇到了南京中学的校友沈长钺学长，那时他担任高三的英文。他是南京中学的排球队员，擅长前排的高压球，后来在清华念英文系，也打排球队的前排中间。胜利复员后任南京中央大学的英文讲师。

在民国二十八年秋间，我在中央大学的老师胡光炜（字小石）先生也应云南大学熊庆来校长的邀请，任云大的文学院院长。胡先生博学多能，是名书家清道人的得意弟子，也是张大千的师兄。他又是文学史家、甲骨金文学家，著有《甲骨文例》，是早期甲骨文研究的一部名著；又有《中国文学史》上册的讲稿，是由学生记录后出版的。他又著有《声转表》，是属于声韵学方面的，他主张喉唇互转、喉舌齿递转，这样一来，几乎无不可通转的了；因为传统的声韵学把声母分成喉牙舌齿唇五类，而喉牙亦可合并。他的诗瘦硬通神，语必惊人，不落俗套。他替我在中央大学高一班的学长陈舜年（当时任云南大学中文系助教）写的一幅诗条云：

> 昔人思家畏鹃声，我今无家何畏听？
> 中宵亦自揽衣起，天高风急夜冥冥。

他曾经带我到西门外有名的清真馆子吃牛百叶，并且告诉我：牛百叶就是《说文》的“膍”字，因为他不但精于小学，而且通晓三礼，对古代的名物制度非常熟悉。他之所以对我很亲切，不只是为了师生的关系，而且因为我的姑丈王伯沆先生是南京高等师范、东南大学、中央大学三十年的老教授，和他同事多年。过了两三个月，他忽然对我冷淡了起来。我猜想大概因为在他任中大中文系主任的时候，聘请吴白匋做讲师，被中大原来的钱堃新（字子厚）讲师和几位资深助教所反对，并且由我们四年级的同学签名反对，而我也是签名者之一；这时才由别人告诉了他吧！

我在民国二十九年春天，在胡老师处见到了胡俊（字翔冬）先生的媳妇。胡是金陵大学的多年老教授，也是有名的旧诗人，脾气很怪，有个绰号叫“胡三怪”。他的诗效法唐代的贾岛，有《自怡斋诗》刻板行世，只有一百零八首，是从千首以上的诗里删剩下来的，他自己说笑话比做《水浒》

里的一百零八将，也可见他的风趣了。我在昆明的时候，当地文协的理事某先生曾经发表了一篇文章，大捧胡翔冬的诗。他诗里有两句：“仰首木桥下，天分数十条。”这是仰睡在小船上经过木桥底下所看到的情形，确是未经人道过，可是未免怪了一点。又有两句诗说：“闭门自是蛮夷长，老不称臣又抱孙。”胡小石老师有两句诗提到他说：“残照荒江潮落尽，胡三今日作诗人。”大概他排行是老三吧！

胡翔冬的儿子和媳妇都是法国留学生，学科学的。他的儿子患病死了，他家里的人都瞒着他不让他知道。胡的媳妇这时在昆明近郊作一间商业女子中学的校长，本来是找陈舜年去兼国文课的。后来陈可能因为身为助教不能兼差，就推荐我每个星期去一天，教几点钟的国文。按理我是拿公费的研究生，是不应该兼课的，只好偷偷的去上课。兼了一学期，引起了同学的注意，也不能再兼下去了，可是我却也没有领到薪水。后来那位校长派人送来领薪水的正式收据叫我签字盖章，我回答说我根本没有收到什么薪水，并举出我的日记为证。后来查点，知道是有人吞没了，才把欠的薪水补给我。

我在中学时代右边阴囊得了好像小肠气的毛病，到民国二十七年，我在重庆中央大学读书的时候，更加厉害，到了不能忍受的地步，就到宽仁医院去开刀治愈了。在民国三十年春天，我已经搬到龙头村居住了，左边阴囊又患了好像小肠气的毛病，正式的名称叫做“阴囊水肿症”。这时我就跑到云南大学医学院院长所开设的一家私人医院去开刀。院长是留法的，忘其姓名。他的太太是法国人，是一个大胖子。那时日机空袭得很厉害，昆明城里该医院的病房里住的病人很少，都住到郊区的临时院址去了，我为了怕警报也住在郊区的病房里。那个院长知道我是学生，对我很客气，也不要我缴保证金。那时我身边只带了三百元，昆明的物价飞涨，三百元是不够的，我想起码要一千多元。我为了缴不出医药费，就在伤口好了以后还没有拆线的时候，爬上了公路上的一辆卡车回到所里去了。当我见到郑天挺副所长的时候，我就请求所方补助医药费。他叫我把三百元拿出来，由院里办公事去交涉。过了一个星期，我以为钱已经付了，就跑到该医院的城内门诊部请求拆线，那知道护士们对我都是冷冰冰的不加理会，我只好到别家把线拆了。回到所里以后，才知道所里只派人把三百元送去就是，并没有补助医药费。我因此非常内疚，觉得对不起那位仁慈的院长。更可惜的是，把那位院长的姓名都给忘记了。

在民国二十九年秋冬间，历史语言研究所迁到四川李庄的时候，有一部分研究生也随车迁去，因为几十辆卡车，每车都须要一两位押运的人员坐在司机旁边，语言组的马学良、刘念和都随车去了李庄，而我却在停车场停留了好几天没有去得成。三十余年后在台湾的时候，当时的总提调石璋如先生曾经对我表示过歉意。后来在民国三十年秋天，我得到傅所长的同意，命我乘车赴李庄，由公家出路费。当时通常都是坐在卡车司机旁边的空位上，出一笔钱给司机，这样夹带的客人就叫作“黄鱼”。我就是这么样到四川的，由昆明直达四川的泸州，再乘船到李庄。在民国二十八年秋天，由重庆到昆明，乘的是公路局的车，经贵州到云南，好像是由北大文科研究所出的路费吧！

我在研究所毕业的时候，已经是民国三十年夏天了。那时昆明的物价非常昂贵。我在中央大学时代的钱堃新老师，当时在湖南蓝田师范学院中文系教书，中文系主任是钟泰（字钟山）先生。好像钱基博先生也在那里教过书，他的儿子钱钟书也曾在那里外文系任教。钟先生是理学名儒，他在商务印书馆出版过一部《中国哲学史》，在台湾也有翻印本。他和我的姑丈都是江苏泰州黄葆年（字隰朋）的大弟子。在我们家乡都称他为黄老太爷，他所领导的学派为“黄门”，据说与山东黄崖教张积中有渊源。张为北派的创始人，而南派的创始人则为李龙川先生，黄老先生为龙川先生的弟子。“黄门”在江苏颇为盛行，特别是江北一带。卢前（字冀野，南京人）先生曾经在民国二十几年的《东方杂志》上发表一篇讲泰州“黄门”的文章，说他们都是高视阔步，旁若无人，给我的姑丈读到了，有一次乘他谒见的时候训了他一顿。他是我姑丈的学生，只好唯唯受教。

钟先生是多年杭州之江大学的中文系主任，对日抗战时到蓝田任教。他们因为看在我姑丈的份上特地聘我去作讲师，薪水也订得相当优厚，可是在电汇的时候把我的名字“法”字误成“髑”字，这么样必须要加以更正才行。在这段期间，我的心思又活动了，想到李庄去作助理研究员求深造，就把这笔钱退回去了。钱先生大怒，写了一封信来责怪我，其中有一句话说："岂小庙容不得大佛耶？"这是我所一生研究学问最重要的关键之一，如果我去了，可能没有今日的成就来得大，也可能向另一个方向去发展，其路线可能要偏向旧日国学的路子。

我在民国二十八九年间的消遣，除了看看小说而外，就是到翠湖的一家茶馆（也是棋社所在）看人家下围棋、象棋，有时也学着下几盘。我的朋友陈舜年是围棋高手，据他说已经到了初段的地步。当时下得最好的是一位江浙人姓周的，绰号"小老虎"（现在台湾），大概有二段的棋力。另外一位是云南人，也是此中高手。他们两位都比陈舜年的棋力强一点。有一天陈在报纸上发表了一篇品评昆明围棋界的文章，后来到棋社去下棋，遇到了他们两位高手，被他们冷嘲热讽了一顿，说要有最高的棋力，才能够品评当地的围棋界。弄得我的朋友面红耳赤，狼狈而去。茶馆里有一个本地老头儿，象棋下得很好，可以让我双马。又有一个壮年人，操江浙口音，象棋比老头儿差一点，可以让我一马。和他们下棋都要博彩，有时他们颇有斩获，偶然也会徒劳无功。有一次我看见一个中年人和老头儿下象棋，一盘让单马，一盘让双马，下了十几盘以后，茶钱还是由老头儿出的。

民国二十九年冬搬到龙头村以后，我们逃警报的次数要少多了。那时赶着写论文，我记得一间大房子里至少有四个研究生住在一起，就是汪篯、殷焕先、王玉哲和我。殷、王二兄都是第二届的，我们相处得颇为融洽。当时研究所的一点藏书装成几个书架，就放在这个大房间里，我们看起书来非常方便。我的论文《玄应反切考》就是在这种气氛下写成的。可以说，图书馆、研究室和宿舍三位一体，真是方便极了，所以我在这一段期间读了不少的书。这时候罗先生恐怕仍然住在靛花巷，我每隔个把礼拜也会进城去走一趟，在城门外那一带的小馆子吃个客饭。我很欣赏小馆子里的炒蛋，放了一大锅油，把两三个打碎了的蛋放在里面，两面都煎成黄色，而中间却还没有凝固，好了以后把油全部倒了出来，并不消耗好多油。如果把蛋翻来覆去的炒，那就会吃进不少的油，也就不好吃了。云南比较大一点的馆子有一种菌子叫作“鸡宗”（宗字不知道怎么写）的，味道非常鲜美。另外有“过桥米线”也是很有名的通俗食品，在台北的云南馆子里还可以吃到。至于清真馆子像西门外的那一家也很有名。昆明的气候和美国西部海岸的城市相当接近，天气高爽而不潮湿，冬天不太冷夏天不太热，不像四川那样潮湿而酷热，倒是读书的好地方。翠湖的风景也很好，再向昆明湖一带航去，更是烟波一片，风景宜人。初到的时候物价很平稳，到了二年级的时候就涨得很厉害，生活费虽然调整了也赶不上物价。后来搬到四川李庄，才又恢复了乡居宁静的生活，又开始了我作研究工作的另一步。

总结起来，我在昆明短短的二年中，生活非常舒服。我接触了好多第一流的学者，增广了不少的见闻，读了不少的书，从此我才踏进了研究之门，为以后的研究工作铺路。我深深地感觉到：早期的研究有时候会超过后来的研究。例如董同龢先生的《上古音韵表稿》，就是三十出头在李庄写成的，也成为音韵学界的一部名著。我在上文提到的《玄应音研究》中所包含的几篇论文，在发表的时候虽然也经过了两三年的修订而加以扩充改正，但是最初的开端是在这两年中形成的。而我居然在以后的四十余年中竟然没有写出一篇比《广韵重纽的研究》一文更好的文章，真是使我觉得颓丧得很。后来虽然有充足的功力、绵密的组织，可是在创见方面却缺少了一点冲劲。俗语说“初生之犊不畏虎”，孔子说“后生可畏”，走笔至此，不禁感慨系之。

一九八二年十一月十五日至十一月二十七日写成，
时当跌伤出院不久。

【附记】本文对于尊者例称名，下加“先生”，以示尊敬。在本文初稿完成后，读到了《传记文学》二三一至二三三期李钟湘《国立西南联合大学始末记》上、中、下，二三一期七十四页说明西南联合大学的行政组织系统：国立北京大学文科研究所，下分中国文学部、史学部、人类学部，似与事实不符。前引文七十五页说：“中文研究所则设在距昆明八公里的龙头镇司家营，几个研究生在默默地作研究工作。”所述乃后期的情形。该文作者所述都为后期的情形，例如高华年列名于中文系的“教员”之中，是北大文科研究所第二届的毕业生，那是民国三十一年及其后的事了。二三三期八十六页说：“民国二十七年学生贷金每月七元尚有鸡蛋可吃，每星期可打牙祭有鸡有肉，三十年贷金已到二百元，到了民国三十三年贷金涨到一千元。”我所叙述的研究生每月五十元，伙食费十八元，是民国二十八年的事。

附带一提的，我在昆明得识江苏东台小同乡吴其昱兄，那时正在西南联大读外文系。现在吴兄任法国科学院的研究员，是当代的敦煌学专家。

本文上篇“实用主义”当作“实验主义”；“道远不须愁日暮”，“道远”当作“远道”，特此更正。

载《传记文学》第四十二卷第一、第二期（一九八三年一月、二月号）

北大舌耕回忆录

邓嗣禹

一九四七年，在芝加哥大学教了六年书，例当休假一年。胡适之先生约去北大讲学，将书籍带回国，想一去不复返。过去数年，为美国作育人才，总有“奶妈抱孩子，人家的”的感想。船经日本，有一天停留，乃由横滨登陆，到东京联合国代表团，拜访吴文藻、谢冰心、王信忠、刘子健、徐中约等师友。吴府请客，高朋满座，稍沾酒意，即高谈阔论。在芝大替某教授教远东史，包括日本。又每日订阅《纽约时报》及其他杂志一二种，故对于历史背景、远东局势，有相当的了解。蒙吴文藻先生推荐，想聘嗣禹任中国代表团高等顾问，月薪甚优。如记忆不错，似为美金八百元，这是联合国官员的待遇。那时被战败的日本国民，尚未能跟联合国的人员随便来往。所以住在中国代表团内，费用很有限。一年有相当的积蓄，故允许考虑。

回到上海，小住数日，候船返湘省亲，觉上海生活程度很高，乃由旅馆搬住青年会。以后去南京中央研究院，拜访傅斯年先生，告知去北大，或任中国驻日代表团高等顾问，尚在举棋不定中。他拍拍胸膛说：“听我傅斯年的，你一定要去北大，毫无犹疑的余地。外交工作，有啥意思。去北大，去北大！”经此一番督促，即决定放弃去东京的幻想。至今回顾，引为幸事。

大概是八月中旬，由老家去北大，拿出胡适之先生的名片，上写“郑毅生秘书长，介绍我的朋友邓嗣禹先生”。郑先生少年精干，满面笑容的迎接。稍为寒暄，即领去见杨振声代理教务长（汤用彤先生在美国）及姚从吾史学系主任。我跟杨先生曾在芝加哥认识，请他讲过演，吃过饭，领教过他所嗜好的杯中物。姚先生久仰其名，初次见面，即知为忠厚长者，讷于言，而敏于行。以后有关教授及生活事务，皆请姚先生帮助。他从不厌烦，但对于有暖气设备的房间要求，他无法以应，因当时煤电，俱感短缺。幸有一位天主教神父，他在芝大远东图书馆找材料时，曾有数面之缘。此次去找他，他欣然愿意跟我同住，费用平均负担。他的住宅，有房三四间，有煤炉，温暖之气，如登天堂，非常高兴。

我开两门课，中国近代史与西洋史名著选读。皆预先安排课程，列出参考书，预定大小考试日期，并需要作学期论文。一年当中，我从未缺课，只有一次，晚到两三分钟，但亦不喜欢学生常缺课，有时也点名，所以学生缺课的很少。小考欠佳者，要来跟我作个别谈话，找出背景，提出警告，以免大考不及格。不好的学生，多半是根底差，生活穷苦，要在外面打工，工资低，吃不饱，故进步迟缓。可是幸运得很，中国近代史班上有不少很好的学生，非常聪明用功。但无论程度好坏，学生都很客气，很有礼貌，校园中见面，识与不识，冬天皆脱帽鞠躬，然后知他或她是我班上的学生，这是与美国不同的地方，使教书匠高兴，减少“沙滩”的枯燥（当时北大在“沙滩”）。

两班的学生很不少，中国近代史更多，听讲者似乎感觉兴趣。可是有一次评论某要人，下课后，有一学生心平气静的说：“邓先生，您今天把我的祖父，批评得太苛刻，他并不像您所说的那样顽固。”我说：“我只根据已发表的资料立论。品评历史人物，随时代而异，如对于曹操的评价，就是一个好例子。”

普通教书的人，多能记着好学生的名字，我在北大教书仅一年，高才生有漆侠、田余庆、吴天南、罗荣渠、潘镛、许世华、黄咏荠、龙丽侠等，这些人都在小考大考得高分，算是我的幸运。西史名著选读班，比较差一点。好的学生，只能想起赵思训、向大甘、邓锐龄、周昭贤等。最大的原因，是英文基础浅薄。在日人占领下，学生必须学日文，把英文忽略了。我介绍几本日文讲西洋史学的书，他们也不能全懂。据说日本教授早知要战败，即不认真教书，在班上唱日文歌，开开玩笑，讲点故事，给学生们一两块糖吃，下课，以买中国人的好感。迫不得已，我采取一简单课本，将英文新字，写在黑板上，解释意思。希腊、罗马史学家之名，也照样办理，并注明音符；然后将每一史家之名著特点略加说明而已。但数月以后，学生的英文也稍有进步。因为他们很用功，求知欲大，不怕翻字典，稍加指导即可见效。可惜有的学生，买不起英文字典，又不能常去图书馆，晚上要打工，图书馆太拥挤，去晚一点，找不到座位。

北大教授们当中，确有不少名人。所处时间太短，不能全认识，不敢作点将录。聊举一二，以概其余。每上一堂课，有十分钟的休息时间。教过四五十年书的陈援庵老师，一进休息室，即找一犄角边的椅子坐下，闭目养神，有时打鼾，曾前后两次去请安，告知一九二八年，我是他班上的学生。他点头为礼，似曾相识。用广东国语，面带笑容说几个字，继续他不可缺乏的休息。时间一到，即去上课。

另一教授，适得其反。每至休息室，谈笑风生，令同事们听之，乐而忘倦。他是发现北京猿人的裴文中先生，曾记得一九二九年底，他穿田野工作者的衣服，脖子上围着一条毛巾，告知听众用大绳缠着他的腰，深入地窖探摸，陆续掏出了牙齿骨、头盖骨等等。我告诉他，我是当时听讲者之一，请他讲讲“北京人”的下落。

裴文中盯了我一眼，喝一口茶，很高兴的开了话匣子，几位同事们马上手端茶碗，或口含香烟，赶过来，围着他静听。他说一九三九年春，平津局势险恶，知难保“北京人”的安全。几经秘密商量筹划，将“北京人”慎重包装，深夜从协和医院取出，用汽车运至塘沽，打算搬上美国小军舰，运至美国保存。拂晨，汽车抵塘沽海岸，日本宪兵探知有异，派飞机追赶，并开枪惊骇。司机及押运者停车，忙将“北京人”投至海中。适逢海潮澎湃，转瞬无踪无影。裴文中长叹一声说：“可惜得很，恐怕我们永远找不到北京人的下落了。”我看表，已超过了休息时间。赶急去上课，已晚了一点。裴教授的口才好，一听之后，可使人毕生难忘。以后对“北京人”的下落，他虽有不同的说法，然在那一天，我闻如是。

除此以外，在北大同事当中，我得到了一位很好的朋友——政治外交专家崔书琴先生，哈佛大学博士。因为我们是先后同学，有共同的师友，一见如故。月薪领到以后，我把钱搁在手提包中，问他那家银行利息高、稳当？他说你把钱交给我，我替你存在银行。即照办，以后每月如此，称他是我的义务财政部长。此后每礼拜六，差不多总在崔家打牙祭。下午三四时许，北大、清华、燕京的教授们，中有大名鼎鼎的科学家、文学家，以及政治新闻学家等，去他家打麻将或桥牌，共十余位，打得非常认真，几乎不谈别的事情。有一次我参加打麻将的桌子，忽然大叫一声“碰！”别人奇惊：“你为什么不早说？”“我早未看见。”约七时许，崔太太说：“饭得了，请您们用饭。”她是前东南大学教授徐养秋的女公子，中英文并茂。确是大家闺秀，家中有一老厨子，作菜的手艺很好。饭后，崔太太宣布饭菜用费，平均分配负担，价廉物美，人人欢颜。跟饭馆比较，有天渊之别，再喝茶吃水果，即散会。清华、燕京同人返校，必须赶上晚班汽车。住在北京城内的人，玩了一下午，吃了一顿好饭，也要回去休息。虽然来宾的政治背景不同，而能在一块吃喝玩笑，这是崔书琴的外交手段。他是国际公法专家，是非正式的国民外交部长，平津政学商各界人士，他认识得很多，联络得很好。去平津作研究工作的外国学者，他跟北平图书馆长袁同礼等，尽量帮助，使他们居之安，研究工作进行顺利。

其他的朋友，有沈从文夫妇，因为夏云博士是我们的老朋友，我常去沈家聊天。曾昭抡，俞大绂、大纲等教授，因为俞大纲的关系，他们待我很客气。去俞家闲谈，古今中外，皆可接触。谈洪杨事，如数家珍，他们是曾国藩的亲戚，从小就听惯了。夏志仁（济安）、志清兄弟，少年英俊，平易近人，一望而知为天才文学家。清华大学的金岳霖先生，每见面必举双手作揖为礼。经济系教授陈振汉、崔书香夫妇，我们在哈佛时同学、同游玩。燕大师友顾颉刚、邓之诚、齐思和、聂崇岐、翁独健、吴世昌、周一良、王钟翰等等，不胜备举。回燕大，如不去翁家吃住，他们夫妇不痛快。宿舍中老斋夫，图书馆中的老职员，一见面，皆很欢喜。总说一句，我的朋友们，使我在北京的生活，过得很愉快。起初朋友请客，马上接受，以后回敬。有一位哲学家，哥伦比亚大学博士严群教授请客，福建菜，很好吃。后来传闻严家孩子说，“爸爸，给我一点猪油抹在窝窝头上吧，减少它刮我喉咙的痛苦”。我听了感觉不安，不敢接受饭局了。

同天主教神父住到春暖时，我请求搬出去，同他谈西洋政治哲学，很有意思。他一贯的理论，是中国从古就受了印度、希腊、罗马的影响。可是我们的生活习惯与饮食口味不同，每日坐三轮车往返，也有相当的麻烦。故请姚从吾系主任在北大找房间。他派我住红楼一间课堂，其中粉笔尘土，相当的污脏。他叫工人将黑板取出去，加以打扫，又见西洋史教授杨人楩夫妇住在一间较小的教室，黑板仍在，也就随遇而安。吃饭又成问题，遇刮大风、下大雨的时候，出外找饭馆，很不方便。经郑天挺先生设法，将松公府的厨房厨子，最高行政人员吃中餐的地方，让给我们使用，其中包含季羡林、苗剑秋等。季先生久留德，精梵文与印度哲学。苗先生久留法，云南人，很会说笑话，增加吃饭的兴趣。我们吃得很不错。有一天适逢假期，我们让厨子休息一天。胡先生请我去他家吃便饭，有胡太太、毛子水图书馆长，共四人，一红烧猪肉、一半荤半素及一素菜、一汤，共四味，老实说，他们所吃的不见得比我们好。我们饭团的人多半是光杆，或家室在别处，故讲究吃。

不幸通货膨胀甚速，月薪所入，仅能糊口半月或十天甚至一周之用。穷教书匠，既无地皮可刮，又无竹杠可敲，迫不得已，只好卖文弥补。第一篇写《西沙群岛的主权问题》，先去清华、燕京两校图书馆找材料，时值严冬，坐敞蓬汽车来回，颠簸不堪，寒风刺骨。再去北大、北平图书馆及南池子欧美同学会找资料。而在各处所获，并不如所原来想像的好，也许不优于哈佛燕京学社的汉和图书馆。是否在日据时代书籍有损失，或名人把书借出未还，抑或书多而未编号供学者使用，则不得其详。

写一篇学术文章，费时多而稿费少，不合算。次写半学术性文章，如《中国学术世界化》。那时有不少老先生，觉得中国学问，精深奥妙，绝非外国人所能窥测。所谓“桐阳子苦读四十年，始略窥墨学门径”。到现在，中国学术的确已世界化了，汉学中心林立，所发表的研究作品，不能说全没有贡献，这是我作中国学术世界化的微旨。今后各国的文化，无法闭关自守。但所得稿费有限。

崔书琴建议写时评文章（那时他创办“独立时论社”，专发教授们写的时论稿子到全国各报社），他可以帮助，在平津各报发表一次，宁沪又一次，广东、香港第三次。由某通讯社代为分发。第一篇文章，《什么是中国的病根？》，我认为自私自利，是最大的病根之一。其中例证，不免有伤时贤。自由成性，骨鲠在喉，不吐不快。不管左右派，随便批评。书琴说：“你的批评是对的，可是太过火。”卖出几篇文章，某通讯社不乐意再帮助发稿，只限于平津报纸，由新闻记者直接到红楼来取稿。有时文章尚未写完，请他抽烟喝茶，稍为等候。粗阅一过，拿出发表。文章是否有价值是次要问题，糊口第一，好像从前胡也频、沈从文合刊《红黑》杂志，解题云：“我们红黑是要吃饭的。”我觉得惭愧，长此以往，不是好办法。对于教书工作，一点不肯放松。所以写短文的时间也很有限。带回去几管自来水笔，两个瑞士手表，陆续卖出，维持比一般人高的生活水准。

北大有民主作风：全校教职员的月薪，上自校长，下至工人，完全公开。各人的收入，大家皆知道，院系会议，不管等级高低，凡能与会的人，皆当仁不让，有发言权，有表决权。全校一律以“先生”称呼，不冠以校长、学长等头衔。不像有些外国大学，每一学系只有一正教授。正教授说：“我的意见是如此。”别人再不敢置一词，今略述亲身观感，作为证明，以前是否如此，以后是否有改变，则不得而知。

适之先生恐我孤单，遇美国学者来访，非请客不可时，常请嗣禹及其他一二久住美国的人作陪。在南池子欧美同学会吃西餐，饭后他说：“敝校长月薪美金卅四元，邓正教授廿九元。其他一二位不言而喻。来来来，我们大家掏腰包，把钞票拿出来，付饭费。”

在芝大教书数年，那时见校长难如登天，教育部长蒋梦麟想见他，我请美国一参议员帮助，才能约好一次见面的时间，可是北大校长的办公室，等于教职员的俱乐部，全校教授，皆可进见校长，毋庸预先约定时间。有一次我去造访，见接待室有一玻璃柜，其中陈列一些蔡元培、鲁迅等人的历史文物。一进室内，工友照例倒茶，其中已有数人在坐，彼此随便谈天，开玩笑，胡适亦参加闲谈，并略言及徐志摩跟陆小曼的恋爱故事。我莫明其妙，好像香港广东饮茶的地方，忽然谈笑沉寂下来，向达先生说：“胡先生，您把北大所有的图书经费，用去买《水经注》。我们教书的几无新材料作研究工作，学生无新教科书可读，请问这是正当的办法吗？”他面孔表情，相当的严厉。胡先生笑着说：“我用北大图书馆经费买几部善本《水经注》，是确实的。要说我把所有的图书经费，全用在买《水经注》上，以致学生无新书可读，那是不确实的，哈哈。”我看形势，不免有一番舌战，起立告辞，他照例送出接待室，拿出一小笔记本，问我有什么事，他要记下来办理，我说无要事，以后再来请安。

文学院开会，后来汤用彤先生为主席。他不多说话，让别人说，颇有佛道家的风格。史学系开会，姚从吾先生主席，与会者皆可自由发表意见。那时候，杨翼骧先生是学系助理，他不断说话。郑天挺先生提到李田意，南开大学老校友，希望他回国教书，姚先生常劝青年学者不要随便发表文章。总之，会议场中，有声有色，亦庄亦谐，不亚于，甚至优于美国的民主作风，美国间有年轻的系主任，威风十足，有不可一世之雄的态度，助教不对他鞠躬唯谨，以后饭碗有关，正副教授对他不客气，也许可以使他们难升级与加薪。

当时北大的规矩，大学毕业生，要作一篇毕业论文，派我指导十几个学生，他们的程度参差不齐，很难当作“填鸭”式的，在短期内培养起来，作出一篇够学术水准的论文。好在他们都乐意埋头苦干，有的写出来也斐然成章。有的从前未作过学术论文，无法一步登天。结果一半及格，一半要继续修改，即算不及格。

一九四八年五六月，物价越涨越高，钞票一天一天的不值钱，局势愈后愈紧张。左思右想，再去看胡先生，一进办公室，不管别人说什么，马上开门见山。“胡先生，抱歉得很，一年例假已到期，我想回美国教书，请您原谅。”他表示惊异，他说：“去年我请马祖圣、蒋硕杰跟你邓嗣禹三人来北大教书，希望你们三位青年教授，把在美国教书的经验，施之于北大，提高理科、经济跟历史的标准，采严格主义，盼在三五年之后，能使北大与世界名大学并驾齐驱，为什么你刚来了一年就要离开，请打销此念头。”我再说：“我已考虑了很久，跟同学同事们相处得非常之好，实在舍不得离开北大。然人是要吃饭的，而且我要吃得相当的好，再三思维，别无办法，只好辞别心爱的北京，再去给别人抱孩子。”胡先生了解情景，他看看其他的同事说：“各位在坐已很久了，此事一言难尽，我请你取消辞意，以后再谈，如何？”

消息很快的传满校园，邓某将要离开北大，已买好飞机票。傅乐素、严倚云两位讲师请客，我所指导作论文的学生，皆来参加，有好几盘菜，皆不离鸡蛋，炒鸡蛋、炸鸡蛋、蒸鸡蛋加虾米，木须肉，西红柿鸡蛋汤。严倚云等会做菜，皆很可口。我问为何有这么多鸡蛋？他们说：“每人每周有三个鸡子儿，作为营养料。全拿出来，为先生送行，以报答您的辛苦教育之恩。”我听了，很受感动，觉得不安。

去买飞机票，三次未成功。有人提议，送点礼物，可以生效，我不愿意。书琴说，我叫你的小同乡周教授同你去买。一到机场柜台，我说：“我已经来过三次了，未买到票。此次若不成功，我要告诉交通部长俞大维。”售票员生气：“你最好请俞部长到这儿来，看看此处拥挤的情形。”说罢，跟别人打招呼了。周先生请我去旁边坐一坐，休息休息，让他去办，他客客气气，说几句好话，不到十分钟，把票买好了。我要对他永远表示感谢。

去飞机场以前，未告诉任何人。不知何故，去送行的，有我所指导作论文的全体同学，不管及格与否，皆来送行。我们合照一张相片。他们齐声说，邓教授，祝您一路平安，一路福星。使我感激得流泪，说不出话来，匆匆登机而别，若在美国，绝无此幸运。约半月以后，接到北大寄来的一大信封，内容是一张继任聘书以示好感。

一九八四年十月于美国芝加哥

载《传记文学》第四十六卷第一期（一九八五年一月号）

北京大学五十周年

胡　适

北京大学今年整五十岁了。在世界的大学之中，这个五十岁的大学只能算一个小孩子。欧洲最古的大学，如意大利的萨劳诺（Salerno）大学是一千年前创立的；如意大利的波罗那（Bologna）大学是九百年前创立的。如法国的巴黎大学是八百多年前一两位大师创始的。如英国的牛津大学也有八百年的历史了，康桥大学也有七百多年的历史了。今年四月中，捷克都城的加罗林大学庆祝六百年纪念。再过十六年，波兰的克拉可（Cracow）大学、奥国的维也纳大学都要庆祝六百年纪念了。全欧洲大概至少有五十个大学是五百年前创立的。

在十二年前，我曾参加美国哈佛大学的三百年纪念；八年前，我曾参加美国彭州大学（University of Pennsylvania）的二百年纪念。去年到今年，普林斯敦（Princeton）大学补祝二百年纪念，清华北大都有代表参加。再过三年，耶尔大学要庆祝二百五十年纪念了。美国独立建国不过是一百六七十年前的事；可是这个新国家里满二百年的大学已有好几个。

所以在世界大学的发达史上，刚满五十岁的北京大学真是一个小弟弟，怎么配发帖子做生日，惊动朋友赶来道喜呢！

我曾说过，北京大学是历代的“太学”的正式继承者，如北大真想用年岁来压倒人，他可以追溯“大学”起于汉武帝元朔五年（西历纪元前一二四年）公孙弘奏请为博士设弟子员五十人。那是历史上可信的“太学”的起源，到今年是两千零七十二年了。这就比世界上任何大学都年高了！

但北京大学向来不愿意承认是汉武帝以来的太学的继承人，不愿意卖弄那二千多年的高寿。自从我到了北大之后，我记得民国十二年（一九二三）北大纪念二十五周年，廿七年纪念四十周年，都是承认戊戌年是创立之年。（北大也可以追溯到同治初年同文馆的设立，那也可以把校史拉长二十多年。但北大好像有个坚定的遗规，只承认戊戌年“大学堂”的设立是北大历史的开始。）

这个小弟弟年纪虽不大，着实有点志气！他在这区区五十年之中，已经过了许多次的大灾难，吃过了不少的苦头。他是“戊戌新政”的产儿，但他还没生下地，那百日的新政早已短命死了，他就成了“新政”遗腹子。他还不满两周岁，就遇着义和拳的大乱，牺牲了两年的生命。辛亥革命起来时，他还只是一个十三岁的小孩子。民国成立的初期，他也受了政治波浪的影响，换了许多次校长。直到蔡元培、蒋梦麟两位先生相继主持北大的三十年之中，北大才开始养成一点持续性，才开始造成一个继续发展的学术中心。可是在这三十年之中，北大也经过不少的灾难。北大的三十周年（民国十七年，一九二八）纪念时，他也变成北平大学的一个学院了。他的四十周年（民国廿七年，一九三八）纪念是在昆明流离时期举行的。

我今天要特别叙说北大遭遇的最大的一次危机，并且要叙述北大应付那危机的态度。

话说民国二十年一月，蒋梦麟先生受了政府的新任命，回到北大来做校长。他有中兴北大的决心，又得到了中华教育文化基金董事会的研究合作费国币壹百万圆的援助，所以他能放手做去，向全国去挑选教授与研究的人才。他是一个理想的校长，有魄力，有担当，他对我们三个院长说："辞退旧人，我去做；选聘新人，你们去做。"

蒋校长和他的同事们费了整整八个月的工夫筹备北大的革新。我们准备九月十七日开学，全国教育界也颇注意北大的中兴，都预料九月十七日北大的新阵容确可以"旌旗变色"，建立一个"新北大"的底子。

民国二十年（一九三一）九月十七日，新北大开学了。蒋校长和全校师生都很高兴。可怜第二天就是"九一八"！那晚上日本的军人在沈阳闹出了一件震惊全世界的事件，造成了第二次世界大战的序幕！

我们北大同人只享受了两天的高兴。九月十九日早晨我们知道了沈阳的大祸，我们都知道空前的国难已到了我们的头上，我们的敌人决不容许我们从容努力建设一个新的国家。我们那八个月辛苦筹备的“新北大”，不久也就要被摧毁了！

但我们在那个时候，都感觉一种新的兴奋，都打定主意，不顾一切，要努力把这个学校办好，努力给北大打下一个坚实可靠的基础。所以北大在那最初六年的国难之中，工作最勤，从没有间断。现在的地质馆、图书馆、女生宿舍都是那个时期里建筑的。现在北大的许多白发教授，都是那个时期埋头苦干的少壮教授。

我讲这段故事，是要说明北大这个多灾多难的孩子实在有点志气，能够在很危险、很艰苦的情形之下努力做工，努力奋斗。我觉得这个“国难六年中继续苦干”的故事在今日是值得我们北大全体师生记忆回念的——也许比“五四”“六三”等等故事还更有意味。

现在我们又在很危险很艰苦的环境里给北大做五十岁生日，我用很沉重的心情叙述他多灾多难的历史，祝福他长寿康强，祝他能安全的渡过眼前的危难正如同他渡过五十年中许多次危难一样！

胡适　卅七、十二、十三

载《传记文学》第十七卷第六期（一九七〇年十二月号）

六十年前清华大学的回忆

李　济

我在清华学堂当学生是从辛亥革命前开始一直到民国七年，可以说是把初中与高中两个阶段的教育都接受了。那个时候的清华，在现在说起来，当然是一个很特别的境界；因为那还是在前清的末年，一般的所谓读书人对于洋教育似乎抱着一个怀疑的态度，一般保守的人都不愿意把子弟送到洋学堂去。我的家庭比较起来是属于进步的家庭，我的父亲虽说在前清受过功名，但他是主张维新的；在未从湖北到北京之前就把我送进了县立的小学；那时候，办学堂是前清维新的一个办法。到了北京以后，我进的是北京的两个中学的一个，就是南城的五城中学。等到清华招考的时候（也就是宣统二年[①]），虽说有很多人不愿意送子弟进洋学堂，但也有一部分人送他们的子弟去考，而我就是其中的一个；并且我侥幸地是考取了；所以，我进清华的时候还是在前清的时

① 即1910年。——校注

候。进了清华半年，暑假以后就遇到辛亥革命；虽说政治上起了变动，清华并未停课，秋天我仍然进了学校。

清华园在北京城的西北，原来是一个属于前清贵族的花园，在圆明园烧毁的时候也曾有部分被焚，但是大部分仍然保存了下来，清华园就是在那里最初建置的。我们当时进清华的时候，不但是没有学费，连膳宿都是由学校供给的。清华由于那个时候是留美预备学校，所授的功课因此重点是在学英文；不过虽说功课的排列是以英文为底子，但是最初别的功课还不是完全用英文，有很多还是用中文讲，渐渐英文程度好一点了以后，有些功课也就用英文教了，尤其是科学这方面的课程。

不过，现在回忆那个时候，我觉得在我们那个时间，年龄刚过十二三岁，所受的最大的益处就是在体育那方面。关于体育方面，清华最初自然是受了美国的影响，每天下午都有一个钟头的强迫运动。这强迫运动在最初是随便选，例如，跳、跑或玩球等都可以；每天下午四点到五点这个时候，一切的讲堂、寝室、图书馆都关门，学生们都必须到操场去活动。另外还有一件事也是清华做得很早的，那就是每天早上八点钟上课，在第二节与第三节课中间有二十分钟休息，其中十分钟要做柔软体操；那时候是一个美国教员带着全体学生做，做完以后再上第三堂课。这些，在先前，学生只是随着课程做，但是现在想起来，对于我们那个时候学生的体质确是有很大的帮助；因为清华园，不但空气好，而且环境也很幽静，早晨做体操，下午又有强迫运动，在体育方面可说是一个很完善的办法。这是关于一般的安排。

至于所有的课程，那时候最早都是由教务长胡敦复先生安排的。当时的课程重点是在语言文字的学习；不但要能看、能读，还要能听、能讲。除了正式的英文课程以外，因为那个时候的图画教员、体育教员、音乐教员等都是由美国请来的，而这些课程都是一般都得学的；在这样的熏陶之下，当然英语的能力无形中就更有进步了。体育方面，那时候每年清华学堂、南开大学和协和学堂三校的联合运动会是全校最感兴奋的事了；例如，关颂声就是当时的二百二十码的健将，是大家心目中的英雄。以后，等我们出洋的时候，清华已经有了体育馆与游泳池。学生要出洋，除了功课要及格，体育方面有五项运动也要及格（例如，一〇〇码要跑多少秒，跳高要跳多高，跳远要跳多远）；假如不及格则要留级，甚至不能出洋。

那末在洋学堂是不是就不重视国文了？这倒也不然。虽说，国文课大半是排在下午，似乎不重视国文；其实，那时候也有很好的教授，我自己亲身经历过的教授就有好几位。有一位是广东的马先生，他说他先前教过梁启超；梁任公在那个时候是中国的第一大名士，他以后反对袁世凯洪宪运动，写的文章是哄动一时的；这位马先生说梁启超下笔快得很，他教他的时候，人家做八股，他可以做十六股。等马先生教我们的时候，自然已不做八股文了，而是做一般的文章；我记得我们同班的一位姓谢的广东同学文章也做得很好，马先生说给他一百分不够，要给他一百二十分。这是记忆里一件很有趣的事。但是，我个人确是受过另外一位先生很好的训练，这位先生就是湖南的饶先生。那时候我们已是高等班了，这位饶先生有另外一种教法；上课的时候，他不讲话而只写黑板，把所要讲的话都写在黑板上，两个黑板写完了差不多也就要下课了。他叫每个人选一部自己喜欢读的书读，例如先秦诸子，或者《史记》《前汉书》《后汉书》等，我选的是王先谦的《荀子》；读完书，他要我们做笔记，写心得和意见，每个人他都很仔细地要看。我父亲喜欢讲《孟子》，所以我读《荀子》他也很感兴趣。我因为《孟子》很熟，所以读《荀子》，一个讲性恶，一个讲性善，我读得非常感兴趣。《荀子》的理论照现在所讲的逻辑说，确是很多是合理的；所以我写的笔记、写的心得，这位饶先生相当欣赏，常常给我很好的分数和批评。在未进清华以前，在北京五城中学还有一位福建来的国文老师林琴南先生也教过我。我的国文根底就是由这几位先生培植起来的。

日子一年、两年地过去，渐渐快要毕业了，这就紧张了；所谓紧张就是将来出洋到美国去是要学甚么？我们那时候叫留美预备学校，只要成绩不太坏都可出洋；既然要出洋，问题是出去学甚么呢？那时候学生自己可有很大的选择，不像现在学生出国留学有科目的限制，当时留学规定的期限大概是五年，五年都是官费；五年完了就要回国；那时候的学生也都是预备学点东西就回来，没有想在美国待下去的。

在高等班第四年的时候，清华请了一位美国教授教心理学。心理学在当时我们还是一个不知道的名词；我跟心理学教授 Dr. Walcott 学了一年，感觉到非常大的兴趣，并且心理学有好些观念都是我们先前不晓得的，没想过，也没听说的；对于心理学有了一点认识，何不学心理学？所以就决定到美国去学心理学。当然 Dr. Walcott 也帮忙，并且告诉我那个学校的心理学最好。那个时候美国心理学最有名的学校是麻省的乌斯特城的克拉克大学，这末就决定了以后就到克拉克大学去学心理学。跟 Dr. Walcott 在一起一年，我们那一班还是第一班接受智慧测验的学生。所以六十年前（一九一八）清华毕业以后，我就进了克拉克大学学心理学；同时候在乌斯特城学工业或教育的同学还有六七个。在克拉克大学待了两年，后来改学人类学又到哈佛大学去了。

这是六十年前一般的回忆。要是总说起来，我觉得最大的益处，在健康一面；我虽说没有变成一个运动家，但是因为学校的强迫运动以及早晨十分钟的体操，对身体是一个很好的教育。至于我们国文的根底，我觉得也是靠教授；例如我有机会跟这位饶先生，还有好些位别的教授，我得了很多益处。至于这个留美预备学校，自然地，英文是一步一步一年一年地进步；又碰巧跟 Prof. Walcott 学心理学而决定到美国学心理学；到了美国又转变，这自然又是另外的一件事情了。

载《传记文学》第三十二卷第六期（一九七八年六月号）

五十年前毕业清华学校的回忆

刘崇鋐

今年一九六八年，是笔者毕业于清华学校的五十周年。回想于清末考入初开办的清华学堂，得在北平西郊“水木清华”的校园里，度过七年多童稚不知忧患的岁月。

在这七年里，有辛亥革命，清代变为民国；又有帝制运动，民国几乎变成洪宪帝国；再有张勋复辟图使清室复活；还有日本提出“二十一条”的交涉；督军团的胁迫国会；广东军政府的成立，造成南北对峙的局势；直到笔者毕业后的一年，有“五四”的政治与文化运动。正是国内政坛变幻多端的时期。

国外于一九一四年欧战爆发，渐扩展成世界大战，到民七笔者毕业之时，已是双方各经惨重牺牲，行将结束。还有震撼世界的俄国革命于此前一年发生，更是世界政坛变迁重大的时期。

倘使笔者有政治敏感，将当时的世局变幻记在日记里，岂不是很好的史料？可惜当时真是童心太重，只关心切身的琐事，功课成绩的好坏，同学友朋间的合作或竞争，今日回想，也是这些琐事反映于心目间。

清华学校开办于宣统三年（西历一九一一），招收幼年生作留学美国的准备。这个有计画的送学生就学美国，始于美国的退还庚子赔款超额，我国政府决定用此款遣送学生留美。初设留美学务处，于宣统元年（西历一九〇九）考取第一批留美学生。前清华校长梅贻琦先生便是其中的一位。次年考第二批，录取杨锡仁先生（现在台，对纺织业极有贡献）第一名，赵元任先生第二名，胡适之先生则名次颇后。尚有若干名为备取，准备于次年派送。就在这时决定创设留美预备学校，学生一部分由各省考送，一部分在京城考试。笔者时年十四，原籍福建，随父兄居江苏，不能在福建应试，特随先兄搭海轮绕道秦皇岛（时大沽口冰冻）入京就试。记得是一个寒冷的初春早晨，带了墨盒毛笔（那时似乎中国还没有自来水笔），乘坐骡车，到西城学部考棚（科举时代的考场）去参加考试。最耽心的是英文程度太差，尤其是考到“英文默写”，由唐介臣先生读一段英文，考生跟着写录。唐老先生英文太好，念得非常流利，只是苦了笔者跟不上，尤其每句之末来一个“period”，简直莫名其妙。两天考完，想不免“名在孙山外”，那知榜发，竟侥幸列在第十一名，意外之喜不必说。榜发的次日，先兄带我到理发店（那时称剃头店）将辫子剪去，当时不知道剪辫子的意义，也不知道没有辫子可能的危险，笔者是没有政治敏感的。

清廷似乎颇寄希望于这个留美预备学校，特拨在西郊近海淀的清华园为校址，因锡名为清华学堂。这园子本是赐给端王的，所以本地人称他为“七爷园子”，后因端王是负庚子之乱责任的人，园子被没收，空了些时，现在拿来作以退还庚款来办学校的校址，似是很适当。英文名字是 Tsing Hua Imperial College，留美学务处设在园内“水木清华”的旧建筑内（一般人称他为衙门，美国教师也就“Yamen”之）。总办是周自齐先生，协办是范源廉先生（二人后均曾任民国的总长）。胡敦复先生为第一任教务长，他的新猷是不按习惯将学生分定班级，而就每人每门功课的程度，上某年级的课，如某生国文程度好，英文次之，数学最差，则他可能被派到国文 3A（等于三年级上学期）、英文 2B（二年级下学期）、算学 1B（一年级下学期）诸班去上课。笔者的英文很不行，所以派入 1A，几乎从 abcd 学起，用的课本是北洋大学洋教授丁家立先生（Dr. Tenney）所编的《英文法程》，主要的工作是英译中、中译英，与现时的英文教学方法大相径庭。

才上课几个月，革命的火焰起于武汉，各地响应，势如燎原，学堂自然震动。学生中有满人，有汉人，各感不安。且虑园外的三旗，是个满人住家的地方，便有学生要求学校设法保安全。记得有一位同学向范源廉先生提出意见，说这是个与美国有关系的学校，可请美国人来保护，范先生正色，用乡音颇重的湖南话指斥他说：“你作这样的建议，就该打。”但是后来还是停课，让学生各自回家。

翌年民国建立，学生回到清华。离开几个月，景色未改，而朝代更易。学堂改称学校。英文校名去掉“Imperial”一字。由唐国安先生（介臣）任校长，周诒春先生（寄梅）任副校长。不久唐校长病逝，周先生改任校长。戊午级算是有幸，在周校长任内六载有余当学生。周校长的作风，诚恳庄肃，对于年幼的学生有如严父，谆谆教诲，殷勤督责。教导学生如何持身处世，如何服务尽责，甚至为保持整洁，限定若干日必理发、必沐浴。每日下午四时至五时，所有房门下锁，学生都得去操场运动健身。晚间中等科学生都要到自修室温习功课，由各教师轮流巡视，不许谈话，不许看闲书，肃静没有一点声音。当时不免有人生反感，说他管的太琐碎，作风有点近专制，但日后觉悟他对于学生是真的爱护，不只要我们养成好习惯，实有引导青年成为现代好公民的深意。他提倡团体生活，鼓励学生到各社团里服务活动，训练办事认真负责，清华的良好风气传统达于此时。创造这样的校风，培养这样的校风，我想旧日的同学没有人不归功于周校长。可说受了他的薰陶，终身受益不尽。我想起一段有趣的对话。有一位胆量非凡的同学，竟向校长质问：“校长，你不许我们喝酒吸烟，你却大杯的喝酒，抽大支的雪茄烟，这话怎讲？”周校长答道：“我从前不知道不该养成烟酒的习惯，今天成了他的奴隶，摆脱不了，我不愿意你们蹈我的覆辙，所以不让你们于作学生的时期，便染上烟酒癖。”这话言犹在耳，但当我们毕业时候，登船赴美，船还没有出吴淞口，船上的吸烟室已坐满了清华毕业生，人手一支，吞云吐雾！

那时清华的学术水准不算高，逐渐提高是后来的事，尤其在民国十四年（一九二五）改大学之后。那时只注意训练学生预备留美，即如最早聘来的一批美国教师，多是由青年会代聘，他们教课之余，热心传教。他们没有教成学者，却帮助了周校长树立校风。当年在清华园里和蔼而捷健的青年教师麻伦先生（Carroll B. Malone），现仍健在，年逾八十，约十年前，曾来台在东海大学任教两年，上过他课的几位同学，曾与他欢欣叙旧。不但记得他是照像、骑车、跑中距离的好手，还记得他给我们的历史基础训练。后来中国的青年学者陆续到清华任教，学术气氛渐改观。梅前校长学成回国，来校任教，甚得人望，笔者曾从他学物理及图形几何。林语堂先生也曾在清华教过几年书，他与梅前校长很熟，常谈起梅先生外表庄肃而实际幽默的故事。想起当年，有追悔莫及的事，是学校聘有国学湛深的良师，而我们不知道宝贵这机会，跟他们学，如教国文李巽孚先生（李济之先生的令尊）及湖南饶麓樵先生，均是学行值得钦仰的人，而我们好些人那时根本不晓得什么是学问，忙于英、算，而忽略国学，有良师而不知请益。

我们入校时，除了原有的精雅建筑如工字厅、古月堂等外，便是简陋难看的中等科教堂与宿舍，二院及大楼在兴建中，到我们毕业时，科学馆已造好应用，体育馆方落成，民国七年毕业生的毕业典礼便在体育馆里举行，图书馆及大礼堂也就不久完成。这几所壮丽的建筑，也是周校长努力筹建的成果。但是建筑尽管受人称羡，而周校长却因受人妒忌受排挤，就在我们毕业之前不久，辞职离开清华园。我记得很清楚，全校同学含泪与他握别的情况。

五十年前的这个时候，我们的毕业期近，去美国，选甚么学科，入那个学校，当然是我们最关心的事，可是对于水木清华的校园即将辞别，深感依依不舍，所以于每天清早到校园内各地散步，希望留个美丽的记忆。谁知我太幸运，于离开清华之后七年（一九二五），又回到清华任教，重享清华的优美气氛，直到中共军队开到校墙外，清华入其势力范围，我遂不得不离开清华，离开北平，离开中华的大陆。

载《传记文学》第十三卷第一期（一九六八年七月号）

忆清华辛酉级十位级友

浦薛凤

前　言

作者按：辛酉级即指清华学校一九二一年夏季毕业秋季赴美读书之一级，但因北京学潮关系约三分之一强未与考试而留校一年。校中遂列为一九二二年级。迨一九七二年余始与清华大学当局函商一律改为辛酉级同仁。

北京西直门外之清华学校，人称为留美预备学堂，因其每级毕业生，都是一榜及第，公费留美。后来外界人士不免批评，何以毕业时，不问成绩高低，均得留学机会。殊不知每一班级，由各省按其逐年所缴田赋之多少，规定其进入清华之学生人数。当时制度，由各省在其省会定期举行国文、英文、数学三门之密封考试，录取其分配之人数。考生年龄以不超过十四岁为限。入学之前，在清华园中，仍须经过一番覆试；只要就覆试成绩而发现当初并无冒名替考情事，覆试定必录取（覆试考绩特优者并有插班机会）。清华学校分中等科四年，高等科四年，计需八年。在此八年过程之中，每一班级大约八十人左右，总有四分之一甚或三分之一，遭受淘汰。盖或则不幸罹病死亡，或则记过而开除，或则自动因故退学，或则学业成绩不佳——只要两门功课不及格，即须留级。最后所述乃淘汰人数最多之途径。以故，凡能毕业者，其成绩总必在相当标准以上。但学校当局，曾因外界批评，遂建立新制，每年在上海招考，录取其他学校学生十名给予公费，同船放洋。自此之后，清华留学制度，不再受人评论。

当年清华各级，富有竞争向上心理，各以其级为最优。此实一种少年时代之健康心理。即在毕业之后，不免彼此评论比较。说者（此指清华友好，自相月旦而言）大抵谓相形之下，庚申、辛酉及壬戌三级（亦即于一九二〇、一九二一及一九二二年毕业之三级）比较特优，而辛酉级同学之中，不免喜欢自"盖"，谓倘若如此，则辛酉级恰处三级之当中，或应列作榜首。此固自夸自大，但辛酉级友在各界各业中确有不少贡献。

余于一九一四年夏，往南京投考，幸蒙录取，秋初入校覆试插入中等科二年级；攻读七年后赴美读书。兹就辛酉级（亦即一九二一年毕业级）中相知较深之十位已故友好，就回忆所及，叙述交游。其中关于闻一多兄（原名闻多）一稿则已提前发表于《传记文学》（总第二三〇号，一九八一年七月号）。

何浩若（孟吾）兄

清华学校毕业生入美国军事学校者为数极少。如进西点军校，须经美国国会专案通过（例如王赓先生）。但留美而文武先后兼习，如吾辛酉级级友何孟吾兄，既得威斯康辛大学经济科博士学位，继又毕业于诺威治军校之骑兵科，则诚是独一无二之清华校友！

孟吾在中等科时，以国文优秀及口才出众，见称于侪辈，省籍虽异（隶籍湖南），却与（罗）努生（江西出生）日常来往。五四运动以后，罗、何两位于校内校外渐露头角。清华迭次发生驱逐校长之风潮，两位均曾参加，故均曾拒绝参加最末学期之大考，自愿留级一年而于壬戌（一九二二年）夏末出洋。在留美期间曾会晤两次，有事始相互通信。

予在浙江大学执教一学期（一九二八年之上半年）。四月底某日，忽接孟吾电报，告以到达杭州郊外江干之日期，与大约时刻，盼前往接晤。如期前往，约等候一小时许，果见数只帆船来到，孟吾身穿夹色军衣，脚有绑腿，虽任团长，装束似与小兵无异。相见之下，彼此拥抱。他第一句话："老浦，你带我到浴堂去，我要好好洗个澡。"闻言之下我口中虽连声"好，好"，心内却是不知如何是好。盖在此以前，生平未尝进过公共浴室。杭州必有，但在何处，毫不知悉。相将走到马路旁边，总算急中生智，丝毫未露马脚。两人各即坐上黄包车一辆，予乃向车夫说："拉我们到城里最好的浴堂。”果然，两位车夫，一声不响，拔脚就跑。于是难题解决，并使我首次尝试公共浴室之擦背、扦脚、喝茶、吃面等滋味。自兹以后，彼此劳燕分飞，不相见面，且不通音信者盖足足十有二年。重复聚首，乃是一九四〇年春在四川重庆。比及此时，同级友好咸知吾辛酉级同仁之中，有兴趣与能力搞实际政治者当推（罗）努生、（何）孟吾与（吴）峙之三位。

孟吾既兼治经济与军事，回国以后，确曾在两方面前后服务而有其贡献，此尤难能而可贵。在军事方面，伊归国后曾任黄埔军校第四期教官，北伐时任四十六军参谋长及第十师第五十九团团长。北伐告成，伊自一九二八年起就聘南京中央大学及金陵大学教授。一九三四年担任湖南财政厅长，三载后，调任河南财政厅长。抗战时期，伊在重庆曾任物资局局长，其后就任军事委员会之外事局长，专与美国来华之将领接洽。在此时期，每日出入均穿戎装。

物资局职务繁多，责任重大。在此时期发生一段确实之笑话。此系孟吾亲口向吾侪每两周聚谈晚餐之清华友好道及者。某次，伊将物资局最近半月业务情形口头报告，并解释诘责后，蒋委员长忽然声色俱厉，说声：“不要强辩。”孟吾没有听到一个“不”字，而将“强辩”听成“枪毙”，遂立正行个敬礼并说：“报告委员长，我有老母在堂，请允许我见母一面。”委员长及旁人均为之愕然。委员长旋嘱“报告既毕，汝可退下”。事后始知一时心慌听漏一字，听错两字，遂出此现成笑话。

一九四九年后，孟吾挈眷来台先在（孙）立人夫妇寓所暂住，不时晤谈。后赴美国，曾在“美国之音”服务多年，最后回台定居，受聘为“国防研究院”讲座，并兼任文化学院、政大及台大教授。予曾邀伊往政治大学作公开讲演，比较美苏两国政经状况，口若悬河，措词诙谐，时时引起哄堂大笑与掌声，犹是少年才华。孟吾身体健硕，仍打网球。不意竟于一九七一年以心脏衰弱，猝然逝世，享年七十有三。

罗隆基（努生）兄

“九载清华，三赶校长。”此是努生引以自豪的口供。当然，努生有其学识，具其口才，弄其手腕，但至多是一位自觉得意的政客，而非一位真正的政治家。在水木清华读书到辛酉那年春季，有一次彼此率直相互较量性格，并预卜前途。努生说过这句：“逖生，你有你的才识，但只是一个书生，不够现实。除非你改变作风，恐你成为一位政治理论家而非政治实行家。”予答以“保留书生本色，实在甘心情愿”。彼要我对他忠实地予以批评，我只好含蓄相告：“努生，我只觉得你读‘子’书（此指所谓诸子百家）多于‘经’书，你喜欢‘法家’甚于‘儒家’。盼你将来官运亨通，但慎防宦海风波。”此番谈话，回想起来，具有相当意义！

在中等科上国文各课，常有作文及劄记两种，由几位教师批阅，同班同学号称写作佳者，往往彼此调阅其所做文章与教师批语。当时以闻一多、罗努生、何浩若及笔者为侪辈所称道。就予当时认识，努生文字，最有波澜，最富曲折；而（沈）有乾与（钱）宗堡之文字则甚简洁老练。

在留学美国期间，努生与一多诸友曾组织“大江会”，鼓吹“族国主义”（英文所谓“nationalism”）。族国主义原本主旨在提倡与实行每一民族应成一独立国家。但英国学者，正因为当时大不列颠帝国包括许多民族许多地区（所谓“英旗无日落”），遂纷纷提倡数个民族而能共同建立一个国家，更能证明其具有内在的人权与自由。无论如何，此两种相异的“族国主义”却具有一个基本相同的要点，即一个国家，不论其由一民族或数民族所构成，必须维持其国家之独立自主，亦即主权完整。但是当时一般社会，于有意无意之中，误指误译为“国家主义”（英文作“statism”，此实起源于法文“etatisme”一字）。“国家主义”提倡国家有最高无上的权力，可经立法程序控制个人及团体任何方面、任何性质之权力。由此可见一出一入之间，失之毫厘，差以千里。“大江会”只出了一期的《大江》杂志，整个组织，只是昙花一现。

努生回国以后，教书生活为期极短，曾任天津《益世报》总主笔。先与一位富有家庭之华侨女生结婚，后卒仳离，而另与王右家女士结合。一九三六年春季，清华大学举行廿五周年校庆，予正在母校执教，邀请回校之辛酉级同学，有高长庚兄偕其长女、罗努生偕其女友王右家参加。是晚予妻佩玉与蔡旭岚（可选）兄之夫人张镇巽女士，在大礼堂各项游艺节目中，彩排《梅龙镇》，镇巽饰李凤姐，佩玉饰正德皇帝。此次是予与佩玉初次遇见右家。抗战期间努生与右家失和，势将破裂。右家坐在昆明停留片刻之飞机上，并未下机，而努生预知其行将到达，认为必定下机，可在机场晤面，不料右家躲在飞机里面，始终未曾下来，遂使努生失之交臂。此一经过，系梅师母（韩咏华女士）亲口面告笔者与（王）化成。盖梅师母受努生之恳求，亲由昆明飞到重庆代向右家劝解，预期电知吾俩，故同到珊瑚坝机场迎接，随即送往嘉陵江对岸汪山附近之郭（泰祺）公馆。但事实已到无可挽回地步。嗣后，努生亦到重庆，不时聚餐晤谈。努生在国民参政会活动情形，予在《八年抗战生涯随笔》中略有记载，兹不复赘。至其参与民主同盟及在大陆情形，知者甚多，不需赘述。

段茂澜（观海）兄

观海是吾级之外交人才。伊入清华，乃自南开读书时考取插班，进入清华学校之高等科。当初令人发生深刻印像厥有两项：一为讲话速度极快，好像字字连珠，夺口而出；另一为对于英文以外之其他外文兴趣特别浓厚。予固修习德文与法文两种，而观海对此两门功课，用功非凡，成绩优异。留美期间，予在翰墨林大学得到演说竞赛第一名，观海曾专函道贺赞美，此种友谊迄今不忘。观海回国服务，曾遭遇一项有惊无险之意外事件，曾亲将当晚经过，详细面告，虽事隔多年，不免谈虎色变。伊由族叔段祺瑞氏之介绍，曾为徐树铮将军之秘书。一九二五年一月，段执政令派徐氏为考察各国政治专使，观海曾随往法、英、瑞士、义、德、俄、波、捷、比、荷、美、日等国。是年十二月返国，由沪赴北京谒段报告。是月廿九日离北京乘坐津浦路火车南返，不料二十九日深夜，亦即三十日晨一时左右，车停廊房车站，突有武装军士上头等车厢，将徐氏及其随从人员迫令下车。时值夜半，事出意外。观海即为随从之一，大家衣服不及穿好，冷冻固然难熬，恐惧更加受罪。当时情景与心理，绝非言语或笔墨所能形容。每一分钟犹如一个时辰。终于闻到远处枪声；旋令所有随从，重复上车。此次盖系冯玉祥令其部将张之江将徐树铮捕杀。据云，徐树铮氏曾将陆建章擅自于花园加以枪毙。故事变发生之后，曾有陆承武通电，自称为其父陆建章报仇云云。观海服务外交界，屡任"驻外大使"，《传记文学》（总二一六号亦即一九八〇年五月份，页一四五）载有段茂澜小传，兹不赘及。一九七八年予在台北，曾蒙观海兄嫂（继室为"立法委员"王蔼芬女士）盛席款待，不期无几何时，观海与世长辞。

钱宗堡（冷岩）兄

钱兄宗堡，江苏常熟籍，是予之小同乡。在塔前高等小学时，高予一班。毕业之年，伊与吴泽霖（雨苍）兄考入清华。宗堡之父南山世伯系前清秀才，思想维新，曾于其毕业班学生国文考试，以“三纲五常论”命题，大概门生之中，受其思想影响，在好几本考卷中，写出翻案文章，即有“君不足为臣纲，父不足为子纲，夫不足为妻纲”一类词句。老师却密点双圈，给予优越分数。当时各校毕业生考卷，例须汇解苏州学台衙门存查。当时毫无动静。不料继任之学台到署无事，调阅各地毕业生考卷，发现此事。呈报北京之结果，钱南山先生竟得革去秀才名号之处分，遂轰动一邑，声名鹊起。宗堡乃独子，有一妹，名雯，曾肄业南京第一女子师范学校，较予妻佩玉之班次为低，佩玉对其少年老成，词令俐落，印象甚深。

予系于一九一四年夏与同乡同班刘聪强兄报考清华，均蒙录取，新秋入校。此后每年暑假南旋以及开学北上，我们吴、钱、刘、浦四位，总是约期同行。乘轮船由沪（坐统舱，席地而卧）赴津，再乘火车至北京，或坐火车（三等车）由沪至宁，渡江后再由浦口到天津，住宿一晚，再乘火车，自天津至北京。有一次，在乘轮北上时，宗堡曾吟七绝一首，迄今犹记得其末联两句：“船头有客凭栏望，不望燕都望故乡。”在清华中等科时，常与宗堡触景生情，相互出联作对，自觉乐趣。例如“风摇池底月，雨湿画中人”“夕阳映照西山紫，晨曦吐露北池青”等等。（“西山”是专门名词，“北池”则系杜撰，指当初北院附近之一大池，冬季亦作滑冰之用，后来建筑图书馆，将此池填平。）当时吾俩之各项诗稿联吟，曾写在宣纸手卷上置自修室予之书桌内，不料竟告失窃，而抽屉钥匙依然无恙，懊恼万分亦无可如何。

宗堡天赋甚高，上课时专心致志详作笔记，故平素虽多酣戏，而各科月考，均列前茅。全校中文与英文演说比赛，伊均曾获得第一名。一九二一年暑假前，本应全体毕业之辛酉级，因为全校之学生会主持罢课，遂使吾一级同学发生对立，多数（三分之二）参与毕业考试，秋季留美，少数（三分之一）则自愿留级一年，迟至翌夏出洋。因此之故，宗堡后予一载，在一九二二年秋始行出洋。伊赴芝加哥大学攻读数学。到美之后彼此每月必通信一次。不料一九二三年春季宗堡染患肺病，进入肺病疗养院医治。在此期间，通信更勤，其信笺及信封，均须经过药剂之熏蒸。

是年夏，予自翰墨林大学毕业，约同级友陈华庚兄前往芝加哥大学暑校选读。曾与闻一多、罗隆基、刘聪强诸兄，乘坐火车，前往肺病疗养院访问宗堡，并于所在之小镇旅馆投宿一晚。当时宗堡神气尚佳，总形瘦弱。可惜当时尚未发现特效药剂。访问之时，心头上自然蒙上一层阴影，总觉前途可虑，但默祝转危为安。可是药石无灵，疗治无效。宗堡竟尔兰摧玉折，撒手尘寰。传闻计有两项，虽迹近迷信，不妨记载于此。其一，宗堡离乡出洋之前一晚，其卧床上发现一蛇。说者谓此系不吉预兆。其二，伊父南山世伯，本有每晚至寺前街章成兴酒店略喝几两绍兴酒之习惯。某一薄暮，伊入酒店之后，先往解手，旋赴其经常选坐之小桌，则见摆设两付酒杯竹筷与磁碟。询问之下，酒保说是刚才明明看到身后另有一位少年。南山先生谓此必一时眼花，嘱即撤去一付，不料翌晨即接北京清华学校电报，谓根据美国华府清华留美监督处电讯，宗堡已逝世之恶耗。根据西方灵学专家之说法，人之灵魂，必须依附实物（例如一木一石，一信一笺），始能递传。究竟何若，殆无人亦无法能加断定。

另一位级友方来兄，性情温和诚挚，读书仔细用功，绘画甚佳，曾用炭笔描画一幅华盛顿半身像，教师司达女士将此画像悬挂于教室中，各级同学均加赞美。可惜留美不久，亦遭遇宗堡兄之同样命运，染上肺病终告不治。

萨本栋（亚栋）兄

初到清华，予在中等科插班一年。每晚自修两小时，适与同乡钱宗堡同一课堂。上自修班时犹需排队。某晚，宗堡指着另一队将入另一课堂之一位级友，向予耳语："此是福建人萨本栋，聪明而用功。"后来介绍认识，渐次熟悉。伊之胞兄本铁，高我们一级，善足球与网球。当时本栋似未练习网球。及予回到母校（已改大学）任教，发现本栋同时受聘执教物理系，同住北院。北院有网球场两个，专供教师们使用。一天下午，看到本栋也穿着短裤，手持球拍，前来参加。予惊呀一声："你也打球？"不料傍面（陈）岱孙笑道："他不但也打球，而且打得极好。"果然如此！

本栋修习物理学，造诣颇深。曾撰写物理大学课本风行一时。一九三七年七月十三日午后，予与（陈）岱孙、（张）奚若等临时搭坐津浦车南下（转往庐山谈话会），本栋亦曾乘此班火车，盖是应聘为厦门大学校长，前往就任。后经予门人邹景苏（文海，曾任厦大教务长）相告，萨校长在抗战时期主持厦大，尽心竭力，不避艰危，极为师生所敬重。

胜利还都，本栋适任中央研究院总干事兼物理研究所所长，予在行政院襄助张院长岳公。本栋一家与（吴）正之（有训）同住一所房子，一在楼上，一在楼下。彼此公忙，平常殊少接触。有一次为接待美国某一大公司代表来华接洽公务，行政院召开会议，由予主席，不知如何（具体事由，不复记忆），本栋忽然突发愤语，说了一句："这是官僚作风。"予生平最恨官僚作风，猝闻此评，不免无情火三丈，几欲发作而强勉自制，回说一句："我最恨官僚作风。但规定所在，不能为美国一大商家而破例。"幸好傍边有人劝本栋勿再发言。散会后予有意走至面前与本栋握手寒暄，彼亦释然。予之所以率直记述此段，有其原因。不到两月，本栋赴美，在加州大学医院，医治胃癌。卒告不治，享年四十有七。予及当时与会诸友好，感觉本栋当时已经身染重病，诚恐不知不觉中，情绪不甚稳定，使得态度反常。本栋夫人黄淑慎女士（清华同学黄人杰之胞妹），后曾来美攻读数学，执教于美国东部大学甚久，至可钦佩！

周兹绪（在文）兄

在清华读书期间，予到北京城内度旧历大除夕，只有一次，即随同级友周在文，到其父亲所住之贵州会馆。贵州人喜欢吃辣。那晚的年夜饭，菜肴极丰盛，可是盘盘碟碟，都有辣味，连喝的汤也是如此。入夜以后，一直到天明，远远近近，高高低低，接续不断，全城都是鞭炮声响与火星。那天晚上，真是辗转反侧，不能成眠，最后蒙眬入睡，却已天将发白。此次始深悟皇城之大，居民之多，过年之盛。

在文运动颇好，善踢足球，在中等科时，即为幼年足球队队员，曾应总统府之邀，随同清华幼年足球队队员，前往三海与袁氏子弟为基本队伍的少年足球队，作友谊比赛。在文写得一手好字，笔画清秀，安排匀称。伊有一副大字苏帖曾借我临摹，颇得进步。予选编《白话唐人七绝百首》，并既得蔡元培、严鹤龄两校长作序之后，始请在文写一短跋。其时予与伊同住四人一屋之卧室。事前伊丝毫未悉予在选编唐诗之迹象，故笑我善保机密。

留美期间，彼此甚少通信，盖伊选习电气工程，治学兴趣互异。返国以后，彼在上海任职（服务电力公司），予在北京执教，故鱼雁仍属疏稀。及抗战期中，予从重庆飞港赴沪，等待佩玉与儿女从北平南下前后短暂住沪，乃不时前往访晤。伊夫人为彭望筌女士，籍苏州，在留美前，毕业于苏州第二女师。佩玉与伊，一见如故。

张祖荫（海慈）兄

在“水木清华”优美环境之中，吾辛酉级数十位级友，虽非真正“同窗”而“共砚”，但其关系之密切，情感之浓厚，不言而喻。张祖荫（海慈）与予，在清华园读书时期，彼此交情，只同于一般级友。但自留美开始，则来往更频，相知益深。此因彼吾两人，同入明尼苏达州圣保尔城之翰墨林（Hamline）大学，插入三年级。虽所选之课，无一相同，而竟朝夕相处。盖到达大学以前，曾函清华尔考德（Dr. Gregory Nalcott）教授（原曾来清华教授历史一年，吾俩均曾上伊之课）代为订定住房，原意以为必然每人一间，至少是一大房间，两张桌子。孰知到校按址访谒，则知已代订其住所（当时尚未结婚，索居一室）同街（米尼哈哈街［Minnehaha Street］）对面一家楼上房子一间，两边有窗，只设双人床一，小书桌一。当时初到，不便临时改变，特别因为美国大学亦有如此者。于是予与祖荫，遂有“同床”之雅。一年以后，祖荫转入姊妹城明尼亚波利斯（Minneapolis）之明州大学攻习会计，自然迁居分袂，予则仍住原处。房东赫雷（Healey）先生夫妇颇和蔼可亲，其子已成婚另住，女尚留家，两位均系翰墨林毕业。

返国之后，彼此天南地北，音书隔绝。抗战期间，亦未谋面。及予到达台湾，作为代表飞往澳洲，参加墨尔钵大学（Melbourne University）成立百周年纪念，往返途经香港，蒙级友王群伯（昌林）、吴美英伉俪招待住宿，两次曾邀请祖荫餐聚，始复晤面纵情畅谈。屈指计算，盖已睽违甚久。王府两次约请餐聚，并曾邀请清华学友（王）书林、（罗）希英夫妇参加，祖荫太太则均未到。予在自港返台以前，又曾亲往九龙祖荫寓所详谈，始知阖家避到九龙，人地生疏，生活境遇殊甚艰苦。祖荫一向胸怀开朗，意志坚决，所有遭遇，一一直言无隐。此种性格，使予更加钦佩。其后，予应聘赴美执教，不时通信。一九七〇年，伊偕太太（薛静真女士）自港九飞往加拿大居住。予得此消息屡曾函邀前来桥港游览。九月廿二日祖荫乘火车抵桥港，予偕佩玉亲至车站相接，小住一周，谈天说地，除游览桥港附近公园及名胜外，曾两次偕往纽约影舞戏院（Radio City）欣赏歌舞及影剧。伊因重温旧梦，至觉高兴。及予移住纽约，在圣约翰大学执教时级友沈公健（有乾）兄及予又邀请祖荫飞纽约盘桓，住予寓所，俾可偕同参加每年四月底之清华校庆聚餐盛会。四月廿六日，公健开车，（周）湄云、佩玉及予随往（La Guardia Airport）机场迎接，小住两周又半，直至五月十四日，又原班人马送伊到机场。在此十八天中，除曾同赴清华校庆大会及伊个人转往邻州新泽西姚仲年（崧龄）兄家中盘桓两日外，余均由我沈、浦两家陪伴游览及作竹林之游。祖荫辄呼此次前来，十足过瘾。

祖荫原籍安徽卢江县，一八九六年十一月廿七日生。一九〇七年，随往乡间上祖坟。跌折腕骨。一九二四年在美读书时坐同学孙清波兄汽车，不幸翻倒，左肩锁骨折断。一九四七年割胃三分之二。一九七一年一月割肺七分之一；二月割治摄护腺。生平所遭病痛不少。海慈留学之年始与订婚已七年之陈昭女士初次见面，貌美性良，甚为喜爱，不料染病不治，时祖荫正在哥伦比亚大学行将得到硕士之际。综其一生，所任各地各项职务甚多：计包括奉天矿务局、杭州及南京电讯局、重庆农本局、昆明机器场，巴县电厂等科长或经理，以及善后救济总署汉口运输局副局长。（局长为清华蔡旭岚［可选］兄。）

兹抄录一九七二年四月十五日日记中所载寄赠海慈七绝一首：“每忆清华翰墨林，同窗共砚成知音。谢君印寄留真照，猛忆当年游子心！”附注数行有如下列：“张海慈兄以五十年前同在翰墨林大学读书时所摄照片两帧放大复印赐寄。其一，系悬挂卧室壁上家慈手绣之花卉一幅，暨大姊慧莲亲绣（本人所写）‘鹏飞万里，鳌戴三山’对联一副。其二，系海慈及予在翰墨林大学校舍前合影，各穿白绸衫黑绸褂。照片本身已属珍贵，而睹景思亲，更是感念万千。”

一九七三年大纽约区清华同学会照例举行校庆聚餐，海慈仍来吾寓，同往参加。一九七四年六月十八日得其自加拿大来笺，知发现肺癌，谓：“所以几年来痰中有血，年高不便使用刀圭，故用 X 光治疗。”末云：“然如有一年半载之愉快时光，弟愿足矣。”如此明达洒脱，固值钦佩，但我不免感觉凄酸。

孙瑞璜兄

古人类有临别“赠言”，大抵均出之于诗词歌赋，或函札瑶章，迄今尚为士子传诵。就予个人之经验，则一项口头之临别赠言，虽简单两句，确实为吾数十年来，尤其是留学归国，首次踏进社会，开始执教服务之后，甚而直到现在，不时忆起而自能发生安慰勉励之作用！此盖级友孙瑞璜兄所曾赠我者。

一九二六年夏，予决定将自纽约乘坐一艘不分等级种切平民化之轮船赴欧（先到英国）游览，另坐日本轮船由义大利出发，绕印度洋回沪。临行前一日，瑞璜在纽约之“月宫”中国餐馆楼上，为我饯行，陪客有（陈）华庚、（周）兹绪五六位。瑞璜忽然心血来潮，面容微笑，态度认真，向我说道：“逖生，让我今天给你两句临别赠言。这是两句英文格言，值得牢记而实践：Hope for the best！ Prepare for the worst！（希望着最好的！准备着最坏的！）”当我听到此两句谚语，立即感觉其为立身处世之良箴，举起玻璃杯，以白水代旨酒，向瑞璜道谢，并说我一定牢记而实践，此两句真是无价之宝。自此以后，真不知有多少次数，种切场合，令我默默念着：“Hope for the best！ Prepare for tbe worst！”每一念及，这两句格言，全不是口头禅，而确实引发安慰勉励之作用。

去年春季，经过足足三十载的隔绝，我与瑞璜开始航空通信。我第一封信中即曾提起五十三年以前他在纽约给我的两句临别赠言。邦儿敏媳去年随着美国仕女之游览团旅游，曾遵予嘱往谒上海孙伯伯，而“无巧不成书”在孙府上竟遇着我同乡级友吴泽霖（雨苍）伯伯。邦儿敏媳早亦遵予所嘱，往谒吴伯伯于北京（在民族研究所执教），孰料吴伯伯恰巧南返江苏常熟。瑞璜在纽约大学攻习经济学，得硕士。返国以后，终身在银行界服务，主持新华储蓄银行数十年。为人洁身自守，严谨不苟，性情和蔼，待人诚挚。大陆政局改换，伊在沪滨仍受尊重而得优待，继续其银行经理职务。夫人王国秀女士曾与谢婉莹（冰心）、谢文秋两位同时在威尔斯理女校（Wellesley College）深造。不期今年（一九八一年）春季，得伊哲嗣亦冲来函，惊悉瑞璜兄患病甚重，竟尔辞世。

时昭涵兄

吾辛酉级中有名之全能运动健将，厥为籍隶湖北之时昭涵兄。在中等科时，伊即得到幼年运动会各项田径赛节目之总分冠军。升入高等科后，年复一年，各项成绩蒸蒸日上，例如跳高、撑竿跳、跳远、百码赛、低栏与高栏跳跑、掷铁饼、掷标枪，几几无一不是冠军；即在华北运动会中，亦屡显身手，名闻遐迩，计曾获得五项及十项比赛之冠军。至于足球、篮球伊亦擅长，网球则未曾参加。此固由于先天之体格矫健，而亦有赖于专心致志，贯串练习。清华学校之优良运动员，饭食特别良好，亦即菜肴特别滋补。他们每日三餐，另有其房间，另有其伙食，称作“训练桌”（training table）。同学之中，只加艳羡，而无批评。

昭涵另有一项特长，即擅长音乐。清华学校当年，让学生自己选择课余操练一种，或是参加军训（穿制服，持木枪，每周操练一次），或是加入童子军（也有制服，手持木棍）。昭涵与予均属童子军中之笛鼓乐队，每次出园外练习或表演，二三十人组成之乐队，只闻吹笛打鼓，步伐声声。

但此外，昭涵另行加入全校之军乐队。伊吹高音短笛（名piccolo），由一位菲律宾籍教师每周从北京城内来校两次认真指导。昭涵如何练习其高音短笛，级友均不知情，大概在体育馆中，或静僻教室中为之。总之，有一次在罗斯福体育馆内举行军乐队演奏，节目甚多，内有昭涵之短笛独奏（当然有其他乐器及钢琴之细微声响伴和），吹来忽高忽低，忽徐忽疾，抑扬顿挫，曲折宛转，无不恰到好处，动人心弦，不免想起唐人诗句，如“枯桑老柏寒飕飗，九雏鸣凤乱啾啾。龙吟虎啸一时发，万籁百泉相与秋”，如“幽音变调忽飘洒，长风吹林雨堕瓦”，又如“嘈嘈如急雨……切切如私语……大珠小珠落玉盘……间关莺语花底滑，幽咽泉流冰下难”，虽不能确切形容，但大抵有些类似！第一谱吹毕，听众鼓掌响声如雷，大呼“再演，再演”（Encore！Encore！）。是晚连演达三次之多。

昭涵之练习胡琴则级友大家都知。因为方便起见，伊即在寝室中自“开荒田”起，日夜有暇即加练习。老实说，不论远近，听到咿呀咿呀错杂纷乱一遍又一遍的不堪入耳弦声，无不摇头摆手。可是数个月后，昭涵即可替唱京戏者拉其胡琴。当时予曾领会得一项切实教训，所谓：“天下无难事，只怕有心人。”天资聪颖，固然学习容易，否则，亦可“人一己百，人十己千”，总可有志竟成。昭涵之运动与音乐，既靠天赋，更靠苦练。

昭涵攻习科学工程。返国后未尝晤及，闻在资源委员会长期工作，甚多贡献。时家有三位兄弟，同在清华，长兄昭泽，身体魁梧，举动粗野，留美后未返国。有一次他写信给级友吴峙之（国桢），信封上只写英文中国汉口吴市长。内容是请将其家中地址查明见告，俾可写信。此系峙之亲口告予，绝非诬妄。次为昭涵，性格与乃兄迥异。三为昭瀛，服务外交多年，亦有建树。

载《传记文学》第四十七卷第二、第三期（一九八五年八、九月号）

清华八年

——“一个农家子的奋斗”之二

李先闻

清华八年

清华学校校址，在海甸西面。圆明园故址，离校不远。报到那天，吴老先生领着我们全体四川学生，坐火车到清华园站，然后步行到校。我当时紧张骇怕，进到校里，有进大观园的感觉。

有位张同学，在北上的途中，因擅自出去嬉游，被吴视察报告“行为不检”，当即开除。我和夏彦儒捏了一把汗，因为吸烟的事幸未被发现，才得住进清华园，一住就是八年。

我们入学时，周诒春（寄梅）先生当校长。陈筱田先生当斋务长（同学背后都叫他陈胖子），管我们生活德育，剃头、洗澡他都要过问。学生的钱，用存折支领，折子放在银行里，所以他能明了各个学生的用度。规定两星期写一封家信，大家一律穿蓝布大褂和布底鞋，不许出校门，见到校长时，要垂手立正。学生犯过，或英文课两门不及格的，就下黄条子开除。我功课平平，最怕见黄条子。有一次，是我到北京后，第一个冬天和同学们玩雪球，我将雪塞进杨道源同学后领子内，雪水将他的内衣浸湿，他向斋务长报告，我被陈先生叫去训了一顿。在校八年，只吃过这一次"大菜"。

有一位贾同学，因为常常违反校规。一天，有一个穿着整整齐齐的校工，很有礼貌的向他说："斋务长请您去！"他就知道不妙了，气忿的说："大爷就来！"后来果遭开除，当时清华校规之严，可见一斑。

各省考进清华，我们同级的同学有一百卅多人，分为六班，甲、乙、丙、丁、戊、己。我是落后地区的考取生，分在己班。初时因老师们乡音重，我听不大懂，教授方法不怎么好，又不严，自己又不知用功，四年中等科，平平而过。那时教授法，没有启发性，原来程度好的，进步快，根底不好的，似乎很少进步。

课程方面，注重英文课，上午上英文课，下午上国文课。评定成绩用"常态制"，把学生学业等级分为五等，超、上、中、下和不及格。各等的比例是：五、廿、五十、廿、五。每一学分，上课一小时或实验二小时，成绩中等得一点，上等得一点一，超等得一点二，下等得点九，不及格是零。如果补考及格，可得点七，补考不及格仍是零。这个制度，是个竞争制度，同学们对于这个制度的实施，很是头痛。连同英文课有两门不及格，就要开除，一门不及格则留级。

我们民国四年（一九一五）同时进去的一百三十多人，到民国十二年（一九二三）毕业时，只剩下三十多人。虽然同届毕业的八十一人，为各届人数之冠，但四十多人是插班或者留级下来的。

每天下午四点钟一过，教室宿舍都关起来，要我们全体同学去运动，大家都去操场上，各玩各的。不运动的人，在校内散步，后来有健身房，花样更多。我这个好动的小野马，到运动场、健身房就精神百倍。打篮球，踢足球，玩手球，翻杠子，游泳。我身材矮，虽只有五英尺二英寸高，体重只有一百一十磅左右[①]，可是运动起来，却不让人，学会这样，又学那样，玩过这样，又玩那样，与在教室里只想睡觉的我，判若两人。

晚上自修，查房的先生们在玻璃门外查看。我大半的时间是以手撑着头，假装看书，其实是打瞌睡，“梦周公”去了。自修完毕，说来奇怪，又是精神百倍，听差替我们去买各人喜欢吃的零食，如炒板栗、烤红薯、芝麻杆、福建饼、花生、花生米、糖球等等。每人一大堆，各归各吃，有时也请请客，果壳破纸，乱丢一抛。十时熄灯，斋务处派人来查房，或陈胖子亲自来，大家才安静下来。两间宿舍，共设一个火炉，冬天烧煤取暖，半夜煤烧完，火灭了，那真冷得难受！

---

① 五英尺二英寸，约合 1.57 米；一百一十磅，约合 50 千克。——校注

我们中等科前三排是教室，后三排是宿舍，宿舍是“王”字形，我和顾毓琇及另外三位同学住最后一排，左边第二间房，地方大，厕所远，我夜里怕狼（听说西园有狼），不敢起床出去小便，常会在梦中便不知不觉的尿在床上了。湿得不好过，尤其是冬天，炉火熄了更冷，只得向旁边缩着睡，因此垫褥上尽是“地图”。斋务长后来知道，年幼的学生胆小不方便，在通道里晚上准备不少便桶，确是德政。

每到暑假，校舍整修，不回家的学生，都寄宿在西山八大处、卧佛寺去消夏。记得第一个暑假，我们住卧佛寺；第二个暑假住大觉寺；第三个暑假又回住卧佛寺。

民国八年（一九一九），当我读中等科四年级时，因巴黎和会讨论山东问题，北京大学学生们发动请愿，反对我国代表在和会签字，并要求罢免曹汝霖、陆宗舆、章宗祥，这就是有名的“五四运动”。

北京各学校学生们不断地贴标语，演讲，发传单，宣传抵制日货，罢课游行，以响应出席巴黎和会代表王正廷、顾维钧等不签字行动。

清华学校在城外，消息不大灵通，直到稍后，才集合操练，要救国，打敌人。军事教官刘先生当团长，有军事知识的赵连芳同学（比我大八岁、高二级，不久前在台逝世）当副团长，他是辛亥革命由家中逃出步行到汉口参加革命的，也曾被捕过，在黄兴军队里当过文书，进陆军学校后，当军官，升到连长。第二次革命，在江西湖口打败，自己把指挥刀折断，而弃武就文的。

我那时在校中是童子军，远看同学操练，觉得他们好威风。赵连芳个子矮，看上去不比他的指挥刀长多少，但有力量的口令声，使我羡慕。当时，年青人都进入疯狂状态。我们清华同学，由高个的同学在前面举着大旗，吹号，打鼓，由西直门进城，参加游行，沿路喊口号，要彻底抵制日货，销毁日货，好像这样才是爱国，书本子功课全丢在脑后去了。

六月三日，我们一小队奉学生大会命令，到东安市场去贴标语、演讲、宣传。我是维持秩序的童子军。下午一时左右正当饥肠辘辘之时，忽有一队军警，把我们包围起来，我们表示勇敢不怕，被他们拿绳子将我们一个一个的手套起来，押到北京大学红楼法学院关起来。先被逮捕进去的已有千余人，很多人在围墙上欢迎我们。那天，一批一批被捕进来的人不少，到三四点钟时，有些人一路走，一路大呼救国，涕泪俱下。我是只凭感情，茫茫然参加的。听人说，或许都要被枪毙，不觉得有些骇怕。晚上在蚊子嗡嗡声中，各据一张上课桌，或一条有靠背的长课椅睡觉。我把童军帽叠一叠当枕头，但嫌太低，仰睡侧睡，都不舒服。看他们穿军装有军帽可当枕头，未免羡慕。在校园里，因我名字“先闻”，同学给我起绰号叫“小蚊子”，这时睡在旁边被蚊子咬的同学向我说：“你为什么又来咬我？”这真是叫着苦中作乐，其实，大家谁都不知道如何被发落。

第二天早上，给我们吃的东西是两个黑窝窝头、小米粥和咸菜。午后，吃窝窝头、白菜汤等。如此每天两餐，大家饥不择食，都抢着吃，也觉得怪好吃的。没有面盆及手巾洗脸，就在水龙头旁，用手向脸上抹，再用手指当牙刷刷牙。一连十几天不洗澡，不换衣服，身上都发出臭味来。

围墙外面，每天有一队一队的学生们，摇旗呐喊，要援救我们。但是大门外围墙四周，军警戒备森严，无法冲进。最后几天，情形稍稍缓和下来，没有被捕的同学们，托军警转送进来大批面包、水果、饼干、罐头等，慰问我们。大家有好的吃，那些照例给我们吃的小米粥、窝窝头，也没有人领教了。临走那天，慰问品吃不了，堆积如山，但大家因恢复自由要紧，都弃之不顾了。

听说全国大专学生、中学生、师范生等，都一致罢课声援被捕的学生。最后学生们终于获得胜利，被捕的全被释放。我们又举着大旗，擂着鼓，吹着号，耀武扬威各回本校。清华学校被捕的学生有二三百人，由红楼到西直门，沿途又大呼口号，在校同学把大门打开，热烈的欢迎我们回校。

事后，各校被捕的四川同学一百多人，还到了公园聚餐一次，摄影留念。好像那时法国某画刊上，还刊登过我的童军照，是军警押解我们那一小队，到红楼路上前的一刹那。

领导活动的主席先是陈长桐（一九一九级的同学，现在纽约世界银行做事），后来是罗隆基、何浩若等。罗是江西人，一片老表音，口若悬河，能言善道的，瘦长条个子。他们越闹越疯，罢课罢考仍不肯停。民国十年（一九二一）夏，罗、何等要毕业那年，校长已换为金邦正了，出布告说："如果罢考的话，就给以留级处分！"他们那级有六十三人，廿一人未去考，后来果然留级一年，编为大一班。所以他们在清华，读了九年，罗隆基曾有"九年清华，三赶校长"的豪语。

罗、何等罢考的廿一位同学，都是他们班上的优秀份子，允文允武，文的如萨本栋、赵连芳、何浩若、罗隆基等，武的（指在运动方面）同时功课也非常好的如时昭涵、时昭泽、陈崇武等，都是当时代表中国参加远东运动会的人物，他们重诺言、够义气。这批同学后来到美国，差不多都得到了 Ph. D. 学位。那些不遵守大会决议，自毁诺言的四十二人，虽去考试，比他们早一年毕业，但从此被其他同学们看不起，觉得他们没骨气，其中的一人就是吴国桢。

我们班上也有两位同学偷偷去考的，一位姓郭，一位姓应。后来同学们知道以后，就不齿他们，不和他二人玩，同时也不理睬他们。他们好生没趣，后来也没有什么大成就。

留学时，我们班上弃文习武的有孙立人，其余的都各学各的，大都是理工科，学文史科的就不太多了。

中等科四年级时，英文课是位外国小姐 Miss Bacler 教的，六个学分，很重要。课本用 *Treasure Island*，我买译本《金银岛》看故事，根本不买原文本来读。上课堂，老师问我：Tom 作什么？我瞠目不知所对，因为我只晓得汤姆，不晓得 Tom 就是汤姆。青春发育期，昏头昏脑，不知道功课要紧。所以英文不及格，暑假后补考才勉强 Pass。

陈崇武是我们运动场上的龙头。他本人是代表远东的选手，是中国去菲律宾参加撑竿跳的，同时也是学校中篮球、足球等健将，足球是“守门”的，球艺相当高。记得有次大考考化学，我陪他熬了一夜，温习功课，眼睛睁不开时，用冷水洗脸，我们之间情感很不错。可是后来当我英文不及格时，有天我照常和他们去玩手球，将到运动场，他却说：“你功课都不及格，不配同我们玩。”他这两句话，使我听后，觉得比老师给我不及格还难过。从此就用功读书，一改以前得过且过的态度。第二年进高等科一年，成绩都在中等。只凭小聪明，根底不好，还是没有什么大进展。

升到高等科时，就对农学有兴趣。赵连芳同学为首，领导农科同学们，组织新农社，打算由美留学回国后，都去蒙古开垦。赵连芳立志学农艺，有的学畜牧，有的学兽医，我则糊里糊涂，不知道要学什么。

我比赵连芳低两班，有兴趣学农，跟他们在西园土山上开土窑洞，利用下午运动时间，做开垦工作，掘一个大土洞，把土一挑一挑取出来，作一个平台，于是有洞以后，就养山羊、兔子、鸽子、鸡、鸭子、蜜蜂等等。

副校长赵国材送我们一箱意大利蜜蜂。养得正起劲时，一天，山羊从高土丘上跳下来，把蜂箱打翻，箱子跌坏，群蜂乱飞。大家束手无策，不敢上前，怕被蜂螫，养蜂就此完结。

兔子在我们替它预备的木箱下，挖了长长的土隧道。交配后，小兔子生长在隧道尽头。它们很聪明，也很谨慎，常把木箱下地道进口的地方堵起来，不让兔子气味出来，以防其他动物伤害它们的小兔子。我们好奇，找寻到它们藏小兔子的地方，挖开一看，有九只白白肥肥的可爱小兔，连忙盖好土，以为仍保安全，谁知兔味散出，那晚就被黄鼠狼将小兔通通咬死。我们的好奇心，反而害了这群小动物。还有我一只心爱的卷毛鸡，也让黄鼠狼拖去了。

这段在校畜牧试验及栽培的工作，虽多失败，但得了不少常识、经验，更为后来学农增加不少信心。

在功课中，生物、化学比较学得不错，其他英文数理都没有读好，国文甚至比进清华时还退步。

高等科一年级时，有一位郭老师，用他浓重的乡音，福州英语讲几何学，他讲得好，我很明白，但我不完全听得懂。高二时，一位外国老师 Professor Heiny 教数学，他教的尽是商业用的数学，一上课，就写一串的公式，我也听不懂。高等代数只准学工科的同学学，我们连物理也未学到。直到美国后，读研究院三年级时，自己才去补习高等代数。这些基本科学，底子一点都没有打好，自己不用功，固然是重要的原因，但是老师也得负相当的责任，尤其是直接指导教诲我们的老师。

高等科管理比在中等科时松得多。已有同学在抽烟，星期假日也到城里去听听戏。平时可以到校外去，不必请假。但进城去住夜的话，仍要请假的。

读到高等科三年级，分科以后，我学农科。这时兴趣也变浓厚了，功课突飞猛进，和邓叔华（后来的院士之一）互争前一二名。

无可讳言的，清华在当时是个好学校，也是个特殊学校——中国留美的预备学校。“德”“智”“体”并重，校风朴实，环境优美，绝大多数学生都用功勤学，所以达官贵人的子弟，都希望进清华，视能在清华读书为荣。记得有一个时期，九部总长，到有八家子弟是清华学生，声誉可见。至于我没有进步，那是自己糊涂造成的。可是清华对我的培养，是使我后来走向学术研究的转捩点。

民国十一年（一九二二）暑假，和夏彦儒同学一块儿乘蜀亨轮（民生公司的船）回四川老家。上水船要走四天到巫峡，风景之美，比出川时更佳。

到家后，我们常常在江边河坝里练习打棒球。对江有硼硼的声音，我们并不去管它，过路的人，看见我们满不在乎的样子，还在继续地玩球，就说：“你们还在打球，不怕中流弹，被拉夫吗？”我们听了以后骇怕的不得了，赶快回到城里家中去，再也不敢出去玩了。对岸打仗的枪声和呐喊声，如今犹在记忆中。后来一打听，原来是军阀们，你打来，我打去的，打个不停，那次正是刘湘打杨森。

家里在叔父从铜元局交卸后，在江津城内的小官山买了犹龙居住宅，父亲还添盖了一座土洋房。但当我回去时，犹龙居洋房，已被陈国栋封去了。他在前次内战时失势后离开江津，我们还战战兢兢，不敢搬进去，怕陈国栋卷土重来时要报复。

江津的“绅粮”，饱受军阀们争地盘的害。打败的半夜三更退却走，要“绅粮”们捐十万开拔费；打胜的进城时，要“绅粮”们捐五十万欢迎费。倘若不捐，他们头儿就扬言放假三天，意思就是叫他的手下去奸淫掳掠。“绅粮”们怕受抢的蹂躏，只得忍痛捐钱应付。夏老师的门生某旅长打胜进城，也不例外的，照样要五十万元欢迎费。

夏大哥在夏家祠堂，宴请胜利的旅长这一班人，也请我们这些远到京沪去读书的学生们做陪客。

主人安排一桌是旅长坐首席，一桌是某团长坐首席。我没有见过世面，也没有陪过贵宾，不管三七二十一，检个空位子坐下了。旅长来了后，就只得坐在我左边。席间他请教在座的客人时，由他左边请教起，最后才问到我。夏同学及夏大哥，坐在我们的对面，大家也不便答话。散席后，夏同学对我说：“你知道你今天坐的是什么位子？”我说：“不知道呀！”他说：“你坐了首席还不知道！”回到家后，我一五一十的报告给二伯父。二伯父跳起来责备我一番，同时又说：“你出外留学多年，这点礼还不懂？”我说：“关在清华多年，从未被人请过客，不懂有什么办法！”于是二伯父就把当时坐席的礼节，详细的教导我。

那年毕业，俞振镛老师教我们土壤学，陈隽人老师教植物学。临别赠言时，俞老师说：“育种学是现代最时髦的科学。”启发了我后来攻读育种学。另一方面，我曾想过，如果每亩田，每年因为品种好，每年可多收一斗的话，那全国要增加多少稻米呀！这不过是当时一个幼稚的幻想而已。

民国十二年（一九二三）夏天，毕业后，到青岛四叔那里去避暑，每天在海滩浮水，悠哉！悠哉！

有一天，四叔问我："看过海边的灯塔没有？"我说："没有。"第二天早上，我们叔侄二人，各吃了一碗蛋炒饭，坐上约卅尺长、十尺宽的汽油艇，去看港口的灯塔。刚上船时。风平浪静，自由自在，看着远景，觉得心中开阔。谁知，愈出海愈不舒服，波浪汹涌，船身颠簸得很厉害。我吃不消了，四叔叫我躺在船长的小床上休息。因为舱内不通风，更是不舒服，摇晃更厉害，以至吐个不停，大概吐了二三十次，连苦胆水都吐出来了。我在学校里，是走浪桥的高手，可是这时却用不上。后来，我看见或闻到蛋炒饭就怕，现在还清清楚楚，记得那天蛋炒饭的味儿。

这次晕船，使我怕坐船，听说，到美国要坐二十几天船，我怕吐，真不想去。幸而，四叔左劝右劝，劝我坐三千吨的船到上海。订了二等票，两天两夜，躺在甲板的椅子上，虽没有吐，远望着水平线的起伏，还是不舒服。不敢进食，不敢喝水。两天两夜后，身子犹如病后那样软弱。

船一进黄埔滩，无风无浪，我肚子就觉得饿了，于是，到舱里去吃饭，同时又大量地喝水。

据说，载我们去美国的大轮船，有两万两千吨位，又让我们坐头等舱，使我勇气大增，后来决计去美国。

清华教育的检讨

一般讲起来，清华的教育，是成功的。学生们俭朴勤学，可到美国的，又都学到专门知识。五六年留学攻读的结果，有些获得博士学位，回国后，受政府礼遇。学商的在商界发展，学工的当工程师、教书，学农的教书，或在研究机关工作。这是众所周知的，比别的学校似乎好点。但以现代眼光看起来，是不是那样就可以满足呢？我觉得很多地方值得检讨。

（一）我们先把上面所说的“德”育方面来检讨一下

训导制度严，学生们战战兢兢，不敢越轨。我们乡僻地方去的学生，进入学校，好像鸟儿关进小笼子里，没有自由，也没有人去好好训导他，照顾他，所以笑话百出。倘若换个方式，用少数的钱，请高级学生当低级学生的导师，每人指导四五个人，引导他们上路，或者比那时制度要好得多，要收效大些。

（二）“智”育方面的检讨

人都说清华学生功课好，我承认功课是不错。可是中等科、高等科共花八年时间，似乎太浪费。假如把下午中文课程改为必修课，也算学分，并且请发音纯正的老师教授，我相信，学生得益会更多些。也许六年就可完成学业了。

例如有两位老师，教得相当好，至今我还记得他们。一位是绰号“老虎”的陈老师，教文学，北方人，讲话清晰，有条不紊，我们听得津津有味，获益匪浅。另一位是绰号“鸭蛋”的戴梦松老师，教中国地理。讲时，把某次某条约割某地都连带讲出来。像这样有启发国家思想的教授法，对我们学业实在有帮助。

以我个人而论，我学农科，但基本科学，都没有学到。

前面已说过，如果使我数、理、化、生物各科都学好，我现在的成就也许更好些。

我们这班学生，到美国得学士后，甚至于得博士，如何浩若博士，有许多投笔从戎，立志报国，有些进了西点军校，但比我们后几班的，有的加入激进的党派。“德”“智”教育似乎未能收连贯的效果。

（三）“体”育方面的检讨

学生们花费在运动上的时间，未免太多些。我是爱运动的人，还常因运动过度，连水都喝不下，晚饭是不用说了。晚上自修时，又常常睡觉，不想读书。睡前又要吃零食，这种所得似乎是得不偿失。

我人矮，篮球、足球，球技虽灵活，但未能当这两种运动的校队。倒是当过棒球的校队，我是队中的游击手，毕业后还去和南开大学球队比赛，我们胜了，因而获得了华北的冠军队。因此，马约翰教练请我们吃西餐。我这个难得吃西餐的人，辣酱油吃多了，晚上大吐而特吐，于是辣酱油，从此也不敢领教了。

运动对我来说，不能说无益，在健身房学会的那些本领，后来到美国都有特殊表现。而且到美国以后，人也长高两吋[①]，体重加增，气力也大，遇着在清华时当过校队的人，反觉得他们弱不经风的可笑了。

运动方面，有个制度，我至今还不以为然，就是田径好

① 吋，英寸的旧称。1 英寸约合 2.54 厘米。——校注

手、校队队员们吃“Training Table”，给他们特殊享受，养尊处优，与众不同，使他们自成一派。不如津贴些钱给他们，让他们自己吃得比较营养些，来得适当。

毕业后，就要离开这个八载相依的水木清华的小笼子，到太平洋对岸去，虽舍不得，也不能不走。

载《传记文学》第十四卷第六期（一九六九年六月号）

清华七十

梁实秋

今年清华大学举办建校七十周年纪念，有朋友展转问我要不要写一点回忆性质的文字以为祝贺。我在清华读过八年书，由十四岁到二十二岁，自然有不可磨灭的印象，难以淡忘的感情。我曾写过一篇《清华八年》，略叙我八年的经过。兹篇所述，偏重我所接触的师友及一些琐事之回忆，作为前文之补充。①

现在新竹的清华大学，校址很广，规模很大，教授的阵容坚强，学生的程度优异，这是有口皆碑的，不过我所能回忆的清华是在北平西直门外海甸北的清华园。新竹校园虽美，我却觉得有些异样。我记得，北平清华园的大门，上面横匾“清华园”三个大字，字不见佳，是清大学士那桐题的。遇有庆典之日，门口交叉两面国旗——五色旗。通往校门的马路是笔直一条碎石路，上面铺黄土，经常有清道夫

① 原编者按：《清华八年》见本社传记文学丛书《秋室杂忆》。

一勺一勺的泼水。校门前小小一块广场，对面是一座小桥，桥畔停放人力车，并系着几匹毛驴。

门口内，靠东边有小屋数楹，内有一土著老者，我们背后呼之为张老头，他职司门禁，我们中等科的学生非领有放行木牌不得越校门一步。他经常手托着水烟袋，穿着黑背心，笑容可掬，我们若是和他打个招呼，走出门外买烤白薯、冻柿子，他也会装胡涂点点头，连说："快点儿回来，快点儿回来。"

校门以内是一块大空地，绿草如茵。有一条小河横亘草原。河以南靠东边是高等科，额曰"清华学堂"，也是那桐手笔。校长办公室在高等科楼上。民国四年我考取清华，由父执陆听秋（震）先生送我入校报到，陆先生是校长周诒春（寄梅）先生的圣约翰同学，我们进校先去拜见校长，校长指着墙上的一幅字要我念，我站到椅子上才看清楚，我没有念错，他点头微笑。我想我对他的印象比他对我的印象好。

河以北是中等科，一座教室的楼房之外，便是一排排的寝室，现在回想起来，像是编了号的监牢。我起初是六个人一间房，后来是四人一间。室内有地板，白灰墙白灰顶，四白落地。铁床草垫，外配竹竿六根以备夏天支设蚊帐。有窗户，无纱窗，无窗帘。每人发白布被单、白布床罩各二，又白帆布口袋二，装换洗衣服之用，洗衣作房隔日派人取送。每两间寝室共用一具所谓"俄罗斯火炉"，墙上有洞以通暖气，实际上也没有多少暖气可通，但是火炉下面可以烤白薯，夜晚香味四溢。浴室、厕所在西边毗邻操场。浴室备铝铁盆十几个，浴者先签到报备，然后有人来倒冷热水。一个礼拜不洗，要宣布姓名，仍不洗，要派员监视勒令就浴。这规矩好像从未严格执行，因为请人签到或签到之后就开溜，种种方法早就有人发明了。厕所有九间楼之称，不知是哪位高手设计，厕在楼上，地板挖洞，下承大缸，如厕者均可欣赏“板斜尿流急，坑深屎落迟”的景致。而白胖大蛆万头钻动争着要攀据要津，蹲蹬失势者纷纷黜落的惨象乃尽收眼底。严冬朔风鬼哭神号，胆小的不敢去如厕，往往随地便溺，主事者不得已特备大木桶晚间抬至寝室门口阶下，桶深阶滑，有一位同学睡眼蒙眬不慎失足，几遭灭顶（这位同学我在抗战之初偶晤于津门，已位居银行经理，谈及往事相与大笑）。

大礼堂是后造的。起先集会都在高等科的一个小礼堂里，凡是演讲、演戏、俱乐会都在那里举行。新的大礼堂在高等科与中等科之间，背着小河，前临草地，是罗马式的建筑，有大石柱，有圆顶，能容千余人，可惜的是传音性能不甚佳。在这大礼堂里，周末放电影，每次收费一角，像白珠小姐（Pearl White）主演的《蒙头人》（*Hooded Terror*）连续剧，一部接着一部，美女蒙难，紧张恐怖，虽是黑白无声，也很能引发兴趣，贾波林、陆克的喜剧更无论矣。我在这个礼堂演过两次话剧。

科学馆是后建的，体育馆也是。科学馆在大礼堂前靠右方。我在里面曾饱闻科罗芳[①]的味道，切过蚯蚓，宰过田鸡（事实上是李先闻替我宰的，我怕在田鸡肚上划那一刀）。后来校长办公室搬在科学馆楼上，教务处也搬进去了。原来的校长室变成了学生会的会所，好神气！

体育馆在清华园的西北隅，虽然不大，有健身房，有室内游泳池，在当年算是很有规模的了。在健身房里我练过跳木马、攀杠子、翻筋斗、爬绳子、张飞卖肉……游泳池我不肯利用，水太凉，不留心难免喝一口，所以到了毕业之日游泳考试不及格者有两个人，一个是赵敏恒，一个不用说就是区区我。

图书馆在园之东北，中等科之东，原来是平房一座，后建大楼，后又添两翼，踵事增华，蔚为大观。阅览室二，以软木为地板，故走路无声，不惊扰人。书库装玻璃地板，故透光，不需开灯。在当时都算是新的装备。一座图书馆的价值，不在于其建筑之宏伟，亦不尽在于其庋藏之丰富，而是在于其是否被人充分的加以利用。卷帙纵多，尘封何益？清华图书馆藏书相当丰富，每晚学生麇集，阅读指定参考书，座无虚席。大部头的手钞的《四库全书》，我还是在这里首次看到。

校医室在体育馆之南，小河之北。小小的平房一幢，也有病床七八张。舒美科医师主其事，后来换了一位肥胖的包

---

① 科罗芳即氯仿（chloroform），学名三氯甲烷，过去在医疗上用作麻醉剂。——校注

克女医师。我因为患耳下腺炎曾住院两天，记得有两位男护士在病房对病人大谈其性故事与性经验，我的印象恶劣。

工字厅在河之南，科学馆之背后，乃园中最早之建筑，作工字形，故名。房屋宽敞，几净窗明，为招待宾客之处，平素学生亦可借用开会。工字厅的后门外有一小小的荷花池，池后是一道矮矮的土山，山上草木蓊郁。凡是纯中国式的庭园风景，有水必有山，因为挖地作池，积土为山，乃自然的便利。有昆明湖则必定有万寿山，不过其规模较大而已。清华的荷花池，规模小而景色佳，厅后对联一副颇为精采：

> 槛外山光历春夏秋冬万千变幻都非凡境，
> 窗中云影任东西南北去来澹荡洵是仙居。

横额是“水木清华”四个大字。联语原为广陵驾鹤楼杏轩沈广文之作，此为祁隽藻所书。祁隽藻是嘉庆进士，大学士。所谓“仙居”未免夸张，不过在一片西式建筑之中保留了这样一块纯中国式的环境，的确别有风味。英国诗人华次渥兹说，人在情感受了挫沮的时候，自然景物会有疗伤的作用。我在清华最后两年，时常于课余之暇，陟小山，披荆棘，巡游池畔一周，不知消磨了多少黄昏。闻一多临去清华时用水彩画了一幅《荷花池畔》赠我。我写了一首白话新诗《荷花池畔》刊在《创造》季刊上，不知是郭沫若还是成仿吾还给我改了两个字。

荷花池的东北角有个亭子，这是题中应有之义，有山有水焉能无亭无台？亭附近高处有一口钟，是园中报时之具，每半小时敲一次，仿一般的船上敲钟的方法，敲两下表示是一点或五点或九点，一点半是当当、当，两点半是当当、当当、当。余类推。敲钟这份差事也不好当，每隔半小时就得去敲一次，分秒不爽而且风雨无阻。

工字厅的西南有古月堂，是几个小院落组成的中国式房屋，里面住的是教国文的老先生。有些位年轻的教英文的教师记得好像是住在工字厅，美籍教师则住西式的木造洋房，集中在图书馆以北一隅。从住房的分配上也隐隐然可以看出不同的身分。

清华园以西是一片榛莽未除的荒地，也有围墙圈起，中间有一小土山耸立，我们称之为西园。小河经过处有一豁口，可以走进沿墙巡视一周，只见一片片的“萑苇被渚，蓼苹抽涯”，好像是置身于陶然亭畔。有一回我同翟桓赴西园闲步，水闸处闻泼剌声，俯视之有大鱼盈尺在石板上翻跃，乃相率蹇裳跣足，合力捕获之，急送厨房，烹而食之，大膏馋吻。

孩子没有不馋嘴的，其实岂只孩子？清华校门内靠近左边围墙有一家“嘉华公司”，招商承办，卖日用品及零食，后来收回自营，改称为售品所，我们戏称去买零食为“上售”。零食包括：热的豆浆、肉饺、栗子、花生之类。饿的时候，一碗豆浆加进砂糖，拿起一枚肉饺代替茶匙一搅，顷刻间三碗豆浆一包肉饺（十枚）下肚，鼓腹而出。最妙的是，当局怕学生把栗子皮剥得狼藉满地，限令栗子必须剥好皮才准出售，糖炒栗子从没有过这种吃法。在清华那几年，正是生长突盛的时期，食量惊人。清华的膳食比较其他学校为佳，本来是免费的，我入校那年改为缴半费，我每月交三元半，学校补助三元。八个人一桌，四盘四碗四碟咸菜，盘碗是荤素各半，馒头白饭管够。冬季四碗改为火锅。早点是馒头稀饭咸菜四色，萝卜干、八宝菜、腌萝卜、腌白菜，随意加麻油。每逢膳时，大家挤在饭厅门外，我的感觉不是饥肠辘辘，是胃里长鸣。我清楚的记得，上第四堂课“西洋文学大纲”时，选课的只有四五人，所以就到罗伯森先生家里去听讲，我需要用手按着胃，否则肚里会鸣鸣的大叫。我吃馒头的最高纪录是十二个。斋务人员在饭厅里单占一桌，学生们等他们散去之后纷纷喊厨房添菜，不是木樨肉，就是肉丝炒辣椒，每人呼呼的添一碗饭。

清华对于运动夙来热心。校际球类比赛如获胜利，照例翌日放假一天，鼓舞的力量很大。跻身于校队，则享有特殊伙食以维持其体力，名之为“训练桌”，同学为之侧目。记得有一年上海南洋大学足球队北征，清华严阵以待。那一天朔风刺骨，围观的人个个打哆嗦而手心出汗。清华大胜，以中锋徐仲良、半右锋关颂韬最为出色。徐仲良脚下劲足，射门时球应声入网，其疾如矢。关颂韬最善盘球，左冲右突球不离身，三两个人和他争抢都奈何不了他。其他的队员如陆懋德、华秀升、姚醒黄、孟继懋、李汝祺等均能称职。生平看足球比赛，紧张刺激以此为最。篮球赛之清华的对手是北师大，其次是南开，年年互相邀赛，全力以赴，互有胜负。清华的阵容主要的以时昭涵、陈崇武为前锋，以孙立人、王国华为后卫。昭涵悍锐，崇武刁钻，立人、国华则稳重沉着。五人联手，如臂使指，进退倏忽，胜算较多。不能参加校队的，可以参加级队，不能参加级队的甚至可以参加同乡队、寝室队，总之是一片运动狂。我非健者，但是也踢破过两双球鞋，打破过几只网拍。

当时最普通而又最简便的游戏莫过于“击嘎儿”。所谓“嘎儿”者，是用木头楦出来的梭形物，另备木棍一根如擀面杖一般，略长略粗。在土地上掘一小沟，以嘎儿斜置沟之一端，持杖猛敲嘎儿之一端，则嘎儿飞越而出，愈远愈好。此戏为两人一组。一人击出，另一人试接，如接到则二人交换位置，如未接到则拾起嘎儿掷击平放在沟上之木棍，如未击中则对方以木杖试量其差距，以为计分，几番交换击接，计分较少之一方胜。清华并不完全洋化，像这样的市井小儿的游戏实在很土，其他学校学生恐怕未必屑于一顾，而在清华有一阵儿乎每一学生手里都挟有一杖一梭。每天下午有一个老铜锁匠担着挑子来到运动场边，他的职业本来是配钥匙开锁，但是他的副业喧宾夺主，他管修网球拍，补皮球胎，缝破皮鞋，发售木杖木嘎儿，以及其他零碎委办之事，他是园中一个不可或缺的服务者。

中等科的学生编为童子军，高等科的学生则练兵操，起初大家颇为认真，“五四”以后则渐废弛。

童子军分两大队，第一大队长是梅贻琦先生，第二大队是席德柄先生。我被编入第二大队的一个小队。我们的制服整齐美观，厚呢的帽子宽宽的帽沿，烫得平平的，以视现今的若干学校童子军，戴的是软布帽，帽沿低垂倒挂如败荷叶，不可同日而语。童子军的室内活动以结绳始。别瞧这伏羲氏的时候就开始玩的把戏，时到如今花样忒多，我的手指头全是大拇指，时常急得一头汗。我现在只记得一种结叫“渔人结”，比较简单，其他如什么帆脚索结、八字形结、方结……则都已忘得一干二净。户外活动比较有趣，圆明园旧址就在我们隔壁，野径盘纡，荒阡交互，正是露营的好去处。用一根火柴发火炊饭，不是一件容易事。饭煮成焦粑或稀粥，也觉得好吃。作了一年多的“生手”才考上了二等童军。上兵操另是一种趣味，大队长是姓刘还是劳，至今搞不清楚，只知道他是 W. W. Law 先生。那时候的兵操不能和现在的军训比，现在的军训真枪实弹勤习苦练，那时的兵操只是在操场上立正开步走，手里拿的是木枪。不过服装漂亮，“五四”之后清华学生排队进城，队伍整齐，最能赢得都人喝采。

我的课外活动不多。在中二中三时曾邀约同学组织了一个专门练习书法的“戏墨社”，愿意参加的不多，大家忙着学英文，谁有那么多闲情逸致讨此笔砚生涯？和我一清早就提前起床，在吃早点点名之前作半小时余的写字练习的，有吴卓、张嘉铸等几个人。吴卓临赵孟頫的天冠山图咏，柔媚潇洒，极有风致。张嘉铸写魏碑，学张廉卿，有古意。我写汉隶，临张迁，仅略得形似耳。我们也用白折子写小楷。包世臣的《艺舟双楫》、康有为的《广艺舟双楫》是我们这时候不断研习的典籍。我们这个结社也要向学校报备，还请了汪鸾翔（巩庵）先生作导师，几度以作业送呈过目，这位长髯飘拂的略有口吃的老师对我们有嘉勉但无指导。怪我毅力不够，勉强维持两年就无形散伙了。

进高等科之后，生活环境一变，我已近成年，对于文学发生热烈的兴趣。邀集翟桓、张忠绂、顾毓琇、李迪俊、齐学启、吴锦铨等人组织“小说研究社”，出版了一册《短篇小说作法》，还占据了一间寝室作为社址。稍后扩大了组织，改名为“清华文学社”，吸收了孙大雨、谢文炳、饶孟侃、杨世恩等以及比我们高三班的闻一多，共约三十余人。朱湘落落寡合，没有加入我们的行列，后终与一多失和，此时早已见其端倪。一多年长博学，无形中是我们这集团的领袖，和我最称莫逆。我们对于文学没有充分的认识，仅于课堂上读过少数的若干西方文学作品，对于中国文学传统亦所知不多，尚未能形成任何有系统的主张。有几个人性较浪漫，故易接近当时“创造社”一派。我和闻一多所作之《冬夜草儿评论》即成于是时。同学中对于我们这一批吟风弄月讴歌爱情的人难免有微词，最坦率的是梅汝璈，他写过一篇《辟文风》投给《清华周刊》，我是周刊负责的编辑之一，当即为之披露，但是于下一期周刊中我反唇相稽辞而辟之。

说起《清华周刊》，那是我在高四时致力甚勤的一件事。周刊为学生会主要活动之一，由学校负责经费开支。虽说每期五六十页不超过一百，里面有社论，有专论，有新闻，有文艺，俨然是一本小型综合杂志，每周一期，编写颇为累人。总编辑是吴景超，他作事有板有眼，一丝不苟。景超和我、顾毓琇、王化成四人同寝室。化成另有一批交游，同室而不同道。每到周末，我们三个人就要聚在一起，商略下一期周刊内容。社论数则是由景超和我分别撰作，交相评阅，常常秉烛不眠，务期斟酌于至当，而引以为乐。周刊的文艺一栏特别丰富，有时分印为增刊，厚达二百页。

高四的学生受到学校的优遇。全体住进一座大楼，内有暖气设备，有现代的淋浴与卫生设备。不过也有少数北方人如厕只能蹲而不能坐，则宁可远征中等科照顾九间楼。高四一年功课并不松懈，惟心情愉快，即将与校园告别，反觉依依不舍。我每周进城，有时策驴经大钟寺趋西直门，蹄声得得，黄尘滚滚，赶脚的跟在后面跑，气咻咻然。多半是坐人力车，荒原古道，老树垂杨，也是难得的感受，途经海甸少不得要停下，在仁和买几瓶莲花白或桂花露，再顺路买几篓酱瓜酱菜，或是一匣甜咸薄脆，归家共享。

这篇文字无法结束，若是不略略述及我所怀念的六十多年前的几位师友。

首先是王文显先生，他作教务长相当久，后为清华大学英语系主任，他的英文姓名是J. Wang Quincey，我没见过他的中文签名，听人说他不谙中文，从小就由一位英国人抚养，在英国受教育，成为一位十足的英国绅士。他是广东人，能说粤语，为人稳重而沉默，经常骑一辆脚踏车，单手扶着车把，岸然游行于校内。他喜穿一件运动上装，胸襟上绣着英国的校徽（是牛津还是剑桥我记不得了），在足球场上作裁判。他的英语讲得太好了，不但纯熟流利，而且出言文雅，音色也好，听他说话乃是一大享受，比起语言粗鲁的一般美国人士显有上下床之别。我不幸没有能在他班上听讲，但是我毕业之后任教北大时，曾两度承他邀请参加清华留学生甄试，于私下晤对言谈之间，听他觇述英国威尔孙教授如何考证莎士比亚的版本，头头是道，乃深知其于英国文学的知识之渊博。先生才学深邃，而不轻表露，世遂少知之者。

巢堃霖先生是我的英文老师，他也是受过英国传统教育的学者，英语流利而有风趣。我记得他讲解一首伯朗宁的小诗《法军营中轶事》，连读带做，有声有色。我在班上发问答问，时常故作刁难，先生不以为忤。我三十八年来台时先生任职港府，辱赐书欲推荐我于香港大学，我逊谢。

在中等科教过我英文的有马国骥、林玉堂、孟宪成诸先生。马先生说英语夹杂上海土话，亦庄亦谐，妙趣横生。三十八年我与马先生重逢于台北，学生们仍执弟子礼甚恭，先生谈唾不异往时。林先生长我五六岁，圣约翰毕业后即来清华任教，先生后改名为语堂。当时先生对于胡适白话诗甚为倾倒，尝于英文课中在黑板上大书“人力车夫，人力车夫，车来如飞……”，然后朗诵，击节称赏。我们一九二三级的“级呼”（Class Yell）是请先生给我们作的：

Who are, who are, who are we?
We are, we are, twenty-three,
Ssss bon-bah!

孟先生是林先生的同学，后来成为教育学家。林先生活泼风趣，孟先生凝重细腻。记得孟先生教我们读《汤伯朗就学记》(*Tom Brown's Schooldays*)，这是一部文学杰作，写英国勒格贝公共学校的学生生活，先生讲解精详，其中若干情况至今不能忘。

教我英文的美籍教师有好几位，我最怀念的是贝德女士(Miss Baeder)，她教我们"作文与修辞"，我受益良多。她教我们作文，注重草拟大纲的方法。题目之下分若干部分，每部分又分若干节，每节有一个提纲挈领的句子。有了大纲，然后再敷演成为一篇文字。这方法其实是训练思想，使不枝不蔓、层次井然，用在国文上也同样有效。她又教我们议会法，一面教我们说英语，一面教我们集会议事的规则(也就是孙中山先生所讲的民权初步)，于是我们从小就学会了什么动议、附议、秩序问题、权利问题等等，终身受用。大抵外籍教师教我们英语，使用各种教材教法，诸如辩论、集会、表演、游戏之类，而不专门致力于写、读、背。是于实际使用英语中学习英语。还有一位克利门斯女士(Miss Clemens)我也不能忘，她年纪轻，有轻盈的体态，未开言脸先绯红。

教我音乐的是西莱女士(Miss Seeley)，教我图画的是斯塔女士（Miss Starr）和李盖特女士（Miss Liggate），我上她们的课不是受教，是享受。所谓如沐春风不就是享受么？教我体育的是舒美科先生、马约翰先生，马先生黑头发绿眼珠，短小精悍，活力过人，每晨十时，一声铃响，全体自课室蜂涌而出，排列在一个广场上，“一、二、三、四,二、二、三、四……”，连十五分钟的健身操，风霜无阻，也能使大家出一头大汗。

我的国文老师当中，举人、进士不乏其人，他们满腹诗书自不待言，不过传授多少给学生则是另一问题。清华不重国文，课都排在下午，毕业时成绩不计，教师全住在古月堂，自成一个区域。我怀念徐镜澄先生，他教我作文莫说废话，少用虚字，句句要挺拔，这是我永远奉为圭臬的至理名言。我曾经写过一篇记徐先生的文章，兹不赘。陈敬侯先生是天津人，具有天津人特有的幽默，除了风趣的言谈之外还逼我们默写过好多篇古文。背诵之不足，继之以默写，要把古文的格调声韵砸到脑子里去，汪鸾翔先生以他的贵州的口音结结巴巴的说：“有人说，国国文没没趣味，国国文怎能没没有趣味，趣味就在其中啦！”当时听了当做笑话，现在体会到国文的趣味之可意会而不可言传，真是只好说是“在其中”了。

八年同窗友好太多了，同级的七八十人如今记得姓名的约有七十，有几位我记得姓而忘其名，更有几位我只约略记得面貌。初来台湾时，在台的级友包括徐宗涑、王国华、刘溟章、辛文锜、孙清波、孙立人、李先闻、周大瑶、吴大钧、江元仁、周思信、严之卫、翟桓、吴卓和我，偶尔聚餐话旧，现则大半凋零。

我在清华最后两年，因为热心于学生会的活动，和罗努生、何浩若、时昭瀛来往较多。浩若来台后曾有一次对我说："当年清华学生中至少有四个人不是好人，一个是努生，一个是昭瀛，一个是区区我，一个是阁下你。应该算是四凶。常言道，'好人不长寿'，所以我对于自己的寿命毫不担心。如今昭瀛年未六十遽尔作古，我的信心动摇矣！"他确是信心动摇，不久亦成为九泉之客。其实都不是坏人，只是年少轻狂不大安分。我记得有一次演话剧，是陈大悲的《良心》，初次排演的时候斋务主任陈筱田先生在座（他也饰演一角），他指着昭瀛说："时昭瀛扮演那个坏蛋，可以无需化妆。"哄堂大笑。昭瀛一瞪眼，眼睛比眼镜还大出一圈。他才思敏捷，英文特佳。为了换取一点稿酬，译了我的《雅舍小品》，孟瑶的《心园》，张其昀的《孔子传》。不幸在"出使"巴西任内去世。努生的公私生活高潮迭起，世人皆知，在校时扬言"九年清华三赶校长"，我曾当面戏之曰："足下才高于学，学高于品。"如今他已下世，我仍然觉得"世人皆欲杀，吾意独怜才"。至于浩若，他是清华同学中唯一之文武兼资者，他在清华的时候善写古文，波澜壮阔。在美国读书时倡国家主义最为激烈，返国后一度在方鼎英部下任团长，抗战期间任物资局长，晚年萧索，意气销磨。

我清华最后一年同寝室者，吴景超与顾毓琇，不可不述。景超徽州歙县人，永远是一袭灰布长袍，道貌岸然，循规蹈矩，刻苦用功。好读史迁，故大家戏呼之为太史公。为文有法度，处事公私分明。供职经济部，所用邮票分置两纸盒内，一供公事，一供私函，决不混淆。可见其为人之一斑。毓琇江苏无锡人，治电机，而于诗词戏剧小说无所不窥，精力过人。为人机警，往往适应局势猛着先鞭。还有两个我所敬爱的人物。一个是潘光旦，原名光亶，江苏宝山人，因伤病割去一腿，徐志摩所称道的“胡圣潘仙”，胡圣是适之先生，潘仙即光旦，以其似李铁拐也。光旦学问渊博，融贯中西，治优生学，后遂致力于我国之谱牒，时有著述，每多发明。其为人也，外圆内方，人皆乐与之游。还有一个是张心一，原名继忠，是我所知的清华同学中唯一的真正的甘肃人。他是一个传奇人物。他嫌理发一角钱太贵，尝自备小刀对镜剃光头，常是满头血迹斑斓。在校时外出永远骑驴，抗战期间一辆摩托机车跑遍后方各省。他作一个银行总稽核，外出查帐，一向不受招待，某地分行为他设盛筵，他闻声逃匿，到小吃摊上果腹而归。他作建设厅长时，骑机车下乡，被匪劫持上山，查明身分后匪徒飨以烤肉恭送下山，敬礼有加。他的轶事一时也说不完。

我在清华一住八年，由童年到弱冠，在那里受环境的薰陶，受师友的教益，这样的一个学校是名副其实的我的母校，我自然怀着一份深厚的感情。不过这份感情也不是没有羼着一些复杂的成分。我时常想起，清华建校实乃前清光绪二十六年庚子事变所造成的。义和团之乱是我们的耻辱。其肇事的动机是民间不堪教会外人压迫，其事可耻，而义和团之荒谬行径，其事更可耻，清廷之颟顸胡涂，人民之盲从附和，其事尤其可耻，迨其一败涂地丧权误国，其可耻乃至无以复加。光绪三十四年（一九〇八）五月，美国国会通过议案，退还赔款的一部分给中国政府，以为兴办教育之用，这便是清华建校的原始。我的母校是在耻辱之中成立，而于耻辱之中又加进了令人惭愧的因素。提起清华便不能不令人想起七十余年前的这一段惨痛历史。

美国退还赔款给我们办教育，当然是善意的。事实上晚近列强侵略中国声中，美国是比较对我们最为友好的，虽然我们也知道，鸦片贸易不仅是英国一国的奸商作孽，不仅是英国一国的政府贪婪的纵容，美国人也插上了一脚。至今美国波斯顿附近还有一个当年贩卖鸦片致富的船主所捐建的一个小小博物馆，里面陈列着不少鸦片烟枪烟斗。不过美国对我们没有领土野心，不曾对我们动辄开炮。就是八国联军占领北京那一段期间，也是美国分据的那一区域比较文明。这是众所周知的事实。所以中国人对美国人的友谊一向是比较密切。

但是我也要指陈，美国退还赔款的动机并不简单。偶读一九七七年三月出版的《自由谈》：十卷三期，戴良先生辑《中美传统友谊大事记》，内有这样一段：

> 光绪三十四年（一九〇八）五月国会通过退还庚

> 款。史密斯致老罗斯福的备忘录："那一个国家能做到教育这一代的青年中国人，那个国家就将由于这方面所支付的努力，而在精神的和商业的影响上，取回最大可能的收获。如果美国在三十年前已经做到把中国学生的潮流引向这一个国家来，并能使这个潮流继续扩大，那么，我们现在一定能够使用最圆满最巧妙的方式而控制中国的发展——这就是说，使用那知识与精神上的支配中国的领袖的方式！"

罗斯福大概是接受了这个意见。以教育的方式造就出一批亲美的人才，从而控制中国的发展。这几句话，我们听起来，能不警惕，心寒，惭愧？所以我说：清华是于耻辱的状况和惭愧的心情中建立的。

在庆祝清华建校七十周年声中，也许不该提起往日的一些不愉快的事情。其实我们不能回到水木清华的旧址去欢呼庆祝，而在此地为文纪念，这件事情本身也就够令人心伤了！

（本文原载一九八一年七月十三日《联合报》副刊，兹征得作者同意，予以转载。）

载《传记文学》第三十九卷第二期（一九七一年八月号）

四年的清华园

杨步伟

说起在四年中觉得是很短的一个时期，可是我们在四年中不知有多少千变万化的事出来。

我们回到上海以后，本打算弯南京一趟，一扫先祖之墓，再到常州元任的老家去看看，因为我们结婚后本想在离国前去一趟，以后因为听见元任的伯母打算要大请客，并且要有接新娘进门的举动，我这个一小到大是野惯了的人，再加元任处处是求简求新的行为，哪能再去做新娘子上门呢，所以就躲掉了进门的仪式不去了。一九二五这次回国已经过了四年，又有了两个小孩，想不会再拿我们当新婚的来闹房了，所以就想回常州一趟看看，没料到又为几个理由未得如愿。

五月二十八日从上海上岸，我们想住在东亚旅馆最好，因为我们可以就近买好些带到北平去家用的东西。到了上海第一个朋友来看我们的是杨杏佛，他那时正在打东南大学的官司，第二天胡明复等请我们吃饭，两桌人，Nova 不肯吃中国饭。下午回到旅馆，我叫元任带两个孩子休息一下，让我一个人去买点零碎食物给 Nova 吃。我才出门转了一个弯，看见红头巡捕骑在马上，拿了一根大铁棍子在扫人，有被打倒的，大哭小叫乱的不得了。我莫名其妙，只得由公司里面转到旅馆里去，告诉元任。再去打听，说是因为学生游行，红头巡捕不准，所以打他们，因此就大闹起来了。第二天，大马路左近断绝一切交通，我们住的旅馆正在中心不准进出，给我们关了一天一夜，幸亏电话还通，有些朋友请我们都不能去。

隔了两天，杨杏佛又来了坐谈一晚，说东南大学（就是以后的中央大学）正在闹行政的纠纷，两不相让，最好请元任出来长校，对两面朋友都说的过去。元任一听怕起来了，说："我生平最怕做行政的事，如何找我一个初回国的人呢。"初以为他们谈谈而已，不想第二天他们又来谈这个事，元任想快走吧，并且外面也乱的很，正在演那个出名的五卅惨案呢。本定的船还迟三天，我们就一声不响换了一个别的船走了，没有头二等，只坐了一个官舱，闷的不得了。路上 Nova 发热，从元任姨母处找了一个"老陈妈"，专门看守小孩的，带到北平去。到天津，事前打了一个电报给丁在君，他到码头来接，他直往头二等找我们找不到，正在甲板上徘徊的看，正想上岸时，没有想到我们从三等钻出来了。他骂元任该打，"你们怎么在这个地方？一定是赵太太打小算盘的主意"。那时他还没有知道我是个生平最不打小算盘的人呢（因此以后所有的朋友们常常当面对我说，元任所赚的钱都是被我花完了，而孟真说的最多）。元任说我们是逃两种乱子来了，所以等不及拣船拣地方。丁又大抱怨元任不该太省钱，我就很快的回他："这次也不是元任打算盘，不巧的理由你还不知道呢。"丁就对我翻了一个白眼（丁常常对我翻白眼的，因为我总爱堵他的话）。

到了天津，听说姨姨[①]病危，只住了一夜，第二天一早就到北平，东西下到中央饭店，我们就一直回我的家，看姨姨瘦的差不多都认不得了，他就虚声短气的说："我没有想到我还可以看见你呢，你从来不会带孩子的，没有想到你没有用人，在外国带两个小孩子。"说说就哭了。我虽然伤心，还忍着笑脸对他说："我现在一点不觉得困难，外国人都是这样的，很少有用人带小孩的。"和他说说笑笑。姨姨又说："今天看到你们回来，我死也瞑目了。有两样事要亲口对元任说。第一，传弟（我的小名）生性刚直，又不喜欢做家事和带小孩，处处你总得原谅他点，夫妇好好的白头到老。第二，我的长孙（杨时逢）是我带大的，盼望将来跟你学和做事，我别无牵挂了。"（这两样事元任几十年来都做到了，可是我也渐渐管理家事了，只是有时管的还嫌太多，而时逢多年来不贪不争的，屈在人下也不在乎，只怪自己不长进而已，并且有宗教的信仰，解除了一切的烦恼，耐贫受拙的在中央研究院元任名下几十年了。）

---

① 我叫我生母叫"姨姨"倒不是因为我过继给二房，连没有过继给别房的哥哥姊姊他们也那么叫，是由从前的一种迷信来的，好些地方、好些民族都有这种叫法的，因为儿女中若有死亡的，就改口叫父母，以避免再有死亡的缘故。

第二天，张仲述和梅月涵两人坐汽车来接我们到清华园去，说房子都预备好了，张说："你们这四位大教授我们总特别伺候，梁任公、王国维都已搬进房子，现在就等元任和陈寅恪来。"（上次刘寿民先生来，还笑我说四大教授的名称，但是这个名称不是我们自诌的，这实在是张找元任时信上如此说，第一次见面也如此说，而校长曹云祥开会时也如此称呼的，刘先生或忘了，或没听见过，其实正式的名称是四位导师，其余的都是讲师或助教，时逢在那时还得了一个助教的名称呢，其实他缺的就是以后没好好的读完大学。）

我们的房子是南院一号，元任一看就说不够大，给客厅做书房也不够，商量了一阵暂无办法，给书箱等堆在下人房内，一直等到陈寅恪来了，他住二号，才匀了一半给我们（因那时他还是一个单身人）。到清华第二日，请李刚大夫来，一看新那已成肺炎，而元任也有点发热，自然我暂不能离家进城去看姨姨，不料第三日一早三哥电话来，说姨姨已经去世了。四年的盼望只匆匆的几句话就成永别，真使我歉恨终身。月涵一早来看我们，因他家也住在南院（五号），进出必经过我们门口，我就告诉他如此消息，托他照应一下元任和新那，因为家内只从上海带来的那个苏州的老陈妈，新那又是一口法国话，不懂中国话，并且还不会走路，须老陈妈背着，老陈妈又不懂北京话，靠元任一个人译来译去的传话，但是他又发热在床上，可是我只好不顾一切的进城去了。正要打电话叫汽车，幸亏梅月涵说可去借校长车一用（那时由清华叫城里的汽车来回一下三十元呢）。

我到家后虽然伤心，但是办事要紧，我对三哥嫂说我先拿二百元用，以后再说，棺材可以先支，以后慢慢还，四位父母我生不能奉养，死后安葬全归我好了，当然我也不能来慷元任之慨，等我慢慢设法出来再办，现暂停庙内。那时三哥在国务院做事，收入也不过仅仅糊口而已，六弟在青岛胶济铁路做事，也无多余钱来负这个责任，我想生父母及过继父母养育我一番，我应该负此责任的，所以告诉他们以后此事归我办好了。隔了三年，果如我愿，买地在清华园左近，王国维先生的墓邻，五棺全葬了（生父母、过继父母及六弟妇），希望有日回国看见坟未给平去，才算是我的一点孝心尽到了。

我这个人家居是不能安稳的，做些什么呢？清华园又是一个乡下，无事可做，偶然给同事的太太们看点小毛病等等，也只不过做做顾问而已（因为大病有校医负责），每星期必坐洋车进城一次（有些太太永远不进城的），可是冬天就冷的不得了。我想既吃苦往城里跑，何不就开起“诊查所”来专做生产限制的事，每星期两次就够了，其余时间留给一个有好训练的看护来负责，不比医院须二十四小时都有责任的。不过其时政府还禁止这个名目，我们就进城和适之、梦麟大家谈论，他们都赞成，并且说：“我们都做你的后盾，只不明说出来就是了。”我想这个事要本钱不少，因对穷人最需要的，所以我想了一个办法，出的起钱的人出二十元，可以介绍三个无力出钱的人来。大家又想到，横是既由人介绍，起头就不必在闹市左近开诊所，所以我们就看好了景山东大街的一所房子，三进，第一进为诊所，第二进元任他们有花样了，作为他朋友往来用，第三进我三哥住家，因为我们不去的时候必须要有人照应房子等等。我的诊所自然生意不太好，可是元任他们朋友们的玩意可多了，第一他们定了一个“数人会”，钱玄同、汪怡（一庵）、黎锦熙（劭西）、刘复（半农）、林玉堂（语堂）和元任，最初他们这一班人都是国语统一筹备委员会的，忽然有这个地方，有吃有谈的多高兴，第一是钱玄同摇头摆尾的高谈阔论，谈的不停，胡适之也偶然来来，王国维想加入，还没正式加入进去，而他自己就出事了。“数人会”的意思是用《切韵序》的一句话，就是“吾辈数人定则定矣”。（虽然他们要考订和规定的工作很多，但是主要的成绩是定国语罗马字的方式。）[①] 所以元任以后挽刘半农的挽联有“数人弱一个叫我如何不想他”[②] 之句。

在清华家里时无事做，我们三个太太又组织了一个三太公司（这是别人送的混名），给近边的女孩子招了不少来教他们做各种手工，因为我在美、英、德等国到处收集了不少的各种手工样本，北平出名的大钟牌铺子东升祥（外国人根本就叫他 Clock Store）都问我借了不少的样子去仿做，或扣

---

① 还有一件较具学术性的议案，是凡用国际音标时加在右上角的小字是属附加性的，在右下角的是属形容性的。后来中央研究院历史语言研究所的刊物上多半用这个原则。

② 上联差劲一点：“十载唱双簧无词今后难成曲”，元任也承认是先有了下联再想个上联凑上去的。

花、补花种种床单、桌布、手巾等等，有的当时人家就买了去，有的批发给铺子里，一直到现在清华园、西山、海甸一带还不少的女人会做这种东西呢。

学校里梅月涵他们又组织了一个董事会，整理和改良成志小学，因为他们的那些孩子们渐渐长大了，左近又没好小学校。我也在董事之一，要去问曹校长要钱，可是曹的为人你去要求他，他总有一大些不相干的话对你拉三扯四的乱谈，结果还是无结果。梅和何林一太太、李广诚他们或是太熟了，或是不便多辩论，所以又找到我这个爱多事的人的头上来了，举我做董事长，五个人代表去见校长。曹校长又是来犯老毛病，不绝的谈别事，梅就对我看看，我想这一定要用我了，我一开口就说："校长请你快快答应我们来要求的问题，那些事有空再谈吧。"他回我："赵太太，这些原因不说，不明白我的为难！"我回他固然为难，可是这只是一点点小事，而对教授们子女的教育将来的影响可是一件大事。曹又说："好好，我们来根本算计一下。"又岔到别的上头去了，我就又催到本问题上头来，如此四次他才问到底要多少钱，我说："全体预算在此，请你看看。"我又怕他打岔，赶快说："每月只一百五十到二百元而已，不过只等于添一个小职员，我想用不着等清华校董会再开会了，这点小事校长自然能作主的。"他只得哈哈大笑，说："好好，就这样定了吧。"我让他在预算上签个字，他说还没看呢，如何签字，我回他反正每月不过此数，看不看没关系，但是我心里想，给他一看又不知耽搁到何时，我们大家这趟不是白来了吗？

所以明知不合法就装不懂的无理要求。大家临出来时曹问我熊希龄太太和我有没有关系，我说一点没有，只父辈在世交上有点交情，曹追说一句“你有点像他”，连不大响的梅月涵都笑起来了，何林一太太也说我们想的办法不错啊，因此一来以后就给我找出好多事来了。

还有清华本校里有两个大厨房，到轮流请客时，总是那几样菜，所以我们最怕人家请吃饭，自己家厨子也用不好，几天元任就觉得厌了，所以做中国菜的换到做西餐的厨子，从北边的厨子换到南边叫来的厨子，常换来换去的。我就又来出主意了，和几个太太商量，我们何不共请几个好厨子，有做点心的，有做菜的，我们还可以给我们大家各省不同的菜和点心教他们做，岂不多出多少不同的东西来吃吗？家里又省了用厨子的麻烦，价钱除了本钱以外，只加出三间小屋租钱和厨子的工钱来就是了，轮流托一位太太管。大家都赞成。但是一起了头就人多主意多了，有的赞成开正式馆子赚钱的，有的要出股的，有的想管这个那个的，又主张要北方厨子的，又主张要南方的，大家一点不一致。我知道又是要找麻烦了，我提议让我先拿出四百块钱来做，好的话大家再扩充，不好就算玩玩好了。到北平找了三个五芳斋的厨子，一个做菜的，一个做麻糕的，一个做汤饱和点心的，要了学校大门外小桥过去的三间小屋子起头修理，不过只做一个公共的厨房而已。岂知被学生知道了，不知写了多少信来要求加入吃，而多少亲自来要求的，一天给大门都要跑破了。我说学校里的规矩，学生都归学校包饭，不能出来吃的，并且学校大门又须六点要关，不便为学生吃饭，并且点菜花钱太多也不好，而赵先生在评议会不能破这个规矩的。他们说让他们自己请求学校当局去。我想一定不准的，我何不做个空头人情呢，就回他们若是学校准我就答应，可是包饭的人数不能超过三十人。没有料到开评议会时，他们真去请愿去了，校长和评议会的人一口答应，并且对元任说："你太太要开馆子了。"元任气的不得了，跑回来和我大闹，说我坐在家里不耐烦又来出花样，快快停止，不然不知要出多少麻烦来。我好笑，我说："不要你多事麻烦，全归我，你只有好菜吃就是了。"他知道我的脾气，要干总是要干的，绝对不会中止，只好听我去闹。我们两个人的脾气就是如此的过了四十多年，我是处处要找麻烦，元任是处处要省事。学生们的要求虽然答应了，可是我对他们说了，第一我们是大家闹着玩的，只当一个公共的厨房，并不是做生意，第二只我拿出四百元本钱，可不够你们大家欠账来吃，要吃只可以定人数包饭，每月先付后吃才可以，因为对学生要欠起账来真是一个麻烦事，以三十人为限。而他们可都答应了，一下午就交了四五〇元来（一五元一个人），再来的只得向隅而叹。学校改了十点关门，我就定的学生须六点来吃，九点一定要回校。（我想现在还记得当日吃饭情形的人是陈之迈、孙碧琦、王慎名等等，因为他们都是在馆内常坐之客，并且我学的做菜也是那时才起头注意的。）本定了第一天的第一跑堂的是郝更生先生，管账的是孔敏中太太，帮忙拿菜的是何林一太太、马约翰太太、刘廷藩太太和我，一共六个人。第一个定菜的是王文显家，不过都是大家好玩而已。头一天又进城买菜，鲜的干的买了一大些，最可笑的是王文显太太洋车后挂了十只活鸡一路叫，他吓的只叫洋车夫停下来，一停鸡又不叫了，一走又叫起来，就一路停的不止。（我现在写到这儿，还和元任两人对桌子笑的不止呢。）买了一百多元的菜，以为可以用得好多天了，没料到第一天各家来定菜，和学生来吃的去了二百多人，这个桌上来要的菜，那个桌上的人拿去了，我们只希望吃完了的人快走，也没想到问他们要钱，孔太太大叫没给钱。"第一名"跑堂的郝更生先生也不愿干了，给买的菜吃的光光，而钱没收回来，学校到十一点才关门，吴公之先生要两样菜，等了真是半天也拿不出来，第二天他就送了一付对子（小桥流水三间屋，食社春风满座人）。第二天我只好请他两位吃饭，如此一来大家都送起对子来了。还有更可笑的事，就是本来定的头几天各家都要一两样菜，没有想到临时那样忙，都拿不到菜，教职员和学生每天都去二百多人，过后忙不开，给我们三四家的用人都叫去做事了，连去吃饭和看热闹的人都站起来帮了做跑堂的，每天一直到晚上十一点钟还未吃完，每天都是百元以上的材料加进去还是不够，忙到半夜才能回来。元任说如何喉咙都哑了，自讨苦吃，我只好笑笑，但是第二天一早又得办货，不能让他几天就关门啊，只得一天一天的忙下去。还有一个最外行的事，就是用五芳斋的菜单，来的人总是点不同的菜，如何能办那么多的材料呢，所以赶快改主意，给菜样减少，份量加多，好弄点。以后连燕京的人都来了，我想忙不过来拒绝他们，洪威廉（煨莲）太太自己来，还两面生了大气得罪好些人。因为这是西直门外第一个正式有厨子做菜的馆子，厨子可找的真不错，以后连城里的人都来叫酒席，例如李济之先生老太爷的生日，周寄梅先生请客，都是来几桌，闹的到处都知道，好些朋友安心和我起哄，特为的去叫菜，弄的加人加开支，厨子还嫌我限制生意。我也实在麻烦了，就把买卖让了给他们去做了，本钱也多半自己吃了，在他们接管以后学生中就有欠的了，所以我自己写了一付对子说：“生意茂盛，本钱干尽。”

他们以后开了好几年，我还是忙我的生产限制的事为主题，在清华园这个小地方自然不能发展多少，可是已给过他们几个演讲，什么妇女会、教职员会、母亲会等等都请我演讲，北平城里女青年会、妇女会也常找我去演讲，不久也认识林语堂太太了，他也赞成我办这些事，他还提议叫我到他们厦门去演讲去呢。可惜我不能天天进城，因为坐洋车非常不便，而冬天更难。我又和何林一太太等商量集股办公共汽车，那时在清华园的银行分支是大陆银行，我们去和他们的经理谈起来，他们说由他们办好了，这就是清华有公共汽车往来城里的起头，可是有多少不爱动的太太们大抱怨起来，说赵太太都是想些花钱的主意。

其时山格夫人也正到了中国，胡适之先生大请客联络一大些人，自然我们是主要的人物，因此给一般人的兴趣更引起来了。我的目的对于贫穷人为主要，告诉他中国穷人多医院少，做这种事无大基金和政府官办不能实行的，所以我才定的每一个有钱的出钱，可以带三个穷人来，就是这样办还是有钱的人和知识阶级人来的多，因此有人反对说结果还是穷人没有得着益处，但是我并不失望，因为提倡一样事总是有赞成和反对的，又有些人反对方法不灵，但是避孕的方法一直到现在除了手术以外还不能说是百分之百的有功效。

不过说到这个上头不能不提点性上的关系，中国对于公开谈性交是避讳的，其实对避孕不能不谈点有性交的关系，因为有性交的兴趣时不宜在这个以前来忙种种预备的方法，或有恐惧的心理，若有就不能得着满足的，倘若变成一种责任和事务似的来忙着用避孕的方法，心理和行为上也就没有兴趣了。性交多数是忽然来的兴奋才能真真的感觉到兴趣，所以对用套子和药，若有一次忽略就会出事的，所以当事人就非抱怨医生，或怪药的不灵。其实这都是误解，因为外国遍地都有医院，明说禁止生产限制，其实每个医生都给做的。我们在柏林去调查时在诊查屋内等了一下子，就有三个女人去放套子，医生告诉我们并不是准用，不过预备而已，并且医生要钱很少，目的是对社会服务，并不以好奇来敲竹杠，而且也不是临时来忙这个那个的。

在那时我也受到很多知己的朋友们抱怨，我只好笑笑，虽做医生，还不好意思在很熟的朋友们前来高谈阔论性交的情形。又有些人说因我不会再生小孩了，所以觉得避孕得法，我就又来一个赌气的办法，来再生一个小孩给大家看看，而元任也觉得家里没有小小孩了，因此没留意给我来了一场大病。原因是在中国那时虽然自以为是新式的太太们，可是有用人招呼小孩，自己还是日高三丈睡在床上，而我们两个人在外国自己带惯了小孩，虽然那时也有老妈子，可是自己还是老早起来，看小孩们分好了早点，我们两个人就去打网球。南院有一个大球场，很少有人用，因为球场是在各号房子的正中园子里，若是早上一打球就可以给各家吵醒了，先生们九点到公事房，自然七点半八点都起来了，可是有些太太们还高枕而卧呢，第二天就来质问我们吵人，我就回他们谁叫你们还不起来，大家也不好认真生气。可是十六天下来我自己出毛病了，打球后洗澡，在盆里大出血不止，找医生来打针，也不过想是月经前太动作的缘故，其后血出老不停，到城里找一专门妇科检查，用小手术发现有一个胎盘在内，才知是小产。连我自己也不信避孕五年后，就可以受胎的这么快，如此一来大家非常相信了，不过朋友们常拿我开玩笑说赵太太以身作则。在城里一连住了两星期，元任除上课和到医院看我外，就他们的数人会更开的勤了。我一个星期出院后在自己诊所内休息，钱玄同来了，看样子很急，可是结结巴巴的说不出所以然来，在房内走来走去的，半天才对我们说他的太太要死了。我问是什么病请医生看了没有，他说妇人病不肯看，我笑了，说休息休息也许会好，钱一定说不会好的，他又说和他太太很早结婚，虽无感情，可是多年在一道的伴侣了，大家都笑他，黎锦熙说你就殉葬好了。我正在看竹枝词内有十首悼亡诗，我就拿了一首改了几个字给他开玩笑（因为我总和元任的一些朋友们在一道玩笑，不分男女的）。原诗是：

悼亡只为爱缘牵，英志同心近十年。离别较多欢聚少，倍添今日泪绵绵。

我就给他改成：

悼亡非为爱缘牵（因钱玄同总说他的结婚不是爱情的），相敬如宾二十年。离别非多欢乐少，回思今日泪连连。

给黎锦熙他们大家看的，只大笑不止，刘半农骂我大阿嫂该打，钱就给诗拿去了，他说给我太太看看，没料到不到两个月以后在中央公园遇见他们，钱介绍我这是我太太，使我真觉得不好意思开那个玩笑。

金岳霖愿来清华教逻辑，托元任想法子，那时元任正在教逻辑，听他这样说，就说，你来正好，我可专教音韵学，还带教音乐欣赏科。因此老金就来清华了，可是他仍住在城里，和那个美国小姐（Lilian Tailor，前欧洲游记上提过，还有一位 Emma，姓什么忘了）同住，有时我们进城他也请我们去吃玩。有一天忽然来了一个电话，说有紧急的事，赵太太能不能就进城来，我问有什么事，老金说不能说出来，非请你来一趟不可，越快越好，事办好了请你们吃烤鸭。我想一定是 Tailor 小姐出了什么事了，我还回他犯法的事我可不能做，他说他想大约不犯法的吧。我知道老金说话靠不住的，就和元任两个人进城到他家，Tailor 小姐来开门，我还对他尽看着。老金迎出来说赵太太你真来了，我可放心了。我问什么要紧事，他一门正经的脸对我说我一只母鸡三天了，一个蛋生不下来，请你来动手术给取下来，他现在满园子乱跑。我听了又好气又好笑，元任就引了一句张彭春译Galsworthy《争强》里的一句话说："简直开玩笑。"他们两个人给鸡子捉来了一看，也不像一只鸡，有十八磅重，老金告诉我他天天喂鱼肝油给他吃，我大笑说和人一样，有孕时吃的太多太油，胎儿太大了就难产。这只鸡的蛋一半已在外面了，我让他们两个人捉着，用手一掏就出来了，可是蛋形状已像一个葫芦似的了。老金大叹一声气说："也不用家具，手一来蛋就出来了，真是手到回春，明天送你一个匾。"我想他真是瞎闹，就叫他快请我们吃烤鸭去吧，他给张奚若和丁西林也找来，到便易坊去大吃了一顿，回想当日真是不觉神往。

载《传记文学》第七卷第四期（一九六五年十月号）

清华五年

——《问学谏往录》之九

萧公权

从民国二十一年九月起，到二十六年七月止，我在清华大学任教五年。我感谢浦逖生兄给我机会在学术空气浓厚、图书设备丰富的环境中，加紧努力于教学相长的工作，加速进行研究中国政治思想的计划。

那时候清华大学政治学系的“阵容”颇为整齐。在我到校以前，系里有四位教授：浦逖生（政治学、政治思想），张奚若（西洋政治思想），钱端升（各国政府），王化成（国际公法、国际政治）。我到校之后，逖生让我授中国政治思想史和当代西洋政治思想。陈之迈兄不久来校讲授中国政府，并于端升移讲中央大学之后，接着讲授各国政府。

我每星期授课六小时，有充分的时间去从事研究。我授当代西洋政治思想的办法是这样的：每一学生除了到堂听讲、期终应考外，必须阅看我所指定和他们自己搜寻到的参考书，并须在学年终了以前，就研读所得，作一篇专题报告。（我极力鼓励他们在教室里提出问题，以便大家讨论。但他们多“三缄其口”，很少发言。）讲授中国政治思想史的方式大致与此相同。为便利学生作进一步的研讨起见，我从许多旧籍里摘选有关的资料，交人抄出，印成“讲义”，随堂发给他们。（同时我选择若干重要的原书，列为指定参考书。）可惜抄录和排印的进度都颇迟缓。清代的资料，抄写未竟，“七七”变起，无法继续完成。所幸已经印成从先秦到明末总共一千四百多面的资料，我存留了一份，给我后来《中国政治思想史》的撰写不少方便。

清华学生阅读和思想的能力都不弱。他们肯用功，不只是因为想得“积分”而是对学术发生了兴趣。这可以从他们年终交来的研读报告看出。他们多能把握各自选定题目的重心，根据阅读参考书的心得，写成论证中肯、条理分明的文字。这些报告，我评阅之后，全数发还他们，以备他们自己日后参考。我事先对学生说：作研读报告的意义，不在“应付功令”，而在培养研讨的能力和取得写作的经验。选择专题应当以本人的兴趣为标准，撰写报告应当以写成的文字有日后参考的价值为目的。换句话说，现在写一篇报告，实际上是在自己治学的初基上安放一撮泥土、一块砖石。这样才不至于虚费时间，徒耗心力。因此你们的报告，我仔细看过之后都交还你们。作得好，你们自己受用。作得不好，你们自己吃亏。“分数”的多少，“等级”的高下，不过是一时的得失，没有长远的意义。学生们显然赞成我这主张。他们交来的报告都不是敷衍塞责的作品。例如中国政治思想史班上历史系学生陈鍫（字壬孙）作了一篇《戊戌政变时反变法人物之政治思想》，经《燕京学报》的编者在民国二十八年六月出版的第二十五期中发表，于是成为一种有用的参考资料。

在政治系的同人当中，逖生兄待我最好。他凡事为我设想。研究上需要的资料和教学上所需要的便利，他都有求必应。例如图书馆未曾购藏的书籍，他派人通知书肆，送来让我选购。又如收集参考资料时，他为我雇人抄写。端升和化成起初对我较为冷淡。我想或者他们觉得一个学哲学的人“半路出家”，混进政治系教课，不能和“科班出身”的政治学者一样看待。后来发现我对政治思想尚略知一二，也就把我算作“自家人”了。奚若对我最初似乎有点疑忌。他在教室里对学生讲，中国没有值得研究的政治思想。言外之意，当然是任何人讲授中国政治思想，无异于捕风捉影，大言欺人。我听他的“高论”，只好付之一笑。廷黻为我抱不平，在《独立评论》发表的一篇论文里讥笑留学生回国大谈洛克、卢梭，对于中国文化和历史却不能置一词。不久以后，逖生兄无意中给我一个化“敌”为友的机会。奚若于民国二十四年（或二十三年，现在不能确记了）休假出国，赴欧游历。北京大学法学院长周枚孙（炳琳）先生恳请逖生去北大代奚若讲授西洋政治思想史。逖生因为自己很忙，并且认为系主任不便在外兼课，荐我去代授。我虽也极不愿意去，但因逖生力劝，只好应承。这班上一共有三十来名学生。授课一星期之后，校内校外陆续到来旁听的学生，挤满了一间容积并不太小的教室。我的表演似乎还算不坏。学年快要终了之前，周枚孙到清华来看我，要我下年继续讲授这门课程。我说："奚若不久就要回国了。他似乎不曾表示不再继续在北大授课，我不便接受你的邀请。这是要请你原谅的。"奚若回国不久便来看我，把他多年珍藏，十九世纪法国学者雅勒（Paul Janet）的名著《政治学史》（*Histoire de La Science Politique*）送给我。我相信这是他对我的友谊表示。

民国二十三年廷黻休假，到欧洲各国去研究考察。他把编辑《中国社会及政治学评论》（*The Chinese Social and Political Science Review*）的任务交给我代理。这是当时颇有声望的纯学术性英文季刊。我谨慎从事，把全年四期，按时印行了，虽然约稿、阅稿、校对等事占了我不少的时间。其中最难的工作是阅稿。有些人误认编者（editor）的责任只限于征求稿件、斟定去取、编排次序、交工印刷等事。其实照各国的习惯，编辑工作（editing）的重要项目之一是为作者改正稿中的"笔误"。这是劳心费时而不一定讨好的工作。编者当然无权任意修改来稿，比较重要的错误或疑点，必须与作者商定后才可着手订正。但编者也不可借口"文责由作者自负"，把稿中错误的字句，照样刊出。二十四年八月廷黻回校，我把已经编好下年首期的稿件交给他，才卸下我的责任。

清华同人当中，见面较多，交谊较深的，除了叔玉、廷黻、逖生诸兄外，还有李继侗（南开旧友）、吴雨僧（名宓，西洋文学系）、孙小孟（名国华，心理学系）、赵守愚（名人儁，经济系）和陈岱孙（名总，经济系主任兼法学院长）。这些朋友当中与我晤谈最密是吴雨僧。他是我到清华以后才相识的，虽然我早已知道他是美国“人文主义”大师白璧德教授（Professor Irving Babbitt）的高足。雨僧的文学主张，大体上宗奉师说而不墨守其枝节。他治学为人都带着严肃的态度。虽然我的性格与他显然有异，虽然我没有实在的文学修养，却蒙他不见弃，过分奖许。他在《空轩诗话》里说我与他“论道论文论事，皆深相契合，盖皆有取于西洋之积极的理想主义”。他鼓励我学做诗，甚至把我不成熟的作品录入《吴宓诗集》或“印授清华学生”。

雨僧早年由“父母之命”跟他的表妹陈女士结婚。她是贤妻良母型的旧式妇女，而且知书识字，无愧大家闺秀。但雨僧倾心于一位留学美国的“海伦”女士，断然与发妻决裂，独居清华园“工字厅”后进的教员宿舍。（这便是《吴宓诗集》中所提到的“空轩”。）他不满意于陈女士的理由是：“彼此不相了解，便不能有真纯的爱情。继续同居，等于继续侮慢双方的人格。”我曾婉言劝解，他始终坚持他的“立场”。民国二十三年他作了《落花诗》八首。我和作的第三、第四两首便是针对他的立场而加以讽劝的：

学炼还丹拟出家，翻歌金缕惜年华。
欲填恨海三生石，拼折神山一现花。
碧落渺茫思凤翼，红尘迢递阻鸾车。

刘郎且饱胡麻饭，再访天台路已赊。
（自注：相由心造，方寸如来。舍己从人，宝山空手。）

闻道蓬莱日月长，碧天云海远难航。
瑶池树是千年种，珠阙星添七宝妆。
修到女牛还恨别，藐如姑射本无郎。
仙源水送桃花去，岂独人间解断肠。
（自注：理想果能实现，未必遂无欠缺。）

那一年的春末夏初，他收到海伦女士由上海发出的电报，要他快去上海，有事商谈。他对我说："我正忙于完成诗集的编订。中华书局屡次来信催稿，上海只好缓去。"我说："雨僧，照我猜想，这电报的关系重要。你何妨快去快回，编稿的工作不至延误太多。"他坚决地说："我回电给她，稍缓去沪。"大约一个月之后，报纸上登出了海伦将与某巨公次年新岁结婚的消息。雨僧悔愤之余，作了三十八首《忏情诗》以示意。此后他既不与原配陈夫人和好，也不再图婚娶。抗战期中，只身入川，在暂迁成都的燕京大学任教。我时常去与他倾谈，希望能够略解他的苦闷。战后他仍回清华。大陆"沦陷"，音尘隔绝。传闻他已于一九五八年前后病殁。往日"空轩"论文之乐，竟成隔世。追思故人，为之伤感无已。

清华五年的生活，就治学的便利和环境的安适说，几乎接近理想。我们一家大小五口初到清华时住在"老南院"二号教职员住宅里。叔玉一家住在六号，彼此相距很近。一年之后，“新南院”教职员住宅落成，我们迁住六号。这是一所西式的砖房，里面有一间宽大的书房，一间会客室，一间餐室，三间卧房，一间浴室。此外还有储藏室、厨房和厨役卧房各一间。电灯、冷热自来水、电话等设备，一概齐全。陈岱孙是我们的紧邻。俞平伯、闻一多、潘光旦的住宅都相距不远。我在住宅前的一大片空地上种树栽花，五年“灌园”的工夫，把原来不毛之地变成了一个花木扶疏的小园。这是我课余消遣的主要活动。清华园离西山不远。周末或假日我们有时结伴去游卧佛、秀峰、碧云等寺。颐和园也是我们游踪所到之地。学校离城虽不算近，城内的名胜，如雍和宫、故宫、三海、陶然亭等处，我们也时去游览。正阳楼、东兴楼、便宜坊、馅饼周等著名餐馆和小吃店我们也偶然去照顾。至于到琉璃厂书铺里去“访书”或到东安市场去买食物和用品，那更是进城时的重要节目。

清华的师生们享受多年的“清福”，不能在全国动荡的局势中长久维持。怀着独霸东亚野心的日本军阀，眼见北伐完成，中国快要踏上统一的道路，于是先发制人，加紧对华武力侵略。内忧外患，一时并发。清华园里的安静生活，不久便消失了。

从民国二十年起，日本屡次挑衅。二十年日军攻沈阳（九一八事变），二十一年攻上海闸北（一·二八事变），二十二年攻热河，侵通州，迫北平，二十五年攻丰台驻军，二十六年攻芦沟桥驻军（七七事变）。步步进逼，事态严重。

中国政府因军备未充，不肯轻举妄动。但有些人一面高唱“牺牲已到最后关头”，催迫政府“抗日”，一面提出“读书不忘救国”的口号，鼓动学潮。……

到了五月中下旬，清华的学潮表面化了。学生会借口参加救亡运动，无心读书，实行罢课。六月上旬的年终考试，因而不能举行。经校长召开教授会讨论之后，一致主张于秋季上课前举行补考，学生应考及格者方得升级或毕业。大家认为学校的责任在供给青年求学的种种便利，同时督导他们善用这些便利。学校放弃责任，便失去存在的理由。夏去秋来，学校布告补考日程。学生又用同样的借口，要求免考升学。当全体教授开紧急会议商量应付办法时，若干学生在会场外面喧闹，要教授们“尊重同学的意思”，以致会议无法进行。第二天下午教授会改在科学馆六层楼上的大教室举行。拒考的学生于是鸣钟聚众，唱着“共产国际歌”，在体育馆前的大操场集合，向科学馆进行。到达之后几百人一拥上楼，在教室门外叫喊，要求入内向教授们陈诉意见。临时主席张奚若取得全体同意之后，开了教室的门，让学生举三个代表，进来谈话。代表进来，仍旧说要“尊重同学的意思”，请学校“收回成命”，并且表示，除非满足他们的要求，他们“至死不散”。主席答复他们说，免考的要求，已经教授们仔细考虑，认为不但破坏学校规章，而且有背教育原则，碍难允许。门外突然有人叫“打”。主席立刻走到门前大声说：“你们要打，就快进来，我们决不抗拒或逃避。”三个代表急忙走出去对学生说：“纵然师长的主张与我们不同，我们仍旧要尊重他们。”我们两点钟开会，被学生纠缠了整整四小时。主席坐下来宣布会议终止。我们三三两两与邻座的同人闲谈。约略半小时之后，一群来势汹汹的青年已于暗中作鸟兽散了。补考如期举行。破天荒的一场风波虽然就此平息了，但我们都觉得来日大难。今后如果再有学潮发生，教授会恐怕要穷于应付了。(那时的清华大学号称“教授治校”。这似乎是根据两种制度而来的说法。一、聘请教员须经教授会选出的聘任委员会审核合格，然后由校长签送聘书。二、有关教务的重大事项，校长经常召开教授会讨论取决。)

民国二十六年春间，学校当局已准备于必要时迁徙到安全地方，继续开学。湖南省教育厅厅长朱经农先生表示，如清华迁到长沙，他愿尽力协助一切。学校于是决定迁湘，与北京、南开两大学合办临时大学。法学院长陈岱孙告知我这个消息。我说：长沙自古是兵战必争之地，日本侵华，其目的恐怕不只在占据沿海各省，而有深入内地的企图。万一不幸，长沙撤守，学校不免再度播迁，损失必更重大。似乎可以考虑迁往成都，远在西边，敌人不易攻达。四川人士向来看重文人，当地的军阀也非例外。不妨与省政府一洽，我想他们也会表示欢迎。岱孙说：迁湘已成定议，恐怕难于改变。况且迁徙计划，牵涉北大和南开，清华也不便另出主意。(事后才知道我不幸而言中。临时联合大学的师生到长沙不过四五个月便又远道跋涉，迁往昆明。中央大学迁到重庆附近的沙坪坝。燕京、金陵、齐鲁、光华等大学迁到成都。这些学校都不曾再度迁徙。）

赵守愚兄问我有何打算。我说，我本有下年度申请休假、出国观光的打算。现在局势如此，只好作为罢论。中英庚款董事会有一个充实内地高等教育的计划。杭立武先生曾约我去成都，在国立四川大学担任“中英庚款讲座教授”。我本来有点踌躇，现在我决意应聘。不敢说对川大有何贡献，但借此避寇，并得一个旧地重游的机会，于我个人却有许多方便。守愚说：“杭立武也约过我。我对于长沙之行也不感兴趣。我们一同去成都罢。”我说：“好极了。我们结伴前去，彼此都有照应。”

我们正待收拾行李，作离开北平的准备，日军于七月七日突然在芦沟桥攻击中国的驻军，当天清晨又派飞机轰炸南苑驻军的营房。清华园里可以听见炮声枪声。为策安全起见，学校通知教职员携带他们的家属，分别到指定的大厦底层去暂避，晚间才各回住宅。（我们一家被派在图书馆底层。某天下午，图书馆门外落下一枚直径约四寸的炮弹，幸未爆炸。）这个紧张局势，延续了二十几天。到了七月二十八日宋哲元率部悄然离平。第二天赵登禹、佟麟阁阵亡南苑，战事方才停止。那时敌人已经占据了北平和附近的地方。清华园前后门都有持枪的“皇军”把守，但并不禁止校内的人出入。七月三十日上午，我们一家雇了车辆，携带随身行李，出校进城，在预先定妥的一处民房住下。当天下午我独自雇车到新南院住宅里搬出了一些书籍和用具。五年的清华生活，于是告终。此后更没有再到母校的机会了。“教学等于再学”（To teach is to learn twice），苏伯（Joseph Soubert）的这句话和中国的古语“教学相长”可以说是异曲同工。我从民国十五年在上海任教起，到二十六年离开北平止，“教”了十一年，也“学”了十一年。我曾经任教的每一个大学都多少给我以新见解、新知识、新经验。给我最多的是清华大学。这不只是因为我在清华的时间最久，更因为清华的学风和设备都最好。我“再学”的成绩，当然不坏。从前我在清华学校肄业两年，后来又在清华大学任教五年。这“再造”的大恩是无法忘却的。

在政治系与我共事的几位朋友也脱离了清华：逖生、化成、之迈先后从政，用其所学，在内政外交上各有贡献。端升在国民政府定都南京不久之后，去中央大学任教。奚若一直留在清华。……这两位先生都抱着“学优则仕”的志愿。在清华、中大政治系教了多年的书，政府还不曾借重他们，平日言语之间不免流露出“怀才不遇”的苦闷。端升弃清华而就中大，可能是认为身在首都，较便活动。奚若曾一度到南京去营谋教育部的某职位。两人都未能如愿。

载《传记文学》第十七卷第四期（一九七〇年十月号）

清华与我

——贺清华大学七十五岁

孙观汉

“相识”经过

从一九三六年清华公费开始到现在回到清华，我和清华的“相识”，刚好是五十年。一九三六年在杭州浙江大学毕业后，很幸运的考取清华公费，本来准备去美一年，转英二年后即回国；但先因日本的侵略，继之以国共之争，致不克回国，乃在美住下，没有想到一住四十多年，比李伯（Rip Van Winkle）先生[①]的大梦还长上一倍多！

最初的三年，每月接受纽约华美协进会的津贴，使在美的前半期，能致力于学业的求进和研究，其间也曾做些国民

① Rip Van Winkle 今译瑞普·凡·温克尔，是美国作家华盛顿·欧文（Washington Irving）的同名短篇小说的主人公。小说中他进山打猎，与人饮酒后睡着，醒来下山后发现已经过去了 20 年。——校注

外交，间接的可算替清华做了些服务工作。同时也有机会和清华校友胡适之先生通信，讨论留学问题，其中有一封信，胡先生后来带回大陆，留在那边，四年前曾被发表，传到台湾。那封信中，指出留学生学习做人比学习学问——无论科技、人文或艺术——还来得重要，即使在今天，仍值得大家参考（见拙著《我看中国女人》)。清华公费指定的科目是光学玻璃，在初期中约有十年的工夫研习基本科学和玻璃，能在世界玻璃文选中留下些创新的鸿爪，总算没有辜负了清华公费。

因为战乱民苦，兼之和亲友隔离，那时期可说无时不怀念着祖国。一九五八年听到梅贻琦先生在台“复校”，并以发展核子（即俗称原子）科学为起点，因为当时我在主持美国西屋公司的核子研究室，对近代核子科技相当熟悉，因此写了封信去探询，没有想到梅先生立刻回信，要我来台帮忙，即使短期也欢迎。当时鉴于台湾的经济困难，心中不忍花费公家和清华的经费，于是请求到美国政府的傅尔勃那脱的教授奖学金①（Fulbright Fellowship），因傅氏奖学金的薪给，不及在美所入，又蒙西屋公司补贴不足，条件是离美不能超过一年，并且回美后必须回到公司，就在一九五九年来了清华约一年。

“当飞机由美转东京到台北（松山机场）停下的时候，一位身穿蓝色长袍，足着黑色布鞋，外形瘦弱，面带笑容的

① 今译富布赖特奖学金。——校注

老先生，一个人，加紧脚步地走向飞机（注：梅先生得到特别许可，可在飞机场上行走），来接一个离国二十二年，‘近乡情更怯’的游子。”这是我和梅先生第一次的会面。

当时的台湾，有如目前的大陆，一切还很落后，不过对我来说，好似回到乡下的老家，一点也不觉得怎样。美国人喜说笑话，有的把一种鸡尾酒叫做马丁尼的比做性爱，他们说：“好的马丁尼果然好，不好的还是好。”这正是我当时对台湾的心情，好的我热爱，不好的我还是“爱”，当时对清华，也是一样，因此我在台湾度过了忙碌和兴奋的一年。

时间不停，一下子离开那个时候又是二十七年，而再度回清华也已五年了。在这段时间中，清华有了长足的进步，由于我和清华的关系，以及我长期在美的背景，我可主观地，也想客观地，谈谈清华在台“复校”以来的成长。

在台“复校”

三十年前，清华开始在台北筹备“复校”，二年后正式搬到新竹现址。大致说来，这些年来的成长，紧跟着整个台湾的成长。譬如说，在这时期中，台湾大专学校的数目、研究所的数目以及校中师生的数目，大概增加了几十倍到一二百倍，科目和院系也扩增了许多，学生的学位，也从学士增升到硕士和博士，清华的情形大致也一样！

一九五九年初刚到新竹的时候，学校也搬到不久，校中只有一个原子研究所，所就是学校，学校就是所。校园中只有二幢“大”建筑物，一幢是目前的旧物理馆，里面有一座三百万伏特的范氏加速器待装，另一幢是进了校门右边那幢办公楼，里面除了办公室外，还有小小的几间图书室。校园却很大，约有八十四顷，大部分是荒地，原子炉的地址就在很远的后面山谷中，当时还只是一块空地。去原子炉的路旁和左右面的山上，都是野草、杂丛、毒蛇、乱坟等，山上的路也无法走通。那时没有昆明湖和相思湖，成功湖也只是一个荒芜的池塘，长满杂草。因为梅先生从开始就了解教授必须聘自国外，所以他很有远见的造了十座教授宿舍，就是目前尚存在的东院日式住宅。那些住宅在当时的社会来说，可说已极考究，但以国外的标准来说，房中没有冷暖气的设备，是非常不便的。不过冷气机在那时的台湾，还是稀有的奢侈品，学校中唯一的二座，都用在精密的仪器室中。那时社会上机械水准低，宿舍中抽水马桶时常需要一修再修，也是头痛的事。至于员工和学生的宿舍、餐“厅”和“会堂”，都是小房子，简陋得比不上目前在梅园左侧的那几间“民房”，这些小房子也早已拆除，以建造目前的大礼堂和餐厅。前几天自强楼房边的那座员工宿舍，因要改造八层楼而被拆掉，要是我们那时有那么一座钢骨水泥的楼房给学生做宿舍，那真是天堂生活了，由此可见二十多年来进步的一斑。关于学生的生活，去年有一位自美国来的客座教授郭子斯先生，是当时的学生，他和我常去目前的小吃餐厅——又名“清华城隍庙”——吃早点，他说目前的享受和前时相比，真有天壤之别，会使他回美后念念不忘！

那时的师资，多数是兼职，大部是从台北的大学里“拉夫”而来，后来当过清华校长的陈可忠先生，也自师大来兼任教务长的。由于师资极缺，又因为我的太太是美国人，是大学毕业生，自然而然的成了唯一的英文老师。客座教授有三位，都是临时性的，就是吴大猷先生、邓昌黎先生和我。我到的时候，吴先生已回加拿大，邓先生稍迟来，也只停了三个月就回美了。这几位临时“班底”的教授群中，有博士学位的只有四五位，比起目前约三百位教授中百分之九十二有博士学位的，真使人羡煞哩！幸亏后来陆续从美国阿冈国家实验室受训回来的四五位同仁，他们那时虽还没有博士学位，但有最新的核子科技知识，不但成了生力军，也成了后来清华和台湾核子科技的主力军和拓荒者。这其中有目前已退休的郑振华先生，他主持了原子炉的安装和运转，后曾为清华科学院院长多年，“行政院”原子能委员会，是他一手创立和发展，直到一年前，他还是原子能委员会负责实际做事的秘书长。当时安装和运转范氏加速器的李育浩先生，目前已继郑振华先生之后，为原子能委员会秘书长。还有二位后来又去美深造获得博士学位的教授，钱积彭先生和曾德霖先生，他们对当时的授课标准，提高了不少。钱先生后来又创办和发展了中山研究院的核能研究所，曾先生是目前清华的原子科学院的院长。没有他们和其他有关几位的奉献（Dedication），清华前期的进展是很难预测的。

当时同学们最大的诉苦是师资的不足，那当然没有错，我唯一能回答他们说的，就是等将来轮到他们自己出国学

“成”时，希望他们不要忘了当时的苦楚，能回来帮忙。现在一算，在十七位毕业同学中，有四位在国外取得博士学位，已回来服务，他们目前都是清华的资深教授了。

那时候梅校长任“教育部长”的职位，在台北不能分身，所以除了重要的经费支配和新建筑物的扩充外，其余的事务和职责，几乎都落在我身上。校中除了装置原子炉和范氏加速器二件大事外，还有二件重要的任务。一是学生论文的指导。在第二届十七位同学中，只有五位已找到台大的教授指导论文，余下十二位同学的论文，只好由我来担任。在没有办法中，我们分成六组，每组二人，幸能如期完成，获得硕士学位，皆大欢喜。至于论文的品质，即使以目前的标准来看，尚差强人意，此点容后节中再提。

另一件是公共关系的推进。一个机构或学校的公共关系，本是重要的，但对当时的清华来说，更是重要，因为我们要争取外界的援助，包括经费、设备和人才的援助。那时美援还没有停止，美国援助台湾每年的经费约有一二十亿美元，其中有一部分用在发展教育上。因为我多年在美的背景和经验，深得当年美援教育组主任史密特（Harry Schimidt）的信任，再加梅先生长“教育部”，我们获得了不少的美援支助。那时国际间推动原子能的和平用途，因此国际原子能总署（TAEA）[1] 和美国的原子能委员会（USAEC）曾二次派小组人员来清华考察，我们也获得了他们的同情和赞许，争

① 今译国际原子能机构。——校注

取了以后几年不少客座教授和仪器的支助，对清华的成长多有帮助。清华属于“教育部”，因为梅先生是“部长”，那方面我们可不花时间和精力在公共关系上，不过有时“立法委员”们也来观光式的视察，仍得好好的招待他们。记得有一次因为我戴了台湾农夫所用的三角笠帽，“立法委员”竟找不到欢迎他们的主人，那次以后，我只好把那价廉物美有艺术意味的三角帽带到美国去欣赏了。……

当时学校中的各种困难，记得的已很少，下面这些零星小事，可举一反三的推测当时的情形。

干冰是二氧化碳凝成的固态，实验室中应如用水一样的方便，可随需随取，但当时因一切缺乏，市上根本没有，我们得用压缩的二氧化碳气体令其急速膨胀而自制，这几乎像需用水时得自己掘井一样的麻烦！学习核子科学的人都会知道，要使快中子变慢得用白蜡，市上也没有，我们得特别和“中国石油公司”商协才得到。原子炉水池内的铝衬层，如向国外采购，既贵且慢，好不容易和高雄“中铝公司”恳商，才依我们的设计制成。诸如此类，每需一件物品或材料，就得到处收寻，有的非到日本或美国采购，又得等上数月。研究生没有实验室，得从头设计安装，连所需的桌子，也须新做。原子炉位在山谷中，因为建筑设计的失误，有一天台风狂雨，使原子炉的地下室进了大水，许多机器浸水，清理了一二个月，使整个计划退后了一段时间。还有，装置范氏加速器时，有美国公司派来的工程师帮忙，有一天这位工程师喝醉了酒，在晚上把价值九千美金的真空管打破，当时因为没有人看到，他不肯承认，于是得花了九牛二虎之力，收集证据，推定是他的失误，结果由美国公司另运一支赔偿，虽然省下了九千元美金，但时间又拖了好久。有一天，一位研究生名叫陈家骅的生了病，相当严重，当时我在原子炉工地，劳娜——我的太太，立刻把他送到新竹的一所“医院”。记得他住的病房，地是泥土，又暗又湿又脏，住在里面，不生病的人也会生病，回想起来，还觉可怕。

总之，目前随意可办成的事情，随时可取到的物件，那时几乎件件得动脑筋，并用加倍的时间和精力去解决。在人力、物力、财力缺乏的初创时期，做事的效率显得更低了。

今日清华

目前清华的情形，各方都有报道，尤以校长毛高文先生的报告最为详细精要。大致说来，组织方面已设有大学部，另外计有四个学院、十五个研究所、十二个学系，加上九个科技中心，内包括计算机中心，还有一个相当有规模的图书馆和各所系的“支馆”。正副教授约三百人，大多数有博士学位。因清华重质不重量，学生人数约三千多人，不算很多，不过其中一千多人是研究生，却也可观。行政和辅导人员，已超过初创时全校师生和员工的数倍。建筑物约有六十多幢，前时认为大而“无用”的校园面积，目前已感不敷。校园从大部荒野，变成名符其实的园地了。预算也从每年一二十万的美金（原子炉例外）增加到一千二三百万美金。从这些数字来看，正如前面所指，在短短的二十六年中，清华的校舍、所系、师生人数、经费等，扩展了几十倍到一二百倍，研究生的人数，实际上增多了约六百倍！这种突飞猛进的速度，不但大陆的清华望尘莫及，即在世界上也是少见的。清华目前的规模和校园，许多世界的著名学府也比不上。譬如以加州理工来比，“加工”就小和挤得可怜，以牛津、剑桥来一比，英国的名大学就陈旧不堪。即以生活享受而言，前面已提到，“清华城隍庙”里的小吃部，不是使纽约有名石溪大学里的郭子斯教授神往么？

很明显的，在硬体方面来说，近年来的进展，真是名符其实的突飞猛进。

怀念梅公

谈到清华，如果不谈一位历史人物，那就谈得不完整了。这位人物，就是前在大陆当过多年清华校长，后在台湾“复校”的梅贻琦先生。那时大家都尊敬他，主要的原因，可能是他当时为“教育部长”，“‘部长’是，‘部长’对”的声音，常不绝于耳。校友尊敬他，因为他是大陆来的老校长。校中师生员工尊敬他，因为大家怕他。实际上梅先生的伟大，在二十七年以后来看他，可显得更清楚。简单的说来，他对清华有爱心、有眼光、有魄力，与当“教育部长”无关！

梅先生的外表，有如蒋梦麟先生，都是瘦弱“无”力的样子，给人一种“文弱书生”的错误印象。实际上他和蒋梦麟先生都是外柔内刚，他们内心的坚强是成功的主因。他听人报告时，不多说话，只用“唔”字。梅先生很爱酒，清华中酒量最大的就是他。在宴席中，我从来没有看到过他拒绝任何人的敬酒，他干杯（绍兴酒）时那种似苦又乐的表情，至今尤新。他也喝洋酒，每当我去金华街台北办事处请示校务的时候，一近午夜，客人都已回去，他就拿出名贵的法国白兰地来，请我同饮。他有迟起的习惯，酒旁“议”事，常到午夜二三点钟，弄得我第“二”天早上得挣扎起床。从这些接触中，我了解他内心的爱清华，有如他爱酒一样的生根和自然。他从来没有和任何人谈过如何爱清华，事实上，他的爱清华有如母亲爱子女，事事关心，也有如子女爱父母，万事清华至上。讲句笑话，并且只有清华人可以听的，当时如果他在“教育部”开会，只要是清华的事，我可从会场中把他请出来！因此他爱惜每一文钱，历年来他把人人眼红的清华庚款的美金，分文都用在校务上。中国的社会和政治界中，千百年来有一种传统和极普通习俗，就是公私不分，公帑私占。在这种恶风下，梅先生从大陆到台湾，能如泥污中的一支清荷，一文不沾，怪不得当时的社会上，都敬他有“两袖清风”的美德。这是他爱清华的事迹。

除了爱心，他还有远见。在那时的社会环境中，“复校”是创新和勇敢的构想。同时鉴于台湾极需科技，他选择了当时最新、最重要和所知最少的原子（核子）科学为起点，意在迎头赶上。清华当时经费有限，他不惜花资，在美国和阿冈国家实验室订约，优先培植基本人才。装置原子炉和三百万伏特加速器的构想和眼光，在当时的情形来说，远超于目前的同步辐射加速器。那时台北没有现在的繁忙和拥挤，他却在远离台北的新竹，收集大块的土地做校址，他的远见，使新竹后来成了台湾的科技中心。很明显的，要实践以上的远见和构想，非有魄力不可，正如走路，他慢慢的一步一步向前，终于锲而不舍的达到了他的理想和目的。

年轻的一代和对人生经验不熟悉的人们，目前在一夜之间，可任心所欲，飞到美洲的任何地点，他们会不懂为什么哥伦布要花那么多天到达美洲而还受人颂扬。这个问题实际上在书本中都已有答案，只是大家不加注意。看来，要了解先驱者的情形和所遭遇的困难，并不是简易的事！

在结束这段之前，附带得一提的是我们这个社会的进步。上面提到，那时的社会，认为梅先生最大的美德是“两袖清风”。实际上来说，这是社会对自身的讽刺。把一个公务员的守份，当作“美德”，这好像在旧社会中，把一个不偷汉子的女人认为是一种美德一样。显然的，二十多年来，我们的社会有了长足的进步，今天台湾已有一百多个大专学校，如果校长们的美德，是以两袖内没有清风来决定，那岂不是笑话么？这是社会的进步，在庆祝清华七十五岁的时候，我们也得同时庆祝！

特出学院

原子科技的发展，成了清华的传统，二十多年来自然而然的从一个研究所扩张而成了一个学院，很有可能在世界上是独一无二的学院，清华可以此为荣。不过长江后浪推前浪，我们不可停留在过去的桂冠上。因为原子科技的成熟，已是成为司空见惯的课目，是否可把原子科学院合并在理学院和工学院之中，近年来已成了一种构想的讨论，我们不妨客观的来谈一下。

一个学府的目的，是服务社会和大众。工业社会中的“活命素”是能源，没有能源，人类就回复到原始时代。各种能源中，石油的聚量，恐怕已只有几十年，煤约有几百年，核子能是最长远和最丰富的能源。核子分裂，经过滋生，可供应几千年；核子融合，经过研究发展，可应用几百万年。台湾少油和煤，发展核子能是唯一途径，但核能发展中，问题重重，亟待研究解决，无疑的已成为高等学府的职责。在另方面来讲，因为核能的巨强，不幸产生了原子弹（核弹），有带给人类巨劫的可能性，对防止核弹和减少核弹伤害的研究，无论在人文方面或科技方面，都亟待进行，一个高等学府已责无旁贷。所幸清华原子科学院的方向，已针对上述巨大问题的一部分。如能把原科院当作基础，加以扩张，来研究以上的基本问题，实为理想。从将来的历史来看，清华之有原子科学院，不但特出（unique），而是明智的！

新的方向

生命科学，已是科学的前哨，生命科学的发展，很可能引起科学本身有革命性的突破。清华本着创新的传统，增设生命科学研究所，是新的方向，是好的方向！

科学中分科，分成物理、化学、生物等，原是人为的操作，自然间的现象，根本不可能指定是属于那一科门的范围内，研究那些现象，常需要各种科门的知识综合起来。譬如环境科学所需要的知识，就几乎包括一切的科学，除基本科学外还有气象、海洋、地质等等。技术和工程方面也是一样，不能单属于某种工程学科，譬如登月的企图，不能单属于航空工程或太空工程，而需要一切工程和一切科学的综合知识。清华现在采取跨校、院、所、系的作风，如能养成习惯，对打破"门户之见""本位主义"等恶习，应有帮助，这对社会的贡献，可大于科技本身的贡献。

清华一向以理工为主。自从原子弹发明以来，事实迫着人们理解科技可造福人类，也可贻害人类，慢慢的使人们了解，单靠科技，很容易变成科技的奴隶。要使科技变成人的"奴隶"，对人本身的了解和研究，已有基本上的需要，清华最近设立人文社会学院，可谓迎合时代之需！

以上所谈的新方向，是二十七年前或三十年前的清华所意想不到的！

硬体软体

如果假定过去的进步多属硬体方面，让我们来一谈软体方面的情形。大致说来，硬体方面的进步，不但容易看出，容易测量，并且也比较容易做到。反之，软体方面的进步，不但不易看清，不易测量，并且也不易做到。因此在本质上面来说，软体的求进，是比较困难和迟缓的。但是无论如何，软体的重要性不下于硬体。

二十七年前初到清华的时候，看到大家很努力、很用功，但似乎缺少一种真正为学问而致学，为求知而感兴趣的风气。大家用功和努力的原因，似乎都为了另一种目的，那就是自身的利害。学生为考试，为学位，为争取名次，为出国；教授为职业，为升级。学校和学校间的关系，亦以利害为先，与学问的求进无关。记得那时清华和台大都在做一世界著名的物理研究，叫茅氏效应（Mossbauer Effect），清华的仪器远胜于台大，我竭诚的跑去台大请求共同合作，却被一种不成理由的理由所拒绝。其实当时即使双方竭诚合作，在世界的标准来看，还是幼稚不堪，但是井蛙之争，却重于学问的求进。目前台湾的学风，从社会的舆论上，从友朋的谈话间，从我自己有限的观察中，我的第六感（sixth sense）似乎告诉我，比从前没有进步了多少。希望我是错的。

让我旁扯一下，二十七年前台大和清华合作不起来共做茅氏效应研究的事件，不知何故，使我联想到目前交大和清华同学间梅竹赛[1]的中断。我一点也不知道内幕，如果去仔细研究一下，猜想一定有许多互相指摘“不公平”“不合理”“不礼貌”等等的“大”原因，不过如果有人站在地球卫星上来一看，他们会发现在地球的一角有牛津和剑桥，另一角有哈佛和麻工，学生们都在运动场上争得“你死我活”，而看到新竹却平安无事，一片升平景象，给人一种礼义之邦的感觉！

以学术的水准来看，在师资方面来说，正如前面所指，数量虽少，并且都是临时性，但水准（如吴、邓二先生）恐怕不会低于目前。关于学生的硕士论文，与我直接有关的六篇，三篇在台湾发表，三篇在海外。在台湾所发表的中间，有一篇里面的中子摄影照片，恐怕在当时是世界上第一张的中子像片，并且当时还以中子摄影的技术，用作中子浓度分布测量的方法，也非常新奇（novel），可惜那篇论文后来因我离校，没有发表，目前已不易找到。在海外所发表的，其中有一篇是美国的专利（第三三七三一一六号），其中所合成的含铀玻璃，铀含量高达出奇的百分之四十五，这个世界纪录，恐怕到现在还没有人打破。附带一提，做这论文的二个学习理论物理的学生，就是目前在清华物理系的单越教授。当时的设备虽差，但研究生的学术水准，大概比目前不

① 梅竹赛，是位于台湾新竹的清华大学与交通大学于每年三月间所举办的校际体育比赛。由于清华有纪念梅贻琦校长的梅园，而交大有纪念凌竹铭校长的竹铭馆，因此以“梅”代表清华，以“竹”代表交大。——校注

会差。

由上的讨论，或可总括一句，过去软体方面的素质，如有进步，恐怕远不能和硬体方面的进步相较。

最后的话

大致说来，在量的方面和硬体方面，清华和台湾其他的大学已在慢慢的接近世界第一流大学，在质的方面和软体方面，还差相当一段距离。我们不妨问一声：为什么哈佛、剑桥能，为什么麻工、加工能，而清华不能？

根据我在美国四十多年的观察，深信中国教授和学生的先天素质，没有比西方教授和学生来得差，但是后天所表演的素质，就比不上西方的学者们。这是为什么？社会的环境和传统的包袱，果然要负起一部分责任，但我们自身的一部分，尤其是致学的风气和先驱精神（dedication and pioneering spirit to study），该由谁来负责呢？为考试而读书，为升级而研究，是不够的！

要“明天会更好”的先决条件是今天的耕学，希望当清华一百岁的时候，同时也能庆祝诺贝尔奖的莅临！

一九八六年四月于新竹清华

载《传记文学》第四十九卷第一期（一九八六年七月号）

燕京大学四年的回忆

李抱忱

燕京大学与作者一家关系极深。先长兄勖刚（一九二一冬）、先五兄崇惠（一九二五）和作者（一九三〇）都是燕大毕业的，只是年月不同而已。与先长兄同时的有女诗人谢婉莹（冰心）、文学家许地山（落华生）等，与先五兄同时的有联合国专家张鸿钧、地理学家张印堂、史学家张天泽等，与作者同时的（在台湾的）有郑因百兄（台大诗词教授）、李曼瑰姊（文化学院戏剧系主任）、陈宗仁兄（台湾肥料公司总经理）、魏景蒙兄（“新闻局长”）、刘长宁兄（“烟酒公卖局”）、孟廷秀兄（农复会）、梁传琴兄（果圃专家）、梁蕴端姊（孤儿院长）、胡庆育兄（“外交部”顾问）等。

燕大的前身是两个大学：通县的协和大学跟北平的汇文大学。民国初年五个基督教教会（公理会、长老会、美以美会、圣公会、伦敦会）决定合力办一个教会大学，聘请司徒雷登（Leighton Stuart）为校长。校址先是设在北平崇文门内盔甲厂，同时募款在西直门二十里的海甸建新校。主要的经济支持者是美国《生活》及《时代》杂志故发行人亨利·鲁斯（Henry Luce），他父亲曾任燕大校长。一九二六年新校楼房局部完成，学校从城内盔甲厂迁到海甸新校址。作者正是那年秋天入燕大一年级，所以作者那一班是第一班在新校址受完全四年教育。记得作者那年春天利用春假，约了些同班到新校址参观；到秋天入学的时候，各地已经很熟习了。大二大三大四的同学反倒常问我们这些一年级新生宁德楼怎么走，姊妹楼在那个方向。大概是因为这个原故，我们这些新同学没有被老同学“拖尸”（toss），扔进未名湖去。

我们这一年级当时是人数最多的班，一百五十多同学挤挤（济济）一堂。大家团结合作的精神极好，作者曾作班歌《和谐的一九三〇》，全班并决定口号是“一九三零，燕大之英”。后来，大二班也定出口号来，是“一九二九，燕大之友”；大三的口号是“一九二八，燕大之花”。不记得大四班有没有口号；大概他们或忙论文，或忙交女朋友，没工夫或没心想口号了。我们在本班的班会里并选出胡庆育兄任班长，作者任交际股长——多谢陈宗仁兄勇敢的提名。

从作者的母校崇实中学一同入燕大的同班有近十名之多。其中四名（连上作者），因为受了我们教化学的王老师的影响，所以第一年都主修化学。其中只有两位未改初志的继续读化学，一直读到得了化学博士。一位是在英国得化学博士的陈宗仁兄，一位是在美得化学博士的谢为杰兄（冰心之弟，现在大陆）。其余二位都从二年级就改了系。费致濬（浩叔）兄因为志趣关系改学经济，现任香港盐业银行副理；作者则因环境关系改学教育，关于改系原因，下面再详细说。

第一次的坎坷

大学时代前两年的宿舍同屋是陈宗仁兄。我们两个人都很用功，天天晚上坐在桌子对面一起预备功课，融融洽洽，从未有任何不欢的事情。宗仁兄是学校有名的运动员。作者虽然在中学时代也曾参加各种童子组的田径赛，但是自从过了五呎[①]的高度以后，除了打网球和垒球外，从未参加过任何运动比赛。一年级第二学期的一天下午，宗仁兄忽然兴发，约作者一同到运动场去运动。比赛四项跑跳的结果，居然各胜两项。这使作者惊异之外加上愉快，愉快之外加上骄傲，于是同宗仁兄比赛第五项——百米高栏——以决胜负。这对作者实在是不智之举，因为一来作者从来没跳过栏，二来从没穿过钉鞋。致濬兄喊“跑”以后，我们两个人同时起跑，同时跃过第一栏，又同时跃过第二栏。宗仁兄连飞带跑，一直到了终点。作者则于跃过第二栏后摔倒，听见嘎喳一声，还以为把栏踢断了呢。但是回头一看，栏仍稳如泰山的立在那里。再低头一看，原来自己的左腿上面的大骨断了，筋肉抽缩在一起，比右腿粗一倍。致濬宗仁二兄不知腿断，要搀起作者来走一走。作者告诉他们腿断了，请他们

① 呎，英尺的旧称。1 英尺约合 0.305 米。——校注

赶快通知校医处。校医处立刻打电话给城内协和医院，请他们派救护车来。作者躺在三楼宿舍门前的洋灰水沟里等救护车时，忽然想起来那天是五月十三号礼拜五。头天晚上曾在第二天的日历上用红笔写上“双料不吉”四个大字，第二天竟忘记了翻日历。本来是写着玩的，那里会想到不幸而言中了。

救护车把作者当晚送到协和医院，经医生用爱克斯光检查，查出左腿大骨折断。幸而没有碎骨，断骨也没有把筋肉和血管刺破。先简单的把腿用绷带捆好，护士把作者推到G楼二层病房时已经深夜十二点了。医生用的是新接骨法：先用铁砂口袋系在作者的左脚上垂在床后，过了两星期才把骨断处拱开约有四分之一吋距离；然后减轻铁砂口袋的重量，让骨断处慢慢接在一起；接的合适以后再上石膏架，从左脚尖一直上过了腰。在医院里日夜仰卧，连翻身都不能。看见人走来走去，羡慕极了。人平常都不注意上天所给予我们的一切赐予——如同走路的本领，等到不能走路的时候，才感觉到能走路是多么宝贵的享受！

先母在作者中学毕业那年（一九二六）因病辞去长老会崇慈女中教务主任职务。次年，在作者正在协和医院养病的时候，先母夜里跌了一跤，立刻昏迷不醒。也送到协和医院，住在G楼三层，正在作者的上一层。先母到了医院以后，有时清醒，大部分时间还是昏迷。清醒时常问作者的病况，非常不放心。第三天时，先母病情恶转，作者要求医生把作者挪到小轮床上，推到三层去看先母。医生不准，说骨头还没长好，这样一来，有再断的危险。正在交涉中，六舅母从三楼下来，流着泪告诉作者说，先母已经去世了。只一层楼之隔，先母临终时没能再见一面，当时的悲痛是一生不会忘的。

断腿三个半月以后，换到长老会道济医院调养了六个星期，又回到协和医院把膝盖下的石膏架剪下来。医生说这样就可以出院，再回燕大读书了。剪下石膏架以后，护士用热肥皂水给作者洗腿，洗除了五个月痒都没法子抓的痛苦。当时的舒服是言语不能形容的。写到这里，腿仿佛还有那么舒服的感觉。这次断腿，是作者半生中（六十年算半生，因为作者预备活一百二十岁）所受的一次最大的肉体上的痛苦。当作者拄着双拐走出协和医院的时候，先母已故，先父也在那年夏天退休，每月的退休金二十五元，作者从那时起就必须自立自养了。五个月的时间，作者就从一个无忧无虑的孩子变为成人了。各位读者能笑话作者那时拄着双拐站在医院门前流了半天泪吗？

怎样改修教育

作者断腿的时候，正在学期考试以前两三星期。教授们对作者很好，有些科目就用平日成绩代替期终考试了，有两门科目是教授到医院来，以口试代替笔试的。所以，虽然不幸断腿，但是没耽误第一年的学业。作者出院的时候，秋学期已经开学三星期，是晚期注册的末一天。作者返校后，第一件事就是去见注册主任都学华教授（Donald Tewksbury）。他生在河北通县，跟作者是小同乡，说一口标准的北平话（离校后任哥伦比亚大学教授，现已故），对作者断腿事非常同情，关于晚期注册一节，给予作者种种便利。作者因为腿那时还上着石膏架，行路非常不方便，不能继续主修化学，整天长在试验室里，所以必须改系。那是末一天注册了。天哪！临时改什么系呢？于是在布告板上看各系科目，选来选去，选定了教育学系；准备若不喜欢，在三年级的时候再改系。大概作者是生来的教书匠，主修了一年教育以后，就决定不再改了。不但没再改，并且还对于教育原理、教育哲学、教育心理、教育测验、教育行政、教学法等科目发生了相当浓厚的兴趣。现在回忆起来，真是“塞翁失马，焉知非福”。作者那时若仍继续主修化学（虽然在一年级第二学期的时候已经对化学渐渐失掉兴趣），现在一定是一个最坏的科学家，不是常配错了药，就是常烧了试验室。另有一位同班改行也改对了——这位就是现在台湾任“新闻局长”的魏景蒙兄。记得他原来在医预科，准备作医生。我们学一年级化学的时候，排在一个试验桌上。试验时常常取巧，交换笔记，交换试验结果。他若是那时继续学医，作者虽然不能断定他现在是什么样的医生（除非景蒙兄自白），但是准知道他是“新闻局长”最适当的人选。

怎样副修音乐

作者虽然在高中时受了“科学救国”的影响，在大学一年级时主修了化学，可是因为中小学时代音乐的兴趣和训练，还愿意在大学里多受一些音乐的熏陶。于是在第一年就选了钢琴和音乐史两门功课，并决定副修音乐。第二年因腿不能继续主修化学的时候，本来应当按兴趣之所近，主修音乐。但是那时的音乐系只是一个副修学系，因为教授人少，科目不多，因此决定主修教育，还是副修音乐。四年的时间一共选习了四年钢琴，两年声乐，一年音乐史，一年和声学，一年音乐教学法及教学实习（视唱练耳免修，因考试超过标准）。除去末一门科目算在主修学分外，一共副修了三十学分的音乐科目（副修最高学分）。作者一共读了三十二学分的主修科目（主修最少学分），连音乐教学法及教学实习算在内。若是把音乐教学法及教学实习算在音乐科目内（这当然是可以的），作者在大学四年一共读了二十八学分的主修（教育）科目，三十四学分的副修（音乐）科目，副科反比主科多了六学分。这种取巧的方法幸而得到教务长和系主任同意。

作者毕业论文的题目是中学音乐欣赏教材。包括中国音乐简史、国剧、民间音乐、乐器及分类和西洋音乐简史、歌剧、曲体、声乐分类和器乐分类；每课都选有唱片供学生欣赏。作者在四年级的时候，妻瑰珍刚入第一年级，于是做了作者的秘书，用她那清秀的墨笔字抄写了全部毕业论文。省几十块钱是小事，预支的（那时尚未结婚）“夫唱妇随”意义深长。

作者的钢琴教授一共有三位：音乐系主任范天祥博士（Bliss Wiant）、苏路得教授（Ruth Stahl）和魏德邻教授（Adeline Veghte）。声乐教授是化学系卫尔逊教授的夫人（Mrs. E. O. Wilson）。每年燕大合唱团演唱《弥赛亚》时，都是卫夫人担任次高音独唱。音乐史、和声学和教学法，都是由苏教授担任。都是因为这四位恩师为作者立下的好根基，作者后来到欧柏林音乐院继续深造时，才能得到音乐方面的二十四个承认学分。

除了音乐正课以外，作者还得到很多课外音乐活动的宝贵经验。（一）燕大合唱团。这是一个一百五十人的教学员的团体，由范天祥博士任指挥，每年除在校演唱外，并到城内北京饭店公开演唱韩岱尔不朽杰作《弥赛亚》圣歌乐。先五兄崇惠、梅贻宝博士（曾任成都时代的燕大校长，现任美国爱欧华大学中文系主任）和作者都在里面唱低音部；妻瑰珍在里面唱高音部。（二）燕大团契[①]圣歌团。每星期日在团契举行仪式的时候演唱圣歌。妻和作者还是分别在里面唱高低二音部。（三）燕大管弦乐团。这只是一个小型乐团，每周练习一次。记得摄影名家林悦明兄［作者同班，现任美国帕罗阿托（Palo Alto）青年会导师职务］在里面吹小铜

① 团契，基督教（新教）名词。译自英文 fellowship，意思是教徒之间的团结契合。——校注

角，作者担任钢琴部分。（四）燕大男声四重唱。这个团体只成立了一年。因为教练范天祥博士后来太忙，没能继续。作者在里面唱第一低声。其余三人现在都记不清了。虽然时间只短短一年，但是给予作者很多启示和兴趣。作者在大学时曾数次发动四重唱和八重唱的比赛。毕业后又在北平与李任公（泽虞——已故）、张信诚（现任美国马利兰大学教授）、常得仁（现在大陆）诸兄合组男声四重唱，常在音乐会里显身手。第二次来美后又与周冀先（现在大陆）、Edwin Kwoh（郭秉文博士令侄，现在美国洛杉矶经商）、魏菊峰（前在纽约中信局任职，闻现已退休）诸兄合组四重唱，在纽约华美协进社主办的双十庆祝大会里参加公演。作者任美国国防语言学院中文国语系主任后，也常和学生们在双十庆祝大会或是全系宴会里参加男声四重唱节目。这四重唱或八重唱（男声、女声或混声）的组织，轻而易举，同时音乐方面的效果也很好。希望台湾乐坛人士多提倡这种活动（不是现在没有，只是很少而已）；作者退休后重返台湾的时候（若是那时候还不能回到大陆，但是作者想一定可以了），一定多多推动这种小型合唱的活动。

网球的回忆

网球本是作者从小时候就玩的运动。在大一时还是常打，不过没参加任何比赛。到大二时，因为断腿的关系，拄拐拄了三个多月。后来放下双拐，换了一根手杖，又拄了一个时期。有一天在路上遇见李二猛（这是同学给校医李医生——Dr. Learmouth——起的外号）。他很奇怪作者为什么还拄着手杖，立刻把手杖抢过去，站在离作者约二十呎的地方，叫作者走到他那里去。他说："尽管大着胆子走过来。你若是要摔倒，我会过来扶你。"作者像正在学步的婴儿张舞着两臂，一步一步的居然走过去了。李二猛于是把作者的那根破手杖扔到路旁的山坡上说："从此永远别再用这根手杖！"（李二猛真够猛的。）作者意外的欢欣。走了一段路，没事；又跳了几跳，还是没事。于是在几分钟的时间恢复了自信。屈指一算，五月断的腿，现在已经是第二年的初春，当然不用再拄手杖走路了。

作者恢复了自信以后，第二星期就参加网球校队选拔比赛。选拔的方法是由体育主任黄国安教授根据上年学生比赛的成绩列出一个名单来，一共十名。定出来后，公布在网球场布告栏上。名单上的人可以向他本人上一名或上二名挑战。如果胜利，就彼此换名单上的名次。比方说，第六名如果向第四名挑战，胜利后就变成第四名，第四名就变成第六名。没列在名单上的人，可以向名单上第十名或第九名挑战。这叫作梯式选拔；同学们说俗了，叫作打 ladder。作者知道腿已经完全好了，不会再断了之后，就先向名单上第九名挑战。一星期内就战胜第九名、第七名、第五名和第三名，列为名单上的第三名。同学们都非常惊奇，几天内大家都知道李铁拐（这是同学们给作者起的外号）变成网球校队了。这个"放下屠刀，立地成佛"的故事，是那个周末的校内新闻。

作者“成佛”以后，没能当时战胜第一名同班高惠民兄（已故）。他当时在全国网球名手前十名内，毕业后我们常在协和医学院网球场打球，那时就互有胜负了。名单上的第二名是比作者大一班的金惠生兄（现在大陆），“打梯子”时也没能战胜。后来每次举行校际网球比赛以前，队员都彼此有一番大战，按成绩决定谁是第一、第二，和第三单打，谁是第一和第二双打。三年里，有时惠生兄打第二单打，有时作者打第二单打。

作者在三年级时（一九二九春天），网球校队参加在沈阳举行的华北运动会。有一天我们正在练习的时候，忽然有二十几个便衣队，腰间挂着手枪，把我们的网球场围上了。我们正在惊异的时候，有两个人穿着网球装，拿着网球拍，走进场来。其中之一跟作者说：“少帅要跟你们打一会儿网球。”并自己介绍说他是少帅的英文秘书李应超。我们当然知道“少帅”指的是那时东三省叱咤风云的人物张学良将军。惠民兄与作者于是受宠若惊的陪着他们打了两局。第一局我们胜，第二局他们胜。大概是少帅喜欢我们的礼貌，打完网球以后请全体队员在沈阳最好的饭店吃了一顿晚餐。记得那是作者第一次喝啤酒。那时作者已经二十岁，似乎可以起始享受“世界上的快乐”了。

作者的网球技术，大学毕业以后才到了最高峰。一切的“光荣”战绩在下面两篇里再自夸一番。

所谓艰难困苦

断腿出院以后，劫数还没有满，腰间和左腿上部还上着石膏架，不能弯腰弯腿，也不能坐。返校后上床起床上厕所都是同屋——作者一生要感激的——宗仁兄帮忙。人家十分钟就走到课室楼，作者拄着双拐前一个钟头就动身。上课时人家都坐着，作者靠墙站着，累时把腰后的石膏架跨在窗台上，减少压在腿上的重量。一天四堂都是这样上课。有时候累得烦起来，就自娱说这是“鹤立鸡群”。

作者断腿的那年，先母去世，先父退休，先五兄崇惠（那时在燕大历史系作助教）到西山去养肺病，舍妹贵真也在京东养肺病。就是作者因为从小喜欢运动，除了断腿之灾，依然其壮如牛。先父每月二十五元的退休金自顾不暇，作者于是过了几年有钱吃饭，没钱不吃饭的穷学生生活。给教授子女补习功课，和给团契抄写圣诗两件工作，每月仅仅赚出八块钱的膳费来。幸而得到学校一百七十元的奖学金，够应付学校学宿杂各费。虽然开源乏术，可是节流有方，连一分钱的零用都记在账上。学校一览上说明学生在校一年用费（学膳宿杂）要四百元（当然西装革履的富家子弟要多几倍），可是作者那年只用了二百九十几元，连衣食住行都算在内。“衣”的方面四年里只添制了一件大褂（现在是不是叫长袍？）；“行”的方面简直的没有开销——别的同学们进城坐校车，作者还是骑在中学时代十块钱买的自行车。

第三年因为范天祥博士返国休假时为作者得了一笔奖学

金（一百二十五元美金，按那时的行市约合国币三百元），所以学校奖学金停发。为省出钱来买网球拍、网球鞋及衬衫球裤等，搬到三楼宿舍楼顶去住，每学期可以省十块钱。同屋一共二十人，都住在一大间楼顶上。有一天一位同屋好意的告诉作者，邻床的一位同学（姑隐其名）每天用作者的牙刷刷牙（天哪！）。作者为了睦邻，不声不响的又买了一个牙刷，藏在枕头底下，每天自己用。他和作者公用的那只牙刷还放在牙缸里，索兴让给他用。去年（一九六六）回台湾的时候还有老同学说起这个故事，现在写在这里供读者一笑。

第四年因在城内育英中学兼课，同时作为教学实习，月薪三十元，所以学校奖学金继续停发，连美国的奖学金也停发了（续领这笔美国奖学金的就是用作者牙刷的这位同学）。月薪分给先父一半（舍妹教书月薪也分给先父一半，先五兄那时已去美国留学），剩下为自己用的只有每月十五元了。范天祥博士那时手里有一笔款，专为借给清寒学生用，于是借给作者二百元。这不但够用了，还可以有时请妻瑰珍在东门外的常三饭馆"打牙祭"。作者六十年来，"大手"（好花钱）成性，幸亏有这四年的艰苦经验，领略了"一粥一饭，来处不易"。有同学曾用"温良恭俭让"这五个字夸奖作者。其中四个字愧不敢当，只有"俭"字若是作节俭讲，倒是名符其实。

这四年的折磨——断腿、丧母、清寒——上天认为还不够。在作者毕业考试的前几天，先父又病故。奔丧归来，糊里糊涂的就应付完了考试。一个青年在尚未迈进社会的时候，就失掉了双亲的爱护、家庭的温暖。幸而妻瑰珍那时与作者同学，朝夕同聚，给予作者莫大的安慰和鼓励。四年里上天曾“苦其心志，劳其筋骨，饿其体肤，空乏其身，行拂乱其所为”，但是后来并没有降什么“大任于斯人也”，真是冤乎哉！

政治插曲

作者六十年来从未参加过任何政治活动。不是因为没兴趣，更不是因为不屑于谈政治，只是因为这多少年来总是没时间。只有在这大学四年的一个阶段，曾有一次无意中卷入政治，现在回忆起来颇为有趣。有一次在学生自治会大选前，有一位同学告诉作者这次“左”倾份子大肆活动，要在自治会抓权。作者那天晚上大概功课不忙，一时兴起，为了不愿意让自治会落在“左”倾份子手里，临时把图书馆里向来不问政治的用功人士拉了一大半去参加选举。这一下“左”倾份子的阴谋就一败涂地了。“左”倾份子莫名其妙，以为作者不定是那一派的中坚份子（真是笑话！），在下一次改选时居然拥护作者为审监委员会主席。这大概就是他们所谓的分肥政策吧。他们想：“给了你一块肉就可以堵住你的嘴。”其实，作者对政治一向无暇过问，那次大选，作者连会也没到。当选后，“生米已经作成熟饭”，于是糊里糊涂的作了一年的学生自治会审监委员会主席。记得那是大四那年的事，什么“监”也没作，只“审”过一次。作者任主审，陪审是校方的学生辅导委员会主席马季明（鉴）教授，审了一件学生肇事的案件。一位同学在理发的时候，因为和理发匠口角，捣毁了店里一些东西。同学同意赔偿，理发匠也认为满意，这幕喜剧不到一刻钟就闭幕了。

初恋续记

作者虽然在中学时代就约过情人（当然是后来的妻）出去看电影，也可以说是“心心相印”，可是在大学一、二年的时候没有什么很快的进展。作者断腿时，“小珍儿”一次也没到医院来看过作者。她后来说她曾买好了一盒点心，预备到医院来问病，但是临时怯场，没鼓起勇气来到医院去。作者在大三时，有一次妻的三姐瑰芬向作者说：“你倒是对五妹有意思没有啊？”作者回答说：“有啊！”“那你就要明白表示，赶快进行，因为有一家已经托大姑提着蒲包儿到我们家去说亲去了。”作者深感三姐“向”着作者，于是赶快研究策略，每星期六下午从海甸骑二十里的自行车到城里灯市口佟府夹道贝满女中去看“小珍儿”。每次去的时候，妻的同学总是大声的逗她说：“宝哥哥来瞧你来了，快去吧！”作者在会客室里听见同学们这样喊笑，心里觉得很舒服。那年妻在高中三年级，毕业前还为募捐演了一出话剧《咖啡店之一夜》，她担任女主角。作者当然买的是前排票“恭临盛会”。演到悲哀时作者还洒了不少同情之泪呢（不是因为不敢不哭，是因为妻演的真是动人——至少作者是这样想）。

《咖啡店之一夜》演出几个月后，妻就高中毕业了。在她毕业后不久的一天晚上——作者永远不忘的一个月明星稀的晚上——我们两个人在公理会教堂的大院里踏月。走累了以后就坐在副堂的台阶上休息。作者那是有生以来第一次离着女孩子那么近。她的发香使作者飘飘欲仙，完全陶醉了。忽然，不知那里来的勇气，向她求婚。她靦覥的低下头不回答。作者只好改变战略说："你要是同意就点头，不同意就摇头。"她也不摇头，也不点头，急得作者三换战略说："你要是同意，就许我亲你。"当作者亲她时，她没有躲开，作者就知道傻小子得到终生伴侣了！那天是一九二九年六月二十五号，我们定情的地方就是一年后作者的办公室门前。那时颇有几个人追逐她。为什么她单喜欢我这个穿破大褂露脚后跟的穷小子，真是莫名其妙。结婚后作者问她这个问题。她说："我也不知道。我就是爱你嘛！"女子的逻辑，什么人会解释？！

定情后整一年半，在一九三〇年圣诞节那一天，我们宣布定婚。定婚帖上印着："童年的友好，现已进为成熟的爱情。今在此普天同庆的一天，将我们定婚的消息宣告给一切关心我们的人。"定婚后又过了整半年——定情后整二年，一九三一年六月二十五号，我们在公理会礼拜堂举行结婚典礼。男家主婚人是先长兄勖刚，女家主婚人是先岳父崔岫庵（岳）先生，证婚人是那时的燕大校长吴雷川先生（已故），介绍人是公理会的牧师彭锦章先生（现在大陆）。其实真正的介绍人——我们的月下老人——是我们的三姐瑰芬！

毕业后虽然怀着准备不足的恐惧，“如临深渊，如履薄冰”的进入了社会，但是满腹志愿，要致力于“与众乐”的乐教，移风易俗的乐教，武城“弦歌之声”的乐教[①]，一万人里九千九百九十九个人的大众乐教。以后几十年虽然有时没能用全部时间献身于这种工作，但是始终没有完全脱离这个岗位。现在回首前尘，惭愧中也有些安慰。

载《传记文学》第十卷第四期（一九六七年四月号）

① 孔子和弟子们在鲁国武城听到弦歌之声，就礼乐的教化作用有一番对谈。见《论语·阳货》。——校注

燕京大学成都复校始末记

梅贻宝

前 言

香港燕京大学校友会发刊《燕大通讯》历有年所。一九八四年度“通讯”编辑先生征稿于予。谨撰述《燕京大学成都复校始末记》一篇，以符雅意；并为燕京大学在成都设教一段短史，留一历史记录。事属四十年前，记忆容有失误，海外查询匪易，诸希读者鉴原指正。

燕京大学校史的六阶段

燕京大学的寿命计为三十四年。（燕京大学乃是由北京汇文大学、通州协和大学与北京协和女子大学三所教会大学合并而成。这三所大学分别创设于一八八八、一八八九、一九〇五年。此处所说寿命为“三十四年”，所指乃是由一九一六到一九五〇年，前身各校年代不计在内。）这三十四年约可分为下列各阶段：

一、盔甲厂创办时期（一九一六到一九二五） 计九年

一九一六年由各有关之教会团体及热心人士在纽约所组成之董事会开会议决，以北京汇文大学、通州协和大学及北京协和女子大学为成员，在北京创设基督教联合大学一所（该大学中英文名称几经更换。中文“燕京大学”名称确定于一九一九年。英文名称到一九二五年方由 Peking University 改为 Yenching University）。

一九二五年由盔甲厂迁入海淀校园。

二、鼎盛发展时期（一九二五到一九三七） 计十二年

三、日据维持时期（一九三七到一九四一） 计四年

四、成都复校时期（一九四二到一九四六） 计四年

五、北平复员时期（一九四五到一九四八） 计三年

六、中共接管时期（一九四八到一九五〇） 计两年

一九五〇年燕京大学被中共政府接收停办，校园校舍由北京大学占用。（一九七九年中共政府与美国建交后，曾交付赔偿金一笔。燕京大学的校产是其中的一项。）

以上六阶段共计三十四年，其中第三、第四两阶段之间间断一年，第四、第五两阶段之间重复一年。本文以第四阶段成都复校时期为主题，以第三阶段日据维持时期为序幕。

日据维持时期的燕京大学

芦沟桥事变（一九三七年七月七日）后，日本随即以武力

占领华北。当地各大学多已先后迁往后方，继续课业。有如北大、清华、南开三校在昆明组成西南联大，即一实例。燕大乃是例外。它以校产、经费来自美国为理由（这是应变说法，在平时从未提及），忍痛悬挂美国国旗，对付日本。借以维持校务，勿使中断。日本军宪则顾虑日美邦交关系，尚无过份干扰。至于接触磨擦，则无时无之。校长室添聘萧正谊校友为秘书，专门应付敌伪纷扰。姑举一例：他们说燕京既然是一所国际大学，就应该聘请几位日本教授，分担教务。而且说话之间，就要派送三位，到校就职。燕京当然要维持学术自由基本原则，不肯容许他人干预。只可提出语言困难，种种理由，稽延婉拒。后来自动请到鸟居龙藏（Ryuzo Torii）教授，这一关才算应付过去。（鸟居先生是一位考古学者，在中国东北工作多年。膝下三女，两位嫁给燕大毕业生。么女现在东京，教授中国语文。）燕大在这样苟安求全的局面下，维持课业，亦竟然支撑了四年的漫长岁月。学生人数则急剧增加，盖沦陷区青年，难获求学门路也。北平除燕大外，辅仁、中法两大学亦在日据下，利用国际关系，维持课业。

珍珠港事件发生于一九四一年十二月。在夏威夷（Hawaii）是十二月七日，星期日，上午七时五十五分。在北平是十二月八日，星期一，清晨两点二十五分。不出数小时，在北平西郊的燕京大学即被日本军宪包围，宣布解散。这当然是有计划、有准备的行动。被拘押的学生十余人。被拘押的教员前后计十五人，其中有陆志韦、张东荪、赵紫宸、蔡一谔、周学章、洪煨莲、邓之诚、侯仁之、陈其田、林嘉通、赵承信、刘豁轩、萧正谊各位先生。在日本军监中备受凌辱，竟有愤不欲生者。英籍政治学系教员林迈可（Michael Lindsay）、物理系教员班维廉（William Band）由清晨广播电台闻悉日军偷袭珍珠港消息，两家四口（林太太系燕大女生，山西籍，姓李）立即乘汽车逃往西山，辗转参加太行山游击队。司徒雷登校务长（President John Leighton Stuart）适巧在天津公干，回到北平即被软禁，直到战事结束，方获恢复自由。其他英、美籍教员，全被集中禁押监视。唯一的例外是宗教学院教授王克私先生（Philippe de Vargas）。他的国籍是瑞士，独获自由。燕大校产以及若干燕大同仁，都承他费尽心思，竭力照料。燕大校园最后用作日本军官疗养院。

燕京大学北平封闭，后方复校

燕京大学被日敌摧毁消息传到战时首都重庆，燕大校友群情汹涌，举行大会，出席踊跃，发言激烈，一致决议后方复校。随于翌年二月八日招开临时校董会［临时校董会以曾任董事及资深校友为成员。计有孔祥熙（庸之）、费起鹤（云皋）、艾德敷（Dwight W. Edwards）、梅倪逢吉、方东、夏晋熊、张鸿钧、王敏仪等。后又议决敦请张群（岳军）任董事］，议决下列各项：（一）燕京大学后方复校；（二）成立复校筹备处；（三）推举梅贻宝教务长为复校筹备处主任（梅氏以不耐沦陷区生活，于一九三八年请假获准，转来后方。详见梅著《大学教育五十年》，页六五起）。复校宗旨，约可略举下列数端：（一）燕京大学不容日敌摧毁，校统亟应延续；（二）燕京大学师生抵达后方，需要接待按插；（三）燕京大学旨在训练人才，以实现国家抗战建国之大业；（四）澄清燕京大学在日据下维持校务之立场，并防止敌伪在北平开办燕京大学。

适巧韩庆濂校友在美国明尼苏达大学（University of Minnesota）获得教育学博士学位，学成归国，途经香港，当即邀来重庆。又由复兴公司借调熊德元校友，参加复校工作。燕京大学复校筹备处于以成立。笔者当时任复兴公司秘书处主任，暂时兼任复校筹备处主任，不另支薪。（复兴公司乃政府所设战时机构，属财政部，专司国际贸易事务。当时总经理席德柄先生是著者在清华学校的业师，于燕大复校一举，尤其热心赞助，予以诸多便利。燕大在成都复校后，每届经济系毕业学生，都有数人到复兴公司就业实习。席先生不吝亲自指导外，还多所称誉。）远在一九二八年著者受聘燕大，任注册课主任，兼哲学系讲师，即与韩庆濂君在注册课共事，直到他游美进修，方才分手。熊德元君则是一九三七年燕大经济系高材毕业生，毕业后即随笔者赴兰州，创设甘肃科学教育馆。幸获再与两君聚首，为燕大复校工作，协力服务，至以为乐。复校筹备处诸同人，同心协力，合作无间。如此团队精神，关系复校成功至巨，特为提出。

迎接前来后方的燕大师生

复校筹备处的特急任务，乃是迎接由沦陷区前来后方的燕大师生。一面利用种种大众传播工具，广播燕大后方复校的消息；一面动员各地校友，组织沿途接待站，尽力招待接济，务使疲劳的燕大旅客们，得到宾至如归的温暖。战时旅行颇不简单，由沦陷区到自由国土，要穿越日军占领区域，经过两不管地带，才能到达大后方。沿途日军的凶狠，盗匪的横行，后方跋涉的辛苦，随时随地都会“出事儿”。大致说，有两条孔道。南路要经过浙江富阳，北路要经过陕西宝鸡。到达成都的燕大师生，走北路的较多，走南路的较少。宝鸡基督教青年会总干事田先生曾在燕大宗教学院“短期科”肄业，尤具服务热心，北路“过来人”多所称道。前来后方的师生，春季开始，络驿不绝，夏季尤盛。当然无法结队成行，都是三三两两，摸索前进。这些师生虽经千辛万苦，但都寄望在燕大的复校，同时对日本人来说，则颇有北方谚语所说“骑驴看唱本——走着瞧”的味道！在这万般彷徨辛苦情况之下，倒亦不无趣闻轶事。兹特简叙三则如下：

有两位男同学通过两不管地带后，便把旅费集中，孤注一掷，买了两部脚踏车，竟然料想不到，不但得了代步工具，省了不少力气，而且愈向前进，车价增值愈高。这两位同学却都不是经济系主修生！

另一团体有七位同学，他们在西安火车站捡得“铺盖卷”一件，送交青年会招领。同时向燕大接待站支借了一千八百五十元贷款，前来成都。这一伙同学到达成都，找到燕京，办理报到。不料经管人当时就通知他们，西安一笔贷款已经清了帐，有人替他们还了债，他们听了，又欢喜，又诧异。原来一位商人不慎，遗失了铺盖卷，随后到青年会领回。他在铺盖卷里藏有大量钱款，听说这件行李是燕京大学学生送来招领的，感激之余，拿出二千元，替学生清帐，余数捐赠青年会。这项消息在学生们没到以前，已经传抵学校。

另外一批走南路的学生倒是很受了一番惊扰。他们过了富阳，走到一个小村子，挤在一个好心的人家里过夜。适巧日军前来查夜，搜捕游击队。把整个村子包围后，逐户搜查，一家挨着一家，愈来愈逼近。这些学生们若是被日军捉着了，有口难辩，绝难幸免，而且还要连累那位好心留他们过夜的主人。但是藏无处藏，躲无处躲，逃更无处可逃，真是走头无路，焦急万分。说话之间日军已到门外拍门，房东支吾说，去找钥匙。这样稽延，当然无法持久。眼看着这一批狰狞的敌军就要破门而入了，大家只有听天由命。在这永恒的刹那间，忽然听见远处枪声，而且愈来愈近。外面喧嚷打门声音，反而停止，接着皮靴跑步声起。原来正在那千钧一发，紧要关头，吾方真正游击队赶来围剿这一小批日军队伍。日军在黑夜中亦不明对方人数，不敢接触，未曾交火，就已逃之夭夭了。这几位男女同学在间不容发之际，竟获转危为安，只可说是命大了。有没有人念了一声“阿弥陀佛”，不得而知。

所可惜者，燕大同学并不是人人命大。在路上有的人绝了粮，有的人被抢，亦有的人体力不支，一到成都就病倒了。学校特别租了一所小四合院，作为学生疗养院。十二架木板床，人多时都躺满了人。一般伙食之外，每天供应牛奶鸡蛋。对于养病学生，这不能说是看护周到，但是在很有限的学校经费上，这亦是一笔颇有可观的开支了。一位北方同学疗养无效，竟在成都辞世。负笈万里，埋骨异乡，至今思之，犹觉黯然神伤。

燕大后方复校的大难题——校舍

复校筹备处一面迎接师生，一面亦就进行复校种种步骤，目的要在一九四二年秋开学上课。一九四二年已是抗战第五个年头了。在日敌全面封锁之下，物资日感缺乏，通货渐见膨胀。幸而四川素称“天府之国”，食粮勉可自给。全国同胞艰苦支撑，但已深感吃力。在这样局面之下，要平地起家，开办一所大学，困难多端，概可想见。其中最实际的先决问题乃是校址、校舍一节。燕京大学各地区的校友们都热烈欢迎母校设在他们所在地的地区。战时首都的重庆，西北重镇的兰州，都经过考虑，利弊相较，最后仍以成都为首选。讲地理，成都是大后方的重心，又接近重庆。讲经济，成都是四川稻谷的聚点。讲文化，成都素有“小北京”的称号。而最有说服力的因素，乃是成都四所基督教大学联名表示，欢迎燕大到成都，共同努力。笔者当即到成都一行，作初步接洽。承蒙当地教育当局、社会贤达礼遇有加，与四所基督教大学畅谈甚洽。华西协和大学教员中且有若干位曾在北平燕大研究院进修，领得硕士学位的燕大校友，异地聚首，尤觉亲切。进谒四川省主席张岳军（群）先生，蒙面示欢迎，并允予大力支持。至此，燕京大学在成都复校一议，方才算是定案。

校址决定在成都后，下一步便要解决校舍问题。许多人都以为可以投靠华西协和大学，去“挤一挤”。实际是此路不通。成都华西协和大学为加拿大及美国若干教会合办。校址在成都城外西南约里许岷江南岸，称华西坝。校园广阔，校舍可观。招待燕京短期搭驻，应无问题。不过抗战发生后，南京的金陵大学、金陵女子文理学院以及济南的齐鲁大学，先后转入后方，迁来成都，与华西大学“合作”（用佛教寺院的术语，可以说“挂单”）。这些不远千里而来的客校，分别在华大校园的边缘地带建造了一些比席棚略高一筹的临时建筑，用作宿舍，而共同伙用华大的课室、图书馆、实验室等设备。纽约的中国基督教大学联合董事会（United Board for China Christian Colleges，简称 UBCCC 联董会）为这四所合作大学解款，添造科学楼一栋，言明战时各校伙用，战后拨归华大。这些安排都是抗战初年的设施。当时成都的物价工资都远较沿海地区为低廉，比较的还算容易筹措。经过一段适应时间，四校大致都能安居乐业。事隔数年后，燕大想要如法炮制，势难办通。战前华西大学有五百学生，战时华西坝四校学生总数达两千五百。在这样拥挤局面之下，华西坝校园实在无法容纳第五所大学再来“挂单”。加以建筑工料缺乏，价格猛涨，即是局部校舍，建筑费亦不易筹募。而且需要冗长时日，尤难限期完工。

华西坝既呈“客满”状态，燕大原想搭驻的念头，不便启齿，只可打消，另作别图。适巧近来敌机轰炸频繁，政府通令后方都市的中小学，一律疏散外县，减轻损失。成都城里竟有若干所腾空的学校校舍。就燕大复校立场来说，这是“天助我也”。随向业主卫理公会情商，租妥华美女子中学（月租一千五百元）及启化小学（月租五百元）。两校毗连，只以一道矮短花墙间隔，地址是陕西街二十七号、二十九号。两校对街即是卫理公会礼拜堂及同仁医院。所以陕西街虽是成都市西南区的一条通衢，其中一大段都是教会办的文化与福利机关，颇呈安闲气氛。陕西街西端有一所深宅大院，那是邓锡侯将军的公馆。再西便是成都公园，绿草如茵，看着赏心悦目。华美、启化两校，奉令疏散外县，而燕大“乘虚”利用两校校舍，复校开课。此节似须略予说明。这显然是权宜之计，向有关各方面都说通了的。不过大学学生避空袭，跑警报，比小学生较能自顾，却亦是实情。成都的各大学，如四川大学、华西协和大学等，都没有向外县疏散。

华美女中的主要建筑是一栋两层大楼，内有教室六七间，小型礼堂一间，阅览室一间。原来的顶楼、阳台、过道——一切能用的空间——一概加以简单装修，辟为办公室若干间。校长室的秘书（由一联串新毕业的女学生应差）的办公桌即设在室外过道。大楼的前院较小，后院较大。前院筑有小型（女生用）篮球场，常有成都（男子）团体及学校来借场比赛。后院较大，另有一楼，下层是女生食堂，上层是女生宿舍。宿舍原来容纳六十名中学女生，改换了双层板床，住进一百二十名大学女生。后院就是女生运动场。射箭是女生体育课之一项。院里一角搭盖了一个席棚，这是家政系为学生实习而办的托儿所。学生都是三四岁的幼儿。号令一声“射箭喽”，群儿都躲在棚里，有如避难，回想当时情况，近乎啼笑皆非。

启化小学规模有限，校舍用作教员宿舍。七家教授，每家配给两间，校长一家在内。两年后敌机轰炸和缓，启化小学由外县迁回成都，校舍收回。承蒙卫理公会协助，将教士楼腾让一层（美籍加籍教士们奉他们政府的劝告，由交战区撤退回国）。这一层楼四角各有一大间，每间住进一家，另租民房补充。

成都燕京大学以陕西街为校本部。男生宿舍仍须另行设法，承张岳军主席大力支持，把华阳县文庙拨给应用。文庙里当时驻有军队，虽然上面有令，实际请他们让开，亦颇费了些周折。庙产是拨给应用的，年节四季亦要付些看管规费，不过数额有限。文庙西庑各室由单身男教员分住。东庑各室都摆满了双层板床，二百多学生挤在里面睡觉。大成殿用作餐厅。学生们在夫子脚下进餐，应该另有风味。一般的学生们都经过困苦忧患，深识大体。起居饮食一切由他们自己料理，虽然诸欠安适，很少抱怨，很少纠纷。笔者不时到文庙走走，聊表关切之忱。可惜无法实际改善学生生活，深感咎愧。后来听说昆明西南联大学生宿舍简陋到外面落雨，学生打伞睡觉地步（诺贝尔奖金得主李政道教授以及若干其他西南联大出身的朋友们都向笔者说过），只觉抗战时期确是上下一心，有苦同当的了。文庙离陕西街不出半里之遥，到华西坝要走三十分钟。

文庙前院有一株大桂树，树龄看来总在百年以上，仍旧本固枝荣，到了中秋节前后，香满半城。笔者籍隶华北，只见过盆栽样的小型桂树（称之为桂枝较妥），初见那文庙大桂树，至感希奇惊羡。启化小学院里有一株玉兰树，树并不太大，但是长的十分茁壮周正，天生的圣诞树型，春天花朵待放的几天，骤看完全是一株挂白灯的圣诞树。这样健壮的玉兰树在华北亦不多见。美国普林斯顿大学（Princeton University）课室院的各楼墙上攀贴着玉兰枝条，春季到来，满墙都是玉兰花，大有可观，亦是平生难忘的一片景色。

报部备案，招生开课

校址校舍大致有了安排，已是晚春。亦就到了公告开学招生时期，复校筹备处由重庆搬到成都。华西大学拨让顶楼一大间，作为办公室。筹备处职员有韩庆濂、涂莹光、熊德元诸君及笔者。另有外籍教员二人，美籍英文系包贵思女士（Grace Boynton）及英籍数学系赖普吾先生（Ralph

Lapwood）。珍珠港事变，他们适逢回国休假，未遭日军掳禁。休假期满，无法再回北平燕京。他们的差会（Mission Boards）把他们派来成都，临时在华西坝四所大学服务。燕大既然在成都复校，他们自然都来归队。北平的燕大师生逐渐亦有人到达成都。一干人等，全都各尽所长，参加工作。团队效率，颇有可观。男女生宿舍都需要上下两层的双人板床，就买了几根大树干，堆在华美前院篮球场，加工制造。阅览室只有满墙的空书架。在梁思庄、刘楷贤两位北平出来的燕大图书馆馆员指导之下，把早期到达的学生们派送到成都大街小巷，去逛书摊，采购基本参考书。复校工作头绪纷繁，书不胜书。所提造床、购书两事，不过举例而已。

春夏间最紧急的工作乃是招生。大学招生是一部紧凑的四步曲：命题、印题、监试、阅卷。每一步必须审慎将事，不许略出纰漏。所幸燕大素来办事认真，人人养成习惯。在韩庆濂先生主持之下，虽然人地生疏，招考进行仍然完全顺利。亦是承蒙各地校友热心协助的结果。成都燕大招生消息一经公布，学生报名踊跃，远出意料之外。预计开学第一年，以三百学生为目标，内中北平旧生一百五十，一年级新生一百，转学生五十。（这样新旧生数额分配，乃是尊重旧生意见。他们以为新生人数不宜超过旧生，以便燕大精神之保全与传递。）成都、重庆两地报名投考学生，竟逾三千人。临时漏夜加工，赶印考题，增设考场，再度向校友“拉夫”，帮忙监考。大后方社会人士尤其一般学生们对于“燕京大学”四字招牌［北平燕京大学校友门上悬的四字匾额是出诸蔡孑民（元培）先生手笔。成都燕京大学仿制的四字匾额是孔庸之（祥熙）先生具名，曾履川先生代笔］有如许之评估与信念。燕大师生深感鼓励之余，自应更加努力，以符众望。只可惜没有那“广厦千万间”，致使数千学子失望向隅耳。

华西坝四大学订于九月下旬，一九四二学年度开课。届期，燕大尚欠齐备，只可延缓几天，订于十月一日开课。注册学生，依照预计，共三百名。北京来成都复学的旧生，无法限制，只可随到随上课。第一学年结束时，学生共计三百六十四人。适巧美国威尔基先生（Wendell Willkie）代表罗斯福总统，来华报聘。十月二日威氏道出成都，向基督教五大学师生联席大会发表演说。大会在华西大学足球场露天举行，讲台前五校列队站立听讲。燕大师生由陕西街整队出发，前面由校旗领导。到达华西坝时，掌声四起，乃是四友校师生表示欢迎燕大参加五校阵容的热情流露。各校都有校旗，而中华民国的青天白日满地红国旗与美国的红蓝白三色国旗，并列飘扬天空。燕大师生——尤其是由沦陷区初到后方，多年未见国旗的师生们——深感激动。威氏演说要点，在鼓吹民主自由，加强抗敌决心。演说翻译，公推由笔者担任，威氏素以“一个世界”（One World）为主张，著书出版，亦即以此为书题。大旨与中国的“四海之内，皆兄弟也”思想颇多契合之处。成都复校的燕京大学能以威氏演讲为第一课，亦是殊足纪念的趣事。至此，燕京大学在后方复校的构想，完全实现。

在开学的前夕，于九月十四日（一九四二年），成都燕大董事会在重庆举行会议。议决下列若干事项：（一）复校工作顺利完成，工作人员概予嘉奖。复校筹备处宣告结束。（二）推举孔庸之先生为董事长，张岳军先生为首席副董事长，费云皋先生为第二副董事长，艾德敷（Dwight W. Edwards）先生为第三副董事长。（三）推举孔庸之先生为校长，司徒雷登先生为校务长。（四）在校长及校务长未能到校供职期中，推举梅贻宝先生为代理校长及代理校务长。（五）学校组织规程仍旧。（六）燕京大学成都完成复校，呈报教育部备案，并申请补助经费。（七）为便利维持燕京大学的种种国际关系，学校英文名称可用“成都燕京大学”（Yenching University in Chengtu）字样。此后，董事会每年招开会议，审查预算决算，接受校务报告。孔董事长及艾德敷副董事长且先后因公来成都，乘便视察校务。张首席副董事长则驻节成都，更是不时到校，屡颁训示。

教职员的阵容与服务精神

燕京大学能在成都顺利复校，乃是仰仗各方支持合作。燕大能在成都进行校务，而且能维持教学水准，则端赖校内全体同仁牺牲服务的精神。教职员阵容以北平到达成都的同人为班底，亦就以原来薪级待遇条例为准则。虽在战时生活困难情形之下，仍旧维持“不兼职，不兼薪”原则。教授最高薪金仍旧每月三百六十元，校长一致，加以战时调整。院长、系主任、各行政职务，由教员兼任，不另给酬。校长开会较多，由校款购置脚踏车一辆。后来笔者伤骨，不能骑车，学校购置人力车一辆，雇用车夫一人。唯一临时变通办法是打破了燕大夫妇不共职的不成文条例，以应付教员缺乏之需要。影响所及，有梅倪逢吉（家政系）、郑关瑞梧（社会系）、林饶毓苏（经济系）三位教员。燕京决定在成都复校后，即经说明，绝不征聘在华西坝四姊妹学校任职的教员，以免引起动摇，破坏他校教学阵容。燕大所求于华西坝的，实际只限于实验室的应用与图书馆的开放而已。

由北平前后到达成都的教职员，总计约三十人。这就是成都燕京大学的班底，亦是台柱。因为他们对于燕大手续熟娴，各院院长、各系系主任，大部由他们担任，任劳任怨。兹将各部门负责人员表列于后：

成都燕京大学各部门负责人

校长室	梅贻宝（代理）
秘书	熊德元
教务处	韩庆濂
	陈尚义（继任）
图书馆	梁思庄
训导处	卢惠卿
	魏永清（继任）
	沈体兰（继任）
女生主任	陈芳芝

体育组	男生	林启武
	女生	卢惠卿
总务处		罗宾孙（Rev. Horold W. Robinson）
		郝思齐（Albert C. Hausske）（继任）
文学院		马鉴
国文系		马鉴
英文系		包贵思（Grace Boynton）
历史系		王钟翰（秘书）
新闻系		蒋荫恩
哲学		施友忠
教育		廖泰初
理学院		赖普吾（Ralph Lapwood）
数学系		赖普吾
物理系		陈尚义
化学系		张铨
生物系		刘承召
家政系		梅倪逢吉
法学院		吴其玉
政治系		吴其玉
经济系		郑林庄
社会系		林耀华

有人说过，一所大学之所以为大，不在大楼而在大师。这是一句不易之论。成都燕京大学，虽然是战时的临时大

学，仍旧重视这条至理，尽力而为。幸运的很，我们竟能请到若干位有名有实的大师，不嫌成都燕大简陋，惠然来临施教。笔者至今犹觉心感不胜。其中有陈寅恪（历史）、萧公权（政治）、李方桂（语言）、吴宓（文学）、徐中舒（上古史）、赵人隽（经济）、曾远荣（数学）诸位教授。陈、李、萧三位都是中央研究院的院士。这些位大师肯在燕大讲学，不但燕大学生受益，学校生辉，即是成都文风，亦且为之一振。在抗战的艰苦岁月中，弦诵不但不辍，而且高澈云霄，言之令人兴奋。燕大教授待遇，历来月薪以三百六十元为限。这几位特约教授，特订为四百五十元，聊表崇敬。所可惜者，陈寅恪先生双目失明，即是在成都燕大任教时期发生的。原来陈公左眼视网膜脱离已有数年，屡治不愈。在成都忽然右眼视网膜亦不幸脱离。陈公住进同仁医院，院址即在燕京对街。学生们自动组成看护队轮班侍候，替陈师母分劳。陈公感念之余，向笔者说道："未料你们教会学校，倒还师道犹存。"笔者至今认为能请动陈公来成都燕京大学讲学，是一杰作。而能得陈公这样一语评鉴，更是我从事大学教育五十年的最高奖饰。

外籍教职员，前文已经提过包贵思女士、赖普吾先生。另外还有范路德女士（Ruth Van Kirk）、罗宾孙牧师、郝思齐先生三位。他们都是美国公理会（American Board Mission）的宣教士，原职在华北。华北沦陷后，他们被派来成都，协助燕京。范女士教英文。罗、郝两位先生前后担任总务长。当时大学总务长职责之一即是每学期要编造教职员学生人口册，以便政府按口授粮，学生口粮各校都是虚报几名，以防不测，日久已成通例。燕京随时都有学生由后方到达成都，报到注册，虚额需要更甚。罗牧师则认为虚报名额，乃是欺骗行为，坚持不肯签名盖章。在总务处纠缠不清，就到校长室来解决，好不容易才找出一条折衷办理的途径。这一类的问题，事后想来，只觉啼笑皆非。

战时的生活，真是艰苦，而且是愈来愈苦。成都居民人口骤增，电力不足，只可分区轮流停电。先是每四夜停电一夜，后来每三夜停电一夜。燕京大学体贴同人，每家发给菜油灯一盏。油灯下看书困难，看报更困难（战时报纸一面光，一面粗。粗面在白天亦得仔细看），结果常常是两家四口两灯，聚起来打桥牌。本地造的牌是夹纸上上桐油，天气潮湿，便拈不开，遇有朋友海外归国，送给一付泊来品桥牌，则功德无量矣。有一天李方桂先生到校长室枉顾。我问有何见教，他说有一要事，得请校长费心。他手持一大把卡片。他说你看，这是壮族（我只记得是一边区民族，不敢说定是壮、是苗，还是其他）的语言记录片，我亲手记下的，全世界只此一份。可惜本地墨水褪色，快褪到毫无痕迹了。他笑着说，恳祈校长大力供应一瓶泊来品墨水。一瓶墨水事虽细微，大概还是向美国空军讨了来的呢。校长室的英文秘书，一连串换了几位小姐。到职交代事项之一乃是收到信件都要妥拆，尽量保留信封，做发信用。我们夫妇两人供职燕大，有两份薪水，能请一位女佣人。在同人中，这是例外。用人的主要任务是每日三餐，在那样原始设备情况下，亦就够难为她的了。有人说吃一顿饭是解决一个难题，洗一个澡是面对一个危机，信哉斯言。这位“包嫂”服侍我们，有始有终，一共四年，替我们分担不少的薪水之劳，内人领下月薪与她平分，可称共存共活了。

抗战时期至少需要两种抵抗力：一是抗敌，需要决心；一是抗穷，需要体力根底。一九四五年生活指数上涨到一千六百倍，而教员薪金调整，升到一百倍。换言之，教员的购买力降到百分之六点三。结果当然是营养不良，疾病丛生。上文说过陈寅恪先生双目失明，这不但是陈公的痛苦，亦且是中国学术界一大损失。此外，韩庆濂先生以健康情况，辞职离校。包贵思女士以健康情况，提前回美休假。赵人雋先生入院开刀。这都是人所共知的消息。其他病痛，大家都是得忍就忍，报喜不报忧。所以无法确计，只可臆测。以笔者本人而论，曾患疟疾，曾患伤寒症（Typhus）一场，住院调养了相当时日，幸获康复。倒认识了几位护士女朋友。原来北平协和医院护士学校迁来成都华西坝继续作业，师生中有几位在北平就熟识的，还有几位是燕大护士预科毕业生。笔者另外胆囊结石，不时作痛，又背骨错节（成渝路上颠簸过度），坐卧不宁。幸而不久能赴美报聘，两次入院，手术治愈。

一九四四年日军决定把山东潍县集中营里的俘虏们大部遣散。北平燕大英、美籍教员们多能恢复自由。在成都我们以为可以接来一批生力军，再接再厉。未料这些人经过长期囚困，身心疲顿，需要长期养息，成都燕大未便敦促他们来成都服务。但是鉴于成都燕京人手缺乏，夏仁德先生（Randolph Sailer）（心理系）与博爱理女士（Alice Boring）（生物系）两位教授，不计个人安危，奋勇投效，愿来成都，参加燕大阵容。两位体格检查，亦获通过。但是国务院订有通例，禁止女性前赴战区。博教授前往成都的壮志是以未获实现。夏教授与笔者在纽约旅舍恳谈一夜，洞悉成都燕大情况。于一九四五年春，到达成都任教。次年成都燕京结束，师生迁返北平。长途跋涉，人数众多。诸须筹划组织。笔者疗养滞美，诸蒙夏先生分劳，衷心铭感。而他本人竟因劳致疾，中途在西安病倒。飞往上海就医，病愈到平。夏公服务燕京自始至终（由盔甲厂时期起，到燕大被中共接收止），尽心竭力。他克己为人的基督徒精神感召了无数的燕大师生，可称为基督教宣教士的现代模范，亦是中西文化交流的特使。最近（一九八二年？）在美仙逝，令人悼念。

接济北平燕大失业同人

北平燕京大学被日军封闭后，全校教职员立即失业。其中入狱受辱者，自是心身压迫，痛苦万分，其他亦都是衣食无着，典当度日。由珍珠港到日本投降，三年半时间，是一段十分辛苦的岁月。国民政府筹谋接济，经由成都燕京大学与北平王克私先生联络。就笔者所知，有一九四四年春一笔三十万元，又一九四四年冬一笔五十万元，谅可略有裨益。尤可惜者，吴雷川（震春）校长与周焕文（学章）院长在北平逝世噩耗，先后传到成都。燕大师生闻讯，哀悼不胜。笔者趁在重庆公干之便，往访陈布雷先生，报告吴校长、周院长在北平辞世消息，并请代呈政府，颁状嘉奖，他听了报道悲戚动容。据闻吴校长早年在杭州与陈先生有师生之雅。嘉奖状不日到校，即为转平。司徒雷登校务长被日军囚禁在北平一所民宅。同住有两位美国人，其一是协和医院庶务主任博文先生（Trevor Bowen）。燕大师生人人关切他的起居健康，自不待言。不过音讯隔绝，真像莫明。大后方不无好事之徒，传出种种谣言：说司徒先生病了，说他疯了，以至说他死了，不一而足。许多人见了我，先打听司徒先生的消息，或者要我证实他们听来的传言。我只觉烦闷之外，更加烦恼。听了传说，当然亦要设法查询。幸而一切都是谣言，全无根据。日本投降后，司徒先生恢复自由，康健如昔，随出任美国驻华大使要职。

学生生活

燕京大学在成都复校，维持了四个学年（一九四二到一九四六），造就了不少人才。学生人数第一年计三六四人。其中约一百五十人来自北平。毕业班有三十一人，其中女生竟占十五名（北平燕京大学男女生比例大约为二比一）。这是值得注意的中国女子解放信号。其后三年，每年学生约四百人。四届毕业学生共计三百五十人。其中北平旧生约二百五十人。北平燕大学生在成都复学的约计三百人。毕业学生多能就业，亦有若干人去从军的。

学生学费规定每年五百元。一九四四年（记录较全）开学，注册学生三百八十人，共收学费一九〇，〇〇〇元，不过这只是帐面上的数字。沦陷区的学生全靠济助金。后方的学生亦有因需要而领济助金的。济助金项下有政府济助金，该年计二五〇，〇〇〇元，有国际济助金，计五〇〇，〇〇〇元，教育部另发沦陷区学生伙食贷款。赤贫学生一一八人由学校再发给燕大济助金，每人约二，七〇〇元，学生们亦设法自给，找些工作做，如教家馆，为报馆探访新闻，等等。如此七拼八凑，务使诸生都能维持生活，完成学业。学生们都明白，在国家抗战时期，得在一所优良大学进修，是个难能而可贵的机遇。由北平来后方的学生们，印象尤深。

学生们用功，可以说人人奋发，无须督促。五大学伙用的理学院图书室增添若干桌椅电灯。执事先生把帐单送给燕大，要求照付。我们说似应由五校分担较为合理。回话说："到图书室阅览的尽是燕大学生！"听了，倒很感欣慰。为学生们的训练与出路，成都燕大与大公报馆、复兴公司，以及主办儿童福利、盲人福利、劳工福利各机关，订有合作办法。学校亦借此略获经费补助。

燕大师生基督教团契战时更为活跃。成都燕大学生半数以上是团契契友。美国空军对日敌作战，以中国成都为主要基地。巨型轰炸机需要很长的跑道。建造跑道的器械不完备，成都机场的跑道，竟是徒手造成的，称为奇迹。燕大学生，有就业于美国空军成都司令部的，亦有投效充任美军翻译官的。美军士卒休假，我们既是战友，通晓英语的中国人当然要尽些地主之谊，亦要乘机作些国民外交。在成都燕大，我们举办过几次茶话会，亦讲说些中国文化（孔夫子是谁？），亦邀约些男女学生来，做些团体游戏，等等。但是看情形，并不合乎客人们的脾味。这些由战场上退下来得获休息的美国士卒们的主要兴趣，在交女朋友。对于燕大女学生们，我们只能指出，美国施行征兵制度，军人的背景，良莠不齐，同他们交游，诸须审慎。此外亦只能看个人的机警与意愿了。

抗战末期，首都重庆举行国共和谈。各大学校园的政治活动，顿呈活跃。由闪烁其词的壁报开始，演变到激烈的争论，以至打斗。这是全国各大学的普遍现象。成都燕大亦不无波及。

经费的筹措

珍珠港事变发生后，笔者受命筹备燕京大学在后方复校。心理上真是战战兢兢。尤其经费一节，连想亦不敢想。只是抱着一种类似“船到桥头自然直”的信念，这到不是说“上帝会救苦救难的”。乃是说，燕京大学这样的教育事业如有存在价值，在一个有道理、有秩序的宇宙中，应该获得充分的支持。若干年来，司徒雷登先生主持燕大的勇气，即基于此信念。笔者有幸，得步司徒先生的后尘，增加了不少的胆量。成都燕京大学维持了四个学年。抗战岁月，艰苦万分，无庸赘述。而四年学校的预算、决算，年年平衡，而且还略有余裕。这必须归功于饶宾孙、郝思齐两位先后总务长。

燕京大学是一所私立基督教大学。他的经费来源粗计约分：一、学生学费，二、基金利息，三、国际机关协助，四、国际人士捐赠，五、国内机关协助等各大项。这些项目，在战抗期间，有消有长。学生学费一项，在帐面上仍然登记一行，实际收入，微不足道。其他各项，则诸须从头联系浼托，谁做校长，谁就得出面募化。笔者童年在天津南开中学听见张伯苓校长说过："我为自己向人求告是无耻；我为南开不肯向人求告是无勇。"笔者亦就遵照"老校长"（在南开的通称）训示，鼓起勇气，发动"求告"。能拜访的去拜访，不能拜访的通信候教。结果颇堪告慰，超乎望外。兹先由国内的各机关说起。国民政府战时财政，虽在万分困难状况之下，却坚决支持教育，培植人才。此节十分值得表扬。教育部拨给燕京大量补助费，社会部亦有协款。另外全校师生以及眷属，计口授粮，像是由全国救济委员会处理。此外，中华文化教育基金委员会、中英庚款董事会素来对燕京都有补助，战时仍能继续，数额且略有增加。

一项最值得纪念的捐款乃是重庆大公报馆致赠巨额十万元。此举情谊敦厚，意义深长，而且影响社会对于燕京之评估者至巨。兹略述其原委。北平燕京大学设有新闻学系（当时全国另有上海复旦与圣约翰两大学办理新闻学系），颇著绩效。尤为新闻界所注目，与天津大公报多有往还，情谊素笃。大公报由天津撤退重庆，正是该报声誉高达顶端时期。且荣膺一九四一年密苏里国际新闻特奖。这一年一度的新闻界国际评鉴系由美国密苏里大学新闻学院主持，当选报纸，立即声闻国际。大公报膺此荣誉，至属难得。全国文化界亦为之齐感兴奋。而燕京新闻人才教育，亦在此时有显著表现。国际宣传为抗战时期之重要任务，当时中央社在世界各大都会，如华盛顿、伦敦、巴黎、新德里、三藩市，都派有干员，主持其事。而其中如任伶逊、汤德臣、卢祺新、沈剑虹、徐兆镛诸君，乃是青一色的燕大校友，海外挥笔如刀，卫国御侮，功绩斐然。[详见沈剑虹著《话说中央社英文部早期人物》(《传记文学》第四十三卷第二期，一九八三年八月号，页五三、五四。)] 与大公报之国际荣誉，相映生辉，殊胜事也。所可惜者，大公报主编张季鸾先生即在此时辞世。该报同人募集季鸾纪念基金，约十一万一千元。燕大复校，该报馆即决定以大数十万元捐赠成都燕大，指明用作充实新闻学系经费。此款真是雪中送炭。消息传出后，大公报与燕京大学，同受社会加倍注意。燕京大学后方复校，进而捐募千万基金，都获完成，胥赖各方支持。而舆论泰斗如大公报者，实助吾良多。为商谈这一笔大公报赠款，笔者得识胡政之先生。亦就顺便交换了些有关新闻教育意见。

再说成都燕大海外经费来源。燕京大学是一所国际教育机关。素来接受英、美各国多方面的协助。创办燕京大学的各教会，自始每会供应教职员若干人，并每年协款若干。后来燕京与美国若干教育文化机关发展联系，亦各有协助。如哈佛燕京汉学研究所（Harvard-Yenching Institute of Chinese Studies，充实文、史、哲各人文学科），普霖斯顿基金会（Princeton-Yenching Foundation，充实社会科学各学系），卫斯理女子文理学院委员会（Wellsley College Foundation，充实燕大女生部），罗氏基金[1]（Rockefeller Foundation，补助大学普通经费）。这些文化教育机关亦都受了战争的打击，收入紧缩。但是对于燕京的协助，他们都尽量维持，而且每有增益，盛情可感。哈燕国研所一九四五年在例行协款之外，另加美币七千元，为陈寅恪、李方桂两教授的特别研究费，又一千元为李方桂、林耀华两教授暑期考察西南边疆民族语言文化之旅费。

与罗氏基金的一段交往，特别有趣，兹为简述，可作募款行动之例案。罗氏基金对燕大的经费补助，历有年所。最后三年，曾经规定：一九四一至（一九）四二年，美币五千元；（一九）四二至（一九）四三，四千元；（一九）四三至（一九）四四，三千元；以此为限。燕大复校第一年为一九四二至（一九）四三，照收协款四千元无误。次年应为三千元。当时罗氏基金远东代表为包尔弗大夫（Dr. M. C. Balfour，罗基远东代表一连串都由医学博士充任，大概是因为他的主要责任是评鉴北平协和医学院及护士学校）。他在一九四二年冬到重庆，笔者适巧因公到渝，特往歌乐山中

① 即洛克菲勒基金会。——校注

央医院去作一次礼貌拜访。晤谈甚洽。他留我吃晚饭、打桥牌，过夜。我自然乘机把燕大的状况与需要，都向他说明。他说罗基对燕大的补助，早有规定。他把上面开列的三年协款数额表，背了一遍。我问他能否变通增进呢？他笑而不答。他已订于过了年到成都。临别我们彼此说了“过几天再见”。包大夫到成都燕大参观（实际是视察）的那天早晨天气奇寒，近乎结冰。燕大没有一处有火炉。客人先到校长室坐了坐。我看他的样子很不宁贴，又怕他冻出病来。我想起我们在隔壁启化小学里两间房的“校长公馆”的外间屋有个壁炉，或者可以升个火。我请他到家里坐坐。可惜我们从来未曾用过这个壁炉。我对于升火这一道又毫无技巧。再怎样鼓捣，亦升不出火来。客人还帮了一把，亦无效。最后，他忍不住的说，“咱们还是回办公室去吧！”算是白白的折腾了一阵。实际说来，燕大校务，我在重庆都已向他报告清楚。他来参观，是要实地考察，看看学校校风与精神。所以折腾壁炉这一幕，并未耽误了公事，反到让客人把燕京作法给看穿了底。包大夫去后，不久就有罗氏基金会来信通知，燕大补助费一九四三至（一九）四四原订三千元，现增订为六千元；（一九）四四至（一九）四五增列为一万五千元；（一九）四五年以后，届期再议。得了通知全校鼓舞不胜。我心中暗想，那壁炉一幕，很像是一套苦肉计呢！

成都燕大经费来源，国际方面，另有可观的友邦接济。美国的组织名称为联合援华会（United China Relief）。援华会的驻华执行干事即是燕大校董艾德敷先生。英国组织称为英国援华基金会（British China Relief Foundation）。这两个团体都有大量接济，燕大亦身受其惠。艾德敷先生为成都燕大，效力尤多，衷心铭感。英国方面除物质接济外，且由英国文化委员会（British Council）推派学人两位，来华报聘，借与中国学人联系。人文方面为杜德（Dodd）先生，乃牛津大学的希腊语言文化教授。科学方面为尼德罕（Joseph Needham，亦译称李约瑟）先生，乃剑桥大学生物化学教授。尼氏近年出版《中国科学与文化》（*Science and Civilization in China*）巨著若干册[①]（尚未出全）。其价值堪称国际汉学研究之顶峰。尼氏研究此题之兴趣即产生于战时在中国报聘时期。

成都燕京大学经费的筹措，大致顺利。惟一的困难竟是燕大本校在美国的托事部（Trustees），说来颇可惊奇。托事先生们采取保守态度。北平燕京被日军封闭，教职员失业，房舍失修。一旦胜利，重行开学，则负担必甚沉重。所以主张，每年收入三分之一保留为储备金，三分之二供应成都燕京大学。以是，燕大之主要美国协款，骤减三分之一。影响至巨，力争无效。据此立场，则燕大后方复校，不是多此一举，即是限于厨窗作用而已。远隔重洋，只可说处境不同，立场各异。所幸国内外各方面，群起踊跃支持成都燕大成都复校。经费差堪维持，校务幸未中断。然而成都燕大之努力，未获本校托事部热烈鼓励，终属遗憾耳。

---

① 即《中国科学技术史》。——校注

千万基金运动

成都燕大第一学年结束后，校务大致就绪。一九四三年秋遂有筹募百万基金运动之拟议。改善师生生活，推进教务计划，在在需款，不在话下。当时社会对于燕大之称誉，校友对于母校之热心，都有高度之表现，如能趁此推行捐募基金运动，当可化热诚为实惠。而且募捐运动，如获成功，且能振奋国人自强精神，增进国际人士对中国民众不屈不挠之崇敬。其收获自不限于钱款而已。募捐原议以百万为目标，筹划期中，通货暴涨，索兴斗胆，订为千万。当时汇率，美币一元折合国币三十。基金筹备委员会包括董事、校友、教职员各若干人。一九四四年春，筹备大致就绪。由孔董事长庸之先生宴客揭幕。重庆显要咸集一堂。孔先生即席致词说明他任国府要职（当时他是行政院院长兼财政部部长），素来不肯出名募捐，而且“今天你向他募，明天他向你募”。（全场大笑）实在亦应付不及。不过燕京大学是他的母校（由通州华北协和大学起算），亦是中国一重要私立学府。只此一募，下不为例，望诸君予以支持。孔公言重九鼎，基金前途，即感乐观。在成都张主席岳军先生亦为燕大基金，登高一呼，生效甚巨。笔者曾赴兰州一行，诸承新旧友好，多方支持。公共传播机构如大公报，亟力为燕大募捐吹嘘，收效甚宏。最可感人者乃燕大校友，自己捐献，逢人便募，一位在成都燕大新闻系毕业同学，刚刚就职领薪。他把月薪封袋全份捐献，另外借债充饥。闻之心感不胜。

一年后募捐运动宣告结束。共收国币一千二百五十万元，超出千万目标四分之一。依地区款额可分列如下：

重庆　五百五十万

成都　三百万

兰州　一百四十万

其他　二百六十万

共计一千二百五十万。

募捐开支则不到收款百分之五。美国朋友们对于募捐运动较有经验，他们听了，颇感希奇。原因是募捐运动并未聘用捐款专业人员，主持其事。基金委员会的干事即由代理校长及校长室秘书熊德元君兼任，不另支薪。而实地劝募，则多由校友进行，甚至交际费、杂费等，亦难免有若干笔，校友们不肯报帐，掏腰包代付了的。千万基金运动，宣告成功，全校欢腾。回念一九三〇年代，北平燕京大学曾经发起捐募基金运动，但成绩不佳。此番募捐，乃在战时后方，困难百倍，竟获成功。殆亦国人爱国、校友爱校之表现欤？

基金筹募结束后，基金筹募委员会改称基金保管委员会。依当时汇率牌价，一千二百五十万国币可兑换四十一万余元美币，为数可观。不过战时外汇，政府管制很严。孔董事长以国家财政为念。屡次请示进行基金兑换美币一节，均未邀准。稽延一年有余，方获进行。国币业已惨跌，只得美币两万七千零九十五元耳。此款交由纽约托事部保管。一九四九年春，政局紧张。艾德敷先生（当时的北平燕京大学代理校长，滞留上海）在上海青年会邀集全绍文、方东、张鸿钧、梅贻宝（还有两位资深校友，姓名想不起了）等若干燕大有关人士，商谈此项基金处理问题。大家同意，将此款移交纽约托事部（后称中国基督教大学联合董事会UBCCC，又改称亚洲基督教大学联合董事会UBCHEA，简称联董会），与其他各基督教大学基金，合并处理。

抗战胜利复员

一九四五年八月十四日，日本在美军原子弹威胁之下，宣告投降。吾国抗战，终获胜利，全民欢腾。可惜笔者远在美国一所乡间疗养院疗养中，不获参加这千载一时，普天同庆的热闹，引为终身憾事。尤其不得即回成都，结束成都燕大，料理北平复员。更觉愧咎。

以上各段，均是笔者目睹经过。以下一段，只限耳闻了。

成都燕京大学，原是临时性质。日本投降，即可结束，全体师生到北平复员。不过想到交通情况，显然绝难行通。粗计战时迁来后方的，约五千万人。一时人人都想还乡。燕大莫如在成都延续一年。交通情况当见改善。是以一九四五到四六这一学年，北平成都两处燕京大学，同时进行。司徒雷登校务长在北平经过三年半软禁，恢复了自由。他在飞美以前，曾到过重庆，亦到了成都，把成都燕大视察了一番。在美，他与笔者就燕大校务，恳谈过一次。转年春他回北平，不久华盛顿便发表了他担任战后美国驻华大使职务。

胜利后，北平燕大恢复开学。校舍诸多摧毁失修，只可逐渐修葺。听说日本交付一笔赔偿金，不过数额有限。临时招收一班一年级新生。旧生亦有回校复学的。校务由一委员会主持。战后金融汇率，都欠稳定。美国托事部认为燕大经费需要紧缩，以免亏累。教职员都要经过委员会甄审，决定是否续聘。成都燕大任职同人，亦要经过甄审，据闻教学精神顿受影响。成都各位特约大师，原望能对燕大发生感情，战后肯在北平燕大长期执教，则幸甚矣。可惜在紧缩政策之下，服务人员只许裁减，不得增添。此想亦竟未获实现。

成都燕大师生，在最后一学年，一面维持学业，一面筹划长途旅行。据说成都满街都有人摆地摊，售卖衣物。燕大教授夫人们，亦有权作“老板娘”的。学校则组织复员旅行委员会，负责策划路线，估计旅费，分发旅费津贴，租赁车辆，组织旅行团体等等事务，路线约分南北两路，南路：成都（汽车）— 重庆（轮船）— 上海（轮船或火车）— 天津（火车）— 北平。全程约一万二千华里，需时一个月。这南路较长，旅费较巨。只有沿途有亲友的少数师生，走此路线。北路：成都（汽车）— 宝鸡（火车）— 西安（步行、牛车等）— 太原（火车）— 石家庄（火车）— 北平。全程约八千华里，需时二十到三十天。日期短些，旅费少些，但是辛苦更甚于南路。燕大师生决定由北路回北平的，共计约四百人。组成五大队。每队出发相隔三数日。一路辛苦，岂只风霜而已？此役笔者未获参加，深以为憾。夏仁德先生以身作则，出力最多，到了西安，他竟不支病倒。只可飞往上海就医养息，然后到平。成都燕大的卷宗数大箱亦滞留在西安。两年后，在共军攻占西安前，幸获运到北平。这复员长途旅行，幸无大祸，就算一路平安了。

余 音

燕京大学成都复校，燕大校史借以延续，凡四学年，毕业学生数百人。笔者被举担任代理校长，自量诚恐不逮。幸获校内外以及国内外若干人士，匡道支持，得无陨越。且在抗战艰苦时期，募集可观基金，引起社会对燕京特别注意。抗战胜利，师生凯旋，北平复员。成都燕大宣告结束。所可惜者，笔者适逢留美报聘。未获与同人、同学，同庆胜利。且亦未获主持师生复员。贯澈始终，深觉遗憾。

笔者赴美报聘系经美国国务院邀请，由燕大教授会推举，代表应邀。美国邀请中国学人报聘办法，约自一九四四年开始施行。据闻昆明西南联大金岳霖教授、成都金陵大学陈裕光校长曾先后应邀赴美。笔者赴美，已是一九四五年春，为期一年。燕大校务由马季明先生代行。当时赴美，交通工具，只有美国军用飞机。并不售票。乘客须经批准。按旅行任务之轻重，排列先后次序。笔者被排在四月底登程。一路尚称顺利。还封了我一个临时军衔，都称我为Major Mei（梅上尉），以便路上按排食、住、行。途经昆明过夜。我得获向我的五哥（梅贻琦，当时任西南联大校务执行委员）五嫂候安。道出开罗，我请了病假，停下来三天，畅游金字塔诸名胜。五月初中途听见罗斯福总统弃世，由副总统继任的消息。心中暗羡一个法治现代国家的政权传递，全按规矩，绝少纷扰。到达纽约，赶上联董会开会，亦听见宣告德国投降，称为欧洲战场胜利日（V. E. Day）。美国举国狂欢。净等日本战场胜利日（V. J. Day）的来临了。

住美期间笔者为燕大作了若干宣传联系。每次说到男女学生们负笈万里，营养不足，疾病丛生这一节，听众动容，总有些老太太们竟然泪下。有当场捐钱的，有后来送药的。这是草根盛情，尤其可感。我公开讲演，收场常用以下一句话："我计划不日回成都，与燕京大学师生以及吾全国同胞，去共甘苦，共患难。"听众肃然起敬。我当然绝没有贰心。只可惜日本骤然纳降，反使我这一句说话，未能兑现。在纽约我前后两次入医院开刀。第一次是割胆，第二次是接背脊骨。背骨医疗较为复杂。出院后，需要长期养护，不可震动。我以无家可归，被送进一所僻静乡下的疗养院。八月十五（在中国是八月十四）日本投降（V. J. Day）终于到来。我亟想大声欢呼几声，可惜一个人呼不出个名堂来。而且疗养院要维持安静，怎可喧嚷？故而无声无臭的，一个人庆祝了千载一时的胜利。至今仍有窝囊感，在养息期间，我在母校欧柏林学院（Oberlin College）讲授"中国文化与思想"一学期。欧校校长探听我的口气，肯不肯担任长期教席？我以为抗战虽已胜利，建国尚待努力。不宜游美自谋，分化了国家力量。遂即谢绝。

战后美国空军载客办法一概停止。海运公司都恢复了营业。我在第一条开往上海的船上订了一个舱位。船是“戈登”号（S. S. Gordon），日期是九月上旬由三藩市开行。我计算回到北平，正赶上开学上课。计划到是满周到。没有料到战后解禁，罢工风起，有关航海的工会，一个罢了一个罢。延迟到十月初方获启碇。到北平时，燕大开课已两三周了。幸而我获得一笔罗氏基金致赠的研究费，称研究教授，授课不多，尚无大碍。北平别来八载，大致无恙。青天仍是世界上最青的青天；白云仍是世界上最白的白云。只可惜国事日非，民生疲惫，较战时尤甚，金融失策，“剿共”失利。不出两年，大势已去。笔者只好第二度向燕大请假离校。八年前在日据之下请假，乃是到西北去主持甘肃科学教育馆，竭尽国民抗日责任。所以离愁之外亦到还搀有几分勇气。今番请假，避秦以外，一片茫茫，自己亦不知道将何以终？回首成都四年辛苦岁月，反觉不无乐趣，满有意义，渺茫间，一阵阵仿佛还闻到那文庙桂树的幽香，亦还看见启化小学那株圣诞树型的玉兰花呢！

一九八三年十二月于美国绮色佳镇

载《传记文学》第四十四卷第二、第三期（一九八四年二月、三月号）

南开东北燕京五年半

——《问学谏往录》之八

萧公权

我同织英在上海过了旧历丁卯岁的新年，带着女仆张妈于民国十六年二月上旬乘沪宁路和津浦路的火车启程北上。到了天津车站时叔玉已在那里等候。在他照料之下，我们雇了几辆人力车一直去到八里台南开大学的百树村三号教员住宅，很快就安顿妥当。他们夫妇带着女儿住在六号里，与我们的寓所相隔两家。文学院长黄子坚（钰生）先生住四号。是我们的紧邻。（半年之后我们搬住九号，与叔玉仍隔两家，与黄宅却隔了四家。）

第二天上午黄子坚陪我去见校长张伯苓先生，并介绍我给注册课主任伉乃如先生。伉先生名义上是注册课主任，实际上他所负的职务超出“注册”的范围。他与我商定我所授的课程：“政治学概论”“比较政府”“法理学”。前两门是全年的课程。徐谟先生教了上学期，我接着教下学期。“法理学”是半年的课程，本定徐先生讲授，现在由我来承乏。

我第二年所授的课程是“中国政治思想”“西洋政治思想”和“社会演化论”，三门全年的课程。（沈仲端［乃正］兄受聘到校，“政治学概论”和“比较政府”改归他讲授。）我每星期共授九小时的课，教室工作不算繁重。但“比较政府”“法理学”和“社会演化论”都是我不曾教过的课程，必须从头做收集教材和组织讲稿的工作。所幸我在密苏里大学肄业时曾选修“社会学”“人类学”和“生物学”等课程，对于演化论的学说略知其梗概。后来准备写硕士和博士论文时，对于政治理论和制度，以及法律理论和制度，曾广泛地涉猎过。因此准备教材虽然感觉吃力，尚不至茫然无从着手。政治学和政治思想曾在上海教过，但所用教材比较简单，并且只够一学期之用。现在所授的“政治学概论”是全年的课程，我用的教材必需与徐先生在秋季学期所用的教材相衔接，因此必须从新准备。“西洋政治思想”的教材，准备起来比较容易，但仍要用一些时间去整理。“中国政治思想”没有现成的教材，必须全部搜辑编排。这样一来，我每星期虽然只授九小时的课，所用于准备教材的时间大约五倍于此。伏案工作时常要到子夜。两年半勤慎将事，总算平稳度过。我向学生所讲不能说含有新知创见或高深学理，但自问还不至于捕风捉影，曲解臆说。

南开在那时是华北一个规模虽小而地位不低的大学。张校长得严范孙（修）、范静生（源廉）诸先生的力助于民国八年成立南开大学。民国十七年大加充实，改文、理、商三科为文、理、商三学院，分设历史、政治、经济、数学、物理、化学、生物、商学、会计、统计、银行等十一系。同年秋天，卢木斋（靖）先生捐款十万银元建筑的木斋图书馆落成。我到校的第二年恰好躬逢其盛。张校长和华午晴、孟琴襄、伉乃如等几位干部人员，努力多年，创造了“白手兴家”的奇迹。他们脚踏实地，不务高远。招生既从严格，开设课程也宁缺毋滥。学生专心向学，教员认真授课。教员的人数不多，但多有实学专长。我厕身其间，不敢不格外勤勉，冀图追随。《学记》说得好：“学然后知不足，教然后知困。知不足然后能自反也。知困然后能自强也。故曰，教学相长也。”我在自己做学生时已经有了学知不足的经验。教然后知困的道理现在才能亲切地体会。“自强”照郑注的解释是“修业不敢倦”。为求不使好学的青年对我不过于失望，我必需修业不倦，充实自己，弥补自己学问的漏洞。我在教，我也在学。在两年半当中，我不敢自信学问有多少长进，但确曾获得师生切磋，教学相长的益处。

我不曾变作毫无生趣的书虫。这很辛苦的两年半也是很快乐的两年半。除了读书之乐外，我还有友朋之乐。同事当中不但有谊比同胞的堂兄叔玉外，还有在美国已先熟识的旧友何淬廉兄和到南开方才熟识的新知蒋廷黻、李继侗、沈仲端、姜立夫、饶树人诸兄。其余的同人也相处甚得，融洽无间。学校把百树村十号房屋的一部分作为教员俱乐部。晚饭之后，我们随意去那里喝咖啡，谈天，或作各种游艺，借以稍纾一天工作的疲劳。（“集体象棋”是我们最欢喜的游艺。两人坐下对局，其余的人一哄而上，分别站在当局者的背后做义务参谋。这种集体下棋的基本教条是“观棋不语非君子”。当局者集思广益，从谏如流，尽可无为而治，维持“胜固欣然，败亦可喜”的风度。）大约一个钟头左右，我们尽兴而返，回家去继续作研究工作（如廷黻兄），或加紧预备教材（如我自己）。

好景可惜不常。民国十八年的秋初，叔玉继廷黻之后，应清华大学之聘，离津赴平。生物学教授李继侗兄不久也移讲清华。恰好沈阳东北大学工学院院长高惜冰兄受文法两学院之托到平津来延聘教授，我也在被邀之列。惜冰是清华学校庚申级的老同学，我当然乐于应命。我本来也想到关外去看一看。东北大学的邀请，给我一个机会去达成这个心愿。（去年南开组织一个以经济为对象的东北考察团，我未曾参加。）叔玉脱离南开，可以说是不欢而散。学校当局对他的态度，不能令人满意。这增加我脱离南开的决心。五月中学校发出下年度的聘书。除叔玉外，所有我们相熟的人都加薪十元廿元不等。叔玉来对我说：“我在这里五年了。这回仍没加薪。我想这是他们对我示意。我不能赖在这里了。”廷黻接到清华大学历史系的邀请，来商谈去就问题，听见叔玉被学校冷落，大为不平。他对叔玉说：“我们同去清华好了。”不久之后，清华大学经济系来信敦请叔玉。叔玉的学问专精而踏实。他在南开教书（和后来在清华一样）极其尽心，阐述学理，条分缕析，征引事实，翔实确当，很得学生的信仰。为什么南开当局不设法使他安心久住？这确令人百思不得其解。张校长认为我们这几个人他去是因为南开的薪给太低。待遇不丰，诚然是事实。五口之家的同人，有时会入不敷出。然而我们谅解学校经费不宽的苦衷，平日并无怨言。我不能接受张校长的解释。

民国十六年九月三日清晨，天津妇婴医院来电话到南开通知我，织英已经分娩，生了一个儿子，大小平安。同人听见这消息的向我道贺。我那时是快满三十岁的人了。我虽然不曾怀着“有子万事足”的传统心理，当然也很喜欢。我上完课后便赶到医院去探望妻儿，并向接生的丁懋英大夫致谢。回校途中诌了三首诗，抄在下面。以见我当时的一些感想：

生子诗

生民万千世，代谢如草木。父子命相承，华实种相续。
大哉造物心，天理托人欲。嗟我四方人，糊口生计蹙。
不辞有家责，苟逃无后辱。继往开来事，我未能免俗。
却笑厉生子，夜起劳爇烛。我生不逢辰，孩提伤孤苦。

母死父远游，茕茕依我祖。祖死父又亡，行年未十五。
转瞬忽三十，一索今得汝。哀哉无父人，如何为人父。
仰事义已阙，俯畜责宁拒。鞠尔尽微劳，小报亲恩巨。
愿汝能成人，为祖光门户。凝眸儿一笑，傥已解吾语。

吾族昔素封，吾祖安清贫。吾父继先志，所事在润身。
谋生贵食力，读书希有闻。前人贻此业，传世非金银。
受之勿敢坠，授汝冀能勤。饱食儿莫啼，贤租宜佳孙。

民国十八年七月十五日，织英在妇婴医院产一女。我作了一首七言诗：

生女诗

世俗从来贱女子，推恩不足计利过。
生女弄瓦男弄璋，产女则杀男则贺。
岂知大道兼阴阳，以柔克刚女为大。
男女俱出父母怀，娇女绕膝尤婀娜。
富家生女掌珠擎，贫家生女天花堕。
纵无百篇中郎书，犹办三冬窗下课。
辨诗续史俟他年，啼笑先与吟声和。
告语荆妻宜喜欢，文褓偎依共安卧。

（“克绍敷敏笃庆锡光”是我们高祖以下各代人的“排名”。我和各房兄弟们是“笃”字辈，我们的子侄是“庆”字辈。我们的儿子取名“庆熙”，女儿取名“庆华”。民国十九年十月二十三日我们又得一女，取名“庆燕”。）

十八年九月初我们离开天津的时候，庆熙刚满两岁，庆华还未满两月。幸好有忠心而得力的张妈和曾在侨居天津薛家服务多年的男仆老胡，伴着我们大小四口，坐上平奉路的火车出关北去。那是一个颇有秋意的阴天。一个曾在我班上听讲的学生马奉琛，探知我们启程的时日，独自到车站来送别，并帮着照料一切。热肠古道，十分可感。

东北大学是一个成立未久的学校。建筑尚属壮丽，内容却有待充实。校园靠近北陵（清太宗昭陵）。共设文、法、工三个学院。教员住宅是用水泥和火砖建筑的西式平房，颇为舒适。学校对从关内请去的教授颇为优待。名流如章行严、傅治芗、梁漱溟等也在校中讲学。清华同学陈青筠（钦仁）、孙小孟（国华）、张子缨（忠绂）、梁思成等先后来东北任教。小孟兄嫂是我们的紧邻，几乎每天见面，不时互相往来。我授课不多，只教“政治学”和“西洋政治思想”两门，每星期共六小时，颇有余暇，约同小孟诸兄到松柏参天，气象宏伟的昭陵去散步，到“日本地”去观察强邻政治经济侵略的现状，到沈阳城内的商店去购买用品食物或饭馆去便餐。（城内“杏花村”的糖醋脆皮黄鱼，味尤隽绝，堪称关内外第一。）东北学生的程度与上海“野鸡大学”的学生相比，可以说是难分轩轾。他们似乎还能用心听讲，对我也尚有好感。（孙小孟兄和我班上的学生，知道我们于学年结束后即将离校，曾举行一个餐会，表示惜别之意。）

张学良是东北大学校长，但学校的行政实际上由副校长总揽。工学院长高惜冰是学纺织工程的留美学生，可以说是“内行”。文学院和法学院两位院长的政治色彩似乎比较浓厚。整个大学好像都带着一点官府的气息。如果我们说南开办事的效率过高，我们只好说东北行政的效率太低。举一件小事为例：我在天津动身以前曾电知法学院长臧哲轩（启芳）先生我到校的日期。到校的那天我去到法学院和总务处的办公室去接洽，都不得要领。最妙的是，当我说明来历并表示想见院长时，一个职员说：“拿名片来。”我把名片递给他。一看上面只印有我的姓名，并无显赫的头衔，便把名片往桌上一扔，说“院长不见”。最后我到工学院找着了惜冰兄，经他派员陪着我去见了法学院长，一切问题才迅速而顺利地解决了。（照张子缨兄所著自传《迷惘集》中所记他在东北大学所遭逢的一切看来，我比他幸运多了。）

开学不久，校长设宴款待新到的教授，约请各院长、系主任和一部分旧教授作陪。这是一个场面不小的宴会。张学良和他的夫人于凤至都在座。从他的言谈举止可以看出“张少帅”不是一个具有特殊才智或崇高理想的人。他与鸦片吗啡结了不解缘，这是公开的秘密。（后来经上海闻人杜月笙苦劝才戒除了。）他袭“张大帅”的余荫，遇着“时势造英雄”的机会，成了东北的风云人物。其实他根本上是一个“纨袴子”，也是一个“昏小子”。这从他若干人所周知的行动可以推断。有一件很少人知道的事，也可以作为他品性的写真。当我在东北任教时，梁思成、林徽音夫妇也在那里任教授。“少帅”见了这位女教授十分倾倒，嘱人向她致意，请她做家庭教师。她婉词谢绝，等到课务结束，立即同着丈夫离开东北。

民国十九年春天，燕京大学政治系主任徐淑希兄欧游完毕，假道苏联，经沈阳回北平。他听说我在东北大学，特地来看我，当面约我下学年去燕大任教。我本来打算在东北只教一年。淑希兄的盛意，我当然乐于领受。

燕京是一个教会所办的大学，与上海的圣约翰，南京的金陵，济南的齐鲁，成都的华西等校性质相同，地位略等。我曾在教会中学肄业。现在到教会大学教书。这或者可以说我虽不信教而与教会有缘。燕京的校长（Chancellor）是前清翰林吴雷川先生。（照那时教育部的规定，外人在中国所办大学的校长必须是中国人。）行政实权操于副校长（President）在中国生长美籍传教士司徒雷登先生（John Leighton Stuart）。燕京虽是教会所办，招收学生，聘请教员，并不限于基督徒（神学院当然是例外，全体师生都是基督徒）。学生来自国内各省以及海外各地。教员有不少是外国人。因此校内的“洋味”远比南开、东北为重。有些学生（尤其是来自海外的学生）家境富裕，男生固少穷酸之态，女生更多装束入时。家境清寒的学生似乎为数不多。因此校风也不及南开朴素。学生的程度，一般说来，与南开不相上下。他们的英文程度优于南开的学生，中文程度则有逊色。（这当然有例外。中文系的高材生顾随，颇有才华，尤工填词。我最欣赏他在《燕京周刊》发表的一阕《采桑子》：“赤栏桥畔携纤手，头上春星，脚下春英。隔水楼台上下灯。栏杆倚到无言处。细味人生，事事无凭。月底西山似梦青。”）

淑希兄与我商定，我在到校的第一年授“政治学概论”和“西洋政治思想”，第二年授“概论”和“中国政治思想”。“概论”本来由他自己讲授（照美国大学一般的习惯，各系的“概论”课程，例由系主任担任，以便奠定学生进修系中其余课程的基础），现在他让给我教，我极感谢他对我的信任。（民国二十年夏天，我在淑希兄的办公室商谈功课时，一个新招收的一年级女生来表示愿进政治系。淑希说：

“你去选修萧教授的‘政治学概论’，能够及格，我便让你进政治系。”）

燕京教职员住宅和宿舍共有三种。一是在校园以内，“燕东园”和“燕南园”新建的西式住宅；二是朗润园里前清建造的中式房屋；三是学校购置或租赁，散在学校附近的民房。第一种的“洋味”最足，第二种的环境最美（朗润园是前清某贝子的别墅，其中有池台花木之胜），第三种最方便。朗润园里适宜住家眷的房屋不多，都已住满，仅燕东园和成府村里各有空房一处。我们选了后者，于是便在成府书铺胡同三号住着。这是一所建筑坚固而格局开敞的两进住宅。史密教授（Professor Smith）一家住前进，我们一家住后进。我们这一进的正房坐北面南，一排五间，东西厢房各三间。当中有一个约四丈见方的院子。此外还有浴室、厨房，男仆卧室各一间。我们一家大小四口，加上男女仆各一人，住在里面，绰有余地。我把西边的厢房用作书斋。窗外古藤一架，西府海棠两株，把这三间小屋点缀成读书的胜地。学校早已装设了电话、电灯、自来水、抽水马桶等设备。这样一来，我们的寓所便有“中体西用”的妙处。我去上课，由校园的侧门进去，走过顾随词中所说的“赤栏桥”，沿着“未名湖”岸，面对西山的远影缓步前进，大约二十多分钟可以走到教室。有时因事，晚间赴校，走过未名湖便可以看见“隔水楼台上下灯”的景色。

燕京的教职员几乎每星期都有“联欢”性质的各种聚会。内子素不喜交际。我想尽量利用时间去看书，也怕应酬。我们万不得已才去参加这些活动。但我们并不闭门索居，也有一些互相来往的朋友。其中见面最多的是任宗济兄。（他是清华学校辛酉级的同学，我们在清华肄业时已经相识。他现在燕京经济系任教。[1]）我们从沈阳到了北平，一时尚不能迁入燕京大学的教员住宅，只好在城内暂时住下。碰巧他受了清华同学会的委托，经管城内骑河楼的会所。承他照拂，让我们在会所的宿舍里租房栖身。环境既佳，租价又廉，我们一家受惠不小。我们移住书铺胡同之后，他时来看望我们，我也抽空到他的朗润园寓所去看他。每到周末，如果他没有应酬，我便约他过来便饭长谈。法律系教授郭云观先生也是和我时常见面的朋友。他曾历任法院推事、庭长，退而讲学，不但法学深湛，而且见解明通。读好书是开卷有益。与他接谈可以说是闻声有益。偶然兴到，他也走笔作诗，时有清逸隽妙之句。“一事年来差可意，借人庭院看西山”便是一例。淑希兄与我见面的时候很多。但他是一个忙人。除了授课以外，他还要从事著作，指导学生，主持系务，出席校院各项会议。因此我们闲谈的机会较少。我们在燕京的交游不广，但并未闭门谢客。

民国十九年十月二十三日，我们的次女庆燕在成府书铺胡同寓宅出世。我们到北平的时候，织英早已有妊。经燕京

---

① 任宗济兄在抗战结束之后曾一度在中华民国驻日代表团任职。此后曾任驻长崎领事及中央信托局东京办事处主任。一九六八年病逝，得年七十一。

校医李大夫（Dr. Learmouth）检查，判定分娩当在十月底乃至十一月初，并嘱于十月二十五日再去诊察，准备送进医院。二十二晚就寝后突然发动，承李大夫冒夜赶来，断定来不及送医院，只好在寝室里生产。到了次日黎明的时候，我们的二女儿便平安地降生了。李大夫是校医，例不收费。我们随后送他一件比较精致的小花瓶，略表我们的谢意。

我在燕京本有久留的意思。民国二十一年五月中清华大学政治系主任浦逖生（薛凤）兄约我去任教。逖生是老友，清华是母校，图书设备远胜燕京，学术水准也较燕京为高。叔玉、廷黻、继侗、刘崇乐（清华庚申级友、康乃尔大学研究院同学，一九二六年与我同时得博士学位）诸兄都在清华。我当然不愿放过这个任教母校的机会。但燕京下学年的聘书已经送到。淑希兄正休假在国外考察，我无法跟他商量。任宗济兄劝我就聘清华。代理政治系主任客座教授柯文先生（Professor Corwin）坦白而诚恳地对我说："为系里着想，我不愿让你离去，为你本身着想，清华的邀请确是值得考虑的。"当我尚在犹豫不决的时候，法学院长陈先生派人到教员休息室来请我到他的办公室去谈话。我下课之后，准时前去，鹄候了半个多钟点，才见着他。他说："我们的聘书已经发出，你不能他就。"我问他："教员接着学校的聘书，是否可以考虑受聘与否？"他答复我说："可以的。他们不愿受聘，学校并不勉强他们。"我说："既然如此，我只有退还燕京的聘书了。"事后我把这一次对话报告给宗济兄，他说："这毫不足怪。政治（徐）和经济（陈）两系之间历来很有误会。”（秋初淑希兄回校，我去看他，说明脱离燕京的原因，并请他原谅。中日战起，他放弃教学生活，服务于外交界，历任驻外使节，把他的专门学识贡献给政府。燕京迁往成都，政治系主任兼法学院长改由吴其玉先生担任。他约我回校任教，直到战事结束，学校迁回北平为止。）

载《传记文学》第十七卷第三期（一九七〇年九月号）

再谈同济大学

王奂若

抗战前大专学府各具特色

我国的大专学府里面，有好些颇具特色及名声，如北大以文科史学驰誉全国，朝阳、东吴法科执法界之牛耳，庚子退款建校的清华，及南开均以理科出名（杨振宁、李政道出身西南联大，即北大、清华、南开三校联合之总称，迁校至昆明），唐山交大以铁道管理，上海交大以电信、土木出色，燕京、复旦的新闻采访，辅仁的哲学、神学，金陵大学的农科森林均甚杰出。侧重英语教学的一般教会学校如上海的圣约翰、沪江大学，苏州的东吴，南京的金陵大学，北平的协和医学院、燕京，山东的齐鲁，湖南的湘雅，湖北的文华大学（最早创办图书馆学系），学生英文程度均高。在上海有专以法文教学的震旦大学，此校以数学及化学系出名；以德文教学的有同济大学，同济以医科、机械、水利最出色。同济与教会毫无关系，可是政府在大陆时期，无论在平时与战时，始终是唯一连系中德文化的最高学府！

同济大学为德籍医生宝隆所创立

同济大学是由一位在上海行医的德国医生宝隆（Dr. Paulun）所创立，其创办经过是这样的：庚子年拳匪之乱，八国联军来华，德国为应急需，运来大批医疗设备，聘请当时在沪极负盛名的宝隆医师协助在沪成立伤兵医院。及匪乱结束德军归国，为感谢宝隆医师，他们就将那些伤兵医院的设备全数赠送给他，这位具有远大抱负和热忱的医师利用起这仅有的设备，另外捐了一批钱，就在上海公共租界白克路创办了一个同济医院，医院的成立也就孕育了一座当时唯一沟通中德文化的桥梁基础，形成了同济大学的前身。理想和事业是要依靠热情来推动，坚强的意志和毅力去完成的。宝隆医师不仅创设了同济医院，进一步为了要造就一些实用的医学人才，他得到两江总督端方的帮助，于民国纪元前四年五月廿日，又创设了一所同济医学校，由中国人士组成董事会来掌管学校。最初学校本身仅设德文和医预两科，前者孕育了后日的同济附中，后者则导演成为医前期，翌年又设立医正科即医科母体，时过二年以负笈学子日多一日，原有的校舍不敷应用，于是就将德文科及预科迁入法租界辣斐德路新校舍，而医正科仍留医院实习。此乃同济医学院的发迹，亦是同济整个生命的开始。

同济学堂包括语言、医科、机械三校

宣统三年下半年，在上海的德国商人，发起加办工科，他们的计画是想办一个职业学校性质的机械学校。经向普鲁士工商部推介，将科隆（Koln）机械学校教授贝伦子（Professor Dr. Berrens）博士介绍来华，贝先生并在德工业界游说募捐，奔走鲁尔等工业区，果然捐得机械学校和工厂应有的全套及仪器设备，并请了一位中等工业学校出身的监工，于民国元年初，和他同时到校，到校以后，就立即开始筹备，一面在金神父路附近校址建筑一幢讲堂，一个实习工厂，工厂规模相当大，为当时国内各校所不及。到了秋天，就正式开学了，头班学生有朱家骅先生（曾二任教育部长，中央研究院院长）和黄伯樵先生（胜利后接收上海特派员及任京沪、沪杭两路铁路局长）等六人，这个机械学校就是以后的工科，当时的名称叫做德国机械学校。至此，学校有了三个单位：第一是语言学校，三年毕业；第二是医学校，五年毕业；第三是机械学校，四年毕业。中文校名合称同济医工学堂，德文名称仍是三个学校。语言学校由沈德莱主持；医学校由福医生（Dr. Von Schab）主持，机械学校由贝伦子主持。到了民国四年除了医科已被德国教育当局认可而外，工科方面加添了土木及机电两科和另一个机师科。

由私立同济大学到国立同济大学

民国六年，欧战波及上海，德、法两国在情感上结了不解之仇而竟影响到同济的生存，法租界巡捕房忽然派军警把学校占领了，学生被迫迁出并由师生紧急向各方呼吁，结果为适应当时环境，学校的管理权，遂由德国人手中而转归国人经掌，由江苏省教育联合会出面来维持，聘阮尚介先生为同济第一任校长，同时奉教育部训令学校更名为私立同济医工专门学校（Tung-Chi Medizin und Ingenieur-schule）。此时校址旧的被法人封闭，新的一时又无着落，幸好不久得力于张嘉森先生的介绍租赁到原来吴淞中国公学旧址及海军学校一部份，遂得开学，当时除了医科仍留宝隆医院上课实习外，余者工科、德文科、机师科均迁入吴淞新址了。经费是由江苏教育总会设法请省方拨给的，在吴淞苦苦维持到了民国九年，阮尚介校长到德国去募捐，那时贝伦子早已返德，阮校长又找他帮忙，募到一批和从前相仿的机器和图书仪器，同时，贝伦子又回到学校来了，他真是一热心校务的人，要想为同济树立一个永久基础。到了民国八年原有的校舍不仅不够分配而且原来的房主也在要房子了；于是教育部便令江苏省教育厅及财政厅拨款在吴淞兴建新的校舍，于民国十二年落成，所有寄居的各科皆迁入新校舍了，同年校名奉令改为"同济医工大学"，并将德文科扩充为中学部而另建德文补习科，同时机师科改为附设中等机械科旋即又易为附设机师学校。医学院的解剖研究馆于此时也宣告落成；

而工科也获得了德国教育当局的承认而膺“国际大学”的令誉。民国十五年秋，国民革命军与盘踞在江浙的军阀孙传芳进入战争状态，民国十六年春战争推演到淞沪，而争夺吴淞要塞一役，几乎同济大学前后左右都成了战场，幸孙氏军队不久败北，地方秩序很快恢复而同济更获得当时教育部长蔡元培先生的支持，改成“国立同济大学”并派张仲苏先生为校长，自此以后经费则由教育部拨付。同年十月卅日工科创办人贝伦子因心脏衰弱而逝世于宝隆医院，这是同济一莫大损失，在工学院方面，他的贡献最大。民国十七年以后学校风平浪静规模日宏，五月间举行一次盛大的廿周年纪念会，参加典礼者冠盖云集达数千人之众；八月间张校长患病入院，到民国十八年三月卸职，教育部即派张群先生继任校长，任职方三月又因调任上海市长而辞职。此时化学材料试验室以七千银元经费，高电压试验室以五千银元经费建筑落成，附中的校舍在德人的热烈赞助下以七万银元兴建，而医学院方面也得到了五万元专款建造了一座生理学馆于解剖学馆的旁侧。民国十九年遵照大学组织法，医工两科扩大为院并开始筹设理学院。

张岳公任同济校长的回忆

我国政坛大老张岳公（群）曾任同济大学校长三个月，外间多已不知此一段史实，兹特将岳公自撰之回忆短文，全文抄录如后，以补校史之不足并供治教育史者参考。

国立同济大学为我国著名学府之一，于国内外久驰声誉，转展播迁，至大陆全部“沦陷”而告中辍。兹值建校五十周年（一九五七年五月二十日）纪念之期，余与本校之一段关系，有值得追忆者：当国民革命军底定东南以后，国民政府甫告成立，军事倥偬，社会秩序犹未完全恢复，同济大学更以校务困难，几陷于停顿之境，阮校长介藩以维持之就商于余，余适任军政部政务次长兼兵工署署长，并兼上海龙华兵工厂厂长，于国防建设之推进，负有责任，又因公务关系与当时聘用之德国总顾问鲍尔博士及其他顾问时相接触。此辈顾问，大都为彼邦学者硕彦，学验俱丰，对我国防建设甚多建议。同时，同济同学毕业生之服务于军政部所属之机关者，均有显著之成绩。余因念国防建设之根本，首在国防建设人才之培养，同济大学之医、工等学院，原已有良好之基础，并有设备完善之医院与工厂，倘得军政与教育相配合，以同济大学为培养国防建设人才之一中心机构，并延聘此辈德国顾问，分其余力，讲授课于其间，必更可充实学校之内容协助其发展，以培植优秀之国防建设人才，实深符建教合作之旨意。此议一出，深得各方赞同，签请即以余兼任校长，俾便与军政部密切合作以利计画之推行。余考虑结果亦竟忘其谫陋，毅然承诺，继就此意商之当时教育部朱部长骝先（家骅），朱部长深韪其议，并允年增经费二十五万元。惜乎议定以后，实行未久，余即奉令调任上海市市长。国防兵工方面之任务，既经卸去，兼任校长，业已失却其意义，且市区内大学林立，兼长一校，于行政措施上诸有不便，遂不得不决然摆脱，此项计画，亦终未获实现，良可怅憾！……

“一·二八”战后重建与同济的鼎盛时期

民国廿一年“一·二八”淞沪战起，吴淞炮台于三月初为日寇攻下，学校房屋多被毁坏，复以当时交通阻塞各种重要设备均无法避迁，以致流弹所及断壁危楼，户穴洞穿，学校师生的财产损失惨重。在战乱的时候，同济在上海巨籁达路民生坊租屋上课，待淞沪协定成立以后，吴淞校舍很快修复，感谢当时教育部长朱家骅先生协助，使同济竟能于当年八月重回吴淞而于九月上课，并派翁之龙先生充任校长。翁校长以同济校友身份长校以后，他一面收拾残局，力谋发展，不及一年在师生共同努力下，学校渐复旧观并臻完备，在民国廿二年这一年中，图书馆、水利试验场，附中及高职房屋，先后落成。同时与上海市政府合办吴淞卫生事务所以及公共卫生研习所，工学院并增设了测量系。廿五年工学院又增设造船系，到了廿六年理学院正式成立，内设化学物理两系，校务蒸蒸日上日新月异，完成了同济发展史上重要的一页。当同济举行卅周年纪念时，学校的声誉遍及全国，是为同济的鼎盛时期。

抗战期间同济大学六度播迁

民国廿六年“七七”事变抗战爆发，同济追随政府撤退后方从事迁校工作。最先是由吴淞迁往上海地丰路，不久再迁浙江金华，同年九月底并借到金华中学校址开课，旋以杭州吃紧，于十一月中三迁江西赣县，全校师生当时由浙赣路取道南昌，乘民船赴赣暂借镇署旧址为课室，并以武庙为学生宿舍，直到民国廿七年一月底方才开始上课，德籍教授亦多自沪来赣继续执教，惟医学院为了实习方便起见，留在吉安上课，到了七月局势又突然变化，学校于是又四度搬迁；这一次目的地是广西八步，可是到达后，还没等到安定，又因广东战事恶化，桂境时受敌机侵扰，不得已在十二月五度迁移至昆明，翌年一二月间，员生先后抵达，当即租赁房屋开始上课，四月翁校长辞职，赵士卿先生继任。学校迁到昆明以后，校舍分散，管理不易，百废待举，支出倍增，幸赖赵校长苦心维护，在周详的擘划下，所有实习医院、实习工厂、电工实验馆、化学实验馆等得以先后开设，形成了迁校以来的小康局面。廿九年七月赵校长调职，周均时先生继任，是时空袭频至，敌机一再侵扰，于是十月初全校被逼停课，开始最后一次的迁校。到卅年二三月间经艰苦的山路崎岖危险中到达四川南溪县属李庄镇复课。李庄背山面水（金沙江），环境幽静，物价低廉，生活安定，学校迁此，日趋正轨，电机系、数学系次第增设成立。卅一年二月，周校长辞职，部令丁文渊（丁文江先生胞弟，驻德大使馆参事，一九四一年中德断交后返国）先生继任，丁校长热诚负责，接事以后力求整顿，在经费极度拮据下他首先增添校舍，教授新村，实习工厂，附中新舍均先后落成。医学院后期设于宜宾县城，并设有实习医院和门诊部，嘉惠地方贡献特多。三十二年七月，丁校长奉令与教育部医教会常务委员徐诵明先生对调。徐校长到校不久适逢战局险恶，敌骑逼近独山贵阳，其时大后方及重庆皆为震惊，政府遂发起知识青年从军运动，全国学生风起云涌，纷纷投笔响应，同济同学爱国素不后人，于是签名从军不数日即达六百余人，约占全校三分之一的人数，造成全国从军史上最光荣的一页，卅四年元月十日，这一批热血沸腾热爱国家的同学，带着同济数十年固有的坚毅诚笃，实事求是的精神，踏上了征途，走到他们的营地去了。

复员上海与丁文渊两度长校

三十四年八月十日，日军投降，翌年学校决定复员上海。三十五年政府派董洗凡接替徐校长（徐校长奉命接长东北某医学院；董接任同济校长确是事实，当时笔者正在李庄同济肄业知之甚详），学校派定理学院长顾葆常先生、工学院长江鸿先生、医学院教授蒋益生先生为迁校委员，先行赴沪，办理校舍接收事宜，经校友黄伯樵先生（接收上海市特派员）的鼎助，得到行政院的批准，唯一校产宝隆医院已改为“中美医院”为中美合作所占据，奉令发还同济，医学院学生始有实习医院，教育部指拨善钟路民房安置医学院，北四川路的西童学校作为总办公处及文法两学院（胜利后成立，法学院长徐道邻）教室及宿舍，江湾其美路原日本中学予工学院，理学院则在附近一日本小学内，同济高职在江湾魏德迈路租用民房，新生院及附属高中借用市政府筹设市中心区的博物院和图书馆；同济院校散居上海各地，距离远者竟达二十英里，实因原有校舍，已被炮火完全摧毁，同济命运，可谓多灾多难！卅六年九月，丁文渊先生应教育部长朱家骅先生坚邀，继董洗凡先生之后第二次接任校长，丁校长很想把同济规划成一个德国式的大学……但是无法实现！

学费昂，教学严，读同济并非易事

同济之宗旨，在于介绍德国学术，协助中国从事于医学之研究与工业之发展，德国学术昌盛，无论自然科学或社会科学，均极发达，学术界权威人士众多，我国自清朝以来科学落后，物质文明进步迟滞，有识之士，咸知欲与欧美先进国家并驾齐驱，自当致力于教育及学术之研究。欲取法乎德国，自应研习德国语言与文字，此为同济采用德文之最大原因。教授之中，德国著名学者，罗致甚多，教学及实习制度，亦均与德国大学相同。

同济学堂由于是德国人所创办，第一次大战前后，德国之科技为世界之冠，为国人所仰慕，当时同济之医工科声誉冠全国，而于江浙京沪一带，尤为青年学子所向往，但同济学费每学期大洋五十元，每月伙食费五元，宿舍费两元，一切费用合计起来，和圣约翰大学相似，与当时留日学生的费用相差无几，到了第三年，又增加学费百分之五十，每学期要缴七十五元，在当时是上海学费最贵的学校之一，如非富裕家庭子弟，只有望同济大门而兴叹！且习德文，学子多视为畏途，加以德国教授乃日耳曼人之习性，教学严格认真，功课繁重；非夙怀大志有抱负，志在科学报国而眼光远大者，皆掉头知难而退；故能考入同济之学生，均抱定决心，胸有成竹，锲而不舍，终日与条顿语系文法复杂的德文为伍，背诵阳、阴、中性（der，die，das）学舌根弹音卷舌音，不以为苦。同济医科以上海当时颇具规模的宝隆医院为实习医院，是最好的实习医院；工科则有全国各大学院校设备最完善最新颖之实习工厂，由德国工商界如西门子、克虏伯，捐献数额可观的电机、机械、仪器等设备。完全德国式教学法，理论与实习并重，手与脑并用。例如机械科学生在实习工厂动手学钳工、拿锉刀、锉五方套不可透缝；学车床工、车螺丝、车偏心、磨刀具；学铣床、铣齿轮，学牛头刨床、龙门刨床、刨机具大平面；烧电焊、做木模型、翻砂、铸造、打铁锻造、热处理等；要求学生必须工厂实习到达多少小时；机械图必须由草图、另件图、装配图、实体图、总体图、施工明细图，画了几百张才允参加毕业考试；技艺要求也须达到德国二等或三等技工的手艺水准始允毕业考，否则只有恶补磨练，直至通过考试为止。故经数年严格要求训练后，同济机械科出身的工程师真正是手脑并用，实事求是，一丝不苟，务实精密，不仅图画得好，模具设计好，机器操作好，不只嘴巴说，同时也能动手动脚操作机具示范技工们看，这样棒的工程师，调皮的技工怎敢磨洋工？！不佩服？！同济机械及医科生在毕业前即被各大工厂，医院预约一空，因同济毕业生出路特佳，当时优秀考生趋之若鹜，纷纷投考同济，能挤进同济之大门亦非易事！

战前留德学生半数来自同济

老上海都知道，“同济医生在，才是好医院”，“上海各大机器厂、纱厂，负责人及主干，多是同济出身”，上海高昌庙的江南造船所，龙华兵工厂的工程师群，同济校友更是主力；如谭伯羽（故国民政府主席谭延闿长子，陈故“副总统”诚夫人谭祥女士长兄）民十八年任上海兵工厂工程师兼机器厂主任；裕隆老板故严庆龄曾任上海极负盛名的大隆机器厂厂长兼总工程师［民国廿一年，严自德国柏林工业大学毕业获德国国家工程师学位，作者五年前亦在此校 T. U. Berlin 研究，现今仍是西柏林首屈一指的理工科大学；德国在二次大战期间震惊世界的 V–1、V–2 飞弹发明人即是此校机械系教授，V–1、V–2，原始模型仍陈列于系馆中。美国太空之父，德籍布劳恩博士——Dr. Wernher von Braun 是此校一九三〇年机械系优秀毕业生，他的论文题目：“如何设计飞弹？”毕业后即根据此论文理论，留校协助其指导教授研究发展 V–1、V–2 飞弹成功；二次大战中，约二千枚 V–1

飞弹横越英伦海峡攻击伦敦；在二次大战最后一个月内，V-2约有一，一一五枚击中唐宁街首相府及重要战略目标，予英国致命打击！二次大战后，美、苏分别搜捕德国知名科学家及工程师，苏俄红军在史达林的密令下，搜捕劫夺了德国科技人才及眷属达一百多万人遣送苏俄，为今日苏俄科技发展的最宝贵资源！而美军在一九四五年九月也网罗了一批德国科学家百余人迁居美国，布劳恩博士即其中一员，初任职美国红石兵工厂研究发展部主任，在他的卓越领导下，继苏俄一九五七年十月四日“史普特尼克一号”绕行地球人造卫星，发射成功后不久，于一九五八年一月三十一日也将美国第一枚人造卫星“探险家一号”，又称“红石”卫星发射成功，送入绕地轨道运行，遂即展开了美、苏太空竞赛的序幕。一九六九年七月十六日，“太阳神十一号”以布劳恩设计之“农神五号”推进升空，二十日登月小艇“老鹰号”将美国太空人阿姆斯壮及艾德林二人安全登陆月球，完成人类足迹踏上月球的旷世壮举。“农神火箭”至今仍是最完美推进力最大之火箭，美人的表彰布氏的功绩，特尊他为“太空之父”——Father of Space，一九七七年六月十六日布博士不幸因癌症死在美国，西柏林及西德境内传播媒体及报纸均大事哀悼纪念，连续数日报道其生平事迹。出殡时，其隆重哀荣的场面，不亚于国葬政要英雄人物！笔者适躬逢其盛，电视现场播送其灵柩自美移至西柏林安葬，出殡行列足足一个半小时，印象至为深刻！一代科学家，从此长眠于布氏出生地（西柏林）！］“学科技，德国去”！二次大战前我国留德学生在柏林地区就有二千人左右，如江杓、谭伯羽、严庆龄、陶声洋、杨继曾、赵学颜、戴安国、傅斯年、蒋复璁、毛子水、丁天雄、吴钦烈、庄权、何德萱、蔡笃恭、张国治、罗雨人、周良翰、罗云平、倪超、江鸿、杨宝林、宋凤恩、田培林、萧云来等；习军事者有桂永清、邱清泉、徐廷瑶、蒋纬国、黎玉玺、王洽南、袁铁忱、杨珍、王先登、金龙灵等海军电雷学生一批；其中留德学生一半以上是同济大学毕业生，同济学生在战前有七成以上赴德留学或实习、参观、在职训练等，吸取德国科技经验及知识。

同济杰出校友严庆龄

严庆龄先生于民二十八年，任上海泰利机器制造厂经理，首创自制国产纺织机，使上海成为我国纺织业中心贡献至巨！卅二年，严氏任元生纺织厂总经理，三十五年任大隆机器制造厂总经理。一九四九年，大陆“沦陷”前夕，倾其所有资金，撤运工作母机等设备来台，与夫人吴舜文女士于新竹竹北乡创设台元纺织公司，为台湾纺织业奠定基础。一九五三年七月创设裕隆汽车制造公司，一九五四年，裕隆公司在新店大坪林兴建占地二千坪[①]之工厂。一九五五年工业节，裕隆公司自制成第一辆台湾产吉普车引擎，一九五六年双十节，制成台湾第一辆自制吉

① 台湾地区的土地或房屋面积单位，1 坪约合 3.3 平方米。——校注

普车，奠定台湾汽车工业之基础。一九五七年一月起，先后与美、日汽车公司合作，签订技术合作合约，生产各种汽车，迄严氏逝世（一九八一年三月二十日）前，裕隆公司汽车自制率已达百分之七十以上，生产各型汽车年产量已达六万六千辆以上，被誉为“中国福特”“中国汽车工业之父”。美国《纽约时报》在一九五八年六月报道云“严庆龄在不可能与不可信的情况与条件下，创立汽车工业，为中国台湾装上了轮子，带动了台湾工业起飞，对台湾经济发展，厥功至伟”！一九七三年，严氏复拨巨款创立“庆龄工业发展基金会”，分别与台湾大学设立“工业研究中心”，与成功大学设立“铸造技术研究发展中心”，复捐资设立“庆龄医学基金会”，并捐款荣民总医院等，研究特殊病症之防治，及偏地区医疗服务与设备。一九七四年春，在苗栗三义乡购地三百五十公顷，建三义工厂，期使各汽车卫星工厂，集中于同区生产，节省运输费用，加速增产效率（按：三义厂于一九八一年五月二十五日开工生产）。严庆龄一生为振兴我国工业，以工业救国为夙愿，对国家的贡献有口皆碑，亦同济校友之光荣。

俞大维归国后有计划任用留德学生

俞大维先生自美国哈佛大学获数学博士后，因成绩优异由哈佛提供奖学金选送俞博士至德国柏林大学做超博士研究，俞博士以青年才俊自德国载誉返国后不久，于二十年自陈仪手中接长南京的军政部兵工署，当年九一八事变，震惊全国，我朝野已看出日本军阀之野心，全面战争有一触即发之势，俞署长接事后，即令当时留德同学江杓、陶声洋、谭伯羽、杨继曾、周芳世、丁天雄、吴钦烈、庄权、何德萱、张国治、周良翰等，及在兵工署服务的一批同济校友们积极在德国大量采购武器、机具、材料、枪炮钢管等军用物质储备；同济校友谭伯羽于民二十二年奉派去柏林任驻德大使馆商务参事，前后凡八年之久，负责购买军火武器联络工作，对欧籍军事人才之罗致及武器技术方面之引导，关系深远。江杓奉派驻德重兵器验收团主任，屡建奇功！二十六年，江氏又奉派广东接收新建之炮厂（广东第二兵工厂）任厂长，旋抗日军兴，该厂首遭日机轰炸，江氏奉命迁厂，将数百万吨机具全部迁至重庆郭家沱复厂，改番号为五十兵工厂，续任厂长，积极复工生产，不到一年时间，即制造出战车防御炮——平射炮及炮弹。五十兵工厂的机器，全部清一色德国机器，工业标准及图样均采德国式，故同济大学机械系毕业生及留德学生均为网罗对象，主管及工程师群主干，百分之八十均是同济校友。又如来台后曾任“经济部长”之陶声洋（柏林工大毕业）、周芳世（曾任四十四兵工厂副厂长）、杨永然（曾任四十四厂主任工程师，样板专家）、陈尚渭（曾任四十四厂主任工程师）；抗战时期同济校友在大后方重庆及昆明、桂林、陕西、湖南、湘西等各兵工厂任工程师者更不计其数；如来台之赵学颜（曾任四十四厂长多年，已故）、杜毓泽（曾任四十四厂列厂长多年，已退休）、刘仲元（曾任四十四厂主任工程师及新丰联勤电子厂厂长，已退休）、姚凤楼（曾任四十四厂主任工程师，模具专家，已故）、朱世龙（曾任四十四厂主任工程师，样板专家）、刘诗冀（曾任六十一厂主任工程师，现任职中山科学研究院）及陈克义、谭有麟、祝文如、汪国元诸兄等；老兵工界都说“同济校友遍布各兵工厂表现卓越”“同济是兵工界导师”，而“兵工界人才又是我们近代机械工业之母”！抗战期间各大战区野战医院，同济医科毕业生也扮演要角，与北平协和、湖南湘雅出身的医生同享盛名，驰誉军中。

同济教授杨宝林参加青年军轰动后方

民国三十三年冬敌寇蹂躏猖狂，逼近黔省独山，我最高统帅蒋委员长号召“一寸山河一寸血，十万青年十万军”，大专中学知识青年投笔从戎者风起云涌，热潮所至，如江水之奔腾，不可遏止，同济同学纷纷响应（当时同济已迁校至四川省宜宾李庄镇，位于长江上游金沙江畔），于纪念周会上举行签名仪式时，鼓声频传，个个摩拳擦掌，怒发冲冠，其情况之壮烈，非拙笔所能形容，同济同学当时签名从军者，达六百余人之多，约占全校三分之一人数，为全国院校从军人数之冠（未签名者多因体弱多病受师长劝阻），并有留德获柏林工业大学航空机械博士学位，年仅三十岁青年才俊教授杨宝林签名投笔从戎，为当时全国大专教授从军之第一人，轰动重庆市及大后方，《大公报》《扫荡报》等各大报纸均以头号标题刊登消息新闻，蒙蒋委员长召见嘉勉！（杨教授随装甲兵蒋纬国司令来台后转任兵工工程学院及海军机校教授，最为学生敬佩拥戴，因他有德国军人的气质，热爱国家的精神，及手脑并用的经验与学识，当年兵工工程学院即中正理工学院前身的热机实验室及实验工厂均是杨教授一手建立者；杨教授现移民巴西，一九七八年春笔者曾在西柏林宋凤恩先生公馆欢叙杨教授重游西柏林，提及青年军往事，仍不禁眉飞色舞。激起青年从军之最高潮，此为同济师生热爱国家之最大表现也！当时同济，“同舟共济”之名声响澈云霄，战时重庆各界人士，无不津津乐道夸赞同济师生爱国的真精神。

结　语

八年抗战，国境四周，遭敌军封锁，所有全国十大战争区数百万大军的武器弹药装备均赖我兵工厂自力生产供应，源源不断。同济校友以及万千优秀青年均以参加兵工生产行列为荣，前仆后继，终于打垮了日本鬼子。我们回忆八年抗战可歌可泣的历史，再看看今日我国青年与社会风气，不禁感慨系之。……

载《传记文学》第四十六卷第三期（一九八五年三月号）

交通大学十年忆旧

凌鸿勋

我在交通大学一共有过三个时期。最初是求学时期，由附中到本科共过了五整年，后来教书先后有三年多，后来担任校长也有两年多。一生的宝贵光阴就有十年多是在上海徐家汇渡过的。

交通大学的名称由六十六年前开始到现在，已改变了好几次。在前清光绪二十二年（一八九六）创办的时候，叫做南洋公学，前清末年对外交涉通商，以及新建设事业与教育事业之兴办有两个重要的中心，在北方以天津为中心，称为北洋，在南方以上海为中心，称为南洋。南洋公学是在北洋大学成立以后的一年，由盛宣怀氏奏设创办的。那时盛氏综办全国的路政和电政，南洋公学的经费是指定由沪宁铁路（即京沪）及上海电报局分担，所以开办不久，便设铁路、电机、商船等科系。后来清政府设一商部，路电及航政归商部主管，就把南洋公学也改为商部高等实业学堂。自后由商部而改隶邮传部与民国成立以后之交通部，又改名上海工业专门学校。

其后改为南洋大学，又改为交通大学。这间学校在抗战以前一直属于交通部管辖，自抗战那年起，才改隶于教育部，为国立大学之一。交通大学这个名称也有三十多年历史了。

学校开办既较早，又设在江浙人才荟萃的上海，有了好的先天。民国初年起交通大学的毕业生都由交通部分发到各交通机关任用，有时还未有等到交通部分发，各交通机关已纷纷前来预约毕业生去服务。学校水准既相当的高，毕业后出路又相当的好，除了分发任用外，每年总有几个毕业生获得公费出国留学，因此每年投考上海交大的人就特别多。许多中学毕业生都以报考交大为第一志愿。但那时并没有像今日在台湾的联考制度，许多学生考了交大一次不取，隔了一年甚至两年再来投考。而当时上海及附近几所公私立的中学，每每拿交大的功课来作配合的标准，使功课和交大的功课衔接，让毕业生多得考取交大的机会。

但在前清末年，即距现在五十多年前，考入交大却不一定怎样难。第一，那时风气还未十分开，对于铁路、电机和商船等科目不像现在的算是热门，许多学生对这类的应用科学还有点害怕。而且当时学校办有附中，考入附中虽然也很不容易，可是你能够在附中毕业，你便可以自由选择一门科系而不要再经入学考试（但后来几年也要一律考试了）。至于各科系的余额才向外招考新生。如是名额既不多，标准又较高，考进来自然更难些，录取的又自然是比较优秀的学生。

一、学生时期

我考进这所学校真可以说得来全不费功夫。我本来生长在广州，十二岁那年（光绪三十一年）考入了开办不久的一所广州府中学堂，这是五年旧制的中学。我父亲是前清的一名举人，做了一生的穷教员，家况是困难极了。所以我十七岁那年在广州府中学毕业之后，便想找一件工作来帮助家计，真是无心于进取。而且当时广州所有的较高级学校只有法政或师范之类，和我格格不相入，所以更不作升学的念头。正在我找工作未成的时候，偶然在报上看到一段小新闻，说上海的工业专门学堂要在广州招考四十名的官费生，每年由广东省库补助学堂经费银二百两，学堂里便免收学生的学膳宿各费。学科则有铁路、电机、船政等科系，可以选择。我的几位同届毕业同学看了这段小新闻都彼此相告，我父亲也知道这是一所有名的学堂，监督唐文治先生又是一位德高望重的人，所办的都是专门科学，将来找事吃饭是没有问题的，而且费用除了旅费之外，其余学膳宿费一概不必要，家中还可以省了一个人的伙食费。因为我家中实在穷得可怜，不得不忍痛多读几年书，多学些本领。十七岁便要出来做事，也未免幼稚一点。好在招考就在广州市，不须跑到上海去，而且只须花一块钱的报名费，另缴两张相片，便可参加，则又何妨去试一下。于是约了同班毕业的同学十几人，姑且去报名应试。这是宣统二年（一九一〇）夏天的事。

后来我知道这间学堂招收官费生，并不是单独向广东一省试办，而是向内地好几省同时进行。因为那时除了北方的北洋大学、山西大学和唐山工业专门（后来也称交通大学），还有工程专门科系外，长江以南只有上海这一间学堂得风气之先。（国内大学最早有土木系毕业生，上海是在一九〇九年，北洋是一九一〇年，唐山及山西是一九一一年，电机系上海第一届毕业是一九一一年。）其他比较开通的省份，像两湖江西四川广东等省，都还没有一间像样的工业学堂。各省要办工业学堂，人才与财力都不容易，上海既然有了些基础，而且每班原有的人数不多，名额尚有，在各省未办专门工科学堂以前，先送些学生到上海就读，在各省可以早些养成专门人才。所负担经费无几，而学堂则借各省的补助，于经费上亦不无小补，这是一件很开明的办法，经过学堂当局请准当时的主管部举办的，宣统二年我在中学毕业的那年，恰是第一次向各省考试保送，以后还继续办了两三届。

现在要谈谈当时在广州考试的情形。主持考试的是广东省提学使，等于现在的省教育厅长。虽然学堂是希望广东省保送四十名，可是报名投考的人只有七十几个。因为投考的资格是要中学毕业，而那时广东省的中学毕业生还不太多。广州市内只有一所府立中学和南海、番禺两县立中学，都才只有六七年的历史。外县中学有毕业生者只不过一二间。我们在考场还看见有好几位由香港来的学生，一同应考。这样的考试场面似乎是很轻松的，可是考试的题目看来便紧张了。题目大约总是由上海学堂寄来的。英文题目里有一段是翻译，内容是关于英国史提芬孙氏发明铁路机车的叙述，由中文翻作英文。现在的中学生也许都听过这段故事，但是在五十多年前在广州的中学生对于这个故事真是闻所未闻。何况拿中文来译成英文，在那时也是很不容易的事。我只可糊里糊涂翻了几句。至于算学及理化，内地中学全是用中文本教授，而出的题目却全用英文。题目尚有点看得懂，但用英文写答案却就难了。我看了题目已灰了大半的心，既然入了考场，总不想交白卷了事，我现在真想不起我当时卷子上写了些什么东西。至于中文题目，我记得是“文章根本六经说”。那时内地的中学还相当注重中文，我父亲就是一名经学教员，我少时受过几年的庭训，虽然还未读毕六经，却对这个题目拿起笔来洋洋洒洒有条有理的写了五六百字。出了考场，和别的同学接谈一下，都是说答得一塌糊涂。我们听见一位香港来的学生还说：“根本不根本暂且勿论，六经是那六经我就不知道清楚。”在我呢，原本不是真有心去应考，既然考得不好那就把这事忘记了。

过了约一个月，报上一段小新闻登载考取的学生姓名。名额虽然有四十，但录取的只有六个人，我竟名列第一。第二和第四第五都是和我在广州府中学堂同届毕业的，第三名还是比我早一届毕业的同学。只有第六名是香港来的一位学生，其余县立中学毕业生竟没有一个被取录。第六名自然是以英文取胜，第一名大约是以中文见长。因为后来知道我那篇中文得了九十五分。我上面两次特别说到报上的小新闻，的确是这样。因为那时社会上对这类事还不大关心，不像现时有公费生考取的消息，报上都郑重报道，或广告上有所登载。

我自己看了这段小新闻觉得奇怪极了。本来是姑去一试，并没有准备升学的希望，而且考得太不好，今考了一个第一，不免有点心动。其他四位同学又都准备要去，而且也都劝我同去，于是结果大家决定同去，我除了拼凑几件衣服，我母亲又给我缝一张棉被外，所有购船票几块钱还是借贷得来。

当时我虽然已经十七岁，但从未离开过广州城一步。这次去上海不但是生平第一次出门，而且在那时看来是出远门。我父亲是一个很细心的人，临动身时给我许多指示，真是无微不至。因为我不是一个顽钝的孩子，所以老人家写给我一首五古诗，后面有几句说："莫恃兼人力，矢志驾同俦。"又有几句说："阿母念幼子，御寒无敝裘，但持坚苦心，岂在温饱求。"给我不少的鼓励。

那时由广州去上海只有水路可走，而最简便和经济是坐轮船，招商局的客货班船，可以在广州下船，经过香港停一两天上货，便直开上海，中间不须换船。因此我们六个人相约购了招商局广大轮的房舱票，每人银圆八元，船上供饭不供菜。我经过香港上岸探些亲戚，才初次见到汽车电车等新奇的东西，至于我将来所学的铁路，这时还未曾看见过。

我们经过六日的行程才到了上海，住入法租界洋泾滨一间广东人开的小客栈。第一件事是要到这间学校去报到。其时我们上海话一句都不懂，还是我幼时我母亲用桂林官话教我念书，因此我便用南方官话来应付，闹过不少的笑话。学校离上海市中心有五公里的路，却有电车可坐，于是同学六人便摸摸索索的向徐家汇进发。那时已经是阴历九月初了，学校早已经开课，恰巧当时南京正开着一个前所未有的南洋劝业会，同时又开一个第一次全国运动会，交大虽然是一所著名的工程学校，可是体育在上海也是有名的，因此学校放了三四天的假，让运动员可以去南京参加比赛，而全体同学也可以去南京参观。所以我们到了学校，只静悄悄的见着几座庞然大厦，找不到几个人。而监督唐先生却住在校里，我们乃手拿公文去谒见监督。唐监督对我们负笈远来甚是欣慰，说一两天师生回来便可上课。我们看到这位道貌岸然而又慈祥可亲的监督，自然有说不出的景仰。唐监督是江苏太仓人，前清进士出身，曾经赴欧美各国考察。后来历任农商部侍郎（次长），署理尚书（部长），在他任内有许多新事业的建树，为旧学的新人物。后来因丁母忧，照前清的例就要开缺守制，不能任正缺的官吏，只可当其他的差使，于是邮传部就请派了他担任这间有名学堂的监督。

学校复课了，教务长叫了我们去问话。这位教务长是广东人胡栋朝先生，美国康南尔大学土木系硕士，回国后考取工科进士，是一位个子短小的学者。他说我们的英文程度太差。因为学校自附中一年级起，所有算学生物理化等科学是完全用英文直接教授的，怕我们跟不上。现在既然保送来到，要我们插入附中四年级试读。我们自己也知道这个道理，既然来到，只可听命。因为功课的本身大都已经念过，现在拿英文来再念一遍，自然没有困难。英文也跟着进步，我记得教我们英文的是一位英国人。他说全班的英文口音以我为最好。后来我和美国人的接触远比和英国人来得多，但至今仍有许多人说我的英语口音，是英国的口音，想来和这位英国教师有关。

那时学校管理甚严，全体学生都是住校。如果要到上海市区，必须请假。学校有一位监学（等于现在学校的训导长）陆规亮先生（现在台湾经营公信工程公司陆君尔恭的父亲），管理学生甚为认真，对于新来的附中学生不必说更特别严格。我相信我的箱匣和抽屉定必时常给他检查。我在广州中学的笔记成绩和所绘的地图等给他发现了，因此就对我注意起来，曾向我详细盘问过一两次。第一个学期结束，我就以一个初来而迟到甚久的附中学生列入品学兼优的名单内，由唐监督用大字的“告示”宣布出来。这名单当然多数是专科的学生，至于附中学生不过附带三两人而已。品学兼优的学生有许多好处。有奖金，有奖书，下学期购买教科书（由学堂整批向国外订购的）又可以照价打个八折，这都使我这个穷苦学生得到不少的济助。

我进了学校之后，觉得校中功课很认真，同学的水准很高，而且地方离城市较远，是一个修学的好环境。我且初次体会到学问领域的广大，和师生人才的众多，虽然要我多读一年，但让我根底打得好一点，是很值得的。唐监督是一位经学大师，所以学校中对国文也特别注重，除了普通国文功课之外，唐监督也常在星期日自己讲一堂国文课，同学可以自由听讲。他老人家还自己编了一部高等国文讲义给我们阅读，又注重读书的方法，使我们得了不少的启示。那时校中每年还有一次的国文大会，是全校国文的会考，但同学可自由参加，而不是勉强的。考试成绩最好的由监督奖以金牌，次的奖以银牌或其他书籍奖品等。国文大会总是在孔子诞辰的前十日左右举行，孔诞日放榜，所有奖品就在祭孔礼节完成后由监督一一分发。成绩好的文章更印出给同学示范，这很有使同学对中文加以用功的作用。现在一般社会谈起交通大学老一辈的学生国文总公认是较好的，自然是那时打下的根基。

唐监督把教务的事和聘请教授等事都交给教务长去办理。他自己除了注意学生的品德和国学以外，还注意于学生的课外活动，这是非常难得的。例如体育、拳术、演讲、辩论、音乐等，别的官立学堂多不注意。但他都极力提倡，并且提倡军事教育。那时学校里曾由上海制造局（兵工厂）领有步枪二百枝，配有若干子弹，作为平时学生上体操课之用。到了宣统二、三年的时候，因为体操教员魏旭东先生兼任了苏州商团的教官，商团在苏州城外有一个靶场，因此唐监督就请魏先生领了一批一批的学生，轮流到苏州，借用商团的靶场作实弹的练习。我记得宣统三年那年我曾去过两次，每次实弹三发。在现时学生接受正式军训是寻常的事，而交大在前清末年，距今五十多年前，便有这个训练，不能不说是一件难能可贵之事。

说到真枪实弹，我还记得一件很有趣的故事。在上海徐家汇路离我们学校约莫半里的地方，有一座很有名的李公祠，是前清政府为李鸿章曾经立功的地方所特准兴建的专祠。祠占地甚广，祠宇壮丽，花木茂盛。里面还有一座李鸿章的铜像，穿着黄马褂，拖上三眼花翎，矗然矗立。不但我们同学得有地利，时常走到祠内瞻仰流连，即上海一般人士也看做是一处名胜的地方，足以供人游览。到了辛亥那年革命事起，上海光复，我们的同学忽然建议，这所李公祠也应当在光复之列。于是我跟一群同学便取了步枪，配上子弹，冲入这间李公祠，把它“占领”了下来。后来上海军政府成立，才移交出来。这所李公祠后来便给复旦大学做了校舍。

辛亥武昌首倡革命，未几各省先后响应，上海社会也就有点动荡。上面说过，唐监督是前清进士出身，中年奋迹云霄，做到一二品大员，对清廷可以说受恩深重。我们学生恐怕他效忠清室，或会惹出许多麻烦，致对学堂有所影响，为之惴惴不安。乃未几他和在上海的张謇、伍廷芳诸公致电清摄政王，劝清室自动退位，改行共和政体，他自己先剪了辫发，并劝学生一律剪辫，宣布学校改名为南洋大学。南洋大学的名称自此开始，监督也改称做校长。

交大自南洋公学时代起，即办有附属中学和附属小学，这原本为打好大学基础起见。附中和大学同在校区本部，一切管理规章和生活完全相同，惟附属小学则在校本部之南另开一个大门，管理上严格得多。说起当时小学主任沈叔逵先生，上海教育界的人无有不知道，真是专心致志，诲人不倦的一位教育先进。按照当时的学制，由初入小学起，以至大学毕业，共需要十二年。我初入南洋是在附中四年，在学程上还是在当中这一阶段。年纪十七八岁，也是不大不小。所以对高年级和低年级的同学都很容易混杂得来，获交了不少的益友。其时入附小及附中的学生多半都是因为学校程度好，管理严，名望又著，但入附中的原不一定准备学铁路或电机这类科学，中学读完以后，一部份毕业生有因兴趣关系改入北京大学和北洋大学法科的，也有因清华开办有留美的希望而改入清华的，但在南洋历史上历尽全部十二年课程的亦大不乏人。后来小学先停办，改为私立，再又把中学由改预科而至停办，则情形又不同了。

南洋初时只办有铁路科、电机科和商船科，到了我在附中毕业，铁路科已改作土木科，范围较广。我对于电机科恐怕学不来，对商船科不甚感兴趣，对土木科虽然还没有很深的认识，可是对于铁路有过了小小一段渊源，所以我在附中毕业之后，就选了土木科。这一段小小的渊源自然是很偶然的。因当我十二岁初考进广州中学的时候（光绪三十一年，一九〇五），粤汉铁路早已开始兴筑，那时是由美国一间合兴公司借款修造的。因为华北几条铁路都是向英、法、比、德等国借款修造，清政府深怕他们势力渐大，损我权益。美国是向来对我友善的，因此这条贯通南北的粤汉铁路干线改向美国借款，这本来也是一件合理的安排。但未有料到这间合兴公司成立不久，会把他的股份逐渐让给比国和法国的财东，美国人又陆续回国，于是湖广总督张之洞以法比两国在华北的经济势力已甚庞大，倘粤汉铁路也归这两国控制，实为不妙，因倡议向合兴公司交涉废约，复改为由我方备款赎路。但广东方面的人士要求广东境内这一段交给商办，由人民来集股办理。一时风声所播，社会上马上活动起来，赶紧为铁路集股。各学堂的学生也就是集股的对象，约定每一个学生都要入一股，每股五元钱，但只须先交一元。我家里虽然极穷，但这一块钱不能不拿出来的，于是乎我就做一元钱粤汉铁路的起码股东，从此对于铁路便发生了兴趣。现在学校既有铁路可学，我便选了土木科。我真想不到这一小小渊源后来会给我服务铁路三十几年的机会，而且这条粤汉铁路竟会迟迟进行，有耐心等了三十年之久，等到我后来当了粤汉铁路的工程局长兼总工程师，才把它完成了。倘使我当时一块钱入的股份收据能保留到今天，我想很可以送到博物馆去保存。

在上海的学校当中，除了南洋之外，还有圣约翰大学也是开办甚早规模颇备的学校。南洋是官办，圣约翰是教会所办，气味颇为不同。但两间学校有一样相同的，是对于体育的注重。那时两间学校的足球更是有名的。有时你来我往，作友谊的比赛，往往吸引了上海的球迷。而因此赢彼胜，也就成了两个体育上特别是足球上的对头。我记得当时南洋的足球有甲乙两队，甲队的对象是圣约翰和上海的几队西人队，至其他学校要和南洋比赛只是以乙队出马应战。辛亥革命以后，东南各学校风气一变，有了华东五大学体育会的产生。所谓五大学除南洋外，其余则为圣约翰大学，沪江大学，与在苏州的东吴大学，和在南京的金陵大学。这五间大学只有南洋是官立的，其余都是教会学校，可见南洋还是风气开通较早的。我虽然不是一名书呆子的学生，但对于体育一样都不曾参加。因为南洋的体育健将多半是广东同乡，他们和我比较熟，又说我的国文好，我就被推了当本校体育会的第一任书记，和出席五大学体育会的学生代表。自后我对于体育也就增加了不少的兴趣。

华东五大学有体育组织之后，最精彩和最紧张的便是足球锦标的争夺战，也就是南洋和圣约翰的争夺战，其他的三间大学只是陪衬热闹而已，于大局毫无影响。我记得民国二年第一次锦标赛开始，第一场圣约翰队到南洋来比赛，南洋以二对一胜了。到了第二场南洋队到圣约翰比赛，南洋学生去看的颇不少。圣约翰在看台上划出一区为南洋学生的座位，这原本并无恶意。但南洋学生走进通往球场的路上发现一个指路牌，写着“南洋学生从此往北”。南洋学生看了有点不自然，认为圣约翰故意作弄，要南洋从此败北。而事有凑巧，这一场南洋果然以一对二输了。这原也是平常之事，但圣约翰当时组织了所谓啦啦队，是上海有史以来的头一次。不但于比赛时啦啦助战，而且于赢了南洋之后，更大事欢呼，颇使南洋队难堪。按照当时五大学比赛的规则，两队各胜一次时，须选择一处中立球场作一次决赛。后来南洋和圣约翰商借京沪铁路在麦根路的球场作为中立球场，定期决赛。

中立地点决赛的那一天，不但两校的同学几乎全体都前往麦根路，即南洋的唐校长和圣约翰的卜舫济校长都亲自到场给同学鼓励。南洋因为对方有啦啦队，自己也就组织起来。而且事先准备好，把自己一队学生军乐队高踞了球场旁边的一座铁路瞭望台上，不断在那里奏起南洋的校歌，和南洋同学听惯了几支军乐，使南洋球员有在自己球场作战的感觉，而圣约翰学生则反陷于四面楚歌之中。比赛下来，南洋果然得了一次四比一的胜利，夺得了第一次华东五大学足球赛的锦标。自后南洋学生提起麦根路，有点像英国人提起滑铁卢一样的骄傲。

上面提起到南洋那时的国文大会，我记得我入南洋的第二年，年十八岁，参加了国文会考，得到一块银牌。翌年我也参加会考。那次的题目我记得是“原心”。这类性理的题目和考入南洋时的“文章根本六经”似更难着笔。我做完交卷，甚不惬意。结果我竟以一百分列第一名，得到唐校长所发的一块金牌，和许多其他奖品。唐校长的评语有“异日可以卫道……”几句话，我实在觉得惭愧。究竟文学的修养和应用科学的趋向完全不同。我既习了土木工程，而且工程的科目又日渐繁重，我自后不得不收心养性，把平时爱读的几本中国书收拾起来，连体育会的书记又辞去，专心我的正经学业。

我现在回想一下五十年前我所受的教育，觉得国学的基本修养和身体的锻炼都不可偏废。因为注意中国文学不但使你文笔通畅，便于应用，而且使你对于做人处世的道理打了一个很好的基础。在应用上可使你能够运用最简要的文字，最清晰的条理，来表白你的意见，不至于写下来辞不达意，甚至于事事都要一位操笔的人来起稿。无论你将来做工程师、做律师、做商人，这都是十分要紧的。至于身体的锻炼更不必说。我当时虽然不参加任何球类和田径的练习，可是我的体操成绩总是在九十与一百分之间，而且在学生时代养成了一个有规律的生活习惯，可使你老来享受不尽。这两点我想可供给现代求学青年的参考。

我在南洋求学的五年当中，虽然国体换了，可是校长并未换过，又未起过任何风潮。除了辛亥那一次光复李公祠外，学生未参加政治活动。学校环境安定，多半都是清寒学生，唐校长安贫乐道以身作则的作风深入了每一个学生的脑际，所以全校都充满敦品励学的风气。我在学校五年共十个学期，每学期都得到品学兼优的奖励。虽然我每年暑假都回广州渡假，可是除了初入学时迟到外，以后便未尝请过一小时的假，当时的校风可见一斑。

五年的修业期间完了，民国四年夏间我便在土木科毕业。其时我是二十二岁（比同班年纪最小的陈君体诚还大一岁）。当时上海的美孚油公司要找人在各地建筑油库油池等工程，月薪试用期内给银元四十元，我的一位老师向我征询愿否就这一件事。我想在官立学校受教育，毕业后马上给外国人做事，似乎不值得，不如到家乡找一份工作。可是广东那时还没有很多的新建设，正在接洽去作教师，忽接到唐校长一封电报，说交通部有两名官费额派生去美国，问我愿否接受（因为我是毕业生第一名，第二名即为陈君体诚），要我赶紧回电。我当时毫不假思索，立即回电，说家贫亲老，无法远行，谢谢老师的厚意。在我已不把这事放在心上，在校长呢，既然先问过你，你既不去，在他已尽了他的心，而且后面是等着有人要递补的。但不料过了两日，唐校长又来一电，说如此好机会，老弟必定要去为是。这样一来，使我的老亲和我都深受了感动，我于是像考进南洋的故事一样，又受命运推进了一步。

二、教授时期

我在交大教书也有过两次不同的经过。民国七年我由美国回国后，原先在京奉铁路做事。八年调到交通部内的考工科，任副科长。民国九年交大的美籍教授万特壁（H. A. Vanderbeek）氏照约须回美国休假一年，学校要找一个人来代课。因为万教授所任的功课甚繁重，其他教授未能兼任，而一年的期间又短，另外聘请一位专任也是困难。我是万教授的学生，他便建议于唐校长，邀我来代他一年的课。唐校长以我正在交通部任事，而学校又是交通部办的，于是行文向交通部调我去代一年的教课，一年后万师回校，我自然可回到交通部。“夫子之命，岂敢言病。”我于是初尝教书的滋味，这是民国九年二月间春季开学时的事。

万师原来担任的功课实在繁重得很。应用力学，材料力学，桥梁设计，混凝土学等，都是土木系的主要科目，电机系的应用力学也是他教的，每周上课二十一小时，我初登教席即任此繁重功课，实在有点吃不消。好在那时每班学生只是二三十人左右，改卷尚不至太多（那时还没有一位助教），而学校的风气甚好，学生循规蹈矩，程度亦尚整齐。我所教的原只是九、十和十一年班的学生，暑假后九年班学生毕业，我又教到十二年班的学生。这几班学生毕业已在四十年以上，计其年龄也都过六十了。

交大向来对于基本科学最为注重。其时教授物理的是周铭博士，教授化学的是徐名材硕士，是两位最重要的台柱，对于新生入学及旧生考试都极严格。专门科目教授特别是电机方面仍多是美国人，有几位还是当年我的老师。像我这个后进担任许多课程，说起来真有点惭愧。

我到交大来代课原以一年为期，即民国九年由二月至年底，跨过两个学期，万师回来任务即终了。可是这年秋季开学不久，校中起了一个很大的变化。校长唐先生本患了很深的眼疾，近年来愈觉加甚，几乎就要失明。而且自上年五四运动发生以来，举国的学风很有改变，学生开始参加了政治运动，在他老人家看起来自然是不甚惬意。他由监督而校长，在校已十三年有多，时有“同学少年多不贱，刘向传经心事违”的感慨。所以自民国九年起，即屡向交通部辞职。而交部以他名望隆重，辞职的原因又不是绝对的，因此辞了又留，留了又辞，已有几次，到了九年的十月，先生目疾加剧，回到无锡他的新居，并电告交部无法再行回校任事，交部始知其真不可再留。而校中那时没有教务长，部中对校务久已信任校长处理，所聘教授只报部备案而已，部中于是着急起来。翻出教授名簿，有些是外国人，其余本国籍教授部中又没有一个认识的。独发现我是交通部的人，而且系校中所请去代课的，于是不由分说，没有事先和我打个招呼，一个电报打来，给唐校长病假，而着我代理校务，这真使我手足无措。

在我代理的几个月期间，我仍旧担任原来的功课，每月还到无锡一次，探问唐校长，并报告校里的事务。而其时交通部以所属的上海唐山和北平三间学校办理有年，规模甚具，成才众多，为加强交通教育以宏造就，特于是年十二月向阁议提出说帖，将三间学校合并为交通大学，宽筹经费，稍增科系，而将校本部设于北平。我虽然因此仍挂着一个沪校副主任的名义，但我于一年代课毕事仍返回北平。那时京汉铁路正筹备兴筑黄河新桥，交通部就调我到京汉铁路当一名工程师，这是第一次我在交大任教的经过。

我第二次返校授课是在民国十二年。其时京汉铁路重建黄河新桥事筹备多时，以款项无着，未能开工，而北京政潮迭起，铁路事颇受时局影响，我乃于是年秋季开学时返校任一专任教授。其时学校名称已由交通大学改回为南洋大学，三校又复分立。因上次交通三校合并，南洋原有的土木系已归并于唐山，而上海则除原有电机系外，更设机械及铁路管理两系，早年所办的商船科则由交通部在吴淞另设一商船学校办理。我仍授电机、机械两系之应用力学及材料力学两主科，现在台的俞君汝鑫、柳君德玉、陈君树人、钱君其琛、朱君延光、陈君体钦、尹君国墉（仲容）、曾君桐、徐君名植、杨君元拔及在美之陈君良辅、赵君曾珏、黄君辉等都是当时出色的几个学生。我每周只授课十六小时，较之初时授课二十余小时已属轻松得多，不久我就举家迁入校中居住。

究竟教书是比较行政或工程之事舒服得多。我在这段时间，除授课外，还编了一本《市政工程学》，后来又编了一本《铁路工程学》，都由上海商务印书馆出版。我时常趁学校放假的期间赴附近各地旅行。如杭州西湖，海宁观潮，以及苏州、无锡、南京等地，凡有机会必偕家人或友人同去。十三年的三月并曾带同机械科应届毕业生二十几人前往北方参观旅行。先坐船到汉口，参观汉阳大冶几处厂矿，其后坐京汉铁路火车北上，至石家庄，转入正太铁路，至太原游览晋祠等名胜。其时阎公锡山任山西督军，曾邀全体师生入督署茶话，发表些他的议论。大约当时学生结队旅行的风气还不大开，今有一队从上海远道而来，颇引起内地军政界的兴趣。我们由太原复乘车返石家庄，转车赴北平。那正是北平气候最好的时节，游览各名胜之后，再沿津浦铁路南下到济南，游大明湖。可惜我那时因家事即由济南趁车南返，各学生曾登泰山最高处，我未及同去，因此我就未上过泰山，是我此生一件大憾事。这次旅行使学生增加了不少对国内情形的了解，而一个月的时间，晨夕同处，更增加师生间的情感。

民国十一二年间本是上海一般环境较好的时期，学校也甚安定。北方虽偶有战事，上海还没有被波及，但十三年夏间起，问题也来了。十三年的八月底，江浙战事开始。时齐燮元督苏，卢永祥督浙，为了私人地盘和政权的争斗，各自备战。八月廿七卢永祥军直扑苏州，九月齐卢两军在京沪铁路沿线黄渡一带鏖战。九月中杭州发生政变，卢永祥退出，于是上海免于战祸。南洋大学的门口是上海公共租界的边缘，但校内则是在租界以外，上海倘有战事，则学校亦易受累。是年校中亦因齐卢战事而延缓秋季开学时间，直至十月十一始行上课，这是南洋第一次感受时局的影响。而北平则尚余直奉战争的尾声，政局亦稍恢复。

当我重返南洋任教时，校长为陈杜衡氏。陈是一位海军的宿将，任南洋校长已有两年，师生都相安无事。十三年十一月廿八那天的早晨，我在报上忽然看到一段北平来的电讯新闻，说南洋大学校长陈杜衡向交通部辞职已照准，交通部已派凌鸿勋氏接任，使我瞠目结舌。因为不但陈的辞职事前毫无所闻，而使我接任部中事前也毫不以一纸电文相商，令人感觉历史好像真会重演。自后我不得不减少教课，以至取销教课，结束我第二次的教书生活。

三、校长时期

我是民国十三年的十二月四日接任南洋大学校长，其时北方的直奉战争已结束，曹锟下野，段祺瑞入京为执政，而上海战事的余波还未了。我接任后才一个月，上海又发生战事。孙传芳与齐燮元两军联合驱逐上海镇守使奉军的张允明。十四年一月十一日晨早，校中附近忽然枪声四起，操场上看着流弹纷下。某生正在宿舍温书，流弹从窗外飞入，穿过其手中拿着的一本字典。我在办公室出来察看，及回到办公室，发现我办公桌上满是玻璃碎片，两颗子弹已在我离开的一段时间从玻璃窗穿入。其时原应举行学期考试，乃不得不临时宣布提早放假。学生住在上海租界的着其返家，远道学生则商准中法工业学校校长朱君炎之，借他们的辣斐德路宿舍暂住，计迁去一百四十多人，纷扰了一日，傍晚枪声复大作，两军又在斜土路一带交战。第二天张允明知事不济，逃入租界，上海遂易手。我为了学校的经费，各交通机关因战事关系解款不能如期，不能不到平津向在天津的京奉津浦两铁路局索取经费，而其时津浦铁路因战事受了毁坏，尚未通车，乃坐船去天津，再转到北平，向交通部报告并商办法。真想不到当了校长第一件课题便是应付时局，和筹划经费，正经的事都搁起不能办。

南洋大学虽然是直隶于交通部，其经费系由交部指定几条铁路负担，但有关教育的法令仍照教育部的规章办理，招生及毕业等事都由交部咨报教育部备案。教育部亦极尊重交通部的意见，对南洋大学一切都非常客气，故校长的行政工作相当简单而自由。在上海呢，几间有名的教会学校，除了体育及演讲或辩论的比赛外，彼此没有甚么来往。几间公私立的大专学校都公认南洋是老大哥，许多事惟南洋的马首是瞻，江苏省教育会虽然暂形成了一种势力，但打不进南洋来。南洋离上海市区较远，因此和上海的机关没有多少往来，仍能保持一良好环境与研究学风。我和当时上海的教育界人士如朱君经农，程君其保，张君君劢，陈君伯庄，朱君炎之等，都保持相当友好的关系。当时任上海商埠督办是丁君文江，任上海商务［印］书馆总经理是王云五先生，都是学术界人士，时有往还。我那时年才三十二岁，真是一个后进的后进。

我当了校长以后，便请了原任机械系主任教授周君仁做了教务长，一切按照南洋的传统办理，即教授都是专任，程度维持日渐提高的水准，考试务求认真，考选入学新生不假情面。其时大学本部学生不到三百人，附属中学生一百几十人，管理上也维持旧日的严格。可是外来的风潮不久便冲进了这间学府的大门来。

上海学生的政治运动在十二三年间已渐为显著，南洋大学为部立大学，在上海声望最隆，遂为政治活动对象之一，借南洋大学的旗帜以资号召。而且南洋当时有附属中学，年轻识浅的学生更容易被人利用。我开始发觉宿舍里的学生常于午夜召集会议，又发觉平时品学兼优的学生每在暗中领导学生活动。十四年五月间，为上海工人顾正红事，上海各校学生发起示威运动。五月三十那天，南洋一部份学生也要求结队出外，参加上海市各校学生游行演讲，由骆生美轮领队，劝阻无效，谓有事不要校长负责。出校后和他校的学生集结南京路，企图冲入租界的巡捕房（等于警察局），为巡捕开枪射击，当场死伤学生多人。南洋大学附中一年级学生陈虞钦当场中枪倒地。余得到消息立即赶去仁济医院探视，知陈生伤势甚重，当晚即不治。别校的学生也有死有伤，是为有名的一件上海五卅惨案。

惨案发生的第二天，学生当然开会罢课。我则联同同济大学、复旦大学等校长电致各方，并向上海租界当局提出严重交涉。学生则仍逐日结队出外游行演讲，禁止无效。后来北方政府派了国务院的蔡君廷幹及外交部次长曾君宗鉴（镕浦）南来办理交涉。曾君原为南洋第一届附中毕业生，对南洋事特别关怀。

罢课既已一个月，已到了学年考试的时候。上海几间学校的学生多罢考甚至要求废考。南洋的传统是认真考试，罢考或废考自然绝对不能通融。究竟南洋一般学生还是安份的，经一番劝导后，始于七月初举行学年考试，这是上海许多学校中唯一能举行考试者。现在台的尹君仲容、曾君桐、徐君名植、倪君麒时、李君炳瑗等都是这届的毕业生。其中也有几个政治兴味太浓，后来做得很不好的份子。

是年八月招考机械、电机及铁路管理科新生。现在台的柳君克述，缪君超凤，王君元衡，谢君铭怡，陆君世荣等，皆于此届考进南洋大学。上海局面渐归平静，九月初照常开学。十月间江浙军事又开始，孙传芳军开抵上海一带，由南京以至徐州、济南均有军事行动。北方则张作霖与冯玉祥备战，京局又变，幸学校未受波及。

在整个南北局面动荡之中，南洋大学却在这两年干了几件有建设性之事。十四年的年底新建的体育馆和游泳池落成，同日调养室又落成开幕，请了九十高龄的马相伯先生来校致词。又以校地不敷应用，在校西添购了民地六十余亩，辟新球场及宿舍地址。以后执信西斋，福开森球场以及新文治堂，皆借此得以兴建。十五年中美文化会（处理退还庚款）成立，首先核准南洋大学工业研究所计划，先补助银圆五万元，这是国内大学办理研究所的开始。

民国十五年，北京学生作政治运动更趋积极。三月十八，学生多人赴天安门作大规模请愿，被捕多人，且有死伤，南洋学生亦响应为之罢课数日。但在上海各学校中，仍以南洋学风较好，影响较少。是年六月底大考后，举行本届毕业典礼，请蔡元培、丁文江两先生演讲。现在台的徐君乐天、吴君庆源、杨君元拔、章君焕昌、徐君承熙及最近赴美任职世银行之黄君辉，均于是届毕业。暑假招生，则现在台的仲君肇湘，钱君益，曾君润琛及在美之刘君贻瑾，在瑞士之汪君德官，均于是届录取入校。

民国十五年为南洋大学成立之三十周年。春间即组织了一个纪念筹备会，十月初举行纪念，宣布将原有的大礼堂，定名为文治堂以纪念任校长十数年的前校长唐蔚芝先生。同时在校里举行一上海前所未有的工业展览会，征集了中外各工厂的机械仪器，辟校西新购地方及两中操场装设陈列表演。另铺设小铁路一条，用小机车拖带几个小平车，可坐二十几人。双十节纪念会开幕，由丁文江、福开森及张元济先生等分别致词，盛极一时。惟其时国民革命军已由广州誓师北伐，十月间奠定武汉，十一月克南昌，上海人心不免摇动，政治活动自然更为积极。我在校两年多，师生间相处甚好，但我在行政方面是受北方政府交通部所管辖，经费是由交通部属津浦京汉及沪宁铁路所协拨。我的教育方针为保持南洋大学的传统，不肯以学生学业为牺牲，在校须上课，到期必须考试，而不愿作个人政治活动。虽然在上海的许多党国要人不少是我知交，常有往来，“国父”逝世后卜葬于南京时，葬事委员会尚邀我担任选择陵墓图案三个顾问的一个，后来的中山陵设计便是当时我们所选定的。但到了十五年的一年，我感觉我的环境相当微妙。学校所在地方是在上海华界，学校的行动随时有受地方军事当局干预的可能，一有问题，经费的来源立刻断绝，学生的安全更可虑。有劝我早日改变方针，与南方先事联系，将来上海易手，尚可保持校长的地位。但我的看法并不这样，我总想等到国民革命军到达上海后，再行引退，以全终始。

民国十六年二月十九日，国民革命军克杭州，上海发动总罢工，水电及电车交通全停。时开学才数日，学生尚未到齐，不得不暂缓开学，我乃电交通部辞职。三月廿二国民革命军占领上海，国民政府初派吴稚晖、杨杏佛两先生接管南洋大学，吴为南洋最早特班学生之一，杨则是我的留美同学及知友。五月初改派李范一来接，我移交清楚离校，结束我在上海徐家汇十年有多的生活，却开始我今后连续十六年主办铁路工程的新生命。

载《传记文学》第一卷第三、四、五期（一九六二年八、九、十月号）

郑王府邸弦歌辍

——北平中国大学的沧桑史

张朴民

近阅《传记文学》杂志第三十六卷第一期，陆奉初先生撰、夏元瑜先生校《王侯宅第皆新主》的大文。言及北平中国大学校址校史一事，有谓“中大校友台北很多，不知有人能追忆一二否？”溯自政府播迁来台，迄今三十余年，中大来台校友，虽不下千余人，但岁月不饶人，有的已老成凋谢，有的已登耄耋之年，就是抗战胜利前后毕业的校友，有的已步入中年，有的已年逾花甲，追记三十年前甚至半世纪以前的旧事，以时隔久远，殊属非易。中国大学是一所具有悠久历史的学府，且与国民革命有深远的渊源，数十年来中大毕业的校友达三万多人，对国家社会均各有其贡献。陆奉初先生虽非中大校友，但对中大颇为关怀，笔者谨以中大校友一份子的资格，就记忆所及追记一鳞半爪，以答奉初先生的雅意，并补其大文之不足，因陆先生对中大情况并不十分熟稔之故。然本文如有舛误或遗漏之处，仍希中大校友暨关心中大的先进贤达，予以指正。

自辛亥革命成功，推翻满清建立民国，元年四月，“国父”为促进南北和平统一，毅然辞卸临时大总统职，让位予袁世凯。袁以种种借口坚不南下，中央政府亦不得不迁设北京。其后袁又当选为中华民国第一任大总统，“国父”则不计名位，愿以在野之身翊赞国家，促进建设，鉴于鼎革之初，百废待兴，需才孔殷，国民党之革命干部亦亟待培养，遂命宋教仁、黄克强诸元勋，在北京创办一所大学，定名“私立国民大学”，民国元年冬成立校董会，“国父”亲任总董（董事长），宋教仁为校长，除自筹基金外，并呈准北京政府，在前清度支部余存饭食银两项下，拨银八万四千五百两为开办费，另由财政部拨银壹百万两为基金，存入国库以六厘计息，每年拨款六万银元作为经常费，先租定前门内西城根“愿学堂”房舍为校址，稍后因感过份狭隘，又购买西角毗连土地，自建校舍，以补不足，并积极筹备招生开学。

民国二年春校长宋教仁先生，突于三月二十日在上海，遭受袁世凯雇人狙击为国身殉，迨因宋氏主张责任内阁制，妨碍袁世凯之独裁野心，于是校董会改推黄克强先生为第二任校长，四月十三日如期开学，先设大学部、专门部两预科及法政别科，预科系招收旧制中学（四年制）毕业生肄业二年，再升入大学本科及专门部本科。所谓法政别科，犹之后来之法政专修科、法官训练班或养成所，以应政府遴选法官之需要者。因当时法官多为清末科举出身已任法官者，民国改元后尚未取得高等文官及法官任用资格，所以读法政别科者甚为踊跃，好像今日带职入学或补修学分，以取得法官应考及任用资格。其后逐年招收大学本科学生（进入本科者以具有高中毕业者为限），所有预科及法政别科、专门部、专修科亦逐年停办，大学部亦呈准教育部立案及司法部、农商部有关部院之认可。

宋教仁先生被刺案发生后，举国震惊同致声讨，国民党籍的各省都督胡汉民、李烈钧、柏文蔚及国会议员，纷纷通电斥责，袁氏复进行善后大借款，包藏祸心破坏法统，因而掀起二次革命，终以实力悬殊党人不团结而告失败，袁氏下令解散国会，国民党议员则南下护法，中大第二任校长黄克强先生无法在京执行校务，遂委请袁家普代理校长勉强维持。民国三年上海吴淞中国公学校务陷于困境，当由前国务总理熊希龄居间协调，与国民大学合并成立校董会，推汤化龙为董事长，黄云鹏为校长，以北京国民大学改为中国公学大学部，原吴淞中国公学为中学部，不久黄云鹏辞职，改推林长民为校长。袁世凯以中大为“国父”所手创，创办人宋教仁、黄克强两先生又为国民党之领导人物，曾不断揭发袁氏之罪行，更反对袁氏之帝制阴谋，迁怒所及更加摧残，经下令将中大所领之开办费收回，原核定之基金及经常费，亦拒不续拨。学校乃陷于风雨飘摇之中，林长民不久辞职，乃由王印川继任，因黄、林、王三任校长均非国民党人士，得以缓冲其间，几经交涉，北京政府始允发给经费半数，勉强维持现状而已。“国父”暨国民党领导人物或在南方或流亡海外，对校务亦鞭长莫及无可如何。

民国五年，袁世凯自称洪宪皇帝，在全国声讨中惊醒迷梦，六月间终于羞愤而死，黎元洪继任大总统，宣布恢复约法，国会两院议员亦回京复会，学校董事会重新改组，公推姚憾吾为校长，于民国六年与上海吴淞中国公学实行分离各自独立，上海仍称“中国公学”，北京则改称“中国大学”，由王宠惠博士任董事长，吴景濂、汤化龙副之，校长姚憾吾不辞辛劳力求发展，文、法、商科均已具备。学生人数益加增多，除内地各省籍学生外，两广、川、黔、云南、蒙藏学生负笈而来者亦复不少，且有部份华侨及日、韩留学生，中大经过几次动乱，总算安定下来。

民国十年五月，姚憾吾校长因任期已满坚请辞职，校董会遂一致公推王正廷博士继任，其后并为终身校长。王校长出身北洋大学，留学美国耶鲁大学，辛亥革命前夕，以父丧归国，因得参加武昌起义，与马君武博士等共同起草《临时政府组织大纲》，并任军政府外交司长；负责办理与驻汉口各国领事交涉事宜，使军政府取得交战团体资格，其后被推为湖北省代表，赴南京参加已独立之十七省联席会议，选举“国父”为中华民国临时大总统。临时参议院成立，被选为副议长（议长林森），中央政府迁到北京，正式参议院集会，王校长复以浙江省参议员资格，被选为副议长（议长张继），袁世凯命唐绍仪为首任内阁总理，王校长任工商部代理总长（总长陈其美未就任）。王校长早岁参加同盟会，为国民党之重要人物，在国会中与张继、邹鲁等，领导反袁运动，袁世凯下令解散国会，乃微服南下参加护法。民国七年欧战停息，八年举行和会于巴黎，王校长以广州革命政府代表身份，参加北京政府所派之代表团，任特命全权代表之一（团长为外交总长陆徵祥），因不愿丧权辱国，与顾维钧博士拒签对德和约，载誉归国，以王氏之声望出任校长，极受师生之热烈欢迎。

王校长接长中大后，积极扩充设备，锐意发展校务，以旧有校址不敷应用，乃多方寻觅合适之新校址。适有逊清郑王绍勋，以其郑王府邸房屋，押于西什库天主堂，双方发生债务纠纷（按郑王府座落北京西单牌楼，辟才胡同二龙坑，郑亲王即清初入关顺治朝摄政王多尔衮之后裔；多尔衮曾被封为信义辅政亲王，即世所称摄政王，其王爵是“世袭罔替”，俗称为“铁帽子王”，以示子子孙孙永远承继。民国成立后，逊清王侯贵胄皆日趋没落，或不善经营，或挥霍无度，多是债台高筑，靠典当押卖渡日，此正为末代王孙公子的生活写照，郑王后裔绍勋自亦不例外）。王校长派校友祁大鹏从事调解，愿由中大代为偿还绍勋所欠天主堂之十五万五千银元债务，郑王府之产权即归中大所有，当由中大向比国一家营业公司贷款十五万银元，分期摊还本息。此一购买郑王府为校舍案，中经不少波折，至民国十四年六月始正式解决，从此中大才算有了永远的校舍。

郑王府占地广袤，幅员数百亩，格局宽宏、气势雄伟，红墙绿瓦、檐牙高啄，房屋多尚完整，经过一番修葺油漆，更显得古色古香、美轮美奂，府内共有三座大厅，十多个小厅，房屋数百间，栉比鳞次，全由曲曲折折的回廊互相贯通，大小亭台楼榭十余座，且有假山起伏、小桥流水点缀其间，恍如《红楼梦》中的大观园，又有宽大的草坪数处可作运动场，最大的正厅改为中山堂，可容数千人，西花厅作为中山俱乐部，周围池馆玲珑、花木扶疏，学生在其中休闲活动，甚感身心愉快，此处原名“惠园”，经郑王礼聘清代名词人李笠翁所规划者，至于原有房屋一律改装玻璃窗、天花板，环境优美光线充足，所有厢房则改为学生宿舍，大者四人小者二人一室，读书其间甚感宁静。

民国十年至十五年间，王校长一面常川驻校处理校务，一面又忙于公务，因在北京政府，历任外交、司法、交通、财政等部总长兼代国务总理、鲁案善后督办、中俄会议督办等要职，又时因公务仆仆南北，乃聘请名法学家吕复为副校长为之襄助。

民国十五年国民革命军进抵武汉，北京政府在张作霖控制之下，犹图负隅顽抗，冯玉祥之西北军，响应革命军北伐攻抵郑汴，王校长时应冯氏之礼聘参与戎幕，暂时出任比国贷款之陇海铁路督办。北京中大校务，以副校长吕复辞职，遂委请周龙光继任并代理校务，以资应付当日环境。十七年革命军继续北伐，进抵济南时，遭受日军阻挠，不幸发生“五三”惨案，王校长遂接替黄郛，任国民政府外交部长。是年秋间革命军底定平津，副校长周龙光解除代理，王校长继续执行校长职务。王校长以中大为国民党人所创办，历届毕业生效力党国贡献良多，乃于中央常会提案通过，由教育部呈请国民政府，拨发国币壹百万元，并每月补助经费国币壹万元，另获得中比庚款基金会补助，除偿清购买郑王府之贷款外，并购进西邻蒯姓大花园洋房一座，改建为图书馆，充实图书增加设备。馆前有花圃草坪，为学生潜修研究之大好处所。此时预科遵照部令停办，乃于西城根旧校舍成立附属中学（新学制高初中各为三年毕业）。

民国十九年政府颁布大学法：规定非有三个学院以上，始可称为大学，并且三个学院中，必须一个是理、工或医、农学院，因而中大与朝阳、民国、华北等各校均遵照新法改称为学院，在此期间先是副校长周龙光辞职，由余同甲博士继任。二十一年余同甲辞职，撤销副校长，聘方宗鳌为教务长，祁大鹏为总务长，以便王校长不在校时，代为处理校务。中大为恢复大学名称，遂积极筹款于假山附近，兴建科学馆及理科大楼，并增设生物系、理化系、数学系，先行奠定理学院之基础，报请教育部备查。此外又新建宫殿式大门一座，朱漆梁柱、兽头铜环，配合原有之建筑，更显得庄严巍峨，教育部派理工专家视察，认为大致已符合理学院条件，方期恢复大学名称之际，王校长忽奉特命出任驻美大使，此时日军在平津节节进迫，华北风云紧张，王校长为保护学校维持不坠，乃委请何其巩代理校长。何氏曾任北平特别市市长、行政院驻平政务整理委员会秘书长（委员长黄郛）、冀察政务委员会委员（委员长宋哲元），颇能肆应各方，何氏正拟萧规曹随，按既定计画发展校务时，不旋踵间，民国二十六年七月七日，突然发生芦沟桥事变，北平各大学多南迁大后方，合并设校或单独复校，茁壮中的中大，遂又面临新的困境。

其后幸奉教育部令，准许与辅仁大学均留在北平继续开学，以造就沦陷区之青年，并负责遣送部份学生，赴大后方参加抗战工作，或转入他校继续肄业，更有掩护地下工作人员之任务。教育部拨发之经费，则由平津金城银行设法转发，学校得赖以维持，至于每学年新生入学暨毕业生名册，则照旧呈报重庆国民政府教育部备案，在敌伪统制之下，环境日益险恶，师生因暗中参加抗日工作，被敌伪逮捕入狱处刑者在所多有，幸全校师生坚苦卓绝隐忍应付，尚能化险为夷，渡过重重难关。在此期间科学馆及理科大楼相继竣工，各种实验仪器及应用机械，均已分期充实，组织上已分设文、理、法三个学院，并增加文、法两研究所，筹设理科研究所。留在北方不甘事敌之教授学生，均以能进入中大教书读书为荣，且均抱有孤臣孽子之心。

三十四年八月，抗战胜利，日本无条件投降，代校长何其巩奉军事委员会蒋委员长电令，任驻北平特派员，预为布置日军投降及接收事宜。教育部颁布沦陷期间大专学校学生甄审办法，经甄审合格始可取得大专毕业资格，唯中大与辅仁大学毕业生不须参加甄审，学籍一律承认，并补发各学年度毕业证书。其后代校长何其巩亦行辞职，三十六年校董会改组，公推孙科博士为董事长，校长仍由王正廷博士续任，王校长不时返校，主持学校复兴事宜，因自所主办之行政院战罪调查赔偿委员会完成任务后，便辞去一切公职，无官一身轻，乃全力致力于社会、教育、金融事业，如任中华民国

“红十字”与世界“红卍字”两总会会长、上海时事新报董事长、国际扶轮社远东区会督、交通银行常董兼菲律宾交通银行董事长、国际奥林匹克委员会终身委员、中华民国体育协进会理事长。中大在王校长积极策画之下，复大工作次第准备完成，三十七年教育部派员视察结果，以各种设施已完全符合大学法之规定，遂命令恢复中国大学名称，从此中大又进入一个历史新页。

…… ……

岁月不居，韶华易逝，吾辈追随“政府”来台，转瞬已逾三十余年，校友中不少业已作古，健在者或已年逾古稀垂垂老矣，青壮者亦渐步入中老年，遥望神州缅怀故都，回忆母校念及窗友，已是知交零落，不禁感慨系之。

载《传记文学》第三十六卷第四期（一九八〇年四月号）

由南高到东大

——成贤街回忆之一

罗时实

大学首次招考

民国十年南京高师扩充为东南大学，招收大学及高师学生各一百二十名。我是大学第一次招考考取的学生。和我同时考取、入学和毕业而今天在台湾的，我知道的只有韦仲殷（从序）、柴樾林（祖荫）、沈介人三先生。翁序东（之镛）、郑子政和游孚初（春懋）三先生同时入学，同在大学毕业，进的却是高等师范。

所谓大学和高师学生都是在一起上课，在讲堂、图书馆和运动场上彼此都无分别，不同的是高师学生住在校内宿舍，吃的是公家伙食，也不缴学费。大学学生住在学校左边，委托商人建造的成贤学舍（因成贤街得名）。伙食分两种，可以选择。学费每期拾元，第二年增加一倍，但对我们这班优待，一直是照入学时原数缴纳。

相当好的读书环境

第一年预科，上的都是共同必修课程。除英文而外，文科着重文史，要在论理学和大代数中任选一门。我选的是大代数，这是我一生学过的最高的数学。教预科国文的只陈钟凡先生一人。他忙不过来，乃请教中国地理的白先生凑数。我不幸被派在这一班，教的既是勉强，学的更没精打彩，敷衍了事。后来才听说是高师老教授王伯沆先生这年因病未能上课，学校不得已才有此安排。

因为高师学风一向淳朴，初入学校总是观看老学生风色，他们喜欢读书，我们也就于不声不响中，被潜移默化，带上爱好读书的道路。这里也的确说得上是相当好的读书环境：第一，离政治中心较远，不容易受到外面的干扰。第二，和尘嚣隔离，饭后散步，所至之处如鼓楼、北极阁、台城、鸡鸣寺都是具有历史性的胜迹。不仅风景清幽，还可助发思古幽情，引致灵感。第三，实际主持校政，和师生最接近的刘伯明先生是一位笃实践履、循循善诱的经师人师，我们从入学之日便受他的影响，觉得这里另有一种气氛，认为勤求学问是最大快乐，把敦品励学看作交友的标准，大家相互砥励，蔚为一种风气。这种风气在他死后还保持几年，再过下去情形便显然变了。

沾同学父亲的光

在中学同班有宋氏兄弟：老二志先（显任）和我同时考进东大。老大宗朴（显儒）先进金陵，隔年再经入学考试，又同在一起。他们是随宦寄寓南京，因是两度同学，又不知以何因缘，宋老伯特别看得起我，硬要我星期天到他家里吃饭。常在晚饭之后要我同坐他的马车去台城或鸡鸣寺散步，有时在豁蒙楼坐下，喝一杯茶，然后把我送回宿舍，他一个人坐在车上的塔的塔地回去。

宋老伯奉峨（名璋）先生是丁酉江西解元。中光绪三十年甲辰进士后去日本学习法政，他是经学大师善化皮鹿门先生任经训书院山长时的得意门生。丁酉江西乡试主考是长沙张冶秋（百熙）先生。榜上的名次从解元到第七名举人都和经训书院月课的名次符合。为了张、皮是会试同年，又同是长沙府人，好事者看到榜上名次巧合几乎想以私通关节为名，鼓动风潮。亏得张、皮都是国内大名家，解元的文章又是真才实学，确实可以压倒侪辈，这样才把风潮平了，宋老伯的声名也因此传遍全省。他这时是在江苏督军齐燮元的幕府。江南是文物之区，他又是一时的文章魁首，过江名士和他常有诗酒往来。我因常去他家，亦清谈侍坐中有机会遇到许多当时的知名人物。其中有胜朝遗老，多数是科甲中人，也有清末维新人士，和早期留学欧美日本的前辈。我从他们听到好些光宣年间的掌故，积累起来成为我日后爱谈掌故的资料。

几位乡前辈

如是每星期天都去宋老伯家，在头一年我便没有时间和同学一起走动。吃过午饭随宋老伯的高兴不是游览名胜，便去同乡几位前辈处闲谈。最奇怪的是他时常不带自己儿子，却带着儿子的同学一起，因此遇到未曾见过的长辈都得先行介绍一番。这时在南京作寓公的同乡声名最大要数义宁陈伯严先生，宋老伯对他非常尊敬。陈先生的公馆在中正街的东首四条巷，是当地一个巨宅，也小有庭园，和他的客厅书室一样精美，足当清雅二字。我第一次见他是重阳前几天，老先生兴致很高，和宋老伯稍谈几句便邀他去清凉山登扫叶楼闲眺喝茶。嫌自己的轿车太闷，叫人到丁三马车行另雇一辆新的蓬车，我们三个人并坐一排，他的用人和马伕同坐高处执辔，这样自东向西，约走二十分钟才到清凉山下。老先生说话很风趣，也很爱走动。他说扫叶楼早晚登临最佳，从扫叶楼看莫愁湖，比登胜棋楼又是一种情调。登扫叶楼，莫愁湖全景尽收眼底，从湖水看夕阳反照，金蛇闪铄，这一刹那的情景历代诗人都未能描绘尽致。

宋老伯和我说，陈伯老的诗文是当代第一。诗意师庄子，为不落前人窠臼，一字一句皆经千锤百炼，非精心杰构不肯示人。文学史记，气势充沛而跌宕有致，绝无桐城小家气息。他从进学时起即心仪其人。当时海内有四公子，以义宁陈公子，浏阳谭公子最负人望。戊戌政变，受康梁影响，其尊人右铭先生（宝箴）在湖南巡抚任内受革职永不叙用处分，实际上湖南行的新政，和倡导新政的人物如梁任公，熊秉三，以及当道如黄公度（按察使），江建霞（学政）等都是伯老好友，是以伯老为中心的一群清流。湖南人至今还怀念他们，民国以后每年对伯老仍有馈送，他的交游也是湘人多于赣人，甚至家人说话也掺有些微湘音。

在头一学期就曾拜访过的还有宜黄欧阳竟无先生。他比奉峨先生不会大过十岁。他也是举人，可能是同年，即使早些，也不会多过两届。竟无先生是江西农业学校开办时的国文教习。后来遇到九江桂伯华先生，乃专力研究佛学相宗。据宋老伯说，这门学问原是杂乱无章，竟无先生苦学十年才整理出一点头绪，就南昌梅斐漪先生在复成桥畔的房子创立支那内学院，招集门徒阐扬这一部门的学问。从这年初见，一直到他战时在江津圆寂时止，除不在国内，我每年都向他老人家请安，他老人家也把我当后辈看待，尤其是我和九渊教育长结交以后，更承他特别关切，所惭愧的是老先生几次有心想把我引上研究佛学的道路，我根器未净，无从悟解，甚至承他赐发的几本著作都未认真读过。

除这两位前辈外，在这一年比较多见过几次的还有新建程伯臧先生也是前清举人，从清末就在江南候补。九江黎先生早年和李木斋先生一起，听说做过一任知县，在南京置有房产，宋老伯在祠堂巷的公馆就是向他租的。奉新余醒民先生是申报驻南京记者，申报每日有南京快讯好多年都是由他供给。这几位都是常来宋府的朋友，我和余先生最谈得来。民国十六年有一短时期张宗昌控制南京军权，余先生以勾通国民党嫌疑被张提去枪毙。那时军阀的作风就是这样不求甚解，以意为之，随便杀人的。

因宋老伯的垂爱，我在普通学生中比较多有一些接近社会的机会。又因他的学问和所处地位使我容易认识好几位社会上层人物。更因他喜欢游山玩水，南京和附郭名胜，在这一年之内，我几乎陪他都走遍了。

新的建筑和新的教授

第二年的大学生活比头一年生动的多。学校在开学之前完成一项新的建筑。当地的督军把去年他父亲生日送礼收到的现款六万银元捐给学校，建立一所罗马款式的图书馆，上面圆顶三面有四根圆柱。比之旧有的口字房，新的图书馆可以说得上壮观二字。从开学时起又兴工建造一所可容千人的体育馆和附中大楼，都在这一学年完成。

这一年也着实请了好几位叫座的教授。另有几位客座教授，最著名的自然要数新会梁任公先生。

和我同一时代的学生，在读中学时没有看过《新民丛报》的，至少会看过任公先生的《饮冰室文集》。他的笔锋充满感情，读他的文章使你的思路于不知不觉中跟着他走。但他并不是一位具有讲话天才的人。他教书和讲演都有充分情感，可是都没有办法表达出来，甚至急时还有口吃现象。他的广东官话也要听过一两星期才能习惯。可是课后私谒则清谈娓娓，引人入胜，于为学作人都有指示。他对你有所期望，能提高你的志趣，和他谈过之后，你会觉得自己好像不是一个平凡的人，应该对社会国家尽力有所贡献。他教的课是“中国政治思想史”，每日下午两点到三点讲一小时。讲授的对象是政治经济系的学生，因为我们这班只有二十几人，经梁先生特准容纳别系学生合成一百，实际听讲的经常总在二百以上。他不给考试，但要选课学生给他写信，我和彭隽人（国彦）兄都曾得过他的回信，针对去信加上几句评语，另说几句勉励话。后来知道不是每人都有回信，因此得过信的都把它珍藏起来。

和梁先生同时到校的还有德国教授杜里舒博士和为他翻译的张君劢先生。杜里舒讲的是生机哲学，我只听过几次，大意说国家是一个有机体，国民是这有机体中的细胞，归结于细胞是赖整体生存，由此而建立国家至上的观念。我当时对此一观念未曾十分注意，到民国十九年（一九三〇）我到德国住三个月，亲见纳粹运动风起云涌，细究内容则是此一哲学为其理论骨干。一九二二德国方经战败，国内情势混乱，共产党到处活跃，列宁正在跷足企首希望在德国建立共产党的政权，以解救苏俄的饥饿（一九二一年俄国饿死近千万人，列宁被迫放弃战时共产主义，改行新经济政策）。生机哲学是德国在极度紊乱中产生的思想。十九世纪中叶普鲁士很有一些持有这种观念的人，也可以说这种思想和德国一般人的性格接近，遇着希特勒这样的领导人物，呼啸一声，不到几年便成为风行德国，威胁世界的力量。我至今还未曾问过旧日师长，杜里舒当日是怎样被请到中国，怎样被安排到东南大学来的。

我默察没有很多学生受过杜里舒的影响。我没有问过陈修平（启天）学长的意见，不知道他的国家主义思想，和杜里舒思想有无关联。但帮他翻译的张君劢先生则因长于讲演，所讲的宪法主张，又正是当前时局上的热门问题，有许多同学对他发生好感，我们政治经济系的学生且曾要求学校请他作专任教授。听说他自己也很乐意，只是学校没有答应，学生也未作继续要求。

另有名叫江亢虎的也是此时凑热闹的一位角色。他是江西玉山县人，听说在前清也曾有过科名，后来去日本留学，看上了所谓社会主义，回国之后到处做文章，讲演，宣传社会主义。他原来不是这个名字，据他自己向学生说，袁世凯说他宣传的学说有如洪水猛兽，他才改名亢虎。因为国内不能容他，才逃去美国，在加州大学图书馆做事。这回也不知道是怎样请他来的，初期江西同学以为他是同乡名人，也曾开会欢迎。后来杨杏佛在《新闻报》做文章指斥他讲的社会主义是野狐禅，没有学术的基础，听他的人便逐渐少了。

一池静水渐有连漪

我在上面说过，这里没有政治的干扰，可以理乱不闻安心读书。在这年以前的确是那种情形。这年五月奉直战争结束，北京政府发生变动，六月初徐世昌被人撵走，从天津搬来黎元洪，再度作傀儡总统。因为有人要制造另一新的局面，于是民六国会又重新出笼，八月一日在北京正式复会，标榜创制宪法，选举正式总统。这时大家已经知道行将竞选总统的是直系首领新近战胜的曹锟。他原是卖布出身，弃布从军，在小站从小弁洊升大将。民九为使袁世凯有所借口，不去南方就任总统，北平兵变就是他的杰作。布贩想做总统，加上报纸煊染，乃成为青年见面谈论的话题。

新会先生在民初做过几次总长，护法之后也曾轰轰烈烈成为报纸头条新闻。这几年虽由绚烂而归于平淡，想在学术上建立青年对他的信仰，但对政治则未尝一日忘情。他有一群智识份子的同志，平素声应气求，遇到可以发表政见的机会都是尽力为之。他们在北平、上海都有一个大报，以智识份子为对象拥有广大的读者群。君劢先生是他的学生，也是政治结合的同志。这时的舆论制订宪法有很高的呼声，他便穷一月之力写成《国宪议》，遇着机会便发表他对宪法的主张，我们对政治看法在无形中受到他们两位的影响不少。

这时我已进入大学本科，所谓“政治经济系”从前未曾有过，是跟着大学新设的系。去年只有萧叔䌹先生一人教经济学。今年新增财政学。政治学方面新聘从哈佛归来的一位黄先生，仅开英国政治和政治学两门。教授虽少但选课的却坐满讲堂，足见同学对社会科学已有很高的兴趣。

从国会恢复，北平的政治新闻便逐日多起来了。将近年底制宪已有成议，于是政治话题乃进入谁是下届总统的头上。曹锟原是卖布的出身，不管他的部将吴佩孚有多大本领，要使国会议员心甘情愿选卖布的做中华民国总统，这多少总会有点困难。既非甘愿，便要给些甜头，好让议员先生投这一票。这便是贿选风传的来由。

萧教授指示假选举

有一天我们正在谈论这一问题，经济学教授萧叔䌹先生来了。有人问他谁配当中国的总统？他便问你们心目中有适当人否？于是有人提孙中山先生、梁任公先生，甚至还有提陆徵祥、顾维钧的。萧先生乃大发高论，中国一向是以智识份子的意见代表舆论，所谓士论即国论者是也。普通人民对此很少有适当意见。国会议员既可以金钱收买，除了你们的意见之外，还有那里可以看出真正的民意？他在美国就曾看过加州大学的假选举（straw vote），认为我们在此时此地可以仿行。你们是高级智识份子，应该具有独立判断的能力，心地纯洁也不会轻易受别人操纵，而且办起来并无多大花费。如此轻而易举，为什么不仿行一次？

这话立刻在我脑中起了反应。走出教室我便找老彭（国彦）商谈。他是我中学时代认识的朋友。上年寒假回家在南昌街上邂逅，见他面容憔悴，细询是和父母争吵，寄食友家。经我和另一朋友资助，进东大作特别生一学期，方于暑期考取，和我同房，一直是我做学问的畏友。他是学政治的，听过许多海德公园的掌故，经我一提马上提笔写一发动假选举的缘起。两人同去高师向自治会借一票匭，在学校交通处贴上缘起，便有人看过之后写票投入匭中。说也奇怪只经过两日这票匭全塞满了。

孙先生是我们师生选出的总统

第三日征得大学自治会同意，由自治会职员在大礼堂公开开票。我记得很清楚，投入的票一共九百七十几张。这是当时全校师生职员的总数。从未想到我和老彭两人一时心血来潮居然会有如是广泛的反应。校长郭秉文先生，校长办公室副主任刘伯明先生，包括那两天到校上过课的几乎每人都曾投下自己认为神圣的一票。开票结果孙中山先生得六百七十几票。次多数是讲学方毕甫于前数日离南京的梁任公先生，有一百七十几票。余下几十票的有陆徵祥、顾维钧、施肇基几位外交家。吴佩孚有六七票，却未看到一张写曹锟和当地督军的票。

这是民国十二年一月上旬，南京的天气很冷。记不清是在大礼堂的一个什么会上，校长郭先生向我们报告，他在上海遇到孙中山先生，向他说东南大学学生最近举行假选举，孙先生得六百七十几票是最大多数。并向孙先生说："你不要再说我们学校是研究系呀。"孙先生向他说："这是学生投我的票，和学校没有关系。"

上海的奇遇

考完寒假我为家事到上海去。在三等车上会到吴江陈佩忍（去病）先生。他要我明天上午到黄家阙路家里看他。

第二天我应约前往。进门见面他只说好好，我们同去。

他出门雇黄包车要我跟他车走。走到法租界莫利爱路，他带我走进一座小洋房，到客厅坐下我才知道这就是孙先生上海的住宅。才几分钟一位穿中国皮袍的老先生从楼上下来，我认得这就是领导中国革命、推翻满清，中国国民党的总理孙中山先生。

这使我大吃一惊。在我来此之前陈先生从未提过一句，说是带我去见孙先生，也未想到孙先生进入客厅就是接见我这一个年青学生。孙先生是蔼然仁者，他自己坐下，连说几声请坐。因我事先毫无准备，从来未曾单独见过政治上的重要人物，何况孙先生是创造中国的伟人。我在他面前只觉得手足无措，更说不上怎样应对。只记得他说这回东南大学办的假选举，用意很好，你们是从那里学的？因我不会说话，这一两分钟都是他讲，似乎有过这样的话“我以为梁任公在你们那里，郭校长是研究系的人，他曾对我极力剖白，我看他是一位很有能力的人”。

因为客厅还有几位向他请示，他离座走向他们。半晌陈先生从别室出来，对我说，你现在可以回去。这样我才如释重负，雇黄包车回宝善街和平公栈房。

这一次我是从上海坐船经九江换车、返家过年。

载《传记文学》第一卷第四期（一九六二年九月号）

仓圣明智大学的回忆

蒋君章

神秘性的学校

上海人士在抗日战争以前，无不知有哈同花园。哈同花园以其园主而名，其正确的名词叫做“爱俪园”，大门正中悬有仁和高邕所书的匾额，其书苍劲有力，似铁画，似刀削，古雅可爱，注意者不多，知道的就更少了。致园中尚附设一所大、中、小学俱全的“仓圣明智大学”，知道的那就少之又少了。

沪上大、中、小学每逢寒暑假期，必大登广告，以便广招学生。而仓圣明智大学独为例外。这所学校，颇具神秘性与封锁性。从不公开登报招生，其招生消息，都是从在校师生或和园方有关系的人传出，因而外间知道的人不多，可是每届考试，大、中、小学合计亦常有二三百人。可知想进这个学校的人也不在少数。这所学校所以采取封锁政策的原因，是由于全部免费，连伙食都由校方供给之故。揣校方之意，是当做一种慈善事业来办的用意占更大的成分；所以尽量把招生范围缩小，以避麻烦。

民国十年，我毕业于故乡的一所相当负有盛名的高等小学。同班同学中有一位已经毕业而慕名再读的，他的目的是投考仓圣明智大学。他的目的是达到了。我从他那里得到招生的日期，因而也考取了这所大学的附中。

这所大学的招生日期，是在每年的阴历正月，而不是阳历七月。从这一点，便可了解这所学校之守旧性。可是这所学校特点很多，也给我很深刻的印象，在中华民国教育史上可能是最突出的。

旬的来复

一般学校的上课，以七日为一来复而为周始；但是仓圣明智大学则以十日为一周，称为一旬，到第十天才算是星期日，学生才得休息。旬的计算倒是以阳历为准的。一个新生开始入学，颇觉不惯，在遥远的一旬中连续上课，颇有疲乏之感。但是经过若干时日后，觉得这种办法，可以使学生多得向老师受益听讲的机会，倒也很有意思。

旬日的假期，给大家松一口气，学校当局特别为学生派来理发师，开放洗澡堂，一切供应，也是免费的。在这一天，学生不能出外，也不能会客，还是生活在这小天地中，可是事情真也不少，诸如洗衣服、晒被褥，都须自己动手。大家也就乐此不倦。只是有一项事情，颇感苦恼，那就是被单和床单的洗，尤其把被单订起来，真是生疏而麻烦。旬的明大，景象可以说光怪陆离之至，因为学校并没给我们预备晒衣、晒被的地方，同学们只有利用剪平的冬青树作临时晒衣所，可是地位有限，没有办法占到冬青树一角的，只有利用寝室中挂蚊帐的铁丝。于是寝室也就成了内衣内裤的陈列室了。

明大的寝室，大、中、小学生分开，实际上只有一字长楼的楼上和几间小房间。无疑的，这几间小房间是大学部同学特有的雅座，或和校方比较有关的同学所占住。中学生一百多人，住在一个大统间内，床与床之间只容一个走路的空隙。在天气寒冷的时候，还不感到什么，天热时那股炭酸气和汗臭气，真是难闻，特别是早晨起床洗脸以后再走进寝室，真要使人作呕。寝室中每人所占的地位，只有这一点，那动用的衣服等怎样安放呢？不要紧，学校当局还为我们预备了一间大储藏室，每人的用具都纳入储藏室。寝室和储藏室的门，都按时启闭，绝没有人中途可以混进储藏室或寝室的。每晚入睡之前，必有舍监点名，每个同学站在床铺前应声，不准推诿迟到。这对学生良好生活习惯的养成，是大有裨益的。由此，可知明大生活管理之严格，以我的经验，没有比他再严的了。

开学仪式

明大的开学仪式，是特别值得一记的。在名义上，罗迦陵夫人是院长、姬佛陀先生是校长，实际上主持校务的是孙学濂先生。院长、校长难得到学校来。但是开学典礼，校长必亲自主持。钟声一响，学生早已聚集于大礼堂，排成整齐的队伍，等候校长的光临。照例，校长是在最前面，教务长在校长的侧面，接着的是王国维、王益吾、宋澄之等重要教习。他们的装束，都很古怪。王国维先生的大名，我在小学读书时，即已久仰。他是短短的身体，嘴唇上蓄着八字胡须，瓜皮小帽，缀有红帽结，后面拖着一根长辫子，这是他的特别表记，十足的满清遗老，最引起同学们的注意。实际上，他的后面的王益吾先生，就是长沙王先谦，也是鼎鼎大名的文史学家，他的服装很普通，反倒引不起同学的注意了。

开学典礼的开始，是大家向“仓圣”像行三跪九叩礼。这个礼把学生行列弄得秩序大乱，因为每人之间的空隙有限，跪是没有问题，头可叩不下去，只好望空而叩，歪的斜的，在所不计了。叩完了头之后，开读院长和校长训词，这都是教务长预先准备好，以油印发给大家。训词例由郭本棠先生宣读。郭先生杭州贡生，也是八字须，瓜皮帽，没有发辫，可是他的红帽结特别大。读起训词来，摇头晃脑，韵味十足，而且院长的口气，校长的口气，铢两悉合，实在难得。可是他的帽结定得不牢，摇一下头，帽结也动一下，同学们只好强自忍禁，散礼后则狂笑不已。

“仓圣”是这所大学的命名，这仓圣是什么人呢？那就是我国历史传说中首先造字的仓颉。仓颉能够首先造字，其聪明和智慧之高而受到后人的尊敬，那是没有问题的。可是尊之为圣，是不是像一般古史的惯例凡有新发明者即被尊为王为圣一样，我们当时并不知道。从这所学校特别注重文字学这一方面去看，他的出发点是尊重他的首创文字，是无可怀疑的。仓圣的像，挂在大礼堂的正中，在我的记忆中，仿佛是一幅大油画，身披树叶，面貌特殊，目双层，殆所谓重瞳子的传说罢。

孙教务长与乌目山僧

教务长孙学濂先生，是另一位给我们深刻印象的人。他的原籍是贵州遵义，据说是一位举人，曾经做过县知事。他本质上是一位矮胖子，留有真的八字短须，人中部分中断。走起路来有些摇摆，两只脚的长短似乎并不一样。可是他的中式服装，甚为讲究，冬季白狐皮、羊皮、灰鼠、银鼠、珍珠皮等，都是上品，随气温高下而变换，袍面都是上好的绸缎，里面有雪白的绸衬袍，露在膝盖部分。他永远是马褂长袍，即夏季亦然。我们永远没有看到在办公室里他只穿短衫或只穿长袍的时候。他说话时操着纯粹的贵州腔，当时我们以为是四川话，语音重浊，看起来是官气十足，可是他和学生们谈话时，态度却很和霭可亲，从不高声叫唤。至对职员的态度那就完全不同了。近来我问过遵义籍的立法委员刘健群先生知不知道孙学濂先生其人？刘先生并无所闻，大概是一位早已游学在外的举子。他当时的年龄大约在四十至五十之间。校长姬佛陀先生名觉弥，长身玉立，翩翩公子模样，是江苏徐州府睢宁县人。有人说他本是一位著名僧人的小沙弥，后来还俗，受到园主人罗迦陵女士的信任，为园中的主要执事，所以名佛陀而字觉弥，以示不忘其本。其说是否可信，当时我们并不知道。近读陈定山先生《春申旧闻》，始获证实。

这位著名僧人是谁？那就是清季鼎鼎大名的乌目山僧宗仰上人。罗迦陵夫人笃信佛法，因此宗仰上人被其所尊奉。宗仰上人俗家姓黄，有人叫他做黄宗仰。他是一个革命僧人，清季在上海倡导革命的爱国学社、中华教育会等，他都参加发起，而且还担任会长之职。近来我看到若干记载，据说当时会社的经费，即由乌目山僧向罗迦陵夫人募捐而来。然则宗仰上人之被尊奉与其随身沙弥之一变而为园中的要人，是乌目山僧有计划的安排吗？革命成功后，宗仰上人，息影南京附近的栖霞山为栖霞寺住持，不复与闻世事，可以说是奇人，更是值得佩服的高僧。

仓圣明智大学和爱俪园，是充满着清季革命潮流和清朝遗老的矛盾，在我读书于该校的时候，还显然存在。在爱俪园的主要建筑中，悬挂着清季达官贵人如杨昌濬等所撰写的楹联，也有革命党名人的楹联；园中的上宾是革命巨子乌目山僧，可是也寄寓着岑春暄等清政府的重臣而为民国时代褪了色的大官僚。岑即在爱俪园中被其仆人以菜刀杀死，那时我正在校读书，据说岑身躯肥硕，讲究饮食，其厨子所作菜肴稍有不合，便遭痛责，因而构成杀身之祸。在学校，一方面延聘逊清遗老讲学而尊以上宾之礼；但在中学部分的延揽教师，则颇受学生舆论的影响，那又是“五四”以后的风气。所以我的印象孙教务长在承先启后的潮流中，是相当开明的。

教师群像

明大的大、中、小学三部分，以我的看法，中学部比较健全，大学则仅是形式，小学部仿佛是为了解决大学部学生的实习问题而设置的。此可从小学部的教师都是大学部在学学生所兼任而获知。所不同者，他们是永久性的兼任，而不是临时的实习而已。

我在明大读书的时候，大学部除了预科一、二年级之外，正科还只有一年级，人数不过三数人，预科生恐怕也不到二十人。正科似乎并不分系，重要的课程，只是中文和英文两种。中文似乎更着重些，上述王国维先生、王益吾先生、宋澄之先生等都是大学部的教授。英文教授只有一位印度人，大家称他为尼赫鲁，不知是不是和甘地一气做反英运动的尼赫鲁，因避难而在明大授课？那就不知道了。第二次世界大战初期，尼赫鲁已在印度政坛公开活动，报纸常常载有他的照片，我默默回忆明大读书时所见到持手杖而从容走在明大校园的尼赫鲁，似乎很像。王静安先生的学问，直到现在还被人家赞佩。我曾在窗前静听他的讲学，但见他嘴唇上下翕动，声音细小，咫尺之间也听不清楚，这也许我当时程度太低，听不懂他的话的关系吧！

当时，我在明大附中一年级读书，所以对于中学的情形，知道得比较多。一年级录取人数大约有六七十人。是在大礼堂隔壁的一座大教室中。国文教本是《古文观止》，修身教本是《论语》，英文教本是原本《天方夜谭》，数学是教代数，是用温德华氏与斯密斯合著的英文本，小学的课本是《说文解字》，这几样课，光就课本方面看，已经很重了。教师对于教课和舍监对于自修的督课之严，也是为他校所不常见的。我记得我们开学时授国文课的老师是四川籍的高育航先生。他是一口完全的川腔，说话很慢，讲解很精细，可是他的话为一般淞沪一带和徐州一带人所不容易了解。高先生又不大写黑板。我们学校里是不准学生看报的，事实上也没有时间看报，而高先生出作文题，常以时事为题材。我因为在小学时已经有看报的习惯，所以对当时的山东问题等都有相当知识，尚可勉强应付，而其他的同学便苦不堪言了。有人把这个意见向教务长反映，教务长便把这位老师辞退，改聘无锡第三师范毕业的一位宋先生，我已经把他的名字忘了。宋先生虽然口齿清楚，大家听得明白，可是内容平淡，尤其对作文的批改，仿佛他对学生作文的评语，只有这几句，在各人的本子上轮流使用，几旬一过，大家拿出作文簿来一比，就完全清楚了。以视高先生之精批细改，顶批之外，尤有长的尾批，津津对学生作乐而忘倦的指示的，就大不相同了。宋先生勉强教到暑假，下学期便换上海七宝人李然昌先生，李先生写得一手好字，魏碑草书尤为所长，但对学生的教课与课本的批改，还不能和高先生相比，因此大家对高先生颇多怀念。

在教师中给我们印象最深的是教代数的蔡斌彦如先生。他操着一口扬州腔，上堂从不携带课本，踏上讲坛，便把长衫袖口卷起，拿起粉笔，口讲手写，滔滔不绝，任何难题，经他三言两语，便讲得清清楚楚。使我对数学的兴趣大为增加，并且使我兴起“为教师便当如此”的感想。我后来数学成绩常得满分，直到现在我上堂授课，也从不携带任何资料，便是受蔡先生的影响。

徐震哲东先生，是国学程度最高深的一位中学教师，他教我们“小学”，以《说文解字》为课本。他操着一口常州话，引经据典，内容充实，可惜我们有兴趣的人很少，听得似懂非懂，徐先生据说是国学大师章太炎先生的弟子，我在中央大学读书的时候，他也应聘在国文系任教，我并没有再听他教课的机会了。

我们的教师中和教课中还有值得记录的，如图画教师为缪谷瑛先生，是沪上画菊名家，当时他画的菊花，每朵价值银元一枚，他常以墨菊竹石的墨本交给我们临画，态度却甚谦虚。缪先生的菊花，虽然使我们有美妙的感觉，但对我并没有发生影响。倒是一位附小图画教师朱蓉庄先生给我的影响甚深。朱先生名俊，宜兴人，他的公子铭新和我们同班。他常常在我们的课余到我们教室来，指导铭新写字作画，他又欢喜和我们接近。铭新写字和作画的天才甚高，据说他六岁时已能作榜书，和我们同学的时候还只十三岁，除颜苏楷书已经模得神似外，又能作篆书，那时正在练习《郑文公碑》。求他写字的人日必数起，下款照例是朱铭新十三龄书。朱先生来的时候，照例带些宣纸，督铭新书写，人之乐有贤父兄，真使我们羡慕不已。据说蓉庄先生和爱俪园本无关系，某次在王一亭的宴会中，座有蓉庄先生和姬校长，蓉庄先生为他写生一幅小照，神态毕肖，遂被姬校长延揽入校。他的艺术造诣，实际上不限于写生，花卉山水竹石都很可观。同学们见他和霭可亲，纷纷以所作请求指教，朱先生总是把他们的画竖起来，仔细的远观近视，然后加以指点和修改。当时请他改画的，不限于中一学生，如中二的胡铨、吕明，他们画的墨荷山水，都是很可一观的，都来请教。我看了眼红，特别买了一部《芥子园画谱》，也涂了几张，向朱先生请教。不料朱先生认为我在这方面颇有才气，鼓励我继续努力。因此，我在当时也能胡凑几笔，直到离开明大，才逐渐荒废。书法，学校当局也很注意，教我们书法的是一位杭州籍的堵申甫先生。他不但教我们怎样写，而且还时时把他的法书给我们示范，因此很具吸引力。他只教了我们半年。我后来才知道他是书法名家，我在杭州时还看到他参加补抄文澜阁《四库全书》的笔迹。当时学生中书法有很深造诣的，除了朱铭新外，还有大学正科一年级的汪家幹，专写《曹全碑》，预科二年的林鉴章效康有为体，都很神似。

音乐和体育课，老师都很特殊。音乐教师是一位陈老师，对不起，我已经忘了他的大名。他教我们吹笛子，唱昆曲，这就把我难倒了。据说陈老师不但能吹，能唱，而且还能够登台表演，园主人对他很赏识。可是一枝笛子拿到我手里，吹响已不容易，枉论其他。可是音乐的考试，就是吹笛子。同学们和我有同样困难的很多，他们想了一个办法，请西乐队里的同学来帮忙，效南郭先生之所为，我们就这样得以及格。体育课教的是拳术，由两位山东籍的教师教我们。他们两位举手挥拳，虎虎有声，功夫想是不浅，同学们对此颇有兴趣，早晚在操场一角舞刀弄棒者甚多。明大的操场相当广阔，各种运动包括足球都可实施，沪上学校特别是租界闹区，有如此广场者，应以明大为第一。

西乐队不属于学校的范围，但与学校相连，中间并没有什么拦阻。园主哈同有时欢喜听西乐，因特设此队，由海门籍的陈老师做指挥。队员多数来自海门，他们习西乐的目的，还是想得到考明大的机会。陈老师多材多艺，兼业西医，无形中便是明大的校医。明大正式的校医是一位中医，每天下午五时到校应诊；但同学们如有疾病，找陈老师的较多。

园主和园主夫人

爱俪园是沪上名园，可是是私人的住家，对外并不公开。以我的估计，它的规模不但是大于旧法租界的所谓法国公园，就是那梵皇渡的兆丰花园，可能也不如爱俪大。爱俪园位于静安寺路的闹区，四周的高围墙所包括的地面，可能大于旧台北城的范围，这样大的面积，做私人住宅的花园，那岂不是太不经济了吗？不，此在欧斯·爱·哈同和罗迦陵夫人看来，并无不经济之处，因为他们在上海闹区拥有的土地面积实在太大了。据说这位哈同先生是犹太人，原在沙逊洋行作司阍，那时的上海南京路（俗称大马路）一带都是不值钱的荒地农田，哈同以薪水收入，把这些土地一笔一笔的买下来。后来上海一年一年的发展，这一带成为上海最繁荣的地区，哈同也就一跃而为大富翁。先施、永安诸大公司附近的地皮都是他的，都是价值连城的地方。据说哈同为了一根手杖，在南亨路闹区铺了一段红木（？）的马路，其豪富可知。原来哈同是英籍犹人，依照英国习惯，是不能算绅士，持手杖的；可是哈同既富，意欲列于英国绅士之林，而以司的克随身出入，为了要达到这个目的，他不惜允上海公共租界英当局之请，捐巨款建筑此段以名贵木材铺设的马路，其经济实力之雄厚，由此可知。

关于欧斯·爱·哈同与罗迦陵夫人的婚姻，当时也在同学中传说这么一则故事：据说罗迦陵夫人微时，为人洗衣缝补以谋生，哈同就常常是她的顾主。日久情生，两人便结为夫妇。罗迦陵夫人的异相，是嘴唇上有浓厚的汗毛，远望如男人的小胡须。这一点传说，当时半信半疑，后来我亲眼看见了。这真是一种奇异的长相。

我在明大读书一年，只有两次见到这位夫人院长。一次是她和哈同一百三十岁双寿大庆。那是一个秋天，正确的日子记不得了。我们学校是在园的东南角，以小河为界，门禁森严，平时不能越校门一步。从校门到大门，不下五百公尺，我们在开学和放假时，只能经此大道作一次出或入，亭台楼阁，绿树假山，只能遥望，不能近玩。可是，在那大庆的三日，不仅准许我们自由游览，而且还送两张入园券，欢迎我们家长进园。那三天，园中真是人山人海，热闹非凡。我们同学除了集体向园主夫妇拜寿之外，还享受了两顿丰盛的晚餐。园主夫妇接受拜贺的大厅，仿佛叫做敬德堂，完全是中国式的建筑。敞厅和前面的院落，都很宽大。园主穿西式礼服，罗迦陵夫人则穿半中半西的长袍，于是我第一次遥遥望见了夫人院长，果然看到了她的小胡须。我第二次看到院长，那是不祥的一次，容在下面说明。

名园景色

在庆寿的三天，我们真是尽量的欣赏了园中的风光。我的印象，敬德堂一带的高楼大厦，除了表现豪富的气象之外，并无特殊之处。我最欢喜而流连忘返的地方，是一条碧绿的人工湖周围的景色。这里，有丝丝的垂柳，有亭榭，有楼阁，有土阜筑成的假山和小石塔，布置得疏落有致，实具山水园林之胜。我还记得湖边停着一艘石船，傍在石埠边，石埠之上的小坡，建有一座很别致的亭子，叫做挹翠亭。登亭而全湖风物，宛然在目。拂面垂杨中隐现着九曲红栏与残荷露盖，真是游乐最好去处。假山最高处的石塔和小楼，是可以登临的，但是同学都是说这是祭祀狐仙的秘地，不可轻登，否则必肇事端。年少好奇如我，未敢拾级而上，迄今引为憾事。

园中另外一个幽静之极的地方，是一座禅院。那个禅院和我们校舍只隔一条小河，平时我们可以在树荫中约略望见一些景像，可以说是向往已久。这次得到游览的机会，自然不会错过的。从校门到这座禅院，仿佛叫做松月庵，是一条曲折的花径，诚有唐人诗“曲径通幽处”的景色，虽然里面并不见得“禅房花木深”，然而一种潇洒出尘的气氛，的确使人心旷神怡。庵门虚掩，门内一片草地，正厅是一座佛堂，中悬佛像，仿佛是上海名画家王一亭的手笔，有炉香而无木鱼，壁间藏佛家经典甚多，两旁是静室和卧室，收拾得一尘不染，静得真是针落可闻。这是研究佛经，怡养身心的地方，而不是俗家僧人做功课的地方。在卧室悬有翁同龢所书的榜书，苍劲可爱。可是第二次去游览的时候，这幅榜书不知道被那个雅贼撕去了。据说乌目山僧有时来园中作客，就是寓居在此。罗迦陵夫人每届冬至前后，照例在此闭关静修十日。

我游览过江南若干名园，如苏州的狮子林、留园、西园等，规模之大，布置之雅，无有如爱俪园者。据说规划这个园的，便是乌目山僧，是参照大观园和倪云林的狮子林蓝图而建筑的。后来的狮子林是增筑的，假山虽多，而太热闹，不免俗气了。

蔬食风波

我第二次见到罗迦陵夫人，是在一个冬天，她到学校来训话，也便是结束了仓圣明智大学的寿命。

问题是发生在伙食方面。

原来仓圣明智大学学生的伙食，都由校方免费供应，一桌八人，四菜一汤，完全是蔬菜。材料和烹饪，都还不差。不过采买和厨子，可能都是黄河流域人，或也可能是校长的同乡，所以蔬菜材料，葱蒜辛辣之类居多，有许多同学吃不惯，这是事实。以我来说，当接近暑假的那一个月，每餐我能吃的只有一菜一汤，成为大家的目标。当时为了果腹，我便把自己训练成吃快饭的习惯。蔬菜材料的问题，当时存在大家心中，任何人也不愿说什么，因为这是免费的啊！

是不是由于祝寿盛餐的关系，把大家的胃口刺激起来了？对于蔬食主义，大家渐感不耐。有一位四川籍的大学部同学叫做朱应瑞的，便召集同学开会，征求大家的意见，要求校方改为荤蔬菜，这当然大家热烈地同意了。于是问题便向校方提出。

姬校长除开学典礼外，向不到校，但是一听到学生开会，并有所要求，认为问题严重，亲自到校，会同教务长召问朱应瑞同学。朱同学善词令，慷慨激昂地陈说了一番理由。校长大怒，当场把朱同学打了手心数十板。当朱同学被责罚时，同学们知道了消息，大家自动地集合在教务处前面，七嘴八舌，秩序大乱。校长更为愤怒，立即出布告把朱同学开除。同学们的情绪，也因而更为愤激，自动地不上课了。于是便成了罢课的学潮，作朱同学的声援。

这一场风波，起得虽不突兀，而发展得甚为突兀。同学们心气平静下来以后，也觉得行动有些过分。一部分比较年长而懂事的同学，便劝同学镇静复学。教务长也出面想法斡旋。他采的办法是集合同学，要我们自动表示愿意留校读书的，站出队伍。几位高年级的中学同学和大学部同学率先走出队伍。当时我大约十五六岁，内心起着痛苦的矛盾。因为朱同学的要求，是大家的意思，他遭了难，我们怎可背起他？可是这学校实也有可爱之处甚多，尤其是读书风气和认真的管教，虽然影响了我们的自由，但对我们学业的进步很有益处；一个大孩子舍弃了一部分自由而换取学业的迅速进步，所付的代价低而所得的利益高，是显然可见的。正当我内心矛盾战斗的时候，朱蓉庄先生叫了我一声，向我点点头，我身不由主地站出了队伍。结果，在这一次“左右列”的测验中，大家都赞同留校上课。风波算是平息了。朱同学在外奔波，向江苏省教育会等呼吁求援，也没有什么结果。后来他给我们来了一封信：“别方匝月，念切三秋，凉风起怀旧之思，落月寂故人之梦，……”大家读了，不觉涕泗交流。朱同学后来专攻法律，在台当律师，在报纸上我看到过他的启事，好像是在省立台北医院熊院长家里看到过他，想要和他一叙明大旧话，未及自我介绍而他已匆匆离去，迄今没有机会遇见他。

学校的风潮已经平息，同学们大家安静地在上课，而忽然传出消息，院长要来训话，要把学校停办。这又是一个霹雳似的新闻，使大家惶惶不安。原来当我们发生风潮秩序不佳的时候，院长正在松月庵（？）闭关习静，她听到了学校的骚扰，等她出关，知道了这一经过，她愤怒了，要停办这所学校。高年级的同学知道这一消息比较确实，自动集合，分别向教务长、校长要求学校继续开办，勿使二百余青年失学。他们的切切私议和教务长面色的凝重，使我们低年级的同学更加不安。

一天下午，院长亲自到校了。这便是我第二次见到院长，也是我在校期间她第一次到学校来。她集合同学于大礼堂，开始她的训话，大约是说她办这个学校是救济失学青年，完全出于善意；她要我们蔬食，不是要我们效苦行僧，而是因为学校地方小，人数多，荤菜如不洁净，易致疾病，不如蔬菜来得卫生，而且蔬菜的营养，也并不比荤菜差；既然大家不甘蔬食，那就各自请便，学校在学期结束以后不办了。言下，气愤溢于词色，匆匆而去。以后高年级同学们又再三要求续办，终于挽回不了夫人院长的决心，这所带有神秘性而管教认真的学校，便在十一年冬季结束了。

结　语

我们平心而论，这所学校的停办，对于若干贫苦好学的青年，的确是一种损失；而这所学校之停办，乃“五四”以后学潮余波的结果。

孙教务长是比较开明的人，而且他应当是比较了解校长和院长性格的人，他对同学们的要求所得的后果，应该比我们这些大孩子要明了得多；而且在他负责办理的时期，发生不幸事件，也不是他的光荣；因此，孙教务长处理我们同学的要求，应当采取疏导的方式，用利害来开导我们，是极容易解决的。何况我们提出的要求，不过是要求而已，并没有不达目的誓不甘休的意念。所以孙教务长要制止这个风潮，是极可能，而且极容易的。这一点，可以在“左右列”测验中得到证明。乃孙教务长以处理公务的办法来处理学潮，一发生问题，便向上级请示，因此发生打手心，开除学生代表而闹出风潮，使学校解散，许多贫苦而上进的青年，因而失学，我回忆至此，对孙教务长实不胜遗憾。

罗迦陵夫人是年正六十岁，她毕竟气量不大，在这批青年已安静上课之后，还和我们这批大孩子不肯罢休，仍决心停办这所学校，所以我说她办这所学校是慈善的意义重于教育的意义。

载《传记文学》第九卷第六期（一九六六年十二月号）

九一八前的东北大学琐忆

何秀阁

楔　子

笔者母校（东北大学）同学，去岁（一九七八年）死亡相继，四月有纺织系之华春城学长（任彰化纱厂总经理），八月有建筑系之马俊德学长（任“立法委员”，前任彰化纱厂及民兴纺织公司董事长），九月有机械系之张宗孟学长（前任台湾凤梨公司储运主任），十二月复有纺织系之赵文森学长（台北工专退休教授）。之四子者，得年俱六十有九，又皆为笔者在北陵时代同属理工学院之同学，思之不禁怆然。张宗孟学长公祭时，遇胡成章学长（成功大学工学院退休教授），远自台南来，久睽之余，唏嘘不已，无何，得其手书，告以伊将于十一月十日成大校庆晚会上，粉墨登场，公演平剧云，以其知笔者亦嗜皮簧，与之有同好焉。忆笔者昔日，曾不知度德量力，两演女起解，饰苏三献丑，当时党国元老，若贾煜老（景德），若何雪老（成濬），一度且为笔者之首席（前一排座）贵宾焉，思之汗颜。矧胡兄此函，不过将彩排事顺便一提耳，未意笔者之能远自台北之台南，专程前往观剧也。孰意，公演之日，适笔者在台中逢甲有课，又转念个人行年且六十有八，成章兄更七十有六，残年凋景，为欢几何，倘不趁此时机一亲其彩艺，岂不失之交臂，因而意马一动，迅下课，径去台南。是夕，伊饰大保国之杨波，唱工扎实，洵非凡响，剧后宵夜，乐也融融，自不在话下矣。惟翌日北归车途中，路远时长，但闻轮声辘辘，思潮为之起伏，忆及我母校理工学院在北陵时代之朴实学风，曾蕴藏了多少济济有为之士，兴怀感叹，纷至沓来，思不能已。今北陵时代之同学，既相继物化，北陵时代之盛事，犹历历如昨，白首宫女于天宝，诚宜缕存为之记。因思《传记文学》屡有涉及各大学府风光之作，本篇所述，或于教育史上之隆替，亦有其值得参考者欤！

东北大学之先天气魄

东北大学，创始于民国十二年，为有远见之伟大政治家王永江（氏字岷源，曾主持奉天省政多年，政绩昭于时）所倡办，当时非国立亦非省立，乃合旧奉天、黑龙江两省所设立（即今日之辽宁、辽北、安东、兴安、嫩江及黑龙江六省），当时吉林不摊钱，而亦非整个东北行政区之所立也，至改称国立，则在廿五年西安事变之后矣，因之数东北大学校史，乃有全盛时期之北陵时代，“九一八”后之北平时代，西安事变后之西安开封时代，抗战时期之三台时代，及胜利后之回归沈阳时代，一个学府，若是其播迁频频与多种时代，抑亦创下世界纪录欤！

夫东大之初创也，适值十一年第一次奉直之战奉军铩羽后。国人但知奉张（雨亭）之施为，一切在整军经武，志图报吴（子玉），殊不知东北当局，乃致力于励精图治，百事并举，面面俱到也，创立东北大学，其一端耳。当时建校所需之大手笔，固无论矣（迄二十年九一八事变时，富丽堂皇之图书馆，犹在装修内部，尚未竣工），即就其经常行政费，国内亦无其匹，月糜之数，概非一般大学之以数万银元计，乃以数十万银元计也。夫以年耗数百万之雄资，足以养数师之实力而有余，大军阀如曹、吴，且可因之再贿选个总统；而冯焕章（玉祥）则可再倒几次戈也。此所以台湾先贤丘逢甲先生，在其生前笔录上，别具慧眼，语及张公雨亭之建设东北，独有“其志不在小”之言也。笔者于民国十七年秋入校，时老校长王公岷源已故，由张公汉卿继任，母校成立，已届五年，距离开创，非早亦非晚，是时已琼楼栉比，各院林立，规模粗备矣，而建设犹在方兴未艾中，常觉每隔半月或兼旬不散步，即有新工程破土，建设如春笋，诚空前盛况也。约之，当时之东北大学，无论以言建筑之雄伟，以言设备之完善，以言师资之一流，以言读书之风气，以言体育之发扬，以言经费之充盈，俱可称为全国之最。犹忆民国十八年，母校为迎接华北运动会，则立即以廿五万银元，兴建国内得未曾有，有如今日之综合运动场。由关颂声[①]先生设计，体育系主任郝更生[②]襄助，即此一标准运动场，亦全国之最也。理工学院一度改组，孙献庭（国封）博士专长理学院，高惜冰先生专长工学院，高以个人系学纺织出身，乃以己意在工学院立即加设纺织工程系，建一占地广阔之实习工厂，远离他系，独树一帜，机器自清棉以迄精纺，采自美国怀特公司之全套新设备，其规模足敷设立一所小型纱厂矣。他若毛纺整染各机，应备仪器，无不俱全，且胥指定其品价之最昂者。仅就为我同学每人各备一套之小件精细天平及显微镜言，价值之高，亦足骇人。当时惟北平清河制呢厂之生产单位，仅乃有其一耳，一系之设，乃竟耗银五十余万元，求

① 关颂声先生为名建筑家，民国十五六年间，曾在天津设立"基泰"建筑公司。招揽工程，时闻东大正在大兴土木，关君曾亲往参观，归后，就所见绘制一套校地设计之蓝图，分寄东大土木系所有师生以见志，嗣校长张汉公促加速建设，土木系主任张多福乃以关绘蓝图急应卯，自是关先生打入东大，"基泰"公司得承建体育场而大展。关君更热心体育，凡有关体育活动，无役不参与，在台湾并以发掘及培育扬传广而负盛誉云。

② 郝更生先生为体育界名宿，毕业于美国春田大学体育系，亦为国人最先留美学习体育教育者，归国后首应东北大学聘，与夫人高梓女士同任教体育系。时东大吸收了擅长短跑之刘长春，为测验其潜力，于十七年冬，曾邀请德国之步起尔，日本之吉冈德隆，来校举行一小型之中日德运动会，日选手乃远东运动会之百米冠军，比赛结果，德将第一、刘长春与吉冈列第二，会后，并延德将布起留校任教练，自是东大之名将辈出，郝先生之英名亦随之满天下。犹忆校长汉公每来校，郝氏夫妇则前趋，时高梓女士，身段修长，风姿绰约，极引众睽目，曾着高跟鞋以表演投掷铁球也。郝氏不幸于数年前车祸逝世，见报载其生平经历栏，列载了许多的著名大学，而独漏列其发祥地之东北大学也。

之国际，亦堪称独步也。不特此也，各系应有之实习工厂之外，学院附近，更另设一定名为东北大学工厂之实习工场焉，专由留德博士杨公挚奇（毓桢）任厂长（按杨公嗣后继孙国封、高惜冰为理工学院院长），规模宏大，工人盈千，能制造火车头及客货车，有铁轨直通北宁、沈海两铁路，内设翻沙工场、铆工场、木工场、铁工场、机车工场、客车工场、货车工场，并附有印刷工场，专承印东北官银号之钞票。各场场长，皆由已毕业学长升充。全厂以研究自制为主，例如难制之各类煞车，则购买海外全套之 Air Brake，锯开仿造之，无不获成功，并附设艺徒班，以收训初中学生，皆有外籍专家传授技艺。例如将铁皮车箱，改如木质之外观等，而非以营利营业为目的，然以修造认真，声誉鹊起，不但关外各铁路，即平汉铁路之机车客货车亦源源入厂修理，甚至京沪路上之法国睡车公司客车亦不远数千里而来大修，笔者曾目睹厂房内之伟大起重吊车等重机械，有如今日高雄大钢厂之吊搬大铁板者然，故修造能力极强。曾有一插曲，当年此设备，曾引致张雨帅手下两大巨头杨宇霆氏及王永江氏之论争，缘杨氏为东北兵工厂总办，以为如此珍贵设备，莫若拨归其兵工厂，而心存觊觎焉。乃以学生实习易致损毁为理由，呈请雨帅要求之，及雨帅召王氏语，校长岷源公则对以“学生实习，虽或不免遭破损，然学生学成后，则可自行制造，多多制造，不再仰求外国也”之理由以驳之。以上诸例举，已足以窥见当年建校之雄图与气魄之一般矣。

东北大学之理工学院

北陵时代之东北大学，共有文法学院、教育学院、农学院及理工学院。今之所以独述理工学院者，以笔者读于理工学院，熟知理工学院事耳。查东北大学于民国十二年创办时，觅定校址于沈阳市外四里许之北陵（清太宗之寝墓），以其禁区之邻地二千五百八十亩为校址，幅员既广，发展自易，且远去繁嚣之都市也。是年即招生，学生则暂借市区南关上课，积数年之兴建，十五年理工学院则首先迁入，继之十八年而文法学院，而教育学院，而农学院，亦次第兴建完成，故初期年代中，曾有南校与北校之别也。迨笔者于十七年考入理工学院后，创立已五年，各学院多已陆续俱迁北陵上课矣。然各院自成区，互不相扰，理工学院在极东，教、农两院在极西，文法学院在极北，校门有二,一东一西，相距之远，几渺不可互见焉。各院建筑，独以理工学院之教学大楼最突出，城区北望，巍然高耸，庄严若皇宫，系首任理工学长（即院长）赵厚达博士，依照德国汉堡大学之建筑蓝图，予以拷贝者，内部装饰，更玻璃为地，五彩灿然，极尽其富丽堂皇之能事，犹忆笔者初进入，竟如刘姥姥步入大观园，失其所在，不得其门而出焉。理工院同学，概约六七百，俱集宿于U字形之二楼宿舍中，冬有暖气，设备完善，饮食起居，一切称便。时母校学制，为预科二年及本科四年，理工院年招理预科一班工预科两班，二年后，理预科可升入物理、化学、数学、生物、天文各系，工预科可升入土木、机械、采冶、电工、建筑、纺织各系，时物理、数学、生物、天文各系被视为冷门，少者每班恒三五人，甚至有一二人者，一流设备，一流教授，今日视之，无乃浪费矣。至预科之二年中，教学最严格，所有课程，若物理若化学若小三角若大代数若解析几何若微积分等，悉采用英美原文之最善本，内容固充实，书价亦奇昂（每本皆现银十元以上）。习题作业之严，无不心怀畏惧与压迫感，校方立意，盖欲尽二年时间内，逼使学生扎下坚实基础也，且同学咸来自东北之老四省（笔者入校后，河北、山东籍同学亦渐多），率出身农乡，纯如稚子，惟知苦读是务（按当年亦乏康乐去处），循规蹈矩，互相竞争，而养成只尊高材，鄙视财势之风气，亦当时社会背景使然也（因东北农村之读书子弟，多属大粮户，家道殷实，生计毫无虞，而无求于人）。

理工学院之教授待遇

查母校经费，似无预算，无论前校长之王岷源，继校长之张汉卿，对校院用款，皆予取予求，有求必应，毫无限制也。然天下之事，非财莫举，有钱即好办事也，以是学院当局，礼聘教授，不惜以高于任何学校之高薪，延极权威之高手。诸如有数学祖宗之称之冯汉叔（昔日且为孙国封院长在北大时之业师）、化学泰斗之庄丕可、机械祭酒之刘仙洲（原为北洋大学校长），凡属学术上著有声誉与闻名之士，无不以挖角方式网罗（院长于假期，例行周游全国各地亲自访贤作挖角工作），甚至对尚在海外留学之优秀才俊，亦以预送程仪方式，事先预聘，至已任教之教授，倘欲再出国深造者，原薪之外，并供其学费焉。教授授课，规定就其专长者只授一门[①]，无钟点计酬及分专兼任之说，更无东西奔赶丧家犬之状。大牌教授，月薪概在现大洋陆百以上，住宅宿舍福利设施俱从优，最奇者，致酬竟有籍贯之别，关内教授，概发之以现大洋，关外籍教授，则付之以奉票，须知奉票乃银元之九折，本地籍教授，吃亏大矣。揆之肥水不落外人田之义，东大行政当局，无乃厚人而薄己，然事实若斯，亦从无人于此有微言，此亦足见东北人之先天无城府心，无畛域见，躬行柔远人怀诸侯之义者也。以是教授们皆一德一心，惟兢兢戮力教学之是务，未曾闻党同伐异，以小圈圈别大圈圈，或闹其人事派系者也。

理工学院之学生素质

笔者于来母校前，曾读于颇负盛誉之奉天省立第一中

① 东大北陵时期，凡教授皆严限教授其专长之一门课，此乃极正常之制度，以教者心力，可得而专，精益求精也，今则以教学时数为制度，每一门课时数不足，则另一门甚至数门以补足之，而不顾及授者之是否擅长也，教者极劳苦，门门须顾到，智力既分散，门门顾不到矣。笔者亦滥竽教界，深知其弊害，且一度为生活累，不够活，前后竟授过九门课，说之吓人，滥亦可知矣，幸近年知自珍，加意收敛，仅授一门课，乃觉教学两蒙利，因此一门课“针织学”为我在台北工专所辟，为独创，积之甚多年，汇成一专著者也。

学，其成绩与素质确属全省之第一，以同学拔自全省各县，录取严谨，才俊辈出，笔者自叹弗如也。乃自入东大，同学又拔自全东北各地，则愈感英士之密集，尊贤之念，油然而益深。今仅就笔者所熟知，于预科毕业后升读纺织工程系之同学言之，略介数人，用概其余。纺织系毕业凡三届，共得廿五人，第一届七人，素质整齐，内有学长张捷迁君，卒业后，一度在清华执教，嗣转习太空，竟以研究风洞，而在美成名，尝代表美国国防部，出席国际会议，亦获选为中央研究院院士。第二届七人，素质亦整齐。至笔者所读为第三届，素质虽不甚整齐（因有数人未读过本校之预科），然有三位同学，才皆不世出。一为于树藩学长，其数理基础之精，殆入化境，升入本科纺织系后，与笔者住同室，忆其演作力学习题时，迥非一般同学之囫囵吞枣，依据书本例证，作依样之葫芦，彼常别引原理，另作程式，曾使笔者目眩而神迷，然其答案之正确则一也。惜卒业后，良材美玉，浮沉云殁。一为郭允中学长，常叼香烟，意态悠闲，对繁重课业，似无感于中者，然成绩之杰出，则无人出其右，九一八后，入关较迟，后改习土木矣。另一人为姜佐周学长，天份之高，则最奇矣，其人黑而帅，擅篮球，在吉林一中时，即有才子之誉，向不啃书，且谈恋爱（按当时风气，鲜有交女友者），尝于球瘾发作时，坚挟笔者为之作“电灯泡”，司传球。时教授之性态各殊，有者如教机械学之刘仙洲先生（原为北洋大学校长，在母校之安定环境中，始得完成其中文机械学之名著，亦为有中文科技机械学术之始，其有关名词最难定，非国学有造诣莫办），讲授缕析清楚，态度温恂，威而不猛，更不逼学生。而教授应用力学之彭开熙先生则不然，讲授既艰涩，习于整学生，故同学咸呼其外号“彭绝户”而不名，以其考试不时，喜予同学评零分，凡其所授班，学期成绩，一向半数以上乃至三分之二不及格者也，然同学莫可奈之何，俱被其整住，罔敢不战战兢兢如临深渊，悉力以赴者。乃姜佐周对之，竟亦不理喻，更不交习作，但于其课前，借笔者之习题作业（以笔者志欲留存作永久纪念，习题作业，最清楚不苟）略一浏览耳（以预防其突击考试），而试则必百分，向之孜孜是务，能勉强及格者，反十不得三也。不特此也，本科一年级，每周有两节国文，同学资以为消遣耳，乃常向授国文之陶明濬先生问东西，一次，问及吾侪作文，以谁为最优（犹忆系与建筑系合班上课），先生则极言以姜佐周同学为最。时平津有负盛名之密勒氏英文周报，专选登全国学生之英文佳作，乃亦常见刊载姜佐周所为文，是可见其无论数学、英文、国文三主科，造诣俱精湛，不愧有吉林才子之谓也。惜“九一八”后，回吉林女中任教，竟与麻秉钧学长（亦纺织系，为篮球校队队员）以反满抗日罪名，为日伪警宪装入麻袋，投松花江而死也。以上三子，俱为笔者同班好友，如此英才，倘获出国深造，信其造诣，皆能获双料博士学位，而大有造于国内科技学术界也（院长孙国封即荣获物理兼电工两博士，在北大与胡适同时，数学曾获打破纪录之一百零五分；数年前在台自杀之发明家李绍唐博士，为笔者一中同窗，伊亦曾获医学兼生物双料博士也）。他若同期电工系同学之尹忠顺，亦值得附此一介。此公与今日台湾铁路局曾任主任秘书之李枝厚学长为同班同学，笔者曾与电工系并班上课，但见此公上课时，惟闭目养神若睡猫，面黑而眼大，极似印度人，均呼之为尼格鲁（Negro），人未对之置意也。及“九一八”后，伊至清华大学借读，始大出其风头，缘以清华于学生成绩，例行榜示以周知，虽不排名次，但以英文字母，别各科成绩之等级，而尹忠顺学长之榜名下，除英文一科外，余科俱为特优之代号S（按S乃英文Superior之缩写），使全体清华同学俱为之侧目，而一扫其一向对我塞外东大，恒作轻视之念也（缘民国十八年在沈阳北陵举行华北运动会时，清华领队曾顺便率其代表团参观理工学院教学大楼，见我教室内所排课程表，一年级所修课程，往往为清华二年级者，乃目之为伪装，疑以为专向外界人士，故作炫耀者也，其轻视之成见若此）。实以母校学制优良，读本科前，虽高中毕业，亦必须先修二年之预科，而此二年中，纯乃高上数理之总复习，且能迫使同学力拼，不获喘息，以厚植强固之基础者也。（嗣经证明，凡校外同学，未读预科，而迳转入本科者，其成绩莫不产生甚大之差距。）即以笔者个人论，笔者于投考母校预科时，曾以学历资格不符，而伪造了学历证件，而被发觉，而考了个极难获致的备取倒第一（其事极饶趣，曾将经过，撰文刊于母校四十周年纪念专刊上，继《东北文献》亦转载之，兹不赘），自幸获入校，目睹课本俱原文，心情震动，并陷入紧张，遂即竞先爬城隍，日必五时起，夜必十一时后睡，自攻专，用力猛，即上课间隔之十分钟，亦不轻放过，利之以积读英文单字为务也。惟以终日刻苦，寝眠不足，积之日久，早飧不能举，仅依牛奶一瓶耳，而经年累月之下，体力虽尚能支撑，脸蛋则面黄枯干眼陷形削矣，故假期回里，好事者，曾妄造流言，诬余在省吸食白面（为当时毒品名），乡人信而不疑也（按笔者貌既不扬，复疾恶如仇，致生平每易为他人所造之无妄流言乘，是亦命中八字也）。笔者虽若是之拼命苦读，锲而不舍，然本科后之成绩，亦仅维持于不堕耳，而毫无其突出处。但举目同窗，非瑜即亮，余子亦俱勤勤恳恳然，朝气蓬勃，莫敢怠忽。尤以同学生活俱简素，无论冬夏，一律着蓝上灰下之制服，俱循规守纪，虽不点名，亦绝无一人迟到或缺席，此所以善良学风，其来有自也。及“九一八”后，我理工院已毕业学长，多能在全国各地如广西大学、河南大学、南通大学以及抗战后之各联大，迳任教授，且胜任愉快者，实以母校除教授优良、设备优良、学风优良外，学制上之多有二年预科，予数理以总复习，得以打好基础使然也。

感怀尘琐桑麻话余

1. 民国二十年之夏，各大院校首长及时彦，曾组全国教育考察团，专考察理工教育，以互相砥砺。由当时教界名宿李书华（润章）先生率领，遍历各地，事毕，并于是年八月提出综合报告文，以极大篇幅详载于为时所重之天津《大公报》。其结论，则盛赞东北大学理工学院为第一，惜八月刊时，正值暑假，母校同学多未之睹也，及九月开学，九一八事变突作矣，故于事后，母校同学亦多不知之，笔者于时，以读天津《大公报》成癖，虽假期居乡，仍自订阅，是以独知其详耳。夫该团各成员，是何人斯，宁能信口雌黄，故弄文墨，舍己校之威名，长他校之光彩乎？实以母校教授阵容确一流，设备完善确一流，尤以理工院同学之读书风气，直如锐兵之投战场，互相竞奔，勇往直前，不啻拼命三郎也。犹忆我系第一届学长王玄基，于华北运动会时，曾荣获八百米第一（当时是项录取之前四名，曾尽为母校运动员囊括），当然名列参加杭州之全国运动会为选手，然以惧于来去需时影响学业，与另数人同属理工学院之选手，竟毅然牺牲参加权利也，夫俗谓上有天堂下有苏杭，久处塞外之青年，不惜弃此免费观光之良机，亦足见当时读书风气之盛矣。

2. 有预科同期同学王贵学者，面麻而口极利，居恒总以东北月亮不若内地圆，乃于读完一年预科后，毅然考入了上海之同济大学，意甚得也，然不旋踵，于一年之后，又见此公归矣，之后，即以其识途老马之姿态，动辄大放其厥词曰“若言学社会科学，不妨进关求深造，若言学理工，穷关内各地，则绝无如我东大者，故余迅回归，幸同学勿于余言为河汉也”，然我同学俱疑信参半，于其言亦河汉，笔者个人且疑其入了同济，功课追不上，而铩羽归来也，足见同学并无自信心。

3. 母校化学系，自化学权威庄丕可博士前来主持，并得名学者陈行可等为之助，加之实验设备及原料，予取予求，昂贵如白金，亦不惜大量购进（当时白金价值逾黄金十倍），故声誉鹊起，已著名于国内。及九一八事变，庄先生转长南京中央化学研究所，化学系未毕业班学生转往南开大学借读，迨借读生毕业，集体旅行至南京，旧日师长始再聚，先生招宴席上，竟不禁声泪俱下曰“东北失地，固为可痛，然更值深痛者，厥为余已再无纯朴善良学品俱优拼力读书如汝辈之东大学生矣”，哀痛之衷，溢于言表，而类此情景，不一而足。犹忆笔者之纺织系第二、三两届，于二十一年前往南通大学借读时，原在母校教吾色染之陈文沛先生，是时已在南通教书，乃预励南大同学曰“勤奋之东大同学即来矣，不能再吊二郎珰矣”，实则吾等来后，时值一·二八沪战方终，热河长城之战又起，吾流亡同学，直如丧家犬，悲怀前途，不知所终，中心无主之余，已无复昔日北陵时代读书之精神矣，曾使陈先生为之慨叹今昔，唏嘘不置也。

4. 前述化学系教授，有陈行可先生者，四川籍，笔者于读预科时，亦曾受其业，川语易懂，声复铿锵，其教法颇能独树心裁。伊以为化学以元素推首要，曾自编一歌，以利学生之易诵，迄今时隔五十年矣，笔者犹能理背其“钾钠钡钙镁铝铬锰锌，镉铁钴镍锡铅氢，锑铋钍铜汞银金……”数句，无任感念也。伊曾于授课告一段落后，感怀时事，慷慨激昂曰：“东北天府，地大物博，蕴藏甲天下，值此各地军阀争地盘打滥仗之际，独汝东北当局气魄宏，忙建设，且不惜重金办此规模宏远设备俱全之伟大学府，同学们又如此纯朴，一心读书，此更非关内各校，动则闹学潮可比，同学有此大有为之地理环境，假以时日，将来之前途，可胜言哉……”由衷之言，朝气内敛，是亦其教学相长，自勉勉人也。约之，当时我同学，皆诚朴真纯，惟知读书，使业师亦为之感动不已也。

5. 当时我理工院同学于死读书之余，偶亦有其突出之余兴特长，若非一次举行校庆，公演话剧，藏龙卧虎之艺术大仙，几尽埋没矣。于时欲演话剧，而苦无剧本，十八年班（第一届）土木系学长有张吟梅者，天赋独高，竟自告奋，不数日而编成《黄沙泪》一剧，以剧力万钧，首演即轰动，于是城区市商会闻之，非坚请为之再演不可，不意，公演时，穿插之相声，喻警察为狗，而引起轩然大波，事闻，院内同学咸以该团在外胡扯，影响校誉，为平公愤，全院十七班代表非坚请院长开革该剧团团长王子佩（现在台）不可，幸该团出外公演，已报请核准有案，否则，子佩学长，势必开除也。至编写剧本之张吟梅学长，乃优材生，于十八年毕业考后，在候领毕业证书期中，闲居无聊，乃赴市区友家作竹战消遣，竟亦如读书之锲而不舍，连战七昼夜，而死于牌桌也，惜哉！至于说相声之某学长（忘其名），似河北人，一袭长衫，一手执长扇，一手执夹板，忆其打诨抓哏，一口京白，说学逗唱，仪态万千，于坦然自若中，已令人捧腹不置，艺事之绝，笔者尚以为系外请之职业高手也。

6. 十七年东北易帜，是时张公汉卿（学良）已继王永江氏为校长[①]，并委刘风竹先生为副校长[②]。及阳历年，汉公在其北陵一别墅度假，副校长刘风竹乃趁机率北陵同学向校长贺新年，并参观汉公之打网球焉，在刘副校长致颂词及分发肉饱聚啖声中，机械系学长金锡如（十八年班第一届毕业，毕业后送美深造，当时每班之第一名，俱由校方资送出国），手执夹板，登台表演其所自编之英语莲花落，犹忆其首几句为："是是 yes 不是 no，来是 come 去是 go，大地瓜 potato，小家雀 sparrow，小寡妇 young widow，你说我英文怎这么好，我曾去过 Chicago（支加哥），你说我英文怎么好，我曾因为它挨过揍"等等，每念一句打一次板，态度懒散，直似东北行乞之职业叫化子，即校长汉公亦难予自持，而被逗得俯仰不由己也。

7. 十八年华北九省院校运动会，在沈阳北陵举行，母校

---

① 张公汉卿初接校长时，曾来校向全体师生致词，语虽谦逊，意则中肯，谓其自幼戎马，根本无文，年事不逮，根本无验，实无资格荣任东大之校长，然所以胆敢接任者，厥为有条件胜任此校长，因伊不但先捐出三百万以略表诚意，且可以全东北之财力，鼎力支持本校，为大家延请好老师，增添好设备云云。

② 副校长刘风竹，吉林人，似为一夤缘时会之政客，有谄笑、会胁肩、会令色、有巧言、拍马吹牛，样样俱全，自其来即插手工程，大舞其弊。更搞派系，牵动人事，天下大乱矣，终于迫使四位院长（孙国封、高惜冰、周天放、汪兆璠）连带自己以俱去，真所谓一只老鼠屎，搅坏了一锅粥者也，同学曾为之歌曰："风竹改风烛，功德一点无，提起吞公款，殁足。"当时同学虽只注意读书，不预闻外务，然于校内动态，每喜诗言志歌咏言。犹忆文法学院之汉卿南北大楼落成时，可能是设计有偏差，厕所不敷用，乃亦有歌讽咏以为证。歌曰："汉卿南北楼，内装几百头，提起大小便，发愁。"

为此而兴建一美轮美奂之标准运动场，并全力主办之。理工学院同学为迎此盛会，部份同学曾偷偷组织拉拉队，夜深时于操场习练自编之《加油歌》，某夜，孙院长遥闻操场有吵嚷声，异之，趋前查询，始悉原委，院长莞尔曰："此佳举也，宜由王子佩为队长，造名册，一律由院方拨钱做制服。"于是报名者得二百人，各发四十元，队长之衣绣五彩，付八十元，按当时西服一套，不过二三十元，可见学校用钱之如水也。时笔者以消息迟，未及报名，而非拉拉队员也，然在比赛时，笔者之嗓门如胡少安，盖群芳，该队为与队外人士社会贤达谋团结，赋我以领唱权，并尊我为副队长焉，犹忆《加油歌》中一怪调，先由余个人来个男高音独奏："拉格拉格青，拉格拉格俏，拉格拉格青青俏俏俏，青青青，俏俏，拉格拉格青青俏俏俏，以日——"最后之"以日"字声极长，之后，乃由全体拉拉队员共唬个"拉格拉格青青俏俏俏"始止，歌调极刺激，但见母校之与赛健儿，一闻此歌，莫不奋勇争先成绩突出也。此中犹有一插曲，当关内平津各院校运动选手之初来也，极言伙食之不适口（初食西餐），王子佩队长适为理工院之伙食委员，见有机可乘，乃自告奋勇，要求代办，以当时规定每位运动员日费为三银元，而有利可图也（当时我同学伙食，每月才五元耳）。自是运动员于伙食既无异词，我同学之伙食，亦一并提高，皆吃得脑满肠肥油光满面，且于学期终了时，已缴之伙食费，皆各退回廿余元，一次运动会，我同学不啻皆乐得白吃半载也。

8. 华北运动会比赛前夕，校长张汉公，于军政百忙中，莅临运动场巡视，曾向工学院高惜冰院长垂询母校田径赛成绩，高院长则预测曰：“历届华北运动会，在田径方面，向以北平师大为第一，然我校亦不弱，可能名列第二云。”汉公喜，戏曰：“小伙子，别吹牛吧！”是时汉公自己不过廿九岁，而高院长且大于汉公也，然此乃汉公之口头语，高兴时，每喜称人为小伙子耳。不意比赛结果，大出意料，母校运动员，几尽属黑马，在地利人和及拉拉队之狂呼加油下，于田径各项中，每将前列数名，一体包办也。不但使与赛各院校，俱为之目瞪口呆，即母校自己，亦惊得莫名其妙，因而东大成绩，不但为田径总冠军，且超越第二名之师大远甚也。自是东大运动员之英名满天下，若短跑之刘长春，长跑之姜云龙，高栏、跳远之萧鼎华，三铁之张龄佳，胥为全国纪录之创造者，家喻户晓，几为妇孺所共知，嗣于杭州全国运动会，亦代表辽宁省而夺得田径总锦标焉，当时母校曾为之歌曰：“东大有三宝，萧鼎华的跳，姜云龙的跑，刘长春的百米，打破十一秒。”

综　结

综上所述，事皆琐琐，且多为东大理工一学院，自十二年开创以迄廿年“九一八”之八载年间事，然幸已涉及了所有智德体群美各方面，一点一线，亦可以窥及全面也。至若文法学院、教育学院及农学院之情景，信亦如之也。曾闻文法学院罗致了国内一流大学者无数，其未能罗到之章太炎大师，一度应邀来校作讲演，一笔程仪，即致送了现银一千五百元，酌以今日新台币，不啻数百万元也，母校之尊师重道，用钱如水，概若此。设使当年东北当局，一心懔日俄之虎视，全力执王岷源[①]之卓识，誓不卷入内争，决不过问中原，历史必可重写矣，以母校之先天气魄，与夫学生之力争上游，稍假时日，其成就，岂不可争荣国际向牛津剑桥比高乎？思之思之，怅恨莫已矣。

载《传记文学》第三十四卷第四期（一九七九年四月号）

---

① 母校创办人亦首任校长之王永江，字岷源，其才其能，虽不能上比管乐，然决不让汉兴之萧何，不愧为最有远见之大政治家，而亦最得张雨公之器重，凡所计拟，无不精当，财经建设，成绩昭然，居恒说雨帅以保境安民。盖在十五年东北军将入关讨冯之役前，张雨公曾召开扩大会议，广征意见，但见与会众将俱主兴戎，已决议进关矣，会将散，雨公突警觉独有王氏默不语，乃趣其发言，氏仍不以应，雨帅悟，当众曰："岷源，你别管他们大家乱说，只要你有意见，我还是听你的。"氏终于表示不宜进关之理由，雨公敬诺，并郑重宣布："散会，决定不再进关了。"孰意散会后，王氏去，众将竟俱留，群激雨帅，公终于受包围，又再宣布进关矣，自是王氏以策不行志不伸，遂称病，并毅然辞其所有本兼各职（如奉天省长等），而犹独留一东大校长职遥领耳。

光华大学杂忆

——兼以此文悼念王造时、潘光旦两教授

沈云龙

我于今年六月中旬游美，过旧金山时，小住三日，会晤不少旧雨新知，乃至有阔别三四十年未曾见面的，意外重逢，倍感愉悦；复承青年政论家夏宗汉博士，赠我一些在台看不到的杂志，以供旅途消遣。来纽约后，闲居翻阅，其中最使我触目惊心的，是《七十年代》刊载一篇署名孙衍的《爱国主义者王造时的悲剧》；（编者按：本刊八月号赵广诚先生来稿《救国会七君子之一王造时的悲剧下场》，经查主要部分即系摘录孙衍先生大文。）稍后又接航邮寄来七月号本刊，载有程靖宇先生的《追怀潘光旦先生》大文。……王、潘同是清华毕业留美，虽所习不同，却俱是三十年代蜚声中外的知名学者，也是我肄业光华大学时讲授政治学和社会学的老师。看过上两文所附王、潘遗照图片后，恍如课堂晤对，不禁黯然神伤者久之，低徊往事，因而引起我五十年前迹近模糊的若干回忆。

先说光华，它的建校历史甚浅，是民国十四年上海日纱厂女工顾正红[①]被殴毙即世称“五卅”惨案后才创立，其前身为著名教会学校圣约翰大学，校长译名卜舫济，因制止学生罢课声援而激起反感，遂使华籍教职员及全校学生集体离校，由学生家长中之沪上巨绅富贾，另行集资兴学，创建光华大学及附属中学。地址在沪西越界筑路之大西路底，穿越沪杭铁路平交道，与贯通南北大道的中山路相邻接的转角处，位于梵王渡与徐家汇之间，由沪绅王省三捐出其墓园附近一大块地皮，兴建宫殿式四层楼巨厦五幢。大学部与中学部各占二幢，作为教室、行政办公室及学生宿舍之用，另一幢为大学女生宿舍。又有一座可容数百人的平房，兼作礼堂和饭厅。学校四周无围墙，仅沿大西路有一牌坊式大门，门内通道两侧有些小饭馆及日用品店，再进为一大运动场，其旁停放校车，定时往来上海公共租界中心区；后门有一小径，通往何家角（地名），有民居数十户，以其余房租赁与学生之不欲住居学校宿舍者。距法华乡甚近，有茶馆及商店，完全乡村小镇风味。由此乘人力车可至徐家汇，则又接近上海法租界繁华的边缘了！

民国十八年秋，我尚肄业江苏省立南通中学高中三年级，因学校更换校长穆济波先生发生风潮，而被苏省教育厅长陈和铣，认为我是煽动风潮的祸首，下令开除我的学籍，时距毕业仅差一学期。革命官僚不问是非皂白，在党化教育

① 顾正红为男性。——校注

的口号下，充分发挥以权势压抑青年的专横淫威，留给我终身难忘的深刻印象。我在无可抗拒的情况下，不得已借了堂兄一张高中毕业文凭（那时文凭无相片及钢戳），于次年春赴沪，应光华大学春季招生考试，幸而录取，进入政治系一年级，和我同时考取的有江阴孟庭本兄，他原名庭才，也是由省立无锡中学开除的，造了一张北京某中学毕业的假文凭来投考的。在当时教育法令，禁网疏漏，借文凭或造假文凭，不算什么稀奇的。

记得当时光华校长是曾任江苏省财政厅长及财政部次长张寿镛先生，经常处理校务的是副校长容启兆博士，文学院长张东荪先生（我入学口试即由其主持），理学院长颜任光博士（后任交通部电政司长），商学院长金井羊博士。文学院有中国文学系（系主任钱基博）、外国文学系（系主任孙浩煊夫人，外籍）、政治系（系主任罗隆基）、教育系（系主任廖世承兼中学部主任）、社会系（系主任潘光旦）。名教授阵容，有诗人徐志摩；新文学家胡适；词曲家吴梅、卢前、童伯璋；教育家蒋维乔、黄任之、江问渔；史学家吕思勉；等等。因时间太久，有些院系教授人名，已记忆不清了。

光华有一特色，即大学一、二年级，必须修完基本国文及基本英文，共四学期，因此教过我国文的，有卢前（冀野）、钱基博（子泉）两先生；教过我英文的，有陈云孙、林玉霖（林语堂之兄）两先生及张舜琴女士（华侨张永福之女，罗隆基首任夫人）。有关政治系方面课程，教政治学的是张校长的公子张星联先生，未及两月，即在乘车来校途中，经过沪杭铁路平交道时被绑票，然后才延聘王造时先生来校继续张的课程。造时先生与罗隆基、彭文应两教授同是江西安福人，又同是清华毕业留美，如是又同在光华执教。王先生身材不高，带点微胖，面孔圆形，架黑边眼镜，上课时有位姓华的助教跟着拿皮包，讲书条理分明，在黑板上开着许多原文参考书，一面拿着准备好的卡片，一面讲解，很容易笔记。彭先生教书口才较差，且带有浓重乡音，要完全听懂，相当困难，但他笑容可掬，平易近人。抗战初起时，曾和他在上海清华同学会见过一次，是各方面为团结御侮促进宪政所发起的座谈会上遇到的，并经推定和他主编一个月刊，甫两期即因沪战发生而停止。胜利后，在我服务的上海燃料管理委员会，又见过一次面，他似乎是商业掮客，来推销俄国煤，有专人和他接洽，其内容就不得而知了。

罗隆基先生在光华教两门课，是大二的比较政府及政治思想史，很叫座，并在《新月》月刊常发表批评党国的文章，极受注目。我进光华不久，他在兼课的吴淞中国公学下课后，忽被治安人员逮捕，经讯问后旋又释放。他返光华在大礼堂向全体同学报告经过，语极锐厉，锋芒毕露。我也在同一地点听过杨杏佛先生的讲演，同样是口若悬河，批评中肯。我觉得他俩之不合时宜，才高遭嫉，是必然的。罗先生和他的夫人张舜琴，似乎琴瑟并不调和，常常双双请假，过几日，便见罗先生面部带着纱布绷带来上课，同学们常背后窃笑。这样经常吵架的夫妻生活，自难维持长久。据说杨杏佛亦复是同样遭遇，也同样犯着“寡人之疾”。这两位同隶江西籍的学人，既失欢于家庭，复不见容于党国，其结局均甚悲惨。杨是以追随宋庆龄、蔡元培组织中国民权保障同盟，而被“左倾”嫌疑，首遭遇刺殒命。罗则以“民主同盟”要角投共，而被列为“右倾”份子，备受凌辱折磨以死，岂真是命运注定？还有一位教过我“英国文官制度”的费巩教授，他原名福熊，是吴江名翰林费树蔚之子，袁世凯的孙女婿，留学英国，四方面孔，躯干修伟，常身着玄色马褂，枣红团花长袍，一付贵介公子气派，上课时，讲解清晰，态度雍容，对现实政治，不作任何批评，照理说，应该不会受到特别垂青。然而他在抗战期间，任国立浙江大学教务长，因公自渝返校时，忽然失踪，迄未查明下落，即尸体亦未发现，可说离奇之至。依其形貌而言，决非不得善终之辈，然竟死得不明不白，造化弄人，一至于此，殊不可解。程沧波先生与他为挚友，曾在本刊（第一卷第二期）撰文悼念他，极值参阅。

民国二十年春，我因中国青年党（初中二年级时即已加入）的征调，主持国家主义青年团上海市团部的秘密活动，自动申请休学一学期，秋后始再复学，曾选上潘光旦教授的社会学一门课程。潘先生圆圆面孔，架着金丝无框眼镜，锯去一腿，以两根拐棍，两腋夹持而行，无论登楼走路，其快慢均和常人一般。他教的一本厚厚的英文书，前面大部分全属古生物学，一个单词，往往由十余至二十余字母构成，异常难念。他上课时依固定座位（光华实行点名制度）指定同学轮流先读一段，以测验同学的了解力；然后他开始讲授，则大多是他所擅长的优生学和家庭问题。他写过一本《中国伶人血缘之研究》的书，罗列许多名伶的世系和婚姻关系，证明“伶之子恒为伶”，是有关遗传学的权威著作。他授课时，特别强调旧式婚姻之重视男女双方的门当户对，从优生遗传的观点而言，极其合理，不可忽略。他劝告青年男女讲恋爱的要件，第一应注重门户相当，互把对方家世血缘先弄个清楚，然后才谈到容貌和教育程度。如果男女任何一方的父母有不良嗜好或失德之处，则习染所及，受到环境影响，失于教养，品德个性总会有缺陷，如果只重外在美，贸然婚配，必然后悔莫及，不会美满。他反对近亲中表结婚，尤其白痴低能及神经病，更应明令禁婚，让它自然淘汰；他主张优秀天才应该相互婚配，多生育子女，才能保持良好的遗传，促进民族的健康。他娓娓道来，无不言之成理，是同学们最为敬爱的老师，可惜到学期终了，他就因学校发生“驱廖”风潮，联带辞职，改往清华任教，其事在“九一八”以后，与程靖宇先生所述，时间略有出入，相信我的记忆是正确的。

说起“驱廖”风潮，廖指廖世承先生而言，其时廖继容启兆为副校长。风潮之发生，是有其背景的。依前面所述光华教授阵容而言，在贯彻“党治”者眼中，是被目为集“反动派”之大成的。即如张东荪先生在校务会议开会主席恭读总理遗嘱时，他即夺门而出，声言：“下次如再读遗嘱，我就不来了！”这是何等触犯忌讳的事！罗隆基先生常在《新月》著文反对党治及严厉批评一党专政，更是“千夫所指”

的目标，因是他就首先被开刀，为教育部勒令光华解聘，其政治系主任改由王造时先生继任。这和当时中国公学非胡适校长去职不能核准立案，同样是教育部以行政权力干预私立大学所采取的高压政策。罗离开光华后，即应天津《益世报》之聘，担任总主笔，言论更为激烈，曾为人从他所坐汽车的后面打黑枪未中，这时他已与张舜琴仳离，改和一位喜着绣花鞋的王小姐同居。后来他和张东荪先生都成为国家社会党（民社党前身）的要角，到抗战期间，出任国民参政员及西南联大教授，又参加民主同盟，出席政治协商会议，对政府始终不满，为党国频添不少麻烦！民盟解散后，乃北上附共，投身红朝。细想起来，何尝不是“为渊驱鱼，为丛驱雀”的结果！本来，民主政治，贵在容忍异己，反而可以消弭“乱源”，这是值得我们反省的。

当九一八事变发生后，京沪一带大中学校学生，掀起一连串大规模的赴京请愿抗日运动，光华同学，自亦不能例外，学生会出版抗日特刊（记得由钱公侠学长主编，我写过两篇文章），并组队作街头讲演，参加请愿运动，我即是代表团成员之一。这时王造时先生创办一个《主张与批评》刊物（我以读者投书方式，和他讨论问题），其言论自不为当道所喜，于是光华也自然的成为问题学校之一，必须加以“清扫”。有一天，忽然“打倒国家主义派廖世承”的红绿标语，四处张贴在学校建筑物墙壁上，且由区分部常委杨某率领少数群众冲向副校长办公室，声言非驱逐他出校不可，一场轩然风波，由是而起。廖先生出身嘉定世家，身材瘦而颀长，面容严肃不苟，留美习教育，归国任教国立东南大学及主持附属中学，实施道尔顿制，为教学方法辟一新纪元，使东大附中成为誉满全国的第一流中学。北伐后，定都南京，改东南大学为中央大学，将附中停办，学生分别转入江苏省立各中学，这算是受到革命洗礼所赐。廖先生来光华任教育系及附中主任，亦复办得有声有色。尤其附中投考南北大学录取率之高，常在全国各中学前五名之内，他是紧守岗位诚笃君子型的教育家，很得学生及其家长的敬重。因此，风潮发生后，拥廖者大有其人，与驱廖派抗衡而僵持，但后者有其幕后支援，形势较为有力，到后来廖先生只好洁身引退，像张东荪、潘光旦、费巩、徐志摩、沈有乾等名教授，都随之去职，仅王造时先生仍留而未走。这是光华创校以来一大变动，完全是外力所造成的。

不过，给廖世承先生加上一顶国家主义派的帽子，真是天大的冤枉，他决不是青年党党员，倒是出身于东南大学及其前身南京高等师范和附属中学的青年党党员并不在少，也许是他的朋友和学生，若因此而受到株连，那就"欲加之罪，何患无词"了！依当时"危害民国紧急治罪法"规定，凡宣传与三民主义不相容之国家主义的青年党人，是要判处五年以下一年半以上有期徒刑的，岂仅是驱逐廖的副校长职位而已。当时，我心里感到好笑，何国家主义派如此之多，岂真天下滔滔者皆是？因为我中学时代的校长穆济波先生辞职后，还被当地党部检举，指他有国家主义派嫌疑，而被逮捕，受了几个月缧绁之灾，即是一例。其实，那时肄业光华学生中的青年党员，除我外，只有溧阳陈咸煦，江阴何梦雷、孟庭本，如皋范循安，兴化张家成，潮州郑汉川，贵池王秀芝（女），和寄住养病的丹阳周文山（晓庄师范毕业），一共还不到十个人。我们经常要开小组会，找适当地点颇不易，往往选择附近的虹桥万国公墓，较为安全。其地甚为广阔，环境幽静，有似一座花园，平时游客不多，不致引人注意。记得某次开会时，经过一个墓前，竖立一碑，上刻“显考宋公耀如之墓”，形式不太惹眼，也许风水不错，但没有人知道原来是“国丈”的佳城。然越时未久，忽见此墓整修一新，墓碑矗立，高耸可及丈许，正中镌刻阴文金字“显考宋公耀如　妣倪太夫人之墓”，右边下端则为“男子良、文、安，女庆、蔼、美龄敬立”字样，完全一派显贵气象，殊令人瞩目。盖宋父殁于民国七年，宋母殁于民国二十一年，时势推移，宋家平步青云，扶摇直上，自然今非昔比了！惟大陆易手后，“文革”期间，坦克车于一夜之间，将万国公墓全部铲平，宋墓自亦在内。……

话说得远了，仍回到本题。当“九一八”沈阳事变之后，接着便是“一·二八”的淞沪中日战争。大西路的光华校舍，也受到日军飞机轰炸的光顾，弄得疮痍满目，瓦砾遍地，于是民国二十一年的春季开学，便在上海愚园路底兆丰花园附近租赁几幢楼房，作为教室上课。我和青年党两位朋友——黄冈龙侃、南通徐泰（他俩肄业江湾持志学院夜间部）合租极斯裴而路中振坊一家三楼作为寓所，和王造时先生恰好是邻居，孟寿椿、刘大杰等教授也住在同一弄堂里，与左舜生先生所住的胶州路随云里，亦相距不远。其时，政府迁都洛阳，召开国难会议，延聘名流、学者及党外人士参加，共商御侮救亡大计。王、左两先生都在被邀之列。由于平、津、沪等地多数国难会议会员，主张结束训政，取消党治，不为当道所容纳，遂相约拒绝出席，自是造时先生除仍在光华授课外，坚守其所信，成为政治活动知名之士。然而他为人忠厚笃实，而又无党无派，缺乏群众基础，不善玩弄权术，事实上毕竟是孤立的。

二十一年秋季，光华校舍整修完竣，遂迁回大西路上课，我和患有肺病的陈咸煦、何梦雷、范循安三兄寄寓何家角，生活异常平淡。但学校宿舍中时闻有同学半夜被捕之事，据说涉有“左”倾嫌疑，常由身分特殊同学暗中指引，按图索骥，不会差错。其实，同学之间，因三角恋爱关系，失败的一方，以政治思想有问题的大红帽子，诬陷另一方，作为报复，这类事也是有的。在这一年学期快结束前，王造时先生其时已是光华文学院长兼政治系主任，忽找我到他办公室，告诉我借文凭的事，已为教育部据报查出，会开除学籍，要我有心理准备，并说他可以为我设法弄到一张转学证明书。我听了非常气恼，知道难以挽回，但造时先生这份爱护之情，却是万分感激。事实上，我从“九一八”后参加上海各大学赴京请愿代表团及“一·二八”后中日签订《淞沪停战协定》时参与殴打我外交代表郭泰祺而外，即自知敛抑，谨慎小心，在校内很少活动，不意愚昧的教育官员们，于我读完五个学期，还跟我算起这笔旧帐。另一用假文凭和我同时考进光华的孟庭本兄，他早一年转学法政学院，竟安然无恙，较我幸运多多。到寒假期中，果然接到学校通知我退学，并从王造时先生手中，接到一张转学证明书，他除表示同情惋惜外，别无他语。其实，这张证明书是毫无用处的，以部令开除学籍，国内任何大学都无法接受，这是教育当局扼杀青年的一手绝子绝孙的绝招。我曾于民国二十三年夏，拿它去投考山东邹平乡村建设研究院，连“万流景仰”而无一纸毕业文凭的梁漱溟院长，都打了回票，真是逼得我无路可走了！

然而不然，只要您不怕挫折，继续奋斗，还是天无绝人之路的。语云：“能受天磨真铁汉，不遭人忌是庸才。”这两句话，对我有很大的启发和鼓励！我服膺曾国藩的《挺经》，要向命运挑战！因是不顾一切，于民国二十四年春初，得到我父母经济的支持，东渡日本读书，以期完成学业。在次年冬，从国内报纸上看到王造时先生在上海被捕的消息，他是和沈钧儒、邹韬奋、章乃器、李公朴、沙千里、史良同时被逮捕移送苏州高等法院，羁押看守所，同依“危害民国紧急治罪法”起诉，这就是被称为救国会“七君子”一案之由来。民国二十六年四月，我由日本学业结束回沪，助编青年党的刊物——《国论》月刊。不久，“七七”抗战发生，“七君子”俱被释放。有一次，我在愚园路上遇到造时先生和他的夫人漫步，极为安闲，曾趋前慰问，匆匆数语含笑而别，这应是最后的一面了！

民国二十八年春，我去福建临时省会永安县，任职省政府，其地僻处闽西，交通不便，有时看到重庆《大公报》，知道王造时先生曾一度应聘广东坪石国立中山大学教授，而为受某方指使的学生通电拒绝的消息，又在该报《星期专论》中，看到潘光旦先生的文章，尽管是一鳞半爪，但也足释远念。……王生于逊清光绪二十九年，殁于一九七一年，得年六十八。潘生于光绪二十七年，殁于一九六七年，得年六十六。……我有感于孙、程两文，而回忆五十年前光华学生时期的往事，复联想起王、潘两先生的声容笑貌，真不知涕泗之何从了！

一九八一、七、廿九写于纽约

载《传记文学》第三十九卷第三期（一九八一年九月号）

回首暨大当年
——自述之二

杨裕芬

回想我在暨南大学六七年，不特锻炼我的能力，并且增进我的学识，其中有几点，颇值得回忆的。

兼做了学生家长

我在前面已经说过，暨大同学大多是海外归来的侨生，学校受家长付托，就要做同学的家长，家长除了关心他们的功课外，恐怕他们的子女用钱不当，就将款项汇交学校银行代为管理，因为暨大商科办得不差，设有学生实习银行。年少的同学用钱要经学校负责人核明方能支付，这样一来，事情就多了，有些年少同学好看电影及听音乐，但不好意思说明，他们说国语有些仍不流利，讲了半天，还是说不出所以然，我每每听着他们的陈词，看着他们的面色，就摸着他们的心理，遇着时节或有理由的事情，须经我特别准许的，我总推心给他们通融一下，准他们多支几块钱，他们也就欢天喜地的去了。还有遇着款项尚未寄到时，经常由我出面向实习银行担保预支一些，每每至月底结单通知时，我担保了若干同学借款尚未清还，便在我的薪金内抵扣。对于家境经济不大好的同学，我总尽力介绍他们在图书馆或其他工作，半工半读，因为我是过来人，深知其中艰苦，其中有不少是品学兼优的侨生，毕业后在社会上得到良好的职位。

驰誉中外的体育

暨大同学的身体多数强壮，他们秉着华侨率真的品性，爱好运动，足球不特是东南各大学的锦标队，而且有几位球员如陈镇和、冯运佑、戴麟经等都被选拔参加埠际及远东以至世界运动会。陈镇和混名小黑炭，他是足球的全材，各个位置他都打得很好，在抗日战争中他投入空军，不幸在某次飞行中，因飞机失事，以身殉国，至为悲痛！篮球和田径赛也有不少好手，女子体育亦有优良的成绩。现在担任世界奥林匹克委员会委员的徐亨，便是当年暨大体育的名将。前四年我往星嘉坡省视家母，顺道往马来西亚访问暨大同学，当年足球守门健将梅洪宝还特自穿了缀有暨大橙黑两色的校徽的运动上装来见我。他的夫人钟敏璋是菲律滨华侨，他们是暨大同期同学，钟女士曾在马来西亚教育部任职，最近听说也依例退休了，岁月催人，弥深怅念。星嘉坡的义安学院便是暨大教育系的高材生美国哥伦比亚大学师范学院硕士刘英舜女士所创办的，他引我参观整个学院的设施，还要我写了一副对联，去年因患癌症而去世，曷胜悼惜！

我少时便爱打排球及乒乓，后来常打网球，对体育甚感兴趣。为求工作便利，在暨大我还兼任体育委员会主席，对运动员接触时间较多，感情亦较密切。有一日晚间，我正吃晚饭，接到了女生宿舍管理员的电话，说有几个球员，来女生宿舍访晤女同学，过了规定会客时间还不想走，劝也劝不动，请秘书长想办法。我立即用电话向那几个球员说，现在时间不早了，想你们还未用晚饭，大家都来我家吃晚饭罢，他们会意便一齐到我家来，这样轻松地来把事情解决。诸如此类的事情不少，我都用家长式亲切的态度来待他们，他们也就乐于听从我的说话。

建立超然会计制度

一般机关每以财政公开相号召，我向来保持书生本色，最怕管钱，连所属的财政会计也最好不由我负责，所以商承校长将学校财务委托会计师代理，初时系潘序伦，后来是奚玉书，他们派人来学校代办财政收支，与实习银行毗连办公。因此我只负责协助校长筹划经费，至于收支账目一概由会计师代办，按月公布，这种做法恐怕在各大学中还不多见，实在省去了我许多麻烦，而财政公开也就不言而喻了。

大学首长的联系

我除了在暨大内部实习了学校行政之外，还乘各大学首长会谈学得了更多的管理方法。因为当时上海各大学彼此间建立了一种虽非正式但颇为合作的联系，每月举行叙餐一次，如有特别事情，则召开临时会谈，开诚讨论校务，交换意见，增进联系。譬如在各大学轮流举行校际中英文演说比赛，各校首长相互交换作纪念周演讲等等。我还大约记得那时各大学出席的负责人：交大黎照寰、光华张寿镛（多由朱副校长代表）、复旦金通伊、沪江刘湛恩、同济胡庶华、大夏欧元怀，暨大则以校长在南京任职，多由裕芬代表。此外东吴法学院吴经熊、圣约翰沈嗣良、中法医学院褚民谊也间有参加，在各人中我的年纪最少，经验也不深，好得态度谦恭，虚心请益，但遇着重要事情，我也侃侃而谈，表示意见，倒颇受各人的器重。其中我和黎照寰、刘湛恩、欧元怀、金通伊数位往还较密，得益也较多。

一场风波的平息

自从五四运动以后，各校学生因国事而奔走罢课的日增，同时学生会对学校的要求也随而增多。上海是我国中外荟集的大商埠，各学校大都有学生会的组织。暨大学生会原来很纯正，对学校向来很合作，但有一年因学生要求请减费用及改善设施等等，上书学校，罗列出十数项，洋洋大观，听说有少数学生会代表态度相当激烈，情形颇为紧张。校长宣布他于纪念周中向大家答复，这个消息，迅即传遍整个学校，大家都想看个究竟，纪念周的预备钟尚未敲，大礼堂早已坐满了人，还有许多站在两旁，等候校长来主持纪念周，答复学生会的要求。可是在纪念周前十分钟，上海校长住宅来了一个电话，说校长临时有事，不能亲自主持纪念周，请秘书长或院长代表主持，这么一来，形势更紧张了。我请住在暨南新村的学院院长代表主持，他说他管学院的事，一般校务尤其是学生会的要求，他无从答复，那么只有由我硬着头皮去出席了。一些足球员静静地告诉我，说有些学生带着木棍、手枪等坐在礼堂里面，看情形似乎准备闹乱子，他们一班运动员也准备携带武器对付，总务组长报告我，他已通知校警预备开入礼堂保护。我当时虽因突然要代表校长主持纪念周答复学生会要求觉得有些不自然，但迅即想及，这是学校，在未证实有扰乱治安行为之前，最好不要让军警来干预，造成恐怖局面，反令事态扩大。于是我命令校警不必出动，并婉告球队运动员保持冷静，不可表现出紧张神态，更不可携带武器入礼堂，但不妨暗中联系准备。我准时特意安详地步入大礼堂，我还记得那天早上我穿的是一袭灰色旧长棉袍，行礼如仪后，我用眼光一扫，整个大礼堂坐满了同学，都向我注视，表现出恳切期待的态度。我察看了这个形势，表现出更加镇定的神情，即用亲切的口吻向大家说："校长因为临时有要事，不能前来主持纪念周，特着我代表，学生会上学校的信，我看过了，所要求改善学校生活及环境各项，我能够做到的我立刻去做，在我职掌范围以外的，我会陈请校长提出校务会议，我相信合理的请求总会得到相当解决的，我和大家相处多年，大家一定会相信我。”我讲完之后，礼堂内多数同学鼓掌表示赞成，所谓少数激烈份子一时反拿不出什么花样来。我向司仪示意，即行宣布礼成散会，于是一场以为会闹出事情的风波归于消灭。后来仔细一查，的确有不少人带着武器坐在礼堂四围准备闹事。

和同学旅行的趣事

学校里各种组织如级会、远足会，以及职员联谊会等，常常都有旅行的举动，尤其是应届毕业生，照例作比较远程的毕业旅行。他们每每推派代表见我，预告旅行的日期，请我参加。当时我年纪不大也爱旅行，和他们很合得来，所以如果日期不影响我的工作，我总愿意参加，有时并偕同家人前往，照样分摊费用。但像毕业旅行要走上几个星期的我就无法同行，有时只好和他们走一段路程。

在旅行中发生过不少有趣的事情。我记得有一次往邓尉探梅，不料到了邓尉山里，既无旅馆，平常是借住寺庙，但我们的人数太多了，不特房间不敷，连床板也不够，天已漆黑又无折返之理，正在为难的时候，骤然间看到庙里墙壁四周排着许多棺材板，想是有钱人家预先购好寿板寄存的。有些较为胆大的同学就老实不客气的睡在棺材板上，他们还取笑说，睡过棺材板，就算做了一世人，以后就会长命百岁。

又有一次漫游扬州，去过五亭桥、瘦西湖及平山堂等名胜后，返回茶楼食午餐，大家都肚饿了。在茶楼里面卖热炒花生米的小姑娘向客人挽生意。心急的同学一口气吃了许多花生米及零食，等到道地的扬州炒面，特制的蟹黄汤包等美点送上来时反而吃不下了，大叫倒霉，并要求第二日多吃一些补偿损失。但有些同学便起来反驳，说他们没耐性，见着东西就乱吃一顿，实在是自作自受。

后来有位女同学告诉我，他们喜欢和我旅行，一方面固然是对我表示尊重及性情和得来，而最主要的是我认识朋友较多，到了各处地方差不多都有朋友请吃饭，因而连同也请他们。还有每次毕业旅行学校照例津贴一部份费用，但结果费用总是不敷，又得向学校再请求帮助一点，需要附上说明及实际用费情形，如果有我同行，那就容易获准了。

有名的教授读书的环境

暨大同学虽活泼好动，但多数对于功课仍然很用功，图书馆常挤满人。各学系中以商科开办较早，造就人材也较多。文学及教育学系也很不差，我还记得法学院有一个时期特设外交学系，毕业的同学现在美国的还常见面。另外设有体育、音乐、国画、西洋画等课程，使得学校风气更加活泼美化。在当时的教师中，拥有不少名教授，现在我尚记得的如杨汝梅、叶公超、陈钟凡、石颖、梁实秋、潘序伦、李权时、庄泽宣、胡秋原、李石岑等，都是一时之选。

暨大毕业生返回各侨居地，尤其是南洋服务的都有良好的表现，南洋各地当局对于中国各大学学位的承认相当认真，但暨南大学是很早就被承认的。

讲到校园的风景，虽然比不上具有历史胜迹及已设立多年刻意经营的大学，但暨大的环境，的确相当清静，花木栽植得也相当扶疏。各项设备，虽不富丽，尚合实用。我最喜欢的还是我办事的地方，题名“莲韬馆”，在校长办公的“尚节亭”水榭的对面，房子是北平四合院式的平房，四围环以朱色栏杆，馆内遍植花草，当中架设了一个像大十字形的花棚，清丽的紫藤环绕其间，花香冉冉，令人心旷神怡。在莲韬馆大门的里面，挂上了一副像是檀香木刻着隶书的对联，古色古香，表现出中华高雅的文化。那副对联的文字很好，到现在还印在我脑海中，兹附录如下：

安得广厦万千种草全为留客地；

倚偏回栏十二惜花犹是爱才心。

据说这副对联，是清代在台湾力谋独立的唐景崧先生所撰的，充满了好客爱才的深意。我每于工作之余，在其中徘徊往返，于不知不觉中使我也增加了亲仁爱才的心情，和激荡了喜悦我国优良文化的涟漪。

再说暨大的园艺也很好，尤其每当秋季“国父”诞辰的左右，菊花盛放，紫艳黄英，种类缤纷，目不暇给，在图书馆内外星罗棋布，等于开菊花展览会，连在暨南新村我的小住宅也摆上了几盆菊花，应应时令。我的住宅，陈设简单，架上只有图书，墙上只有字画，能加上几盆花草，我也就觉得满意了。

因为菊花在深秋盛开，有凌霜气概。我曾口吟了一首五古，诗虽不工，但尚可略表我的个性。并录于后，尚祈大雅指正。

黄菊乘秋放，秀色信可餐。品格自潇洒，矗矗斗霜寒。
得天清气足，傲骨挺珊珊。性定斯能逸，心贞体乃安。
不经风露冷，畴知杰出难。笑彼举世人，但识爱牡丹。
俗眼无真赏，岂可共盘桓。悠然三径秀，只许高人看。

华侨教育的展望

回溯我在暨大服务的经过，深知华侨的重要。侨生思想纯正，朴实耐劳，只要拿出真心来待他们，是很容易获得他们的合作和信仰的。现在万方多难，华侨人数日增，热爱祖国的心情与时俱进。我们实在应该加紧设法争取及培植华侨青年。在海外须推行广设及充实已设的侨校，予以补助，最好能在海外冲要地区，协助侨胞依照当地政府的规定设立完善的中学，加授中华文化课程，借以培育出优秀的侨青。在国内应即恢复特为培植华侨青年的大学，实施各项具有弹性的补习课程，除了学术技能之外，更应注意将来返回侨居地工作的特殊讲习，让全世界侨胞明白而感激政府对待他们的厚意。如果政府一时未能负责举办，也应准由海外具有华侨教育经验的热心侨胞和政府衷诚合作，这样不仅众擎易举，且示官民合作的楷模。但无论如何，总要把握时机，奠立海外侨教的百年大计，因为环境艰虞，时不我与，走笔写此，不胜企盼！

载《传记文学》第二十四卷第三期（一九七四年三月号）

河南大学的前前后后

——“一个农家子的奋斗”之七

李先闻

回开封，那时河南大学有个一九二三同班同学彭谦，在威斯康辛大学得土壤学博士学位，来接替陈显国事。同时许振英（一九二七班）在康大攻畜牧，得硕士学位，也到开封来。他回国是一九三一年。那时，在平津一带乱糟糟的找不到事。于是就在开封，我们的东面，禹王台第一区农业改良场王场长那里，屈就一个技师职位。每月百余元，仅仅够用。他在清华时也是运动员，又是两次同学，所以常到我家来玩。

我想农学院现已有了农场，若再找到畜牧方面的专门人材，将来可成立畜牧系。当时农场主任是粟显倬。他在美国州立大学攻读时，五谷六畜都要学的，好像我在普大时一样。现在河南大学担任教作物及畜牧课。他是湖南人，长沙的世家，我暑假回家奔丧，他也同路回湖南。

晏阳初头几年在河北定县办乡村教育，聘任两位清华同学，也是在普大学畜牧的。用盘克猪与定县猪交配，推广给农人饲养，很吃得开。就好像现在台湾饲养桃园猪与盘克猪的杂种一样。我觉得这种于国于民都有好处的事，是值得仿效的。当时就同院长商量，请许先生到定县去跑一趟，买猪种回来养。这个建议被万院长采纳了。于是一方面盖土的猪舍，一方面派许先生去定县买盘克猪及定县猪各若干头回来。猪买回来后，我满心欢喜，觉得新的事业可以开始，我做了一件大的好事，谁知反种下祸根。

林世泽是菲律宾华侨首富的公子，曾到爱阿华州立大学学畜牧，与赵连芳、彭谦、张心一、陈之长等同学。对养蜂、养鸭有研究，尤其对罐头学学得很多，他那时也到河南来当教授。

第二学期我开始教遗传、育种，都是本行的课。现在先谈遗传的研究。本来想在河南做玉米遗传工作，但因气候太干燥，玉米花粉容易干死，试验材料大多不结子。玉米细胞遗传研究，虽然在一九二六至一九二九康大开始，但此时此地，不能再继续了。

我从万院长那里要了三千元买研究用的显微镜（Leitz），四五百元买 Monroe 计算机，同时要了八九千元建一间风干室。从事育种工作，在田间不能随收随即脱粒，所以要把一行一行成熟的麦子，抬回来倒挂起来风干。那时建的风干室，可挂二万五千行，这样可随时去脱粒。

理论研究及育种的设备有了以后，我就想了好几晚，想今后我的出路在那儿。我是学理论科学的（science）。细胞遗传学回国来却没有人欣赏。人们那时欣赏的都是实用科学家（technology）。“专家”都是被人们尊称的，那时赵连芳是稻作专家，沈宗瀚是小麦专家。

一个是科学（science），一个是技术（technology），从事科学研究的，有机会的话转到技术，只要学会技术容易的很。相反的，由技术转到理论的研究百不得一。那时中华民国比现在台湾情形还不如，拿科学来讲，是真正落后地区。我迷迷糊糊的不明白这个大道理，为什么“专家”们那样地吃得开？我这个学理论科学的人，连吃饭地方都找不着？于是我就想当某一项作物的专家。当什么专家呢？一定要从某一种或某几种作物的改进工作做起。

在落后地区，只能谈到技术，因没有科学人材，也没有发展理论科学的环境。那时的情形，和台湾情形也差不了多少，想将科学的落后地区，变为前进的地区，一定需将理论科学弄上轨道，是刻不容缓的事。如只做技术上的工作，做得好也不过是好的落后地区而已。没有理论科学的基础，绝对不能进入前进地区之列。这是吴大猷先生最近（一九六八）发表的言论，我是很同意的。

我认为要将国家科学弄上轨道，一定要从理论科学的研究入手。以前的胡适之先生和现在的吴大猷先生，都很支持我。

在过去我面临的这种处境，是一件辛酸的往事。希望不要再在台湾重演。以时代而言，已前进了卅几年了，绝不要再蹈以往的覆辙。

当时禹王台的王场长做番南瓜与南瓜的交配，我拿他的材料做研究对象。这是我回国后，拿细胞遗传的研究所得，写了第一篇报告。后来知道，在美国的反应是良好的。

其次再谈育种，因在康大没有学过，所以种子拿到手，不知什么时候下种。当时全国性小麦育种工作在开封西关内地会有个育种场，主持人毕汝藩是金大毕业的，也是沈宗瀚的学生。他从事杆行试验（Rod–Row–test）若干年。我不耻下问地去问他，小麦什么时候下种？一行间是多少市尺？行行多少尺？每行下多少种子？他很耐性的一一告诉我，我都记下来。这是根据孔子说的“三人行，必有我师焉！”去向他请教的。他却想：“康大的博士，怎么这些都不懂，还要向我请教。”真是个大笑话。

于是我带刘祝宜到乡下去采麦。麦穗，因中国小麦品种是混杂的，每块田里，高高矮矮，大大小小，早早晚晚，形形色色不同的种。最先开始做小麦育种工作，只要在这里面找到比较像样的一个单穗，做纯系试验。我们采回麦种以后，我就要自己经历育种各种过程，九月中左右就到田中去播种，让刘祝宜做总指挥，我自己亲自同工人们开行，自己播种，自己掩土，从早上五点到七点，八点到十二点，下午一点到八九点（这是夏天），秋天下午只做到七八点钟。我们一队十二人，这样分春秋两季继续做。二三年的亲身经历，育种的田间情形，都弄得一清二楚。懂了，就可以改善了。我是立志不怕苦的，这也是手脑并用的功夫。这是康大 Dr. Emerson 老师的真传。

万院长想把农学院办好，赵连芳在一九三二年“一·二八”事变后到河大来，教了一两个月后，又回南京去了，先后约了好几位同学来，有彭谦、林世泽、涂治等。

在这儿我介绍一下涂治。他是湖北黄陂人，比我高一点，圆脸，笑容可掬，讷讷寡言。在清华时是一个普通学生，一到美国明里苏达大学就出人头地，全校三千多人，他是第一名。在研究院进植物病理系，他的老师是 Dr. E.C. Stakeman，当时是该系的“圣人”。Dr. Stakeman 曾告诉我，涂治是他最好的学生，他做试验做到天亮，专心之至，真是不知“东方之既白”。他是我所见到的学农的真正聪明的人。

涂治的同班同学孙清波（一九二三年级，现在台任“考试委员”）说：“在明大攻读时，有天半夜，我开车由研究室接涂治回宿舍。到宿舍时，一看后座没有了涂治的影子，只得再开车回去找。在冰天雪地中，红绿灯电杆旁，涂治在那里茫然四顾。原来车被红灯挡住停下来时，涂治以为到了，就不声不响下了车。”这也是大智若愚吧！

他回国以后在岭南大学教书，因封酒精桶不慎，爆炸起来，全身烧伤，在医院住了三个月，性命保全了，满脸遍身都是疤。后来在浙江杭州稻麦改良场做了一阵子，一九三三年九月后到河南大学来，他带来的书很多，单行本约有一两万册。他的办公室在院长室左边，我的办公室在院长室右边。他读书是无所不读，无所不看的，所以学识既博又精。我得其所哉的常去看他的书，尤其看作物学及统计学书籍。涂治正好教统计学，我去当旁听生，统计有很多数字及表，他都不带笔记，数字表都记在脑子里，上课时在黑板上写出来。记忆力、智慧都是常人“望尘莫及”的。大家都以佩服赵连芳的心情，同样地佩服这位新来的涂博士。

他平日不修边幅，头发长长地，也不梳，只用手把头发向上拢拢。常常穿蓝布长衫，冬天仍穿单裤，冻得他发抖并唏嘘地哼着，但他毫不在乎。这种不修边幅的作风，是我有生以来仅见的。

一九三三年春天，我开始做理论研究，有个学生孟及人号宪伋，是孟子的后人。此人比我高一头，他原来学森林学的，此刻他帮我从事田间工作。他做中学生时（北伐以前）曾参加过革命工作。北伐完成，他进河南大学，毕业后，派在农场做管理员，听过我们（赵、涂、我）三年课。我见这人有君子风，好像和我很有缘似的。第二年春天，我和孟及人开始从事小米开花的研究。白天每隔一小时去看一次，将开过的花数一数捏掉，记下来。晚上每隔两小时去数一次。没有电灯，用马灯照着数，小米一个穗上有几千朵小花。连续地数了十六天，我见孟的眼睛肿得有胡桃大，眼球布满红丝。我说够了，从此我知此人忠于所事，是一个值得信赖、绝对可靠的伙伴。

小米开花是我回国后真正研究工作的开始。当时无水电，全凭太阳看显微镜，有云就看不见。有位武教授发明用电石灯慢慢加水，可控制亮光，这真是克难的发明。

一九三三年春有个农民，从红色高粱田里选了一个白色高粱，说是好种。我栽几行看，谁知都倒下，杆儿太软，不能抗倒伏。它站不起来，不是好种。

收获小麦时，除自己的男工外，用很多女工脱粒，大概有一二百人，很不好管理。河南女工都穿扎脚棉套裤，她们趁人不见时，抓一把放进套裤里。小麦在田里已给鸟雀吃了些，这还犹可说，女工再你抓一把，我抓一把，虽然拿得不多，产量的数目就不准确了。这种无知识的人，贪图小利，对我们研究工作的影响实在太大了。

小米就是所谓的狗尾巴草，河南很普遍，又称粟。我们用它做研究材料，写成英文报告登在美国农业杂志上，先后发表十几篇。记得写好第一篇时，打好放在桌子上，许振英看到说："老李！想不到你英文那么坏！"我听后好难为情，但也知道自己英文是不行。林世泽说他英文本来也不行，后来很用心地跟人家学，一通就百通了。我想以后是要用功，参考人家的方式，好好的写。实行后果然也写得通顺，慢慢就写得好了。

在这儿连带想到中文。幼年时，《古文观止》读得很熟。到清华后，没有继续用心学，毕业时没有进步。到美国留学，更忘记得连信都写不好。回国后也没有时间去进修中文，有时写东西，都用英文的方式写出来，很不合适。当时白话文已盛行。我心想，我只要能将讲出的话写出来，虽然不好，人家也可以懂得的。后来和胡适之先生共事，胡先生还赞我中英文相当不错哩！他说："学科学的人，有这样的中、英文就够了。"

在河南研究小米，最初是应用统计方法，跟着做细胞遗传的研究，这是我的本行。当时我看小米有多少染色体时，用最简单方法，花了两星期时间才看到。那时大家看我是“小米专家”，刘淦芝说我是“狗尾巴草专家”。刘常常的提到，你的本事到中州后才孕育出来的。他那知道客家人的本性，他低估我这个客家人了。

一九三三年五月十八日生恩泽，是第二胎女孩。七月因黄河大水，我们夫妇将恩泽带到南京逃水灾。住在东门街三叔岳家，因人多的缘故，只得住在汽车间里的小房间。

有一天，我到崔八巷去看中央农业试验所，那时是谢家声兼正所长（学病理的），钱天鹤做副所长，该所共有三进房子。蒙钱副所长的情，请我到食堂去吃中饭，我见红头苍蝇乱飞，心中疑惧，想会不会吃下去出毛病？果不出所料，回到东门街，一晚泻了三十多次，后经如玲的大伯治好的。

九月初，大水退了。回开封，带回一条四分之三的杂种狼狗，后腿有毛病，当时是八个月大，名叫 Charlie。我们坐二等车，同房有曾昭抡夫妇（曾是清华一九二二级同学，也是中央研究院第一届院士）对我们的狗厌恶，觉得太臭。我想也真是臭得难闻，可是没有办法。这条狗后来一直跟我好多年。我上课它坐在讲台旁听，如果它听得懂的话，听四年也该毕业了。我到田里工作，它也跟着去，怕它乱跑，踏坏作物，所以把它拴起来。后来在武汉时到珞珈山上去，那里野鸡多，它又变为猎犬了；真和我形影不离。抗战时，我自己都上不了船，没有办法只得把它送到我们磨山农场去。它离开我时，眼里都有眼泪。农场管理人把它关起来，它硬将门打开，浮水来找我们，浮到中途，力不能支，险遭灭顶，幸被农场的人发觉，将它救回去。

一九三四年秋天，如玲将生第三胎，我岳母带了如玲的五弟由福建永定来开封照应。恩泽跟外婆接近，学会了满口客家话。我和她老人家相处几个月，也懂了一半客家话。

九月间，等秋季作物都下种后，我到南京孝陵卫中央农业试验所受训，去学 R. A. Fisher 的变量分析，由 Dr. J. Wishart 剑桥大学的教授教我们，马保立博士做助教。我住在东门街，每天早上有交通车送我们到孝陵卫听讲，中午在那里吃饭，下午又坐交通车回来。学生是由全国去的，共三十几人，晚上做习题。

以前已经提到过三叔（叔岳）有数学天才，他统计学并未学过，有天见我习题做不出，他拿去一看，立刻就做出来了。天才智慧，是各人不同的。我与三叔相较，我实在是太笨了。

十一月十五日，开封来电报，报告如玲生一男孩，就是泽豫。我大喜说："从此有传宗接代的人了！"我那时还有重男轻女的想法，后来如玲常拿这句话取笑我。

受训后，回河大。

一九三三年暑假时，陈显国想当院长，还闹了事，学生赶院长未能成功。陈走了，学生还继续闹，写信告到赵连芳那里，赵就授意万康民辞去院长职务，只当教授，改请涂治当院长。涂是学者，对行政是不是长才，不敢说，可是人心大振，以为学者来当院长，总比较好。可是涂治不修边幅，连胡子也不刮。

记得涂治还没有当院长前，建设厅长张静愚先生（现任台湾机械公司董事长，河南人）约我们到厅里去谈一谈。我们下午二时准时到衙门去，等到三时还没有见到厅长，问门房，还不知什么时候可见到。我们外国脾气一发，留张纸条说："如约来过。"就没有再去见他。

因为涂治是清华同班，他当了院长，我格外卖力想帮他忙。我是急性子的人，有时涂治还未来得及回答话时，我已经代他回答了。谁知粟显倬挑拨离间，常常写信给赵连芳，说有人要抢涂治的院长，影射着我，我还不知道。直到一九六三年在马尼拉时，林世泽告诉我，我才知道，人心怎么那样坏呀！就是因为请许振英代替粟教畜牧，所以他常冷言冷语，说他没有得到博士，因此他什么都不懂。那知他阴险到这个地步，冷箭伤人事小，整个农学院就从此瓦解了。

在涂治做院长时（一九三三年），他同我商量想找人来从事河南棉花的研究。河南各地栽种很多种棉花，都是"脱子棉"，灵宝一带出长绒棉。我们请浙江大学棉作教授王直青先生来从事研究。他是前清秀才，河南人，是一个五十多岁矮矮的老先生，在 Georgia 得硕士学位的。

他来了，在农场作品种观察。一般来说，品种试验的田间布置是四面设边缘区从事试验，中设保护行两行，每隔五行种一行标准品种。他的田间布置却没有这种设施，种出来的棉花，两边的由于生长生间较多，长得很高大，好像栽的小树似的，中间的各行都矮小整齐。看了他老先生的试验后，使我们茫然，不知所以。他上课时用 Brown 著的 *Cotton* 这本书做教材。学生们说他上讲堂，就用正楷在黑板上抄一段书（一满板）叫学生照抄。抄完后他逐字的讲一遍，真与日本田中义麿教课的速度媲美。讲了一学期，Brown 的书还没有教到三分之一。考试时，每个学生都得近一百分的分数。

一九三四年六月间，郑州中国银行分行行长束云章先生，忽然到农学院来找我，问我对灵宝方面长绒棉怎样去改良。他说："中银预备每年投资三千元，从事这方面的育种工作。"我同王直青先生商量，他说他不做育种，叫我去做。我们就签订合同，找了一位四年级学生马君，我还带着刘祝宜，三人乘陇海路车到陕州下车，在过郑州快到洛阳一带时，山陵起伏，都是黄土山坡，高的有几千尺，山上没有草木，这些山都是若干年由蒙古一带吹来细砂，堆积起来的。若有雨水，土质倒是很肥美。我们从陕州工作到灵宝，西到潼关，曾看到老子骑牛过函谷关的塑像。从前到过山海关（天下第一关），现在见到潼关，近看似乎并不觉得怎么险要。

我们采了将近一万多枚棉桃，回来要考种。我没有学过棉花，但此事已揽在身上，非办不可。王直青向我说，暑假有一个浙江大学学生，四川人，名叫徐守愚，人很能干，可以请来帮忙做棉花研究工作。我想河南大学有许多学生，何必到外面去请，考虑着，没有同意。暑假后，王直青拿一封徐守愚写给他的信给我看，其中有这样几句话："你不替我介绍事的话，我就要自杀了。”我想这人一定有困难，就怜悯地答应请他来。他来了，在王代院长办公室旁的办公室里办公。我就说采来的棉桃子，让他做考种工作。王直青叫他做，他心中不很愿意，但不能不接受。考种时，嘴里哼小调，唱英文歌，考半小时，要去农场散散心才回来，一个月考不到几百枚。这些棉种第二年（一九三五年）春天，将下种，用这样的速度考种怎么来得及将一万多枚棉桃考完呢？后来找到一个高小毕业的王某来帮忙，在一个月内，就把所有采来的棉种都考完了。

一九三五年要去灵宝找试验地，徐守愚说身体不好，说了种种原因推辞不肯去。于是又把已毕业的马君找来，我和他一块儿去灵宝找窑洞，试过王宝钏式冬暖夏凉的窑洞，也见到山明水秀贵妃的故乡。

我离开河南后，棉花试验工作，是不是有结果？我不知道！但我从那时起，就与東云章先生认识到现在。

涂治一九三三年寒假把太太和双胞胎孩子接来，但不到暑假，又把太太送回娘家，跟着自己也跑到湖北武汉大学当棉场场长（这是一九三四年的事）。

粟在一九三四年将他的同乡何一平（在《国民日报》当主笔的），请来教农业经济。何自己说在美国 Syracuse 学经济的，别人又说他只到美国游历过两个月，究竟怎样？也不去研究他。

河南大学原来聚集了那么多有学识，年轻而又想有所作为的回国学者在一起，本来可以大有成就，就因为小人离间，造成误解，把一个很好的团体拆散了。涂治走后由王直青代理院长。

一九三五年六月，忽有一位湖南人陈梅朋来当院长。他原是许昌第二农林改良场场长，是法国勤工俭学的学生，他有位法国太太，自称在巴斯德研究所（Pasteur Institute）当研究员五年。

我看到河南大学农学院的种种变迁，觉得事情不对，打算离开河南大学。正好武汉大学叶雅各院长有信来，希望我到珞珈山去一趟，我于是在七月搭车到汉口，第二天到珞珈山去看叶雅各。国立武汉大学校址在珞珈山，是一个新办起来的大学。第一任校长是王世杰（号雪艇）。不久内调南京当教育部部长，继任的是王星拱（抚五）。二王都是留英的。叶雅各是个矮黑胖子，广东人，曾留学美国耶鲁大学，读林科获得硕士学位。回国后曾在金陵大学任教，后到武汉协助布置校景、植树及工程方面工作。爱抽烟斗和雪茄，手指全被薰黄了；说的是广东官话，连说英语也带广东音。他人胖，走起路来，似乎脚跟总离不开地，拖得“踢趿踢趿”响，人还没有到，远远听到“踢趿”声就知道是他到了。

武汉大学本来已有文、理、法、工学院，此时又要办农学院，请叶做院长。我找到叶后，叶就请我计划筹备农学系。他自己兼任林学系主任。见他那天中午，他在招待所请我吃饭，饭后带我游东湖。我见猎心喜，想在碧绿的湖中做一次游泳，消消暑气，谁知好多年没有游水，差一点游不回来，真是自讨苦吃。

原来我南来的目的是到武汉看看，再到南京找机会，那晓得江水日涨，长江大水，我只好在七月底即行北返。回去时，开封的同事们都星散了。许、林等到南京中央大学，涂到武汉大学做教授兼棉场主任，粟回湖南，王直青做代理院长。

我南下后，河南大学校长已由刘季洪主持（现任台湾政治大学校长）。刘继任后，将陈梅朋换掉，以王代理院务。

陈梅朋却以为我的潜力大，由武汉到南京，去把他告掉的，这岂不是天大的冤枉。我是在为自己衣食奔走，到武汉去接头是有的，但匆匆因大水提前回来，南京并未能去成，那里有空闲管别人的事。

回开封后，本想从从容容把事情结束好，八月底或九月初去武汉，不料午睡起来，如玲接到一卷报纸，打开一看，里面有一颗手枪子弹及一张纸条。条子上写着："你三天内不离开开封的话，我们就拿这个对付你！"我把这件事报告王代院长，王听了手直发抖，带我去找刘校长，刘校长也没有法子可想。我说："那么我就离开开封算了，反正早已准备好了。"

于是第二天带了两个小孩，一条狼狗要和如玲一齐动身，孟及人、工友王某和周教士的郭厨子都愿跟我们走。还有五六条瑞士羊，由郭厨子跟货车押运，大队人畜直奔武汉。

这三年半，我自己在穷乡僻壤的中州做事，聚在一起的全是年轻的学者。河南大学本是默默无闻的，当时忽然名传中外。我因有这些人朝夕相处，自觉若不努力，无颜见人，所以利用涂治的书，多读多学。我是学理论的，那时专家们都以技术见长，我当时也只想当专家。本来有理论底子，再把育种技术学会，又多读有关书籍研究清楚，同时实行手脑并用，一切试验工作都自己动手。一方面从事实用工作，一方面做理论的尝试，我已说过那时我在中外杂志上，已发表了十多篇文章了。

自己有了育种根基后，开始做理论上的研究，因时间短，育种方面还没有成绩出来。

河大农学院聚集了那么多年轻学人，正好蓬勃的发展，但因赵连芳下错一着棋子，请涂治做院长，形成逐渐瓦解的情势，学潮及政治波动，学生不想念书，使河大农学院的好景，像昙花一现而已。

载《传记文学》第十五卷第五期（一九六九年十一月号）

垦荒时代的武汉大学

——"一个农家子的奋斗"之八

李先闻

一九三五年八月初，匆匆忙忙地来到武昌的珞珈山，被派往三区，二栋四人合住的一所小洋房内。邻居楼下住的是叶矫博士，曾留学德国。我们住的那一部份有卧房三间、饭厅、佣人房两间及厨房、洗澡间等。我们在乡下找了一个本地人张妈。两三天后，老郭（厨子）把乳羊运来，我们的家中规模就奠定了。鉴于在东北大学的损失，在武汉最初半年，不敢买家具。冬天的火炉，也是用五元一季租来的。这样一来，实在是太寒酸了，与这种高贵的洋房太不协调。

记得开学那一天，新请来的教员们，都被请坐在台上。我表示我还是一个"农家子"朴素的本色，着一袭蓝布衫，穿一条河南的紫花布裤，一副河南乡下人打扮。其他的新来教授们一律西装毕挺。校长王抚五介绍我们后，请我们一一致辞。好像是千篇一律，"久慕珞珈山的风景，建筑的奇伟，我要用最大的努力，以不负众望"。轮到我时，我记得我只说了下面这几句话："今天与诸位见面了，以后要常常见面的，希望大家多多指教。完了。"下面就哄堂大笑。

武汉大学在洪山尾碧绿的有三座山。中间是宿舍、办公室、理学院等，好像都是绿琉璃瓦为顶。工学院在两山之间，南山之阳在第一区的住宅区。红色的屋顶矗立绿色的森林中。一栋一栋的连接起来，风景优美。北山是农学院的所在地。三区的住宅，位于南山的西端。山上遍栽松树，已有一人高。

农学院那时有一座小的办公室，林学系有一位讲师姓李的，当时正患黄胆病，常请假在家。农学系由我当主任。在徐家棚原有的棉场一所，由涂治当主任兼院中教授职。那时还没有学生，我就同叶院长谈谈他办农学院的宗旨与目的。因为他是学林的，他就说到造林的重要。他希望珞珈山与磨山（在东湖的东面）全面的造林，并告诉我留"火路"的重要。在农的一方面，他似乎提到珞珈山应大规模的栽果树，满山都是山羊与鸡群，东湖湖上由饲养的鸭群，代替了满湖的野鸭群。我觉得他似乎在想办一个大农场。我就投其所好向他建议说："那么在大都市旁（汉口）办一经济的农场，如想要赚钱的话，似乎应当养花及养牛。"我不过是信口开河。当时一无经验，更没有仔细地考虑过。叶立刻就频频点头说："好！好！"于是就派我东下去买乳牛。跟着我就到南京，找着中农所的畜牧兽医系主任程绍迥（清华一九二一级同学，四川江津人，也是美国 Iowa State College 的 D. V. M. Ph. D，是当时畜牧方面的学者与专家），他建议我到上海去找一家牛奶厂，是一位何博士办的。何是美国华侨。回国后在澳洲引进来一批有“家谱”的乳牛。我就选购了一条公牛（一千五百元）；母牛四只，都有胎，每只八百元。何博士又代请了一个浦东人，来押运这五条牛；运到以后，他就是院中的工人，管理这个牛群。一切办理完以后，等到武大的牛款汇来，即行起运。院中又盖了一座乳牛栅。我回国后，对于上海话能了解九成，但对于浦东话，似乎一点也不懂。

院中有一位张先生是北平农学院出身，原来是学森林的。本来是帮叶先生栽树。我到武大后，叶即派他到农学系来。有一天，忽然郑重的用湖北腔低音的嗓门说：“Holstein的牛奶，脂肪不高，只有4%或更少。原因是牛的饲料，缺乏脂肪。”他建议，如要使奶的脂肪多的话，要多喂豆饼，芝麻饼等饲料。我说：“那么最干脆的办法是喂豆油，芝麻油。”没有学过畜牧的人，每每自作聪明。这是一个最好的例子。

这群牛，没有肺病，本来只载于“族谱”上。但是没有检查过，是否属实，不得而知。牛奶日多，希望在校中销售一大部份。于是就在食堂前布告栏，张贴广告：“请购无肺病牛奶！”第二天，好事的同学，把广告标点一番，成为：“请购无肺，病牛奶。”这真是太恶作剧了。

我因为自己想从事作物方面的改进，如同小麦、水稻等。又想继续理论的细胞遗传研究。每天带Charlie骑自行车从三区住宅经校门转北到院，一次约一公里半。有时从东湖边这条路走，约两公里。这些都是新铺的石子路，自行车走在上面还方便。但 Charlie 的脚，没有钉掌，跑在上面，天气又热，有点吃不消。因此有时，它就不要去。在我出门时它望一望就埋下头。我回家时，远远地摇铃。它听到铃声就跑到门前来迎接我。

汉口有兴华公司，代理 Leitz 的出品，我买了一架 Leitz 研究显微镜，一架计算机。建立了小型的风干室。农学院的预算分为林与农。农的方面范围又广，叶院长的主意又多，六畜、五谷随时都在增加。以后经费不敷，叶就随时从他系中的预算里拨支给我们。后来人添多了，预算怎么编列，我就不晓得了。

畜牧方面在一九三六年夏，由岭南大学请了一位杜树材教授。杜曾在 Iowa State College 学畜牧，尤其对于做冰结凝有研究。他宣称：他有秘方，可作一百余种不同的样式。但这秘方，绝不告人。的确，他曾显露过一两手，确实不坏。教书的人，还保留一手，这是我第一次听见的。那时，中央大学农艺系的冯肇传教授（清华一九一七级，在康大育种系得过硕士）到珞珈山来看我。推荐他的学生李 ×× 给我。但是当他提到李 ×× 是苏州人的时候，我表示谢绝。冯先生当时就知道我有偏见。他愿意以身家性命来担保，李是一个能吃苦的好学生。一九三六年春我同孟及人正在播种水稻时，李来后，孟就可以去收小麦。在田里一个多月，一早到天黑尽才收工，李毫无怨言。一直到他害疟病躺下后，才算告一段落。人不能以貌相，更不能有地区观念的偏见存在。

李 × × 的经验使我在后来用人时，大大地派上用场了。

在水田，与河南的旱田播种是两样的。我在赵连芳前些时候，在农学会报中，发表的一篇论文《稻作育种的理论与实际》，内中找到一小节约五六十字育种的实施，作为蓝本。孟同我都是“旱鸭子”出身。珞珈山稻田的水是用人力将“龙角车”转动，从东湖打上来的。播种前，将稻田放干。播种的那一天，我们划行，开行，播种，盖草灰。有一部份的田不平，水还不干。在河南旱田中，一队十二人，每天可以播三千多行。在水田“行不得也哥哥”，全天都播不到八百行，还弄得精疲力竭。记得当天晚上下大雨，我在梦中似乎听见，同如玲说：“惨了！种子全混起来了。”第二天一清早，就同及人一同去看。似乎还没有种子飘流的情形。几天后，种子冒出芽来，一行归一行。这样，“实施”的功夫，才由自己体验得来了。有时在“冬水田”中作品种试验。这是用移植法。过冬时，水还是不放干。到七八月记载时，我一人下田。穿短裤。水深两三尺，禾苗有四五尺高。酷热的天气，有如置身在蒸笼内。蚊子四面夹攻，挥之不去。腿上又被蚂蟥来咬，逃不掉。这才体会着农人的困苦，不是读书人所想像得到的。

一九三六年六月接到教育部一个公事，请我及文学院内教育系的一位湖南籍的教授 × ×，到湖南长沙城外去考察一个专科学校，是不是可以立案。我们一同坐火车到长沙。第二天就去乡下那个学校去详细考察一番。当天晚上去看何浩若。何说：“蚊子！你第二天到我的衙门来（何当时是湖南的财政厅长），看我怎样地做官。”

何浩若同我差不多高，是湖南人。清华一九二一级。在威斯康辛得经济学博士后，转 Norwich 大学学军事一年。有浓重的湖南乡音，背微驼，手臂似乎很长，嗓门大，爱笑，也是讲笑话的能手。我到他厅里（财政厅），他请我坐在他办公桌右边，叫我看他怎样做官；把二郎腿一跷，一揿铃，值日的就来了。他吩咐说：“请某科长来！”那人答声“是”。去了一会儿，一位诚惶诚恐的科长走进来说：“报告厅长……”这简直像演平剧一样，但并未将我做官的心肠打动。

在长沙看了一两天，同那位同去的教授一齐回珞珈山。当晚大吐大泻，医生还给我吃泻盐，我肠胃受伤不轻。每晚所盖好的被，早上都打掉在旁边，肚子老是痛。有一天好一点，去帮孟及人秤小麦；秤了没有半小时，肚子又痛了，抱着肚子回家。回家后，痛得打滚。有人说，是受凉，吃点烧酒就会好的；但吃了也不行。

某天，河大医学院院长，到武汉来看他妹妹（在武大读书）。他顺便到我家来看我。知道我肚子常痛就说；“先闻！恐怕你是胃凉，要戴肚兜。”以前用绒线打的肚兜，常常会缩上去。这次太太聪明了，用带子把肚兜上下束起来，肚子就不痛了。于是我与肚兜就结下不解缘。夏天穿夏天肚兜，冬天穿冬天肚兜。后来买到日本肚兜，更方便了。我一辈子，没有害过严重的胃病，似乎与穿肚兜有微妙的关系。

一九三六年九月二十五日，第四胎孩子生出来。因生于湖北，二伯父代取名叫泽楚，他小时候很爱笑。

四叔常来信，又派他女儿信先和九哥的女儿丙泽到我处来读书。丙泽资质不高，我将她送到开封周教士那里，找个护士学校读书。信先身上从四川乡下带了疥疮来，把我们全家都传染上，最后用硫磺粉和凡士林涂好的。疥疮本来是四川带来的，后由如玲、泽楚等带回去，沿途受了不少辛苦。

一九三六年春天，汤化龙的大儿子汤佩松（一九二五级同学）到理学院生物系来后，我的活动范围更广了。还有耶鲁毕业的高尚荫博士，燕京毕业的林春猷硕士，都是生物系少壮派教授、讲师。原来日本留学的系主任张先生和钟教授，都只上课，不到实验室。新来的汤、高、林三位就每天穿着白色实验衣，自星期一一直到星期天，做实验不停。有参观的人来，总是由抚五校长带到他们实验室去看。汤佩松博士的名气大著，我得附骥尾，亦觉得光荣。

我做研究以来，又做小米种间杂交工作，在珍珠小米找到四元体，因纪念这件事，就叫泽楚为四元。

秋天又来一位助手，是浙大毕业的龚畿道。我在农学院山这边也开创了一个研究天地。我们做番南瓜与南瓜杂交研究；为什么以南瓜做母本就成功，番南瓜做母本就不成功，要研究其原因。武汉天气炎热，屋子又小，真是汗流浃背，但有研究目标，就不感觉苦了。

我们年青人好活动，教课，研究以外，汤、高、林和我也常打网球。甚至于武汉足球校队缺少中卫和左锋，我与汤佩松就双双加入，他踢中卫，我踢左锋。当时土木系四年级同学黄彰仁踢右锋。黄先生现在泰国办一炼油工厂，很发达。不久之前，曾来台湾，到南港见到我，谈起以前在武汉踢球事，他还说我跑得比他更快呢！

这两年半，我在武汉大学是最快活的两年半，若干年轻的朋友们在一起研究与运动、玩。他们生物系每星期有讨论会，我都去听，我有研究所得，也都讲给他们听。

我们还打桥牌，汤、高、林和我。每星期六我们吃晚饭开始，各家轮流，打到第二天早上两三点钟才散。当时我的桥艺并不高明，但和汤佩松比，我还高得太多，用一句上海踢足球的术语说："我胜几皮！"

我们的狼狗（Charlie）已会打猎，虽然姿势不好，但可权充猎犬，只是它欢喜邀功，见到野鸡等就扑上，叫我们来不及预备，野鸡已飞去远了。

生物系萧先生，为该系打猎禽兽做标本。他介绍我也向生物系借到一枝双筒猎枪，一同去打猎。东湖一带野鸡、野鸭、兔子、獐子等等很多，都是我们猎物。我常和一位住在第一区的外交系英国教授（独身，三十多岁）同去打猎，他百发百中，见到要猎的动物，弯着腰，举枪比准，慢慢打出，总是可以打中目标。我性急，枪发得太快，常打不到，不是个好猎手。有次打翠鸟，一枪打出去，只见鸟毛乱飞。这位英国教授，是英国世家。父亲兄弟姊妹一门都是文学家。他是诗人，有六呎二吋高。他没有猎犬，常借我的 Charlie 去用。

有次，我们想去东湖的湖心亭打野鸭，因为每天都有成群的野鸭在那里栖息。我们两人黄昏前就坐船去亭中埋伏，谁知野鸭比我们更聪明，就是不进来，远远的叫个不停。害得我们白等了许久。回来叫船过岔道，本来只要几分钟的事，就过去了；那晚北风紧，船划了一小时才回到西岸这边。那位英国教授早将皮靴脱下，准备随时下水。好不容易划到岸以后，蹒跚地走回各人的住处。如玲在家焦急万分，以为出了事。我十二时过了才空手回来，只留下一个惊险的回忆。

一九三六年秋天，我将小麦等栽培好后，叶雅各说沿平汉路有许多林场、农场，要我们去看看。十月初，我们有一节包车，带了李讲师（江西人）及校长室的张秘书，还有留学英国学土壤，刚回国的廖鸿英（厦门人）女士，一共六人北上。

我们当中张先生是语言专家，湖北、上海、北平、广东各处语言都会说，对什么人说什么话；到信阳，他下车去和乡下人聊了一会，回上车来，就满口河南话。我想语言学家们，见他都如同小巫见大巫，逊他一筹了。

沿途走走停停，四五天才到北平。这是我第三次到北平，更有亲切感。北平好像我故乡一样，到东来顺吃涮羊肉，到便宜坊吃烤鸭，当然也买了很多糖葫芦、雅梨，吃一个够，就是不敢吃糖炒栗子。

林春耀的未婚妻李小姐，是协和医院的护士，林介绍我顺道去看她。李小姐是山东人，高头大马，很热忱的说："李先生，你回来这么久，可以把身体完全检查一下。"我答应了。我于是在协和医院作全身检查，第三天去看结果，所有部门都正常，十二指肠有点弱，也不碍事。但发现在肺尖上，有很大一个疤，已经钙化的疤。我知道后吓了一大跳，这大概是幼年传染上，因没有检查过，没有发觉，后来在清华及国外的营养好，北平天气干燥的关系，使它钙化了。以前我不是说过，我家是“枯病窝”，二伯母又是第三期肺病，我常同她在一起嘛，难免会传染上。若在医药不发达的四川，再不注意营养，决不会有现在这样健康了。在这里我要提醒小朋友们的家长，应该为小朋友们在适要时期做适当的全身检查，预防于前，免除后患才是。

在这段期间，东三省已经变为“满洲国”。四叔本来在吉林黑龙江一带开垦，几年前已将家眷送到北平居住，后来又送回四川江津的“犹龙居”。

原来我同四叔约好，他从关外来北平，一同到珞珈山休息一阵子后，再回四川去。坐包车的人很少，得叶院长的同意后，四叔就同车回武汉。四叔因回家，大箱、小箱也特别的多。沿途虽漫长，路上的时日亦多，但叔侄已好多年没有见面了（一九二三至一九三六，十几年没有看见）。四叔饱经忧患，风霜扑面，头发已半白了。我由少年进入中年，从学生阶级此刻已是国立大学的教授。而我们叔侄两人之间，又有很多相互报告，相互讨论的话，说个不完，转瞬间已到汉口了。四叔在珞珈山，住了几乎半年。如玲同他老人家处得极融洽，加以幼子泽楚刚满月不久，见人抚摸就露笑容，四叔以此子将来长大后，定是一个做官好手。恩泽及恩豫已懂事，体贴公公无所不至，一家人都快乐得很。

十二月底，西安事变忽然发生。蒋先生被劫持，武汉师生，第二天在礼堂中开会，大家都痛哭失声。蒋委员长一有不测的话，国亡无日也。老师群中有位文学院的谭教授，站起来，用浓重的湖南腔说："昨晚，我起了一个金钱卦，大吉，委员长不出十日定可脱难。"大家听了以后，将信将疑，以沉重的心情散去。直到数日后，圣诞节日，蒋先生安然回京，群情才安定下来。谭教授便被珞珈山的人们，捧为"半仙"，争先恐后的请他起卦，谭先生的住宅客人之多，似乎有如除夕一般。

四叔因国难日益严重，他又无所事事，忧思终日，晚上失眠。如玲建议，请他服用安眠药。当晚用苏打片两片给他，他老人家一直就睡到天明。心理上的治疗，有时胜于药力。

一九三七年四月，我们清明前后时，播稻种。四叔从东三省带来的一大麻布包的粳稻种。老人家觉得这种很好，预备带回家中栽培，与我前次回家引进来亨鸡一样。我就向四叔要一点来试试。那知气候不合，一个多月后，就抽穗了。老人家亲自看了以后，那包谷种就变成我们家中鸡鸭的饲料了。

一九三七年五月，东湖开放，我去游泳。汤佩松把我拉在一旁问我："你知不知道 George C. C. Chow？"我说不晓得。原来一九二三年级同学周传璋君打来电报，说不日即携眷来校。周在班中功课似不太好。他是清华第一任总办周自齐的族孙。据周的族祖周自安（清华一九二六级）告诉我说，传璋幼时甚聪明，在乡有神童之誉。毕业后，到 MIT 学工科。半年后，被开除。嗣进纽约城大学，上了二十多个钟点的飞行训练，到各家飞机厂作绘图员。后来流落到纽约的黑人区，取了一个“丁大姐”作太太。她本来在纽约大学学教育，已将博士学位手续办好，只欠博士论文的付印。据说，丁大姐交周三百元印刷费，周把印刷费用掉，论文放在火炉中烧掉，丁大姐的博士文凭，就随灰飞去了。周的族叔那时候在粤汉铁路当副局长。有一天武大当局在某处宴客。周的族叔，就推荐周传璋来武大担任教育部聘教授，来教航空工程。他说：“传璋在美十余年，在各处当工程师，实在是航空界了不起的人才。”当局亦没有打听清楚，就答应聘传璋了。先寄路费去，还请传璋到各处找蓝图带回来。汤佩松在美很久，关于传璋的种种，知道甚清楚。教育部当时为发展航空工程，在中央及武汉都给有一笔巨款，请教两校设航空工程讲座，月支五百元，比一般教授的三百元，优厚太多了。当时在美学航空工程的甚众，为什么当局不打听清楚，贸然地，因有关系人绍介，就把这位不学无术的同班同学，请来此为清华丢脸。周来后，住在我们楼上。我亦跟人潮去欢迎他。他的高论，我还记得：“飞机用油量，每一小时飞一百英哩的，与一小时飞二百英哩的，同是飞一小时，用油量不是加倍，而是几何式的增加。”讲完后，我亦随着众人鼓掌，但是鼓掌的人并不太多。跟着授课。上课时，武大的机械系主任、教授、讲师、助教们及学生旁听的，挤满了一屋，甚至有在门外听的。但传璋的学问很有限，好像一窍不通。第一课以后，只有选读该课的，不得不去上课。但传璋在上课时，不教书。带了一只梵亚铃，演奏给学生们听，并且自我解嘲的说："这是给你们陶冶性情。"在月考时出了一些中文题目，好像是礼、义、廉、耻等，叫学生们译成英文。学生一律交白卷，全系大哗。传璋因之被学校解聘。传璋还把我们请去，述说他回国教书的经过。自称，他还要告武汉当局，以不守约等罪名。同学们以传璋神经已失常，劝劝他不要乱来。跟着传璋失踪，夫人（丁大姐）每天渡江寻夫，后来被逼去南京；传璋流落汉口，清华同学李××义助传璋到南京。假若我是一个导演编剧人，或是一个小说家，传璋的资料，可以写一大本了。

其实，错不在传璋本人。错是在聘他的人们。国家的一桩大事，是这样糊里糊涂地去办理，我不用再说下去了。

传璋初到武大时，住在我楼上。一九三七年六月半，有一天的中午，珞珈山天气酷热。我仍短袖、短裤，骑一辆自行车，由 Charlie 带路。快到家门口时，远远地看见前面有一位着深蓝色西装，带白色手套，足踏白色皮鞋而戴博士帽的绅士，也向着我们的住宅区去。走近一看，是 George。看他满头大汗。问他："George，这么大热天，你为什么还穿这么多？"他说："你不知道，我是讲座教授嘛！"他继续说真心话，说他满身"痱子"，白天、晚上都不能睡，苦得很。传璋假如读过老书的话，应当记得"沐猴而冠"这个成语，自己就不会那样狂妄了。

我在学校，没有假期。一九三七年国立五大学联合招生（北大、中央、浙大、武大及中山），当然也考生物学。武大的生物学教授们，不是上山采集（庐山），就是下海研究（厦门、青岛）。只有高尚荫愿去，但还差一人。我同如玲商量，去南京一次，借这个机会可休息。如玲赞成。我就向当局说“自愿”帮忙，领了一百大洋作旅费。阅卷在中大的图书馆。那时七七事变已发生，中大已在准备西迁中，校长是罗家伦。生物系系主任是欧阳翥，湖南人。因装箱太忙，每校应有两位阅卷，来评阅生物的十道题。中大评阅人常常不在，引起外埠来的不满。以致常常发生小纠纷，都是由志希的沙哑的嗓门来调解。考卷共约八千本。每校二人的话，八千本卷子，应可在十天左右评阅完。当时阅卷的人，都聚在图书馆。天气炎热，上面是电扇，旁面也是风扇，汽水一瓶一瓶的喝下去，每天以八小时，每题以看阅一分钟计，每天每人看阅多于四百本，那样八千本要二十天才看完。以天热，人心慌，我想大家的情绪都不宁，愈看愈看不完。加以日本兵已在上海发生事故，随时大战就会爆发。幸好在八月十一日，我看完了，跟着与三叔等告辞到下关，买了一官舱票，才上了船。八一三前可赶回珞珈山。八月十四日，阅卷人尚未完全散去，适日机降临，中大被炸，图书馆亦被波及，幸未倒塌而已，是否伤人不清楚。

上海方面战争一天比一天激烈，叶院长见到我，说理论研究等于零，要把我农场种萝卜。这是一件在战时增加生产的事，当然比“承平时期”来得有意义，有价值，谁都知道；但我们只靠那点田地，就算增加了，也无济于事。

九月半以后，上海陷敌。日军继续西进，南京不久又陷敌。我原意与学校共存亡，所以设法将如玲母子四人，信先、丙泽（已由开封来珞珈山）及马君七人送上民生公司的一只船上，直达重庆。她们上去时，已挤得水泄不通。只得在走廊上的凹进去处，放下了睡觉的东西。那个地方五尺宽三尺深，本来是放救生船的，就这样挤着，但是平安的回到家中。在船上受挤、受饿，小孩们先后生病，如玲在事后告诉我。我告诉她说，别人还上不了船，有的船失事，有的被日本飞机扫射，我们不是幸运吗？她听了以后才“释然”。

一九三七年九月，武大弦歌仍不辍。由平津、京沪来借读的学生，多如过江之鲫。其中有两人，以后的遭遇异乎常人。一是袁艺兰，她是金大二年级生，寄读我们农学系二年级。那时她有一男友马保之，常常来我们家里“打游击”，现在随夫君曹守敬在台湾。她是一位英文的名老师。每年都要到我家里来拜年。另一位，是王祖寿。由我们的撮合，介绍与院中的Dr. 严家显。Dr. 严是刚从美国回来的。马袁、严王两对，似乎每个礼拜六都在我家。后来抗战完毕后，严主持复旦农学院事，但不久就去世了，遗下了五女都由祖寿负担。

此刻来院找事的，先有王尧臣。他来找我的情形，跟我在南京及北平看他的情形差不了好多。后来他仍回四川去了。

金堂的彭家元带了他的太太、小儿子，以及其他的助教陈禹平、陈太太、他的外甥王某，还有一个广东老妈子一大群，来找事。彭是四川烈士彭家珍的弟弟，在北平农学院毕业后，又在Wisconsin研究土壤学二年，得硕士。那时，在中山大学工作。似乎他找到一个喜高温的微生物，在高温的情形下，仍能工作制造堆肥。报纸为他大捧而特捧。他这种的"学者"来了以后，叶院长当然欢迎。于是百般的留他。就住在我们的楼上。因为他们"暂时"留在那里，所以不开伙，由我家供应。彭说，他同他的太太小孩先回家（四川）看看，并留下一个大箱子，说是装的瓷器，寄放在我那里。他回川后，国难日益严重，就不回来了。他的助手们，等到如玲回川后，由我继续供养。当时交通更形阻塞，我自己的箱柜等，都因不能携带太多东西，全部抛下。但是家元的宝贝磁器箱，我千辛万苦地花了不少钱，给家元运回成都。一九三八年二月到成都把家元的箱子送到他府上去。家元不着声，把箱子摇一摇说："坏了，恐怕都打碎了。"连忙打开一看，只见碎磁片满箱都是。原来包装不好是一件事，但箱子中间又放了一只大阿弥陀佛，以致它在箱中示威，左冲、右撞，当者"披靡"。我看见以后，亦觉心痛。我在珞珈山搬运时，没有摇摇，否则绝不做这桩傻事了。赔了功夫又赔钱，自己的东西又没有运回，还受彭一阵子的申斥，命也！

我小时候好奇，强盗牌香烟的纸上，似乎有甜味，所以到清华路途中买了一包来尝试，但是对于香烟是憎恨和厌恶。尤其在旅行中，自己怕晕车，更为讨厌。从一九一五至一九三七，差不多没有抽过烟。最近许多人对我自夸说：“‘伸手牌’烟吸了若干年，没有上瘾。”在武汉时孟及人坐在我的对面。他看见老师待客没烟，于是常常买一听美丽牌，放在桌上招待客人。有时我们无聊时，也拿一支抽抽。但是不过偶而一次，不会上瘾。八一三以后，南京吃紧，杜树材花了一百多大洋，买了几百听美丽牌香烟（一元三听）。那时我们正在装箱。钉铛之声，扰人，日本那时的飞机隆隆之声，烦人，家眷跟着离去寂寞，闷人。杜见我心中烦闷，就常常给我一支香烟，笑说道：“吸了可以解闷。”的确当时是一解闷的工具。三天以后，不好意思光吸人家的，自己在合作社买了一听。糟了！从此以后，香烟与我结不解缘。当时就写信回江津，请如玲给我买强盗牌香烟几条。以后双力牌，金堂雪茄烟，抽烟斗，拾烟屁股，到国外，摆长龙买烟。越吸越恨自己。先后设法戒烟四次，但不久又抽上了。一直等到一九五二年，抽了十五年以后，毅然遵医嘱不再吸，病好以后，到现在没有再吸过一支。所谓有瘾，都是自欺欺人的话。吸烟只是一个恶习而已。

送家眷回川，原意是预备去打游击。从小就受了日本小鬼的欺侮。六三大游行排斥日货被捕。后又遭九一八的教训，后遭七七的事变，八一三的压迫等，把我从东北一步一步地赶回武汉。这个不共戴天的仇，觉得活下去，也不过苟存而已。因此我们一群的年轻人，每天到洪山打靶，预备去当游击队。当时我们的“哲学”是：打死一个日本人够本，打死两个赚钱。后来陈诚将军对我们说：“你们智识份子应该到后方去！”我们才不再做这个痴梦了。

一九三七年十二月初，同高尚荫等一同进川。那时南京已陷落，逃亡者更多。到宜昌船更拥挤。民生公司的船更稀少。于是千方百计找到一只船，是由武汉开宜昌的。差不多只带随身用的行李，这船预备多载人，所以把甲板已改装起来，装上帆布，下面一个一个的帆布床排列起来。我们上船后，觉得很风凉。自己一时疏忽，只穿了一件背心窜进被窝。半夜，北风夹江风大起，吹得帆布蓬呼呼有声。天气忽然转冷，我着凉，当夜就开始咳。两天以后，咳转烈。到宜昌后，又没有好好调治，以致转为支气管炎，可能已有轻微的肺炎。

总算由人潮拥挤中，找到了一个偶然的机会，挤上了民生公司的一条船上。几经困苦颠连，最后到了重庆，转江津与四叔、如玲家人等相见，有恍如隔世之感。回川前，四川稻麦改良场杨允奎博士（一九二九级同学）约我到成都。等到一九三八年二月初，金色的菜子花盛开时离江津，独赴成都。

武汉大学是一个新兴的好学校，人才众多，同学们的程度亦特别高。加以青年的教授群中，那时也开始从事各项的理论的或实用的研究工作。如果不是局势演变，很可以成为一个大有作为的学术机构，这是不可讳言的事实。

农学院刚办到第二年的开始（一九三七年十二月），南京失守，都转到后方去了。武汉是鱼米区域。育种工作，小麦与水稻并重。以往我是“旱鸭子”，现在已真正变为水陆两栖的“鸭子”了。而水田又因情形特殊，操作困难，克服这些困难是一个大学问。有了这些经验以后，“水旱两路”的育种工作，自己相信可以胜任了。理论方面，小米的进化研究，已开始种与种间的杂交，知道狗尾巴草就是粟（小米）的祖先。粟的野生种有好多种。一九三七年春天，在兵荒马乱中，还作了许多杂交工作。自己又在壮年。国事日非，虽想去当游击队，经陈辞修先生的力阻而未果，转进后方去。杀敌既不成，凭此勇气想增加生产来报国。武汉大学那时已决定西迁四川的乐山，我就决定到成都去了。

载《传记文学》第十五卷第六期（一九六九年十二月号）

武大旧人旧事

吴鲁芹

一

一位青年人同一位老年人谈天。

青年人说：“您怎么一下子又把话扯远了——扯到别的事上面去了？”

老年人慨然答曰：“到了我这种年纪，提到某一件事，就会联想到另一件事或者另几件事。提到某一个人就会联想到另一个人或者另一群人，要想文章切题就很难了。”

这正是我目前的心境。

此处所谈的是四十年以前的旧事。其中有些人尚健在，不少早已先走一步——走了。但是旧人旧事往往是身无长物老年人的重要财产。

二

幼时初读《三国志演义》的印象是单名的人何其多也！

初到武大的印象也是单名的人何其多也！一九三七年秋，上海正是大战方酣，直接溯江而上去武汉的轮船当然停了，先循陆路，再走水路也还是相当方便，我是存心拖一拖再说。因此到了珞珈山办入学手续，已经迟了一个多月。注册组的执事先生们，颇为客气，说是战区来的，可以通融，只要写一简单报告请教务长批准就行。那时“战区来的”，和稍后的“流亡学生”，好像都是一种资格——别人该让他三分的资格。当然比伤兵的地位还是要低一些。

我按照了注册组的指点，就拿了一张刚写就的报告，直入教务长的办公室，我亦不知他是何许人，鞠躬如仪之后，就递上报告。他亦一言不发，在报告上批了“特准注册　览　月　日”。我就拿去办入学手续，也还不知其为何许人也。稍后方知他就是鼎鼎大名的国际法专家周览（鲠生）。接下去顺序要请文学院长外国文学系主任在注册证上签字的。院长是陈源（通伯），系主任是方重（芦浪）。再翻一翻武大一览中教职员名录，现在还能记起的是：中国文学系主任刘赜（博平）、哲学系主任高翰（公翰）、经济系主任陶因、物理系主任查谦、机械系主任郭霖。总之，当时以为是置身在《三国志演义》的环境之中了。

这种单名的天下，到后来学校内迁四川乐山，也还是有增无减。大约是一九三八年、一九三九年间，四川大学易长发生风潮。领衔反对教育部派程天放接长川大的就是当时川大文学院长朱光潜（孟实）。似乎武大的学术自由气氛较浓，而且和在成都的川大距离也较近，反对以党人治校的一批学人，就转移阵地到了武大。其中包括前川大校长张颐（真如）、哲学系教授到武大担任注册主任的叶麟。同时中国文学系就在那一年请了讲书如演戏的教授高亨，和后来与我有点交往的黄侃的侄儿子黄焯等人。可见单名的势力，迄未稍衰。至于后来吴宓（雨僧）就任外文系主任，那已经是抗战胜利之后的事，区区已不复是学生，套用一句陈腔，已经是“滥竽上庠”的不肖之徒了。

在乐山时，曾有人用“高翰高公翰”为上联，对以“顾如顾友如”。平仄倒是十分工稳，高翰原为哲学系主任，后来改任文学院长，为人极其风趣，辩才无碍，口若悬河。武大初迁四川乐山时，当地的县立民众教育馆曾经洽商武大教授作一系列的演讲。用意相当谦虚，好像是区区小地方，忽然有了一座大学堂，来了这么多大学者，就请开导一番，启迪一下民智如何？记得高公翰先生的讲题是“笑”。谁不曾笑过？那是并不怎么费事的事情。可是唯有哲学家、心理学家才说得出那么多大道理，而且他深入浅出，谈笑风生，并未存心卖弄学问，而处处显出博学。我想武大能在当地民众间建立学术地位，高公的一“笑”之功不可没也。

上述下联的“顾如顾友如”，是外文系教授兼女生指导顾如，字友如。顾女士只教一班英文，是美国某大学的一名硕士，大约英文甚好，可是未见她用中文发表过文章，因此没有人把她归入女作家一类，去增加“珞珈三杰”的名额。（“珞珈三杰”者，是小说家、画家凌叔华，戏剧家袁昌英，散文家苏雪林。）顾女士是南开出身，据说当年是南开出名的校花，我见到她的时候，她已是渐进中年，但是风韵仍极高雅，相信当年校花的头衔，绝非虚誉。后来在台北一次聚会中，座中大半是男女弟子，小半是她昔日的同事，有人对她当年倾倒芸芸众生的情形，愿闻其详，于是众口一词："顾老师，说出来听听嘛！"我想，那时她已是六十以上的高龄了，可是并未现老态，轻描淡写地说了一句："就差没有闹出人命案子来就是了！"这是何等的笔墨！她没有写文章是十分可惜的事。用笔能够经济到一如蜻蜓点水，一句话远胜过一篇冗长的叙述了。

顾女士管女生，据女同学说，十分讲情理。不像婆婆管小媳妇，也不像狱吏管囚犯，松紧有度，颇得口碑，就连不时枉顾白塔街女生宿舍的男士，也说她富于同情心，没有把好逑的君子，一律看做是抢亲的恶汉。我有一位好朋友，籍隶法律系，经常到外文系来"留学"，醉翁之意是想结交我们班上一位除去衣着尚入时，其余并无可取的女生。某晚某君携了三本大书，都是属于古典名著之类的东西，直奔白塔街求见该女。据他回来报告的灾情是：先是双方面面相觑，无话可说，接着他就以三大本名著相赠，对方似乎是不知所措，芳容失色，连叫几声"我不能受你的礼物！"就从会客室奔到后面去了。这时顾女士正从外面走进来，看到他一副丧家之犬的模样，知道准是碰了钉子了，问明原委，不免莞尔："原来是这么一点芝麻大的小事啊！好了，好了，把这三本书留在我这里，我也是念文学的，我可以看；有时也有女同学向我借书看，说不定我还可以替你借给她！"后事当然并没有照这种如意算盘发展，不过我这位朋友对顾女士的雍容，真是感激涕零的，他说：“不但感情上不肯把这几本书抱回来，体力上也真的抱不动了。”

上述以“顾如顾友如”对“高翰高公翰”，也有人以“陈源陈祖源”作下联的，这不大妥贴。因为高翰字公翰，顾如字友如，都是一个人。陈源字通伯，陈祖源乃是另一人，唯此人亦颇有可记之处。他是历史系的教授，欧洲史是他的专长，他准备的讲义，材料十分丰富，在教室中讲授时又时时加以补充，问题是他舍不得“割爱”。他授欧洲史，往往一学年才讲完上古史，他授欧洲近代史，略为提一提近代史以前的事，以便衔接，这一提就把一学期提掉了一半了。

三

写武大的旧人旧事，自必要从校长王星拱（抚五）写起。我虽忝列门墙数年，并未和他直接打过交道，但是我对他的印象极好，总觉得大学校长就该像他那副模样。他终年是长袍马褂，有重要集会如此，平常亦如此。在珞珈山时代，我只是在汪兆铭、王世杰、陈立夫三位中央大员到校演讲时，看到他在大礼堂讲台上作简短的介绍词。那也真是简短，后座之人，还不大听得清楚，这正是他的可爱之处，不像一般介绍名人演讲的主席，奉承的嫌疑很重，然后再把别人的废话摘要或补充作一个总结，坐在下面的听众苦了。

我对王抚五校长的好印象，实在都是由道听途说而来，可是每听到一点小故事，就增加一层对他的好感，为了维护这层好感，往往就拒绝相信传闻可能失实，固执到底。我听到的第一个故事是一位化学系的高材生与军训教官发生冲突（当然是言语上的冲突），似乎理亏的并不是学生，可是教官嗓门儿大，来势汹汹，训导处想用记过的处分来平教官之怒。可是我武维扬的教官不答应，声称不把该生开除学籍，自己就卷铺盖，所谓以去就力争了。在校务会议中，王校长没有官官相护的习惯，把是非曲直弄清楚，就慢吞吞地说："我宁愿更动一个教官！"我自从听到这一件轶事之后，私下对这位校长就开始肃然起敬。这是何等的风度！当时我还不满二十岁，入世未深，容易冲动，好像有点欣喜若狂的状态，连声说："大学校长当如是也！"

另一宗轶事是他敢于漠视政治现实，于故交则情重如山。据说陈独秀死前的晚景已甚凄凉，死后更凄凉，几乎没有人愿意出来为他料理后事。那时国共虽然合作，但对陈独秀似乎都有恶感，只是程度深浅不同，恶感的造因亦不同。他活着的时候，大家对他已是敬鬼神而远之的态度，避之唯恐不及，死了当然不会有人来"忝叨知末"，或者"谊兼师友"了。抚五校长与陈独秀是同乡，在北大是同事好友，当年陈是北大的文科学长，抚五先生是理科学长（相当于今天的理学院长）。据说陈独秀的萧条后事，是由抚五先生出来领衔治丧，才略具规模，才有了相当可怜的哀荣的。一位国立大学校长做这样的事，在当时算是有胆量的行径。其实他对当道的不卑不亢是相当划一的，到了侵害了他的办学或者做人的原则，他几乎是宁亢不卑。有一年军统局、中统局的特务人员，抓走了若干名学生，事先并未通知学校当局，过几天又都放回来了，像是一场闹剧。听说校长为这件事震怒了好几天，上书当道，有扔掉校长纱帽来表示斯可忍孰不可忍的意念，大约获得“不再发生”的保证，才打销辞意。

我获得王抚五校长照应的是一封亲笔写的八行。大约是在一九三九年尾或者一九四〇年初，我已经是病体支离，颇有不起之势。乐山小地方，医药设备差，而我的病情似乎又复杂迷离，几个好朋友决定死马当活马医，把我送到成都三大学联合医院去碰碰运气，似乎不如此，大家都心有不甘。行前有人到秘书室要封公函，请求医院体念该生来自战区，经济断绝，贫病交迫，酌情减收医疗费用，等等。等到我的好朋友去拿这封公函的时候，秘书室办事的人又给他一封王抚五校长亲笔写的“寿南院长吾兄”的私函。三大学联合医院是中央、齐鲁、华西三个大学医学院合办的。院长是中大医学院院长戚寿南。我一见到这封信就知道是校长的亲笔。那时乐山有一家裱画铺，我路过时总进去看看，常见到校长的法书。他虽然是科学家，可是诗做得好，字也写得好。另外几位书法家是哲学系的胡稼胎，中文系的刘赜、刘永济、徐天闵，机械系的郭霖。我若不是为了那封信的实用价值，几乎想把它留下来了。

当然那时的大学没有今天大学学生两三万人的规模，两三千人也还是有的。做校长的肯在百忙中为一个并无一面之缘的学生亲笔写封求助的信，这种人情味是很难得的。我所知道的王抚五校长，就是这么两三件事，就凭这两三件事中所表露出的雍容、讲理、重道义、富于同情心，立传的人或者是替“为人师表”塑像的艺术家，也就不缺少什么基本资料了。

四

几年以前我写过一篇《我的“误人”与“误己”生活》，写大学生活的一段，曾经提到某些教授，大半是我直接受业的。为了避免重复，这里不再提他们了。此处多少是想用漫画家的手法，描绘出我依稀记得的印象，或者依稀记得的传闻。外文系有一位以韵文翻译莎士比亚《尼尔王》出名的孙大雨，是写新诗的才子。他上课时有时会心血来潮，在黑板上抄出一节闻一多的诗，连呼“狗屁！”再抄一节徐志摩的诗，也还是连呼“狗屁！狗屁！”接下去就抄一节他自己的诗，击节赞赏。这和他上的课并无关系，然而有了这段前奏序曲之后，似乎他上正课的情绪才能纳入正轨。同他有往来的学生说，孙大雨有两件讲究的东西：一张座椅和一张床。他相信一个人大半生都消磨在这两张家具上面，讲究一点也不为过。除去同代的诗人作品容易触怒他之外，就该轮到管轮渡的人了。他坐武昌到汉口的轮渡，十有九次要和轮渡或者码头上的工作人员，言语上发生一点小冲突。没有人问他何以要如此，就像也没有人敢问他闻某、徐某的诗何以是狗屁一样。同诗人才子去讲理，对彼此都是扫兴的事。

不是诗人才子而也专治英诗的是费鉴照，此人天份不怎么高，但是在英国利物浦大学苦读了几年书，英文能动笔，自诩为“文学的英文”，十分瞧不起历史系教授郭斌佳写的是“新闻记者的英文”。学校内迁之后，郭斌佳没有跟去，留在重庆外交部或者是军事委员会参事室做官去了，并且主编了一份英文刊物。有一次费鉴照把这本刊物带到教室中，把郭斌佳的英文解剖得体无完肤。然后就劝大家学学英文，一定要取法乎上，那当然就是指他的“文学的英文”了。高年级的同学说，他们之间可能有私怨。费、郭二人那时都是青年单身教授，在脂粉群中，郭斌佳的仪表谈吐一定容易博得名媛淑女的青睐，费鉴照不免瞠乎其后，唯有在解剖和贬抑新闻记者英文上面，报一箭之仇了。

费鉴照的专长是“浪漫诗人”，在利物浦的论文就是济慈。他平时的穿着相当马虎，唯有开始教济慈的一段时间，总是衣冠楚楚，讲完济慈就恢复旧观，他有肺病，我想他有时是以济慈自况的。说不定他在恋爱上也有过痛苦的经验，提到济慈的女朋友樊妮·布朗，不止一次双眉紧蹙，严辞呵责，好像济慈就是樊妮害死的。后来听说他终于死于肺病，不过不是夭折，比济慈多活了一二十年。

还有一位中国才子型的教授是陈登恪，他是中国文学系、外国文学系共有的财产，他在中文系教中国小说史，在外文系教法文。到了第三年的法文，勉强可以称做法国文学。有人说他一肚子学问，可教的东西多得很，可是教什么也等于没有教。他上堂就念他的讲义，对学生是视若无睹，顺着钟声下课。他是大诗人陈三立的儿子，大学者陈寅恪的弟弟。江西省修水县陈家的祖坟一定风水好，他们弟兄辈个个得天独厚，个个都有成就。除去陈寅恪是博通今古、流贯中西的通儒以外，他的长兄陈师曾是名画家，二兄陈彦通是以研究目录学望重士林。陈登恪的名望不大，据说是因为少年在恋爱上受了挫折，寄情诗酒，无心著述的缘故。相传他在少年时与某相国之女已到了论嫁娶的阶段，半路上杀出一位青年军官，秀才遇见兵，秀才败下阵来，远渡重洋，到法国读书去了。他嗜酒如命，中年说话时有点发抖，双手亦微颤。中文系的老先生们对他的诗文很佩服，外文系主任方芦浪有一次对我们说陈登恪在法国时写过一本《留西外史》，可惜绝版失传了，是一本极有趣味的小书。他对陈君的记忆力，尤其是已经到了哀乐中年的记忆力，不胜其惊羡。据说他们有一次同游乐山对岸的乌尤寺大佛寺，倦游归来，陈君能把当时也只是一掠而过的几副长联，逐一背了出来，同有这样异禀的人一起念书，只有落后的份了。

教授中脾气大的，或者说爱发脾气的，要数法律系主任燕树棠、历史系的吴其昌，不过他们发脾气的对象不同，前者是对学生，后者是对图书馆员。燕树棠原是北大的法律教授，和王雪艇、王抚五、周鲠生、陈通伯一批北大老人同来创办武大的，在教授群中是“重镇”之一。思想极端保守，遇到学生不肯好好读书，最痛心疾首，忍不住时就破口大骂。抗战初期，捣乱的学生用“要求实施战时教育”做题目来罢课，来请愿。他在法学院门前对请愿的学生就迎头痛击：“你们说给我听听，什么是战时教育！教育就是教育，你想学开枪杀敌人就到军校去，到前线去，不要在这里捣乱，妨碍别人上课。”学生当然不听他的话，继续叫嚣。……

吴其昌爱对图书馆员发脾气，就像孙大雨和武昌到汉口轮渡上的工作人员冲突一样，都不是偶发事件。也不是专对一人而发，我们对某一类的人或者某一制度，心存偏见，这种偏见殃及在这制度中讨生活的池鱼，是相当普通的事。我亲眼见到两次吴其昌在图书馆大发雷霆。此人瘦骨嶙峋，平时说话讲书都把弦子绷得很紧，吵架时更听不清他说些什么。有一次我看到他拿起手中的一本书对着图书馆员砸了过去，并未命中，举足一踢，又踢到了椅子脚，一跛一跛地徒呼负负而去。特别斯文的是经济系的两位大牌教授杨端六和刘秉麟。他们是三十年的老朋友，当面背后还是“杨先生、刘先生”。

五

四十多年前男女同学约会的事，是不如今天这么开放的。学校内迁之后，女生宿舍在白塔街，好像原先是所女子学校，名字是静德女校。我何以记得“静德”两个字，是外文系的才子赵瞎子（名隆骧，一眼失明）替中文系一位我们共同的朋友起了一个“静德门前空伫立”的绰号，指这位仁兄找女同学碰壁而又不立即班师回营的故事。

那时找女同学的手续是先向女生宿舍的门房来一个“来

将通名”，告诉他要找某某小姐，这位四川老者就提高嗓子：“某某小姐，某某在会客室里等你。”遇到那些纵使恋爱尚未成熟已经是相当固定的往来户，他也就不待来将通名，叫一声：“某某小姐有客会。”彼此心照了。

只有一回与我相当熟的一位河北籍姓何的同学，自作聪明，和司阍老者要了一点幽默，造成进退维谷的僵局。他原先与一位女同学约好出去吃晚饭，到时去迎接的时候，司阍老者问他：“你叫啥子名字？”此人平时就喜欢说笑话，忽然脱口而出：“穷极无聊没落儿光棍团团长。”司阍老者没有细听那一大堆形容词，倒是抓住了要点，向三楼提高了嗓子：“某某小姐，一位团长要会你。”在四川或者云南，内地去的人都有一种错误的印象，好像青年妇女给军阀看上了，就凶多吉少，团长虽不算什么大官，在小地方也够“阀”了。这位女同学一听到团长求见，吓得心惊胆跳，连忙答复：“她不在。”何某知道把事情弄糟了，想解释亦无用，司阍老者坚持：“团长，她不在就是不在！”何某立即奔回宿舍，报告灾情。于是大家为他筹谋对策，决定由另一同学去冒名顶替，让何某伫立门外，等约出来之后再转交。可是这位女同学惊魂甫定，奔下楼来，一看并非何某，本能地想到其中必有阴谋，立刻就奔回去了。他们之间的误会，以后如何冰释的，是否和好如初，我已不大记得了。

一九七九年二月

载《传记文学》第三十四卷第四期（一九七九年四月号）

台湾大学廿六年

苏芗雨

我原来在广西桂林国立广西大学担任教授，民国卅五年夏季，接到台湾的家书，说哥哥去世，母亲希望我回台湾，遂于八月底向广西大学校长请假三个月，在桂林乘飞机到香港搭船返台湾。那时候，台港间的航行尚未恢复，在香港等候了一个月，至十月中旬，轮船恢复航行，即坐第一条船回到台湾来，这是民国十七年北京大学毕业时回来过之后第一次回来。同年十二月，进台湾大学文学院哲学系担任教授，教心理学。

卅五年十二月起至一九七二年十二月退休止，整满廿六年。在此廿六年之间，经过了五位校长：第一位是陆志鸿先生，任期自三十五年八月至卅七年五月；第二位是庄长恭先生，任期自卅七年六月至卅八年一月；第三位是傅斯年先生，任期自卅八年一月至一九五〇年十二月；第四位是钱思亮先生，任期自一九五四年三月至一九七〇年五月；第五位是现任校长阎振兴先生，一九七〇年六月到任。

兼任注册主任

广西大学工学院有一位同事曾启新教授，系日本东北帝国大学毕业，接受了陆校长的聘请，要来台大任教。曾教授和陆校长的通信中提到我，陆校长在回信中要曾先生约我一起到台大来。曾先生先我一个月到台大来，我回到台北时，曾先生陪我看陆校长，事出意料，当时陆校长竟一字不提留我在台大。这时候，台湾省长官公署的教育处长是范寿康先生，堂兄苏维梁担任省参议会教育组的召集人，闻悉此消息，打电话给范处长，经过范先生的招呼，聘书就下来了，担任文学院哲学系教授，由教务长戴运轨先生转交给我。没有想到戴先生正物色不到适当的注册主任，要请我担任，我坚不肯接受，戴先生将聘书握在手里不放。到了十二月，我对广西大学的假期已届满，准备离台返桂林，无奈母亲年老多病，不准我离台，不得已答应担任注册主任，接受了台大的聘书。

台湾大学的前身是台北帝国大学，设有文政学部、理农学部、工学部和医学部四个学部（学院）。卅四年台湾光复，由罗宗洛先生担任第一任校长，将文政学部改为文学院与法学院，理农学部改为理学院与农学院，工学部改为工学院，医学部改为医学院，一共六个学院。再则，台北帝大时代，大学没有教务处，更没有教务长，各学部只设有事务室，办理教务事宜。改制之后，台大设有教务处，由戴先生担任教务长兼物理系主任。戴先生的性格虽然婆婆妈妈，但是我们相处得非常好。

罗校长于卅五年八月辞职后，即由陆志鸿先生继任，陆校长是一位勤劳的学人，中午不回家，带“便当”在学校吃。可惜他没有毅力，胸襟又不开阔，不适于挑大梁。他对本省籍教师和外省籍教师的待遇，差别很大。就我而论，曾启新先生在广西大学的底薪，和我一样，都是六百四十元，但曾先生来台大升为六百八十元，而我则降为六百元。至于来台旅费，曾先生支领旧台币一万二千余元，而我则只领八千余元。

办理三十六年暑期招生

卅六年暑假的招生，由我一手办理。有一天，一位南部某县的乡长来看我，东聊西扯，说很尊敬我，由口袋里面掏出一条金链子要赠送我，我无论如何不接受，他说只有他和我知道，不要客气，我还是当送他出门的时候将金链子塞在他口袋里面。在招生的前几天，这位乡长的侄子（当时在台南省立工学院读书）手里带了两盒点心来看我，说他堂兄弟要考台大医学院。在客厅坐了半天之后，突然拿出一张纸条子交结我，接过来一看，写了“金钱报酬”四个字，我当时大发火，站起来叫他出去，自己便向房子里面走，没有想到他在后面跟着，跪在我面前，我火气更大，抓住他的胸，推他到门口，拿他带来的两盒点心，向他头上摔去。盒子摔破了，原来盒子里面的东西不是点心，而是钞票，散了满地。

还有，在考试的前一天，有一位二十七八岁的年轻人来看我，手里仍然提了一包东西，他说他是中部某市的妇产科医生，太太也是医生，是牙科，两个人都是留日回来的，共同开了一家医院，太太病人很多，而他没有病人，所以要投考医学院插班生。临走时他告诉我，送我一件装墨水的瓶子。他走了之后，我把盒子打开一看，上面是一个精致的墨水瓶，下面是一大把钞票，害得我翌日早晨到投考转学生的教室一间一间看，发现了他之后把他唤出来，将钞票塞在他口袋里。上面所举两件事，使我十分惊讶，教育界是清白的场所，为什么这样黑暗；以后使我十分警惕，当总务长任内绝对不跟商人接触，当图书馆馆长任内绝对不让书店老板进入馆长室。

招生前一天写试题，我把注册组同仁集合在大学会议室，向他们宣布要在会议室写试题，场所不闭窗，不关门，可是试题关系重大，万一漏出去，要惹出大乱子，我只有引咎剖腹自杀，希望同仁了解我的心境，善自为之云云。这样子把每一个人当正人君子看待的作风，竟一帆风顺，什么错都没有，把这一场入学考试办完了。

省立法商学院与台大法学院合并

目前徐州路的台大法学院，日据时代是高等商业学校，光复后改为省立法商学院，由周宪文先生担任校长。卅六年初夏，政府命令并入台大法学院，该校学生竟反对合并，台大陆校长和戴教务长前往接收时，被学生拒绝，从后门逃出，所乘汽车被扣留在校内。我当时觉得很奇怪，省立法商学院并入台大，是求之不得的事情，怎么学生会反对？这背后一定有人主使。我对陆校长建议，请教授蔡章麟先生（现任“监察委员”）为法学院训导主任，戴炎辉教授（现任“司法院副院长”）为教务主任，即日前往办公。——蔡、戴两位教授为本省人，法商学院的学生亦都是本省人，绝不会反对。陆校长因为没有办法收拾，这次竟接受我的建议，请他们两位先生出马。果然风平浪静，学生不再反对，一切顺利，开学前把台大的图书搬移过去，九月间台大法学院便在徐州路的新校址上课了。

兼任总务长

台大在台湾行政长官公署时代，经费由长官公署支付，数目有限，而当时正值战后，学校满身疮痍，百废待举，每月领到的经费，没有法子应付难局。加以第一任的总务长陈世鸿氏，以前在福建给陈仪当过行政专员，是陈长官派来的，为人官僚气十足，非常跋扈，陆校长办事受他的挟制，无可奈何。到陈仪调浙江，离开台湾之后，陆校长才把陈世鸿去掉，改任曾启新先生为总务长。曾氏到任不久，为竞选国大代表，辞总务长职回江西，总务长改由工学院院长魏嵒寿氏兼任。魏氏复因不胜职务繁剧，做了三个月就不肯再做了。

这时候，陆校长或许是看我过去办理招生井井有条，再则省立法商学院与台大法学院合并时帮助他渡过难关，乃毅然请我兼任总务长。当时，是台籍教师最高的职位。我接任以来，本大公无私的精神，不怕艰难，拿出毅力快刀斩乱麻，理出头绪来，大学各方面逐渐步入轨道。三十七年春季，“教育部长”朱家骅氏莅台视察，那时候，台大学生开座谈会欢迎他，席间学生提出几种问题请教部长，态度相当温和，言词亦没有激烈的地方，但是这位部长却表示不高兴。回南京不久，于五月间就把陆校长换掉了，派庄长恭氏继任，我则替陆校长办理交代。

庄校长于七月间来校接任，似乎是一位没有行政经验的学人，每日公文堆积如山，虽然有能干的主任秘书洪炎秋先生和教务长丁西林先生，都觉得爱莫能助。当时的总务长杨景山氏是公子型人物，不会处理公务，致使校务一团糟，这时候第一任校长罗宗洛先生再度来台帮助庄校长解决困难。罗先生大概是听到某些同仁的话，请我逛狮头山，坚决请我再任总务长。我以盛情难却，答应下来，但是提出了恢复四个组主任职位为条件，总务处有五个组，除了出纳组长之外，其他事务组长、保管组长、工务组长和文书组长都被杨景山氏换掉了。在我，旧组长个个是勤于职守的人物，没有理由撤换他们；在庄校长方面，旧人已经换掉，新人已经到任了，无法再换。故虽有人居间排解，怎么样也谈不拢，易总务长之事遂无法实现。

卅八年一月间，有一天庄校长竟不辞而别，坐飞机返内地去了，据说是出于他太太的意思。

庄校长去职后，教育部派傅孟真先生接任。傅校长于卅八年一月莅校视事，全校师生以台大校长由像傅先生这样能做学问而且能办事的人物来接替，十分欢喜。傅校长在台大的事迹，“中央研究院院士”屈万里先生在《传记文学》第一六四期的《每月人物专题座谈会》谈《回忆傅先生在台大的往事》，谈得非常详细，实不容我多置喙。但据我的了解，傅先生就任校长之后所做的几件事，都是“从根做起的”，第一件事是整理校园与学生宿舍，第二件事是整顿大学图书馆，第三件事是设立大一教学委员会，第四件事是提高台籍教师待遇和外省籍教师的待遇相等，第五件事是起用人才不分省籍。

兼任大学图书馆长

卅八年四月间，有一天傅校长忽然到文学院哲学系我的研究室来看我，看到我正在写东西，问我写什么。我回答说：“写心理学讲义。”他接着说，要请我担任特别班主任，我回答说讲义没有写完，不能担任，傅校长站了一会儿，不发一言就走了。六月下旬他又来了，态度不一样，开口不客气地说：“我们外省人来你们台湾做事，你们本地人就不肯帮忙，还谈什么同学！”我听到这番话，不由得立刻回答说：“不要说了，你叫我做什么我就做什么，这还不成吗？”傅校长即时说：“我请你担任图书馆长，给你一百个职员，其进退完全由你负责，图书经费由我筹措。”经过这场对白，他即走了。我遂于七月一日就任台大图书馆长，到一九七二年十二月退休为止，满二十三年。

一、馆舍及设备之扩大

台湾大学图书馆在罗斯福路校总区设有图书总馆，在徐州路的法学院设有法学院图书分馆，在中山南路的医学院设有医学院图书分馆，在校总区的工学院、农学院与文学院设有工学院联合图书室，农学院联合图书室与文学院联合图书室，在其他院系另设有系图书室。此外，一九六六年六月兴建研究图书馆，以供研究生利用，于一九六七年秋间竣工。

研究图书馆是地下一层地上三层的建筑，其中书库六层之外，地下层有讨论室、小型讲演厅、工作室与“微卷片”阅读室。第一层楼设参考阅览室，第二层楼设期刊阅览室，第三层楼设普通阅览室。三个阅览室共有六百个座位，书库内另设有一百个座位，共为七百个座位。这座图书馆以收藏研究性的书籍、期刊及各种资料为主，容纳二十余万册。

图书总馆原有的阅览室只有二百二十八个席位，一九五六年六月增建东西两翼竣工，增添普通阅览室一间，设两百零四个席位，参考阅览室一间，设一百六十八个席位，期刊阅览室一间，设一百十二个席位，另有上下楼两层书库，可以典藏书籍约十万册。

一九七二年十二月增建东翼竣工，增添普通阅览室两间，设两百五十个席位，楼下增辟了若干职员办公室。

就图书总馆的设备而言，计有普通阅览室、参考阅览室、期刊阅览室、报纸阅览室、本国官书资料室、影印室、装订室与杀虫室。

法学院图书分馆，于一九六二年十月兴建新馆，于一九六三年九月竣工。其建筑为有地下室之二层大楼。地下室有大书库一座，研究室六间，编目室及订藏室各一间。第一层筑有中间层半楼，此层设有开架式书库，并置有参考室与期刊阅览室二处，陈列重要参考书、期刊及教授指定参考书，乃为精华所在。阅报室、卡片查问处、借书服务台及办公室亦设于此，以资呼应方便。第二层设有普通大阅览室一处，联合国资料室一间，讨论室二间及休息室一间。书籍全部容量，约为十六万册。读书容量，参考室及期刊阅览室设有一百六十四席，普通大阅览室设有三三六席，共计为五百席位，其全部建筑工程费，为新台币五百七十七万多元。

医学院图书分馆新馆的建筑开始于一九六一年七月，一九六二年竣工，耗资五百零六万元，共计三层半楼。

新馆的底层有一座很大的书库，是杂志的收藏室，书库四周存置有桌椅供人阅读用。

新馆的第一层楼除了上下两层的书库之外，有办公室、新杂志陈列室与主要阅览室。这个阅览室除了陈列医学参考书外，十五年以内的新杂志都陈列在这里任人取阅。这间大厅里有一个出纳台，专办理书籍与杂志的流通业务。至于杂志陈列室是陈列新到的杂志，依期更换，凡逾期的都陈列在阅览室的杂志架上面。

第一层楼的上层也是书库，收藏新的中日文书籍，上下两层的书库里面都设置有阅览桌。

第二层楼书库部分仍为上下两层，下层放置旧的中日西文图书，上层放置复本杂志，第二层的非书库部分，设有一个大阅览室与一个小研究室。

第三层楼的一部分用于作为医学陈列室，陈列许多图表与模型，是医学院暨附属病院成绩的结晶。另一部分仍然是上下两层的书库。

综计医学分馆只有三层半，然而书库却达七层，预计全部藏书量为十八万册。全分馆的阅览室座位有二百九十席，其中第一层楼阅览室九十席，第二层楼阅览室一百七十八席，杂志陈列室十二席与休息室十席。

院系图书室之设置，是沿袭台北帝国大学时代而来的。当时总图书馆之外，各院系都设有图书室，以供各该系专门利用。但是台北帝大，只有文政、理农和医三个学部，最后添设工学部，所以其院系图书室之数目比较少。台湾大学成立，设六个学院，系科图书室因科系之逐年增加而增加，设有阅览座位共九百七十三席。

总计总图书馆，研究图书馆，法、医两分馆与各院系图书室所设置座位有三千五百十三席，本校学生若以一万名计算，则平均每三名有一个席位可资利用。

二、加强工作人员阵容

我于民国卅八年接任馆长当时，全部工作人员计有：总馆二十八名，法分馆一名，医分馆一名，院系图书室二十名，共四十六名[①]。为加强工作人员阵容，登报公开征求图书馆工作人员，那时候，大陆撤退来台人员中专业人员颇多，不少人应征，大部分予以延用，并酌给部门主管职务。此外，尽量录用本校毕业生，使他们为母校服务。

后来文学院设有图书馆学系，一九六五年夏季起已有毕业生，为提高工作人员素质与发挥专业精神，遇有工作人员出缺时，其遗缺一律以该系毕业生递补，期于五年十年之后，专业人员的比率能占总人数的三分之一以上。

目前，台大图书馆工作人员增加到总馆有五十八名，法分馆有十四名，医分馆有九名，研究图书馆有十三名，各院系图书室共有二十九名，总数为一百二十三名。

这里与加强工作人员阵容有密切关系的是，工作人员的进修，附带的叙述一番。本人曾于一九五〇年六月至一九五六年五月之间，在美国哥伦比亚大学图书馆学研究所研究三个学期，选习了图书馆学的许多课程。总馆采编组蓝乾章主任，于一九五六年八月至次年八月，到美国的图书馆学研究所进修之外，并至各地考察各种图书馆（蓝先生现在担任辅仁大学文学院图书馆学系主任）。总馆阅览组主任赖永祥先生，于一九五八年八月至次年九月，到美国毕包德师范大学图书馆研究所，攻读图书馆学硕士学位（后来担任台大图书馆学系主任，几年后，应美国哈佛大学东方图书馆之聘，往该图

① 前数相加，实为 50 名。——校注

书馆担任重要职务）。医学院图书分馆主任杜诗纶先生，于一九五七年十月到美国路易斯安那州立大学医学院图书馆，实习医学图书之管理共一年；一九六三年三月至七月，再到日本庆应大学参加图书馆办的讲习班。总馆典藏股长曹永和先生，于一九六五年至一九六六年四月，到日本东方文化研究所进修（现在担任研究图书馆主任）。总馆馆员翁茶饼先生，于一九五五年十月至一九五六年四月，到日本国会图书馆实习图书之装钉与学习影印技术；一九六六年五月至七月，再到日本东京理研公司学习影印技术（后来担任总馆总务股长）。总馆馆员吴姜惠小姐，于一九六七年二月到美国夏威夷大学东西文化中心参加图书馆讲习班，为期三个半月。研究图书馆馆员吴传财先生到日本国会图书馆实习半年。

三、藏书

台大图书馆在台湾光复当时，从台北帝大图书馆接收过来的藏书量，有图书及合订成册的期刊共约四十七万四千余册，未装订之期刊则无确实的统计数字。到一九六六年十二月底止，共有图书八十二万四千零六十七册，其分布为：总馆有二十五万七千三百册，法学院分馆十三万五千五百卅七册，医学院分馆六万一千七百八十三册。余下来的卅七万六千余册，分布在各院系图书室。藏书以文字类分时，中文图书占百分之卅二，日文图书占百分之廿八，西文图书占百分之四十。

期刊的收藏量，根据一九六六年十二月底的统计，总共有四十四万四百零六册。其中少半是台北帝大遗留下来的，一半以上是光复以后靠购买与交换得来，购买者占少数，交换得来的占多数。计自一九五二年至一九五六年之间，得自交换的期刊，中日文的有七万一千九百八十二册，西文的有十八万七千二百六十册，总共为二十九万九千二百四十二册。

台大图书馆总馆藏书以性质类分，有（一）普通图书，（二）参考图书，（三）特藏图书三种。特藏图书系指善本书刊、特藏文库、官书资料与本校刊物等。

现在叙述台北帝大附属图书馆以迄今日收藏书籍政策变更的情形。台大图书馆藏书的来源由三部分构成：第一部分是台北帝大附属图书馆的藏书，第二部分是台北高等商业学校的藏书，第三部分是台大图书馆成立后收藏者。台大图书馆成立后，因（一）台北帝大时代中文藏书比率比较低，亟须添置；（二）第二次大战的关系，使欧美各国的学术性书籍与期刊之采购中断，亟须采购与补缺；（三）台北帝大时期学生少，采购偏重于教授的研究参考用。台大成立后学生逐年骤增，研究与教学用书籍之采购须兼顾。为顺应变化之情境，第一任馆长于景让教授，除了收购许多将被遣散回国之日籍教授藏书，以增加本馆的典藏之外，致力于收购中文书籍。第二任馆长范寿康教授亦循此方针，以董收藏之事。

民国三十八年一月，傅孟真先生出长台大，尽量搜购中国典籍，购进者有《四部丛刊》《四部备要》《丛书集成》

《古今图书集成》《百衲本二十四史》等基本治学典范与高凌霨氏之藏书。我接掌图书馆初期，一方面搜购大陆来台人士带来之线装书籍，另一方面补购因战争中断之刊物缺本。后来因为学生人数激增，学校复因招收大量侨生，所得之美援图书费，不能支用于订购研究用之专门书籍与刊物，故采购遂转向于学生课本与教学参考书，并且限于英文著作方面。后来美援停止，图书经费专靠学生缴纳之图书费，采购一方面采取重点主义。法学院分馆与工学院联合图书室之藏书较差，每年拨付大把钱以充实该两处之书刊；另一方面，近年来由于台湾安定，出版界复苏，刊行许多有学术价值书籍，乃尽量购置，使中文的图书比率，提高了不少。

后来，为适应事实的需要，把图书费的一部分留给总馆与法、医两分馆，其余则平均分配给各系，由各系自行采购所需要的书籍，书籍购来之后送总馆编目，然后送各该系之图书室。

四、办理出版物之国际交换

傅校长逝世后，教务长钱思亮先生继任校长，萧规曹随，仍然重视学术研究。每年规定一笔经费，供各院系出版研究之成果，到经费不足时，总设法凑足出版费。各院系之出版物送图书馆，由期刊股寄赠国外之大学与学术机关，以作交换，所以台大图书馆每年由交换得来的刊物，数量达数万册。

五、编制联合目录

台大图书馆的藏书，分布于总馆、分馆与各院系图书室，利用者深感不便，为使利用者明了其分布情形，联合目录之设置，为最紧要事。一九五三年，着手编制各院系联合目录，于一九五七年完成，存置在总馆目录室。又，一九六〇年一月，开始编制西文图书联合标题目录，于一九六三年十二月完成。

其次，为便于全校师生参考期刊起见，决定编印全校西文期刊联合目录。一九六三年六月，着手编制校总区各院系图书室收藏之期刊，于一九六五年六月底完成。一九六五年七月起，复编制法学院分馆收藏之期刊，于一九六六年八月完成。最后于一九六六年一月起编制总馆之期刊，于一九六七年暑假期内完成。

六、刊印琉球《历代宝案》手抄本

琉球《历代宝案》原物系收集中国明永乐二十二年至清同治六年约四百年间，琉球与中国、朝鲜、暹罗等国来往文书而成。原物原藏琉球天后宫，后移藏于普门寺。民国二十一年为日人发见，移置于琉球图书馆。第二次大战时，毁于飞机之轰炸。台大图书馆所存者虽然是手抄本，但日本东京大学与日本民间私人所藏之手抄本，远不及本馆所藏之完整，成为研究明代以来琉球与中国关系之最珍贵的资料。

本校于一九七〇年六月将手抄本交由精华印书馆印行，

于一九七二年六月印成，计精装本二百部，平装本五百部，共七百部。

创办心理学系

我于民国卅五年冬担任台大文学院哲学系教授，授心理学，不久之后，哲学系方东美主任因系内存有日据时代台北帝国大学心理学讲座遗留的心理学书籍四千册，杂志一千五百册和实验仪器一百五十件，提议我筹办心理学系。我当时以没有房舍和教师难请推辞，经方主任几次怂恿，又得傅校长的鼓励，乃勉强答应，进行筹备。于卅八年夏获教育部批准，秋季招生十一名，我被命为心理学系主任，照学制规定，属于理学院。系所暂时借用文学院大树后进哲学系之西半。当时仅有图书室一间，实验室一间，教室十间及教员研究室二间，而教职员则有张肖松教授，郑发育教授，图书管理员郑雪美小姐，实验技术员陈台焆先生与我五人而已。第二年以后，学生没有教室，即以走廊当教室。又因为心理学系属于理学院，依人篱下，文学院工友不给扫地，文学院粉饰房屋时，心理学系部分不予理睬。系所之局促，环境之恶劣，难以言喻。但是我毫不灰心，系所由师生自行打扫，而努力聘请优良的教师，增购图书和扩充实验仪器，此外养成优良的系风，使学系成为大家庭，学生与学生之间，师生之间，和洽相处，同时重视学生之品德。这样子奋斗了十年，终得学校当局拨款建一栋楼，心理学系与地理学系各用一半。心理学系于一九五九年夏，即系成立后十年迁入新系所使用，系内部有教室、实验室、研究室、图书室、暗室、防响室、测验室、动物室；书籍与杂志一万余册；仪器数百件；专任与兼任教授、讲师、助教、职员二十余人；大学部、研究所硕士班与博士班（一九七二年招生）学生，一百余人，成为颇具规模的学系。心理研究所成立后，教室与实验室均不敷应用，乃向校方请求拓建，结果，于一九六九年春季兴工，冬季竣工，一九七〇年春季启用。计增建实验室八间，并附有动物新实验室，新防响室与单向视觉实验室等。

一、印行研究报告

心理学系自设系之初，我即注意四年级学生的毕业论文，因借此可以训练学生熟悉研究技术，试作独立创新的研究，以为将来进修的基础。当时大学各系对论文之必修或选修自订政策之际，我决定毕业论文为毕业之必修。现在谈心理系研究之实况，历年研究之范围，多在学习、人格、测验、知觉、动机、情绪、发展、临床、社会等问题，所用被试有成人（退役士兵、工厂工人、高山族、罪犯、神经病者、甲状腺肿患者等），儿童（幼稚园、育幼院、小学、盲童、脑伤残者），学生（中学、大学、侨生），动物（白鼠、猴、山羊）等。所用仪器甚多，如各式迷津、制约箱、制约器、各式迷笼、速视器、精密时计、图画、各种测验等。

心理学系师生的研究结果，包括毕业生论文之有启创性的，积少成多，有些值得发表者，乃出刊《理学院心理学系研究报告》，于一九五八年十一月创刊，以后每年一期，已出十几期，未尝间断，受各地学术机关的注意及国际心理学界的重视，成为“心理学系的灵魂”。

二、设立心理研究所与博士班

心理学系大学部毕业生有的留在国内服务社会，有的赴国外美欧日深造。其在国内服务者，多半能学以致用，如在医院精神学科或在精神病院任心理学者，在学校任教师，在军中作测验修订工作，在工商机构人事室服务，或在公家机关任辅导工作，等等。其赴国外深造者，均能直接进入各大学研究院攻读硕士、博士学位。

心理学系之师资，图书与实验设备，已够水准成立研究所，为使毕业生有机会在本国升学，乃于一九六一学年度成立研究所，每年招收心理学系毕业生若干名，后来增至十名左右，经入学考试录取，攻读二年或三年，经笔试、论文与口试通过后毕业，取得硕士学位。硕士之中有的在国内大专学校任讲师，有的出国修博士学位，皆努力向学，均有贡献于心理学术。本系历届学士、硕士毕业在国外已获得博士学位者数逾三十名，其中有的已回国任教，其在国外担任学术工作者，皆有优异的表现。

心理学系在一九七〇年之始，教授阵容之坚强，为前所未有，计拥有专任教授与副教授十余位，其自本系毕业后留学，先取得美国著名各大学博士学位者有五位之多，乃约定刘英茂教授、郑发育教授、杨国枢副教授、柯永河副教授与黄淑贞副教授五位筹备设立博士班，一九七一年三月“教育部”公布准于一九七一学年度招生。

三、设立学生辅导中心

多年来常有大学生或社会人士前来请求辅导，应接不暇，遂于一九六四年成立“台湾大学学生辅导中心”，其组织系与训导处合作，我担任该中心之主任，训导处之课外活动组主任担任副主任，其下设有专任辅导员一名与兼任辅导员若干名，由心理学研究所研究生充任。

辅导中心之计划方针有四端：学生辅导、人材训练、研究工作与推广服务。学生辅导为基本工作，自中心成立以来，已有四五百学生来请求辅导，代表每一学院与每一年级及中国各省籍与侨生。所用测验包括智力、性向、兴趣、人格等。来者提出的问题为请求测验，对主修科缺乏兴趣，情绪不稳，缺少自信，性的困扰，学习问题，人际关系，失眠，不满家庭，适应学校生活，口吃，等等。谈话次数，有只来一次的，有多至八九次甚至超过十次的。

人才训练系指施之于辅导员的，所有服务于辅导中心之人员，其主任至于兼任辅导员，每周聚集一次，详细研讨一周中所遇辅导问题，将每一个案逐一剖析，相互讨论，借此可助缺少经验青年辅导员了解问题，明了辅导方法。

研究工作目的为谋求发掘问题，预防其发生，使学生在校能充分发挥其智能上与其在社会关系上之潜能，则有赖各种测量工具。于一九六八年会同心理系同仁与辅导员，择美国通用之测验六种，予以修订，历时两载始告大部完成。计有智力测验两种，兴趣测验一种，动机倾向测验一种，人格投射测验两种，用以测量学生的重要心理，以作预防与诊断的依据。

推广服务始于复旦中学，由一位具有硕士学位与辅导经验的辅导员于一九六五年在该校设立辅导中心，协助许多中学生解决一些情绪与学业困难，颇具成效。别校校长亦有致函辅导中心商议建立辅导中心的。

四、参加国际心理学会

我于一九五七年夏季赴欧洲参加每三年举行一次的国际心理学会议于比京布鲁塞尔，全世界参加人员近一千人，会期五日，会长的开会辞是一篇学术论文，比王虽然莅临参加会议，却未曾致辞，宣读论文分组举行。前往时取道法国巴黎、西班牙马德里、英国伦敦，归途经过德国、瑞士、义大利和希腊，在各国参观了各大学。在瑞士的苏黎士（Zurich）逗留一星期，每日静坐在湖滨公园欣赏湖光山色，不知不觉之间，回忆过去，因个性爽直，心口合一，出语尖刻，常使听者不快，忏悔之情，痛哭流涕。归国后，性情为之一变，变得相当和蔼，俗语说“山河易改，秉性难移”，秉性难易而已，非不能移也。

一九六三年夏季赴美国京城华盛顿参加国际心理学会的

另一次会议。会场租用“五月花”（May flower）旅舍，出席者两千人以上，没有官员参加，主席之开会词，仍是一篇学术论文，宣读论文，仍是分组举行，每遇著名学者宣读论文时，利用大厅，听众挤满了一堂。会期五天，我这次宣读了一篇有关不良少年的论文。这次会议，日本人组团参加，规模庞大，中国台湾方面，代表只有蔡乐生先生，张肖松教授，我和几位留学生而已。会后参加在费城举行的美国心理学会的年会，便中访问纽约、波士顿等城市。

五、成立“中国心理学会”

大专学校开心理学课程者渐多，心理学教师日众，我经心理系同仁之怂恿，乃于一九六四年成立“中国心理学会”，我被推举为理事长，一直连任。这个学会每年开会一次，其性质不似一般学会之重视联谊，而乃为一纯粹学术团体，注重科学心理学之研究及其报告与发表，集会之日行礼如仪及主席致一句开会词后，全部时间用于宣读论文与发问讨论。中午不休息，一方面吃“便当”，一方面听讲，集中全力于学术的探讨，中间不分老少，不分男女，无人退席。后来“中国测验学会”总干事（现在任理事长）黄坚厚教授倡议“中国测验学会”和“中国心理学会”每年联合举行年会。

协助政府办理士兵退伍

一九五六年，美国政府拨款美金四千二百万元，援助台湾办理约五万名的士兵退役，从芝加哥请来顾问团 George Fly Associate 来台湾筹划一切，其办法是在八堵左近暖暖、台中、高雄和花莲四处设立四个检定中心，北部拟退役的士兵集中到暖暖，中部的士兵集中到台中，南部的士兵集中到高雄，东部的士兵集中到花莲受检定。每个中心的组织由“国防部”官员，“行政院国军官兵”退除役辅导委员会官员和心理部门人员组成。检定的程序是士兵先由“国防部”的医官做身体检查，将检查结果资料送交心理部门，心理部门分咨询、测验与安置建议三部门，咨询人员查问士兵的经历，测检人员测验士兵的智能和品质，安置人员根据士兵的健康情形与测验的资料，建议送到何处安置。有病者送医院治疗，健康不佳者送手工业工厂工作，健康情形良好者，从事工程工作或开辟公路。把退役的士兵安置下来，使他们不扰乱社会治安。荣民总医院之建筑，中坜之鱼塘及各种手工业工厂，成立工程队以及开辟横贯公路，经费都是由四千二百万美元支付的。

心理部门之安置建议送交辅导会官员后，由他们直接和士兵洽商，去处决定后，由“国防部”官员将士兵的军服收回，发给便衣，代办身份证，然后送往治疗或工作场所。这四所检定中心的经费，美援方面指定由台湾大学校长出面向美援方面领取，由台湾大学负责向美援报帐。心理部门工作人员每中心十八名至二十名，由心理学系主任负责招募。这四所中心的组织非常微妙，经费由台湾大学校长出名领取，交辅导会的出纳人员使用，出纳人员的帐单向台湾大学派出的会计人员报帐，然后由台湾大学向美援会报帐。台湾大学由美援会看来，是向他们负责的对象，从“国防部”与辅导会看来，是提供技术人员的对象。出纳和会计时常摩擦，我因为负责心理部门，会计由我向大学会计室调派，每个检定中心一名。为协调工作，使各部门的工作人员圆满合作，经常在四个中心打转，闹得精疲力竭，头发变白，血压提高，许多次向钱校长辞职，请师大教育系来接替，始终未得美援会同意，不得已支撑下去，到一九五七年三月底退役工作结束为止，为期一年以上。到了这个时候，变成患高血压症的病人了。

一九六九年高血压症转成心脏病，在台大附属医院住了一个多月，出院后辞心理学系主任，由第一届毕业生刘英茂教授接替，到摆脱系主任职务为止，当系主任整整二十年。

到了一九七二年心脏病第二次发作，住台大医院两个多月，出院后已不可能教书和担任图书馆长职务，遂向阎校长辞职，并办理退休，于一九七二年十二月获准。当了二十三年的馆长，同时将“中国心理学会”的理事长亦辞掉了。

几件难于忘怀的事

第一件，民国卅六年二二八事件发生以后，本省籍与外省籍教授之间，感情非常隔阂，后来我当教授会理事长，教授们时常聚会，因为我在大陆二十五年，太太又是北方人，心理上丝毫没有本省外省之分，居中周旋，使教授们不分省籍，和洽相处，桥梁工作做得很成功，心理十分愉快。

第二件事是在庄校长任内的事，有一天庄校长介绍洪主任秘书炎秋，约我在某处谈谈校务推行事，到时洪先生来了，庄校长失信没有来，这种人当大学校长，难怪他不辞而别飞回大陆，真莫名其妙。

第三件是傅校长任内的事，有一次的校务会议，法学院盛成中教授质问台大实验林主任的事情，言词火药气太浓，使得傅校长不快，不作一声，当时会场空气十分沉重。过了几天，傅校长对我谈起这件事的等候，不但没有责怪盛先生，反而说盛先生说话很有道理，其风度令我非常佩服。

五月间傅校长生病住中心诊所，有一天下午他打电话来约我到医院去看他。我在他的病室床位上面发现了一本小册子，拿过来一看，原来是聘请教员的名册，有五个人的名字上面，划了一个圈子，我问这是什么意思。傅校长向我道出一个挨一个不续聘的理由。其中有一位，他说："这位在课堂中经常骂傅斯年与胡适之，学校请先生是要教书的，不是骂人的，我没有必要继续聘他。"我等他说完之后说："算了吧！我们还是学我们蔡校长的胸襟吧！"他听了之后，默不作声，到了发聘书的时候，这五位先生照样续聘了。

人们都说傅校长性情刚强，但是据我的了解，他尽管性情刚强，是很肯听别人的忠言的，难怪他去世时吴稚晖先生的挽词有"当大学校长孑民外一人"的话。

第四件是钱校长任内的事，有一次的校务会议，盛成中与郑学稼两位教授质询校务，语颇有指摘钱校长私人，当时钱校长非常愤慨，起立向教授们辞职之后即欲离席，我拦住他说："校长做或不做，乃对'教育部'的事，不是对教授辞职的。"会议遂继续进行，到结束为止。

数日后，全体教授为这件事召开一次大会，我当大会主席，把这件事处理得风平浪静。没有想到到了暑假，钱校长把他们两位不续聘，当时闻有两三位显赫教授参与其事。郑学稼先生被大学停聘后立刻迁出大学宿舍，而盛成中先生数次受到新闻记者的访问，均避不谈这件事。他们两位的表现，很得社会的同情，有一位华侨赠郑先生数万元帮助他买房子，盛先生则有一位美籍教授每月赠他一包白米。钱校长之谦和、廉洁和守法，一向受校内人士敬重，独有这件事做得太失大学校长的雅量，令人惋惜。

第五件是我当图书馆长任内的事，总馆的大阅览室每日不分昼夜，座位总是没有虚席，而女学生时常有皮包被窃的事情，我终于派人看守，有一次抓到一个窃犯，以为是外界的小偷混进来行窃，但事出意外，竟是本校的学生。

其次，图书馆藏有数万元一部的《世界名画集》，书被借出去，还回来内中最珍贵的画被割掉了。

再次，图书馆藏有一本书，台湾别处图书馆没有，成为孤本，这本书借出去，还回来书皮照旧里面被割去了，以一本别的书粘在里面。

再其次，参考室的书被学生扔到外面，被职员看见。

上万的学生，固然不可能求其个个都品行端正，但在学府居然有人做出这类行为，既可耻又可悲。

第六件是阎校长任内的事，新生南路大学侨生宿舍旁边有一大块地是民宅区，在大学的范围里面，夜间充满了摊贩，贩卖各种饮食品，闻亦有赌场，是藏污纳秽之所，钱校长十分头痛，但无办法。阎校长到校不久，动员警察的力量把这块地的民房都拆除了，使肮脏之地变为净土，这件事对台湾大学是一大贡献。

最后要谈的是由大陆回台湾的朋友们，或在政界或在议坛都飞黄腾达，而我则于张晓峰先生当“教育部长”时邀我出任“高等教育司长”不就。辞修先生当“行政院长”时与“秘书长”陈雪屏先生推荐我当“考试院考试委员”不就；后来李寿雍先生担任“考选部长”时约我任“考试委员”亦不就，乐于株守教育界岗位培植后生。

张之洞在北平的住宅，其门联有“卅年世态看烂熟，平生万事付憨痴”，这是我心境的写照；但愿在暮年，身体健康，多活几岁，继续观看世态的演变。

载《传记文学》第二十九卷第一、第二期（一九七六年七月、八月号）

西北工学院与西北大学

——抗战时期兼长西北两大学的回忆

赖景瑚

大概是民国三十二年的春天，我从陕西到战时首都的重庆，向教育部述职。那时任部长的陈立夫先生，请我到他的“高庐”私邸吃便饭。我发现座中有一个讲话带江北口音的中年客人。经过立夫先生的介绍，我才知道他是中共驻重庆的代表周恩来。他也是刚从陕西来的。不过，他来自陕西北部的延安。我来自陕西南部的城固——我的两个大学的所在地。

周氏走过来和我寒暄，一开口就说：“我们在陕北，早已知道你的大名和你所办的学校。”我立刻回答说：“我在陕南也早已知道你们了！”我们这样偶然的对白，不是互相恭维或讥讽，也不是应酬交际的门面话，而正是那时一个真实故事的写照。

西南联大和西北联大

七七芦沟桥事变发生，我国的全面抗战便开始。平津各大学就不得不仓卒南迁。清华、北大、南开三校在云南的昆明，合组西南联大。平大、师大、北洋等院校，在陕西的西安，成立西北联大。两个联大（最初一度称临时大学）虽然都是准备长期抗日而产生的，可是，因为地理和历史的关系，后者远不及前者安定。由于北方战局严重和学校内部常生歧见，西北联大一再迁徙及改组。除西北农学院设武功、西北医学院设汉中外，西北工学院和西北师范学院，都搬到陕南城固的郊区。所剩下的文理法商各院，便成立了西北大学，后来也转移到城固的县城中心。

西北工学院是这几个独立学院中规模最大、情形也最复杂的。它是由北洋、平大、东北、焦作四个工学院所组成的。师生共约一千三百多人。它一搬到城固山区的古路坝，就闹了一次“全武行”的大学潮，停课半年，师生情感都弄得十分不融洽。当那学潮闹得最激烈的时候，北洋全体学生二百多人，竟离开学校，步行入川，想去重庆请愿，居然走到了川北的广元。那是民国二十八年的初春。

西北大学也是一个多灾多难的学校，它成立后的三四年当中，大小学潮不知闹了若干次，学校当局也不知更换了好多任。教育部部长、次长和陕西省军政当局，都先后亲到城固视察、安抚，表示政府重视西北高等教育的至意。可是，西北大学始终安定不下来。有一个时期，简直没有人想去做那个学校的校长。

由调解学潮到卷入漩涡

西北工学院最初成立的时候，担任筹备主任的是北洋工学院长李书田。他和我是美国康奈尔大学的同学。教育部就在二十八年的春天，也是西北工学院学潮最严重的阶段，派我去代理院长并调解学潮。我明知那是吃力不讨好的事，但是，由于陈部长和李院长的一再敦促，我感于公谊和私交，同时也有一点年少气盛，不怕困难，所以毅然接受了那个大家认为“千万干不得”的使命。

李院长和重庆北洋校友会代表曾养甫，陪我赶陕接任。我们走到四川的广元，遇见了那批入川请愿的北洋学生。李、曾二位以北洋校友的立场，力劝他们回校，舌敝唇焦，毫无效果。李、曾认为僵局业已形成，一筹莫展，就留我在广元，而迳自回渝复命了。我既进退维谷，只好一人负起责任来，我费尽喉舌，居然把二百多北洋学生说服，立刻率领他们北返汉中；就把他们安顿在那里，不和平大、东大、焦作三方学生接触。

接办了西北工学院

当地警备司令祝绍周，是一位精明强干的军人（后来做了陕西省主席)。他听见我奉部令来调解学潮，一定要派军警护送我到城固深山中的古路坝西北工学院院本部。我很了解他的苦心和好意，因为学校陷入无政府状况已半年。左翼学生还在继续不断的活动，师生的情绪仍然异常恶劣。一个像我这样陌生的人，突然跑去代理院长，那当然是含有很大的危险的。

可是，我对于祝氏的建议，只有衷心的感谢，并没有加以考虑。我觉得一个办教育的，要靠军警保护才敢去接任，他便失掉了“为人师表”的资格。学生看见师长心存畏葸，更可以借题发挥，振振有词。我于是在到汉中后的第三天，就和西工教务长潘承孝，各乘一顶滑杆，直赴古路坝的院本部。留院的八百多学生和一百多教职员，看见我这个不知“天高地厚”的人居然来到了，都表现一种惊奇的眼光。他们不晓得我的葫芦里卖的甚么药。

一片热忱和一点朝气与勇气

我到院的第二天早上，召集学生讲话，说明我奉部令前来代理院长的经过，毫不迟疑地宣布次日正式复课。我又保证教职员补发半年来的欠薪，并保证学生今后安心求学，不至再受任何方面的威胁或干涉。我说这些话，并没有绝对的把握。可是，我有自信心和乐观的希望。

当时到场听我讲话的，不过二百人，大多数不肯来的，不是意存观望，就是表示拒绝参加，其中一部份自然是过去鼓动风潮的左翼学生。他们不但要知道我作甚么诺言，我有甚么办法，还要看看我的胆量究竟有多大。教职员方面，有的替我的安全担心，有的以为我有“锦囊妙计”，也有不少人抱着隔岸观火的态度，看我会不会被学生打得头破血流而逃走。

老实讲，我没有“锦囊妙计”，也不太考虑自身的安全。我带去的只是一片热忱和一点朝气与勇气。我当时有一个坚强的信念：那便是学生和我的年龄相差不太远，他们一定和我一样的有理性，爱祖国，一样的想在举国一致抗日的大时代，对国家尽忠效命。至于少数供人利用，误入歧途的左翼份子，我如果不能说服他们，就要用合理的方法制裁他们，使他们不能妨碍他人学业，成为害群之马。

完成四校合并，全院统一的局面

我到院的第三天，便监督各班各系正式上课。课堂的桌椅，几乎全在罢课期间损坏了。我就叫学生站着听讲；只有女生和身体衰弱的，坐在剩下来的破凳子上。我限办总务的两周内赶制一千套桌椅。好在深山中有的是树木；木匠的技术和效率，也还算“过得去”。教授有课上，学生有书念，职员有事做，大家的情绪立刻改变了。

教育部指定要开除的八名首先掀动学潮的学生（北洋、平大、东大、焦作四院，每院二人），我几经函电往返，一一为之转学他校，让他们在同样学系继续完成学业。由于全体师生的合作，由于教育部经费源源不断而来，不到一个月功夫，我的信誉建立，学校的秩序完全恢复正常。

就在那年的七月三十一日，西北工学院举行了第一届毕业典礼。我对那二百多毕业生，解说中国现代化工业化的绝对需要。我很有信心地勉励他们“挺身出来，负荷抗战建国的时代使命”。我还说：“你们仅仅做了有技能的工程人员还不够，一定要进一步做勇敢健全、有为有守的现代国民。”

上面提到的那批留在汉中的北洋学生，在外面一个古庙里上了几个月的课。暑假以后，我也不着痕迹地把他们顺利迁回院本部，完成了四校合并，全院统一的局面。我以为我的使命完成，可以卸肩回渝复命。不意李书田仍然不回来，教育部还有其他的原因，不但不许我辞职，反把我真除起来。我便是这样连续做了六年多院长。

大后方最完备的工科大学

西北工学院因系四个有名的工学院组成，所以学系繁多，内容充实，教师阵容特别完整。设备虽离理想甚远，但焦作工学院的图书全都运来，东北大学的仪器和机械，也还可以相当的应用。在我当院长的六年多，又陆续添购了不少工程书籍和教学工具，加建了若干学生宿舍、教职员寝室及几个因陋就简的实验室。那时从西安到宝鸡的陇海铁路线上，有很多内迁的工厂，我都商得他们的同意和帮忙，让我的学生利用暑假时间分往各厂实习。在那浴血抗战的艰苦阶段，大后方有这样完备的一个工科大学，总算不是一件容易的事。

在学校行政方面，我得到许多位同仁的竭诚襄助。教务长潘承孝，是一位诚恳干练，教学多年的老教授。秘书由黄其弼、袁明道先后担任，会计主任由孟宪侨担任，还有当训导长的王际强，当总务长的赵玉振，当训导员的高维荣，当军训教官的庄德纯等，都对学校有过很大的贡献。全院分机械、电机、土木、水利、航空、矿冶、化工、纺织八系，后又增加建筑及工业管理科目，准备改成专系。担任系主任的刘锡瑛、金宝桢、罗明燏、萧连波、任殿元、彭荣阁、刘德润、张汉文等，都是原来四校转来的名教授。我又陆续加聘若干新从海外归来的青年教授。此外复设工科研究所，请前焦作工学院长张清涟为主任；工业推广部请前东大工学院长王文华为主任。

古路坝并不是三坝中的地狱

那时后方大学有三个有名的“坝”。一个是成都华西大学所在的华西坝。一个是重庆中央大学所在的沙坪坝。一个便是城固西北工学院所在的古路坝。好多人每每很滑稽地叫华西坝为天堂，沙坪坝为人间，古路坝为地狱。事实上古路坝并不如一般人所想像的那么枯燥无味。

相反的，古路坝还可以称为陕南深山中的“世外桃源”，不但气候不如关中严寒，就是附近的山水，也相当清秀，一点不像西北其他的地区。省会西安及离古路坝只八十里的汉中，常常遭受敌机的空袭，而古路坝从未受到战争的波及。西北工学院所借用的天主堂，虽然不及华西大学那样美丽，可是它的各项建筑，都是坚固合用，朴实无华。我们一千多员生在里面生活，四十多个教室同时上课，一点也不觉得拥挤。

我又在天主堂空旷的草地及坡上，添盖了很多宿舍和实验室；远远看去，一排一排没有油漆的木屋，正同军队的营房一样。大院子里的花木，和天主堂多年培植的葡萄藤，平日已经很好看，春天尤其茂盛美观。有时身处花香鸟语之中，我几乎暂时忘却日常应付院务的烦恼。如果不是天空中偶然发现从黄河北岸飞来的敌机，员生们恐怕会忽略了外面正在进行着悲壮热烈的抗战。

我那六年任职的期间，虽然秩序安定，生活正常，确已达到弦歌不绝的地境。然而，那样一个一千多员生的后方大学，困难问题，总是免不了的，我都得需要绞尽脑汁去应付。有时教职员间意见冲突了，有时学生间因省别或校别而发生误会了。一次大批土匪逼近学校，声势汹汹，幸我连夜求得救兵而撤退。一次图书馆被人纵火，幸有院警迅速扑灭而未成大灾。加以员生长期困处深山之中，生活单调而少变化，就是无人挑动也会因苦闷而遇机爆发，不要说经常有人把这学校当作渗透诱惑的对象。

一心只想把西工办得更好

我们的功课虽然很严紧，但是我绝对不要学生读死书。我鼓励他们注意政治及国际形势。除了正常的社团活动外，我要他们锻炼体格，积极从事球赛及其他各种运动。员生居住平津甚久，爱好平剧，所以，课余组织剧社，研究练习，每年举行几次同乐会，还向汉中戏班租借道具，实行彩排。我每天和教授们在食堂共餐，饭菜虽不可口，但我们朝夕相见，有讲有笑，亦属别具风味。餐后我们分组散步山头，放眼四望，山樵、古道，野趣盎然，真是战时青年进修的“洞天福地”，好多人不但不想去西安或重庆，就是相隔数十里的汉中，也懒得常常走动。这便是那时我们日常生活的素描。

好多朋友不知道我内心的紧张，单看见我表面上不慌不忙，有条有理，常常开玩笑地问我有甚么处事秘诀。事实上，我聚精会神地去应付那许多问题，从来不敢疏忽或大意。白天头痛，晚上失眠，已经是家常便饭，每年还要大病小恙好几次。我知道自己并无特长，更无秘诀。不过，我不言则已，言必有信。我不走曲线，不讲废话；认为要做的立刻做，决不拖泥带水，做不到的老实讲出来，不开不兑现的支票。凡事防患于未然，不让小误会变成大纠纷。学术的标准是要提高的，读书的空气是要积极培养的。我一面要求学生尊师重道，不容许他们罢课、请愿、侮辱师长或干涉学校行政；一面又要增进教学的素质，鼓励旧的教授精益求精，延聘新的教授，补充新的血液。

我看见西工一天比一天平稳安定，多方面的进步，全体师生都能捐弃以前的嫌隙，合作无间，到处表现信心和希望。“得天下英才而教之”的乐，已经克服了一切办学和物质环境的苦。本来我以学工程又教工程的人，今能办一工科大学，造就对抗战有贡献的工程人才，实在是书生报国的一个最好的途径。我那时虽然是国民党的中央委员，可是我只有空衔，没有实职，并无重入政途的企望。我觉得我能把工学院长做得像样子，就可无愧于抗战中的祖国了。我一心一意，只想把西工办得更好，更进步；那么我就更可心满意足了。

突然受命为西北大学校长

那是我连做梦也不会想到的。民国三十一年春天，临近的西北大学，又经过几次不愉快的学潮，学校陷入无政府状况。行政院突然通过决议，任命我为西北大学校长。我事前一点也不知道。我在古路坝看见了汉中报纸所载的那个新闻，简直不敢相信我的眼睛。不到两天，我果然收到教育部转来的院令，把那消息完全证实了。我不加思索，立即电请收回成命。我的理由很简单，就是西北工学院虽已稳定了三年，但是一切发展的计划，有的正在进行，有的还未开始，我不愿半途而废，更不愿西工同仁误会我见异思迁。

不出我的意料，宁静多时的西北工学院，听了这个消息登时骚动起来。全体师生除电教育部对我一致挽留外，都不相信政府未征我的同意而发表那个新任命。有人责备我不应该在这阶段遗弃他们。有人善意地警告我说："你到这儿已三年多了，难道还不知道西大的错综复杂吗？你在西工已赚得了很好的令誉，何必跑到西大去做牺牲品？何必跟着过去的一个一个西大校长倒下去？"

教育部考虑了几天，居然接受了西工师生的请求，但拒绝了我的辞职。它干脆地命令我以西工院长兼任西大校长。这个我更不能同意。我生平反对一个人兼两个事。大学校长是何等重要的职务，一个人用全副力量去对付，还不容易做得好，我怎么可以一身兼任两个大学的首长？这真是有点近乎"不可思议"。而且西工虽已走上轨道，但谁也不能保证它不再出问题。西大更是一个前途不可测度的未知数。万一将来同归失败，我怎么对得起两校师生和政府当局？

西大全体师生的欢迎

那时西北大学的员生对于这个新变动，究竟持甚么态度，政府想要知道，社会人士也想要知道。如果他们和过去一样，对新校长都不表示欢迎，那么，这问题便简单化了。我就可以当作没有那么一回事，还是继续埋首做我的西工院长。可是，出乎我的意外的，也是出乎一般人的意外的，命令发表不过两三天，西大学生突然推举代表到古路坝来见我，一再强调全体学生欢迎我去就职的热忱。

以前，西大闹学潮，不但学生很容易冲动，就是教授们也有许多不同的意见。左翼份子更时时利用矛盾，推波助浪，每次都闹到不可收拾的地步。校内的国民党党部及三民主义青年团，虽然同信一个主义，同拥一个领袖；但是，鸿沟划分得很清楚，明争暗斗，各不相让。两方似乎都不注意后面尚有唯恐天下不乱的阴谋份子。

这一次，很值得惊异的，便是西大党团双方的负责人都分别推人到古路坝来欢迎我。在那几天当中，我前后接见了好多位专程下乡来找我的西大教授，还收到了全体教授联名促我早日就职的一封措词诚恳的信。我忽然得到如此的信任和支持，自然有“受宠若惊”的感觉。

接受了兼长两校的使命

可是，我心里一点也不快乐。虽然他们都说我只要运用我三年来在西工的办法和经验，去接办西大，去整顿校风，去调和各方面的意见，当前许多面对着的困难，一定可以迎刃而解。讲句老实话，我却没有那样的自信。尽管我年富力强，也有不怕困难的个性，然而我的精力不是取之不竭用之不尽的。我若一口气把两个大学同时接办下来，那真可以称为“不度德，不量力”。我不是爱惜羽毛的人；我绝对不怕我在西工赢得的虚声，因在西大失败而消失。我真不愿意接受那个双重的使命。“惶惑”和“窘迫”这两个名词，最能形容我那几个星期的心境。

我很有自知之明。一个人同时要兼办两个大学，我始终认为这是超过我的能力的。我于是一面电教育部，请准我将两校职务一并辞掉；一面向西工请假，并托教务长潘承孝代理院务。我偕内子立刻离开城固，迳赴关中游览。西安城厢内外，以及潼关、华清池、宝鸡、庙台子等处，凡有名胜古迹的地方，都有我们的游踪。我平日是最负责任的人，这一次，在无可奈何之中，也不顾人家是否骂我逃避现实了。

教育部长陈立夫知道我到西安，但不知我的确实住址；所以一再电话陕西省主席熊斌和驻军首长胡宗南去寻找我，并托他们劝我速回城固复职。他以救国的大义相责。他又说要我兼长西大，不是他的私意，而是秉承最高当局的意旨。

同时，西大因为几个月无人负责，群情慌恐，随时可能发生新的事变。西工也因为我已声明辞职，教务长电称不肯继续负责。我在倦游之余，仔细衡量那个局面，知道这样僵持下去，西大和西工都有瓦解的危险，甚至还会发生不可想像的后果。公谊、私交、社会的舆论、自己的责任感，以及两校师生殷切的期望，一齐会合起来，把我逼上“跳火坑”的道路。我于是在部令发表后七星期，咬紧牙根下决心，电部同意兼长两校的任命。

两篇简明率直的讲演

我立刻从西安回到城固。我用函电和教育部洽商了西大经费及其他有关交接的问题以后，就定期前往西大接任。我在就职前一周，又到西工古路坝院本部，部署一切。我向全院师生保证我做了西大校长，决不放弃西工。由于两校性质不同，也决不将两校合并，我便是这样先把西工安静下来。

我于卅一年的五月四日接长西北大学，就在到任的次日，召集全体学生讲话。事前，一位姓贺的军训教官，婉言劝我重加考虑。他说："过去，学校当局从来没有人召集全体学生开会。我们对于秩序的维持，毫无把握。这里的学生很容易动感情、生事端。校长新到任，或者还不知道。"我谢谢他的好意，还是按时集会。学生挤满了大礼堂，秩序非常良好。我讲了三刻钟话，除因人数太多而觉空气闷热外，听不到一点杂乱的声音。

那天我开宗明义，就以"安定第一，纪律至上"为号召，很直率地批评以前一切不合理的现象，很坚定地说明我要整顿西大的决心和方针。我要求大家树立严整的校风，注重人格的训练，倡导学术精神，加强读书空气，要使西大成为名副其实的西北最高学府。我说："什么拥护与打倒，什么欢迎与拒绝，什么请愿与示威，不是别有用心，就是思想落伍。"又说："我在任何环境之下，必不受人要挟或威胁，更不容许任何人干涉学校行政，我尊重学生人格，决不利用学生，但亦不让我的学生，受人利用，做人工具，供人牺牲。"

当天下午我以茶会招待全体教职员，申述"我首先要谋得学校的安定，同时单有安定还不够，一定要在安定中，争取继续不断的进步和发扬。"我要全体员生把眼光放远，把目标提高。我说："西北大学处于巴山秦岭之间，复为博望侯张骞的故里。此时此地，我们远观周秦汉唐之兴盛，环视大西北区域之雄伟，人人应以恢复旧的光荣，建设新的文化为己任，为最高理想。"最后我又强调："我愿以学而不厌自勉。我来西大，非教人，乃来领教，非役人，乃役于人。"

雄辩、事实、时间的证明

这两篇简明、率直但又充满信心和诚意的讲演发表以后，各方面的反应都很满意。大家怀抱着乐观的希望，对我表示一种友好而亲切的态度。全校登时弥漫了一片祥和的气氛。可是，也有不少怀疑的人，以为我只以雄辩见长；我说的话，将来有多少能见诸事实，还要待时间来证明。有人把这些话告诉我。我不但不以为忤，而且认为这种含有保留意味的客观立场，是应该特别欢迎的。

罗马不是一夜所能造成，我是十分了解的。我到西大就职的时候，已经办了三年多的西工。我在西工，是以事实，而不是以雄辩，争得大家的信任和支持，而且还是经过劳心焦思，受过很多的困苦艰难的。在这久乱思治的环境下，我去接长西大，同时还有已上轨道的西工作后盾。那自然是一种对我有利的声势。

可是，我一进西大的校门，就知道这里和西工大不相同，不能用同样的方法去治理。不要说西工是工科大学，和这里文法等项科目的性质全异。而且西工师生的兴趣，比较单纯而容易捉摸，他们只向书本和实验室钻求，不大过问工程科学以外的事。西大师生的思想路线和活动范围不但很广泛，而且是涉及多方面的。西工很少人谈论政治，西大政治意识的浓厚，不亚于政治圈内的人物。

西大分文学院、理学院和法商学院。学生一千一百余人。教职员大约二百左右。校本部及文理二院，在城固内的旧考院。法商学院及运动场，在城外西郊汗江旁边。附近有一座上面提过的张骞古墓，还有三国时代留下的几个古迹。这地区虽然号称西北，但是山川气候和风俗习惯，实同四川北部差不多。居民讲话都带四川音，和关中方言不同。这是抗战时期不可多得的一个良好的读书环境。

学术的研究和思想的自由

我既于接任之初，声明以安定为第一目的，所以除了积极整顿校风，改善内部组织而外，我费了很多功夫去研究那多少年来学潮不断发生的原因。我是以校长地位来主持一个大学，不是以官吏资格来镇压一个地区。我只有本着“有教无类”的精神，去提高教学水准，去培养读书风气。我不唱大学生一切都要自由自主的高调。但是我绝对不能限制学术的研究，扼杀思想的自由。如果此中真有心怀叵测的不良份子，我要在合法合理的范围内，去说服他们、感化他们。万一他们不可说服，不能感化，我只好请他们各行其是，自动退学离校，不要破坏我们这个负有时代使命的学府，我要求军政当局谅解，请他们不必干预我的学校行政，且让我照我的教学方针，来整顿我负全部责任的西北大学。

和左翼学生“约法三章”

在那一千一百学生当中，我发现有一百人上下，曾在北平参加过民族解放先锋队。我于就职后一月，就对那一百多人，每人去了一封信，请他回信承认过去的错误，表示今后一心求学，不再在学校里滋生事端，或作政治活动，我说我一定相信他的诺言，不但不咎既往，而且保证他安静读书到毕业。他如有任何不同的意见，可以随时到校长办公室和我坦率讨论。事实上，大多数不是盲从，便是凑热闹求发泄。

那封信发出后的第二天，就有几个比较有名的左翼学生，卷起铺盖，不告而别。我等了几天，不见他们的踪影，便照规章把他们开除了。我收到九十多封悔过的回信。有十多人亲自跑来见我。有的说他被人误会，有的说是仇敌诬告，有的力言今后决不再蹈覆辙。这九十多人后来个个循规蹈矩，读完大学。有四个四年级生自动愿去西安省党部受训一年。一年后，我让他们都回学校参加毕业典礼。

过去，所谓党团纠纷，表面上是由于双方政治见解不同，或对学校当局及教授有反感。因为大家都不敢追溯那些纠纷的根源，所以左翼学生乃得挑拨离间，为所欲为。等到上面所说的那些学生，离校的离校，悔过的悔过，党团纠纷也就立刻消弭于无形。我接任后两个月，整个学校纳入正常轨道。学生都对我说，这是若干年来第一次，他们能够按照时间表，上课、自修、运动、考试，心理上得到安宁，精神上不受外来势力的威胁。

请政府当局勿加干预

讲到西大的教授，大多数都是学有专长，教书经验丰富。可是，其中也有几个思想左倾的；尤其是一位教新文学的，和一位教经济学的。我一视同仁地让他们继续执教。他们也明白我的办学方针，不敢再在教室里发表侮辱政府、破坏抗战的言论。

平心来说，政府当局，无论中央或地方，都能以旁观的容忍的态度，注视我在西大进行中的整顿及发展。我欢迎他们的建议，但不接受他们的干预。我曾对他们说过："我如果需要军警的枪杆子来保护我的学校或我个人的安全，那么我就不配走进西北大学的大门。我应该立刻辞掉校长的职务。"我自然需要政府的领导和社会的同情，我更需要西大师生的合作与支持。除了少数学生外，我深信全体师生都是站在我这一边的。

西大的院系和阵容

正同我三年前去接办西工的作风一样，我接长西大后，依然就教职员的原班人马，加以调整或改组。因为几个重要职位虚悬已久，我就向西工调聘前东大工学院长王文华主持总务，前焦作工学院长张清涟主持训导。袁明道则由西工秘书改任西大秘书，后来又继王文华兼长总务，我又聘了一位办学卓著成绩的杨宙康主持教务。我曾一度自兼法商学院院长，嗣由曹国卿接充。理学院长及文学院长分别由赵进义及于赓虞担任。

西大文理法商各院，共分中国文学、外国语文学、历史学、数学、物理学、化学、生物学、地质地理学、法律学、政治学、经济学、商学等十二系。各系主任及教授如黄文弼、黎锦熙、杜光埙、杨宗培、陆懋德、殷祖英、李贯英、岳劼恒、张贻侗、朱有宣、刘汝强、王华隆、王治焘、施宏勋、刘鸿渐、罗仲言、李镜湖、张育元、许兴凯、季陶达、孙宗钰、郭文鹤、马师儒等均在当时教育界负有盛名。我在任职三年中，陆续加聘若干新教授，力求科系充实、阵容整齐。我接任校长不到半年，便举行了一次相当隆重的民国卅一年班毕业典礼。

两校之间的七星寺

从民国卅一年到卅四年我兼长西北工学院及西北大学。一个在深山中的古路坝，一个在城固县城的旧考院。两校相距约四十多里。无论走路或乘滑杆，都需要半天时光，我当然不能天天两边都到。在古路坝与县城之间，我借用了一个四周风景颇有江南风味的七星寺，办了一个可以容纳三百人的先修班。我把西大和西工的预科学生，全部集中在这里合并上课。教师时间既可经济，学校物资也可节省不少。我将七星寺内一小庙，加以修葺，因陋就简，一边是我的办公厅，一边是我三开间的小住宅，我和岳母妻儿都住在这里。我向城内走十余里即到西大校本部，我乘滑杆登山约四十里，即达西工院本部。

我以七星寺为管辖西大、西工、先修班三个单位的中心。我对先修班学生，只就纪念周作三四十分钟的讲演。关于教学及行政事务，我概请西工电机系教授黄苍林，以分院主任名义，主持一切。他不但物理化学数学样样都教的极好，而且对人诚恳，做事负责，深得员生信仰，为我分劳不少。他是福建莆田人，抗战胜利后返闽，任厦门大学理学院长，闻不久即不幸因病逝世。

当我接长西大的时候，西工业已走入正轨，我可以放心请教务长潘承孝及各系主任分别负责办事。我每月到院三四次，每次住几天或参加院务会议，或在纪念周上对学生作半小时的讲话。其余的时间，我都全部用在西大方面。事实上。这三个单位——西大、西工、七星寺——的教职员同仁，个个尽忠职守，合作无间表示高度的责任感及服务精神。二十多年后回想我对他们仍然衷心地感念。

最优秀的中华儿女

上面提过，西大的学生，是学文理法商科目的，与专学工程的西工学生不同。他们比较好活动，喜社交，对政治有浓厚的兴趣。一般说来，他们读书虽不及西工学生专一，但是组织及办事能力都很强。我接任校长以后，从来没有怕他们再闹学潮，而加以任何不合情理的限制。我只因势利导，一面劝勉他们用功读书，同时尽量鼓励他们从事体育、文艺、辩论、戏剧等多方面的活动；一面让学校党团工作，继续照着中央指示进行。但叫他们不可干涉学校行政，一切要作大学毕业后参加实际政治的准备。

平心来说，这两校的学生，无论过去有无犯过甚么错误，都可以称为抗战大时代中最优秀、最爱祖国、最能吃苦耐劳的中华儿女。自我前后接长两校以后，他们都能够振奋求学，从善如流，尊重我的意见，接纳我的忠言。个个矢志报国，个个想做出人头地的健全国民。我在西工任职六年，毕业了七班，西大任职三年，毕业了四班，平均每班二百人，总数约二千余人。现在留在大陆的，多年音讯杳然，我很思念他们。迁徙台湾的几百校友，都已在社会上露头角，他们在政、经、工、商及教育文化各方面的卓越成就，使我深以能为他们的师长，而感觉无比的荣幸。我认为这便是从事教育者最大的安慰，也是最高的报酬。

痛苦的经历、愉快的回忆

我兼长这两大学，现在追述过去，似乎顺理成章，甚至还可以说“得心应手”。我不能不说是一个很愉快的回忆。但是，当着那个时候，一切并不如此简单。大的困难，虽由各方协助而一一解决。然而，小的麻烦，随时发生，随时可以变成大的困难。我无时无刻不小心翼翼地去分析、去应付，去把大事化小事。两个大学，三个单位，员生三千多人；他们的生活，我要时时照料，他们的情绪，我要时时了解，他们有问题，我要替他们想法子，他们有要求，我要斟酌情理，可答应的就答应，做不到的，委婉拒绝了，还要说出一个道理来。

不要说，外面传来的煽动，里面产生的风潮，我要随时留意，防患未然，就是微小的误会或磨擦，我也要出面奔走调停。智识份子神经敏锐，多愁善感，稍受了一点刺激，便可以动肝火，闹纠纷。年青的学生固然容易激动，年长一点的教职员，一有争执，也不肯表示退让。自身的意气之争，已够使人烦恼了，太太间的口角，有时也可以使先生们面红耳赤，各不相下。我这个当校长的，也非负起“排难解纷”的责任不可。

万事离不了金钱，战时尤其觉得它的需要迫切。我在那办学六七年当中，教育部的经费，确是充分不断地接济；这也证明政府抗战不忘教育的贤明措施。可是，有时汇兑发生障碍，校款周转不灵，有时物价突然高涨，收支无法相抵，我每年当着青黄不接的时候，必向当地银行举债好几次。好在我每借必还，信用卓著，从来没有因财库空虚而停炊。教职员生活如此清苦，我不能让他们枵腹从公。学生贷金已经少得可怜，更不能让他们饿着肚皮上课。我为防止疾病的侵扰及传播，在那不太理想的物质条件下，想尽方法去改善环境卫生，还要随时注意员生食物的清洁和营养的充足。

从民国二十八年到三十四年，我在这个西北战区的陕南，办了六年多的教育，连续兼任两个大学校长，虽然没有辜负国家的寄托和两校员生的信任，然而我也经过了无数次的大小风波和许多非笔墨所能形容的险阻艰难。我也付出了“殚精竭虑”的代价。

我的健康衰弱了。我的头晕宿疾，两三月必发一次，一发就是几天不能做事。我的医师认为我不应该在壮年中衰老下去，一再强调“易地疗养”的必要。我也想设法增进我的健康，准备胜利以后，再替祖国多做一点事，多尽一点力。我于是毅然提出坚决辞职的呈文。两校员生热烈诚挚的挽留，我虽一一婉谢，但并不受良心的责备；因为我那时已经深深地相信西大和西工，不但都已完全纳入正轨，而且走上发扬光大的途径了。

政府对我辞职，经过相当时期的考虑，最后准我回渝休假，并派西大、西工的教务长分别代理校长、院长的职务。不久，政府调我为教育部常务次长，又任命刘季洪为西大校长，潘承孝为西工院长。我在陕南的使命，便是这样全部结束。我不敢自诩我有甚么了不起的建树，可是，我在教育本位上，确实尽了最大的努力，也收获了相当圆满的成果。

我有一次在重庆遇见西南联大的蒋梦麟先生。我们互言两方所遭遇的困难。他说："我们比你们幸运一点……你应该把你那些不可多得的经验写出来，很可以作为抗战时期我们这些从事教育者的参考。"我不愿意"班门弄斧"，没有听从这位老教育家的建议。以后，许多朋友和学生要我写自传，我也一再敬谢不敏。

这几年传记文学有很多人提倡，也有很多人欣赏。我便是一个最喜欢阅读此类文字的。我见猎心喜，也想尝试一下。最初，我只写了几篇外国名人传和几位我所敬爱的师友的追念。至于，讲到我的自身，如果说也有可以记录的地方，那么，我一生最值得回忆的，莫过于我在抗战艰苦时期，兼长西北两个大学的经历。于是我写成了这篇长文。我深信我所讲的，不是"自我宣传"，不是牢骚寄感，而是简单明了的事实，绝对没有夸张炫耀的意思。相隔二十多年，记忆已经有一点模糊，现在还不写下来，恐怕不久更要遗忘净尽了。

一九六六年四月写于纽约

载《传记文学》第八卷第五期（一九六六年五月号）

图书在版编目（CIP）数据

遥想大学当年：我的大学 / 邹树文，李济等著 .— 长沙：岳麓书社，2024. 10

ISBN 978-7-5538-1966-2

Ⅰ. ①遥… Ⅱ. ①邹… ②李… Ⅲ. ①回忆录—作品集—中国—当代 Ⅳ. ① I251

中国国家版本馆 CIP 数据核字（2023）第 220448 号

YAOXIANG DAXUE DANGNIAN: WO DE DAXUE

遥想大学当年：我的大学

作　　者 | 邹树文　李济等

出 版 人 | 崔　灿

责任编辑 | 刘书乔　孙　林

责任校对 | 舒　舍

书籍设计 | 赤　徉

营销编辑 | 谢一帆　唐　睿　向媛媛

岳麓书社出版发行

地址 | 长沙市岳麓区爱民路 47 号

承印 | 湖南天闻新华印务有限公司

开本 | 880mm × 1230mm 1/32　印张 | 17.5　字数 | 360 千字

版次 | 2024 年 10 月第 1 版　印次 | 2024 年 10 月第 1 次印刷

书号 | ISBN 978-7-5538-1966-2

定价 | 68. 00 元

如有印装质量问题，请与本社印务部联系

电话 | 0731-88884129